L'HOMME ET LE DIVIN

DU MÊME AUTEUR

De l'aurore, éditions de l'Éclat

Les clairières du bois, éditions de l'Éclat

Sentiers, éditions des Femmes

Aphorismes, José Corti

Les rêves et le temps, José Corti

Philosophie et poésie, José Corti

María ZAMBRANO

L'HOMME ET LE DIVIN

présenté et traduit de l'espagnol par
Jacques ANCET

Publié avec le concours du
Centre National du Livre

IBÉRIQUES

JOSÉ CORTI

Cette œuvre a été traduite avec l'aide de la Direction Générale du Livre, Archivos y Bibliotecas del Ministerio de Cultura d'Espagne.

Nous tenons à les remercier ici.

Photo de couverture : C.D. Friedrich, *Temple de Junon à Agrigente*, DR.

Le programme des parutions et le catalogue général sont envoyés sur simple demande adressée à :
LIBRAIRIE JOSÉ CORTI, 11 RUE DE MÉDICIS, 75006 PARIS
www.jose-corti.fr

Titre original : *El hombre y el divino*

N° d'édition : 1872
ISBN 10 : 2-7143-0929-1
ISBN 13 : 978-2-7143-0929-7

Cette traduction a été réalisée en étroite collaboration avec Lucienne Ancet.

Merci à Amelia Gamoneda, à Antonio Domínguez Rey et à Rafael-José Díaz pour leurs éclaircissements et leurs suggestions

L'obscur et la transparence[1]

La philosophie […] est transformation du sacré en divin, c'est-à-dire, de ce qui est le plus profond, obscur, compact, le plus éternellement obscur, mais qui aspire à être sauvé dans la lumière et comme lumière.

María Zambrano, *Fragment d'une autobiographie*

L'homme et le divin est un livre central dans l'œuvre de María Zambrano : il est ce moment charnière où tout un passé de tâtonnements et de recherches se cristallise pour ouvrir au futur d'une étape finale qui représente pour son auteur le plein épanouissement de sa pensée et de son écriture. Pendant les deux décennies qui précèdent la composition de ce livre, les préoccupations de María Zambrano, disciple hétérodoxe d'Ortega y Gasset dont elle ne cesse de se réclamer, même si c'est pour le critiquer, ont été multiples. Schématiquement, parce qu'en réalité elles ne cessent d'interpréter, elles suivent deux grandes lignes de force. Celle qui correspond à une méditation sur la crise culturelle (et politique) de l'Europe des années 30-40 dont témoignent, outre de nombreux articles, des livres comme *Horizons du libé-*

[1] La majeure partie des informations figurant dans cette introduction est tirée du copieux prologue de Jesús Moreno Sanz à l'édition de *L'homme et le divin* publiée par le Círculo de Lectores, Galaxia Gutenberg, Barcelone, 1999.

ralisme (1930), *La confession : genre littéraire et méthode* (1943), *Le songe de Sénèque* (1944), *L'agonie de l'Europe* (1945) ; et celle où elle s'efforce de donner forme à sa pensée sur le sacré dans ses rapports avec la *physis*, le divin, la philosophie et l'art (*Philosophie et poésie* (1939), *Le freudisme, témoignage de l'homme actuel* (1940), *Île de Porto-Rico (nostalgie et espoir d'un monde meilleur)* (1940), *Vers un savoir sur l'âme* (1950)). Ces deux courants de pensée viennent converger dans *L'homme et le divin* dont la première édition date de 1955. À partir de là, un tournant est pris : la raison conceptuelle laisse peu à peu la place à la « raison poétique », ce qui nous vaut, un peu plus tard, ces œuvres singulières que sont *Clairière de la forêt* (1977), *De l'aurore* (1986), *Notes d'une méthode* (1989), *Les bienheureux* (1990) et *Les rêves et le temps* (1992).

Commencé en 1948 et terminé, pour sa première édition, en 1951, le livre se présente comme une suite d'essais articulés autour d'un thème central : celui des rapports de l'homme au sacré et au divin dont la perte progressive, jusqu'à aujourd'hui ne nous a laissé que son absence. « L'absence » fut d'ailleurs le premier titre avant que l'auteur, sans doute pour marquer sa proximité avec un certain nombre de livres comme, entre autres, *Les fonctions sociales du sacré*, de Marcel Mauss, *Le sacré et le profane* de Mircea Eliade et, surtout, *L'homme et le sacré* de Roger Caillois, ait fini par opter pour *L'homme et le divin*.

*

Qu'est-ce que le divin ? Pour le comprendre, il faut recourir à une sorte de fable qui nous est racontée dans le premier chapitre du livre, « La naissance des dieux ». À l'origine, l'homme se trouve jeté dans un espace non pas vide mais plein parce que peuplé de forces obscures dont il se sent la proie. Les choses n'existent pas encore, ni la nature, ni le monde, mais un grouillant, un obsédant « il y a ». Cet univers de la nuit et de la terreur originaires, où tout est en quelque sorte imbriqué, où l'espace et le temps n'existent pas encore, María Zambrano l'appelle le *sacré*. C'est la poésie qui, la première, va ouvrir une brèche dans ce plein têtu et illimité, avec l'invention des dieux. Figures de lumière circonscrites dans leurs formes et leurs attributions, ils vont permettre, avec la prise de distance qu'ils rendent possible, l'apparition de l'espace et du temps, des choses et du monde. En somme, le passage du chaos à l'ordre. Et, donc, une découverte par l'homme, en même temps que de sa radicale déréliction, de sa radicale singularité. C'est pourquoi il va tenter, par le sacrifice et la piété, de se concilier cet « autre » dont il sent qu'il le déborde, l'écrase et le persécute, mais en face de qui il se découvre différent. Vecteurs d'une forme de négativité qui engendre un espacement entre les choses et entre les choses et l'homme, les images des dieux sont ainsi à l'origine d'un embryon de liberté et de conscience. Une conscience qui, en se développant, conduit peu à peu à la pensée et donc à la philosophie. Car penser, c'est éclairer la nuit. C'est transformer le sacré en divin – l'épaisseur obscure en transparence lumineuse. Ce que María Zambrano résume clairement dans un passage d'*En guise d'autobiographie*. Après avoir évoqué sa dette envers Rudolph Otto, dont *Le sacré* l'avait passionnée dans son adolescence, elle raconte comment cette vision du sacré attaché à un lieu, elle l'a vécue dès son enfance : « quand j'étais petite fille, on m'emmenait en promenade à un certain endroit de la ville de Ségovie où court et s'enfonce entre de hauts rochers le lit du fleuve qui va devenir l'Eresma, un fleuve qui, peu à peu, va s'apaiser. Je m'échappais, attirée par ces rochers et, dans ces rochers, il restait toujours, même en temps de sécheresse, une goutte d'eau. Il y avait là, déjà, le commencement de la transformation de ce qui est simplement, ou de manière complexe, sacré, en quelque chose de transparent, en quelque chose de déjà divin [...] Car, pour découvrir le divin, il y a la pensée ; le sacré est associé à un lieu, il est muet, il fait signe, il attire, on peut y être pris ; mais le divin nous en sauve, pour ainsi dire, et dans le divin, c'est le contraire, le contraire qui est la transparence, la présence que nous voulions toujours trouver et qui est là, nous le savons, même si nous ne la trouvons pas. Le divin est un champ de gravitation, il est à l'intérieur de la raison... »

De l'image des dieux, de leur présence lumineuse, va naître la réalité. Non plus ce qu'*il y a* mais ce qui *est*. Cette création de la poésie est donc, avec la naissance de la conscience puis de la raison, à l'origine de la philosophie et de sa découverte de l'être. Incorruptible, intemporel, rejetant dans la nuit de l'innommé le tragique de la condition humaine, l'être dominera longtemps la philosophie avant que l'idéalisme allemand l'inscrive dans le mouvement de l'histoire sous le nom d'Esprit absolu ; et que, comme agent de cette histoire, l'homme qui n'a plus personne au-delà de lui-même, s'auto-divinise et, en même temps, se soumette à l'empire des faits et du calcul dans une maîtrise chaque jour plus complète de la réalité. Le monde qui s'était ouvert avec les dieux, commence alors à se refermer et à imploser sur sa propre absence de sens. Dans cette sorte de biographie culturelle de l'Occident, María Zambrano, comme beaucoup de ses contemporains, analyse avec angoisse l'impasse dans laquelle se trouve l'homme moderne, au point d'en venir à parler avec Massignon de sa « vocation suicidaire ». Vocation dont, aujourd'hui, nous éprouvons plus que jamais les effets dévastateurs. Après s'être déifié, cet homme aurait dévoré en lui la part de divin qui l'habite pour se retrouver dans un monde absurde en proie aux obscures divinités de l'État, du Marché, du Progrès et, surtout, du Futur, déité insatiable à laquelle il ne cesse désespérément de sacrifier… Au milieu de cette absence du divin dont il a pris la place, l'homme se retrouve aujourd'hui, comme à l'origine, captif d'un monde clos, impénétrable, chaotique, réplique artificielle, en quelque sorte du monde sacré de l'origine.

C'est pourquoi, à la lumière limpide de l'être impérissable et à la clarté de la raison discursive qui nous a conduit à cette instrumentalisation forcenée dont nous sommes les victimes, María Zambrano oppose une autre lumière : celle, obscure, de la sagesse du poète tragique qui donne voix à l'angoisse, la douleur de l'énigme humaine que la pensée de l'être avait rejetées. « Car, écrit-elle, la leçon de la sagesse tragique, c'est que la souffrance à son degré le plus extrême, quand elle consume et détruit, libère une lumière enfouie dans ce qui est le plus réfractaire à la limpidité, dans cette caverne aveugle qu'est le cœur de l'homme ». Cette lumière de la tragédie qui monte du fond de l'âme, et que María Zambrano aime à imaginer comme la « clarté indécise d'un papillon d'huile », est celle de ce qu'elle nomme le « dieu inconnu ». « Puissance irréductible sur qui tous les dieux réunis n'avaient aucune prise », « dieu de l'angoisse et de l'espoir », il habite au fond de l'âme de cet être inachevé qu'est l'homme, ce « monstre » « qui s'efforce d'être », et que la « suprême clarté » du Dieu de l'être n'a jamais pu incarner. Figure qu'avait prise en Grèce l'inconnu de Dieu, il était, dit María Zambrano, « la vie que l'idée de Dieu n'avait pas réussi à saisir et la figure du destin ». Aussi, plaide-t-elle pour une « raison tragique » capable de s'ouvrir à cette obscure lumière d'une transcendance enfouie dans les entrailles de l'homme. Et, donc, puisque poésie et tragédie sont inséparables, pour cette « raison poétique » dont elle avait eu très jeune l'intuition et qui prend forme dans ce livre et dans tous ceux qui vont suivre[1].

*

Telles sont les grandes lignes de la première édition de *L'homme et le divin*, conçue entre 1948 et 1951 et publiée en 1955. Aboutissement d'un long parcours, elle témoigne avec éclat de cet amour de María pour la Grèce antique dont elle s'est toujours sentie la fille et, en quelque sorte, la contemporaine. D'où les très beaux chapitres initiaux et, en particulier « La condamnation aristotélicienne des pythagoriciens », « l'un des morceaux majeurs de toute l'écriture de Zambrano », selon Jesús Moreno Sanz, où se réalise, dit-il, « l'alliance de la plus grande précision philosophique et d'une grande pénétration poétique ». Mais là, quelles que soient ses beautés, nous sommes encore, avec ce livre, dans un travail de savoir et de réflexion. Il faut attendre les textes de la quatrième partie du livre, « Les temples et la mort dans la Grèce antique », écrits en 1972, presque en même temps que ceux de *Clairières de la forêt*, pour découvrir mise en pratique cette fameuse raison poétique qui est, sans doute, la grande réussite de cette œuvre et sur

[1] «… j'ai découvert ou j'ai été découverte par trois modes de raison : la raison quotidienne […], la raison médiatrice, qui apparaît dans le prologue de *La pensée de Sénèque* ; et la raison poétique qui, étant la plusgerminatrice apparaît dans un essai appelé « Vers un savoir sur l'âme », publié dans la *Revista de Occidente* et ensuite repris en livre avec ce titre, *Vers un savoir sur l'âme*. La raison poétique est là, déjà, mais je ne m'en rendais pas compte. Elle apparaît aussi dans un article publié dans *Hora de España*, qui était une note sur un livre du poète Antonio Machado auquel il ne donnait pas grande importance. C'étaient des articles publiés pendant la guerre et moi, je ne parlais pas de la guerre et puis l'expression « raison poétique » s'est imposée de telle façon que je n'ai pas pu ne pas m'en rendre compte. »

laquelle il faut s'arrêter pour lui enlever un peu du flou qui lui est associé.

Cet oxymore, est le refus en acte d'un certain nombre de dualismes (penser/sentir, idée/corps, raison/intuition, lumière/ombre, philosophie/poésie etc.), un acte d'unification des contraires. Comme « logos » et « entrailles » chez Empédocle que cite María Zambrano : « divisant bien le logos, le répartissant dans les entrailles ». Telle pourrait être sa devise dans sa recherche d'une pensée multiple, mobile qui, sans perdre la clarté de la raison, accueille l'obscure densité des profondeurs corporelles auxquelles la poésie seule est capable de donner voix, elle qui est le maximum de corps que puisse porter le langage. Autrement dit, d'une pensée qui accepte de se perdre comme savoir pour s'ouvrir à l'inconnu des « entrailles », l'une des grandes images-concepts du livre[1]. Comme le soulignent explicitement quelques lignes d'« Apollon à Delphes » où s'énonce une méthode qui est une véritable poétique de la pensée : « Nous oublions délibérément toutes les recherches sur le sujet pour n'avoir présent à l'esprit que ce qui est resté là, la présence du lieu même, comme si nous ne savions rien de lui. Telle est la méthode oubliée du savoir, afin de seulement sentir et voir »[2]. Penser, écrire, selon le schème mystique sous-jacent à toute la démarche de María Zambrano (la référence à Jean de la Croix est constante dans ce livre et dans d'autres), c'est se perdre comme conscience discriminante, entrer dans une « nuit obscure », pour que de cet effacement puisse sourdre l'autre

[1] Car les « entrailles » sont la métaphore qui – plus fidèlement et plus largement que le terme psychologique et moderne du « subconscient » – rend compte de l'originaire, sentiment irréductible premier, de l'homme dans sa vie, dans sa condition d'être vivant. » Voir ci-après p. 192-193.

[2] Voir ci-après p. 366.

lumière du fond et naître la clarté de l'aurore[1]. C'est se laisser parler par le « dieu inconnu » qui ne peut survenir que dans un abandon total. Qui n'est plus écriture mais écoute. Celle de cette voix intermittente, balbutiante, offerte dans son retirement même, comme celle de la pythonisse du temple d'Apollon. Non plus la voix consciente, maîtrisée, mais l'*autre voix*. L'anonyme. Car, écrit María, « la voix dans son sens originaire doit être impersonnelle ». Elle n'est plus celle de l'auteur et son identité encombrante, du penseur et sa claire conscience, mais le surgissement d'une altérité. Celle qui fait dire à Philon d'Alexandrie : « je ne sais plus qui je suis ni où ni avec qui je suis, ce que je dis ni ce que j'écris » ; celle de ce « quelqu'un » qui habite Dante inspiré par l'Amour[2] ; celle de « Celui qui parle » de Jean de la Croix, de ce « je » qui est « un autre » de Rimbaud, de ce « latent compagnon qui en moi accomplit d'exister » de Mallarmé, bref, celle, comme dit Deleuze, d'un « passage de vie ». Les frontières entre poésie, mystique et philosophie s'effacent alors pour laisser place à un seul mouvement d'écriture qui traverse tous les genres[3]. María Zambrano

[1] «… l'aurore est finalement la médiation entre le sacré et le divin et comme il me semble que la philosophie est transformation – en cela je ne dis pas que je suive Nietzsche mais je suis d'accord avec lui, comme sur tant d'autres choses –, alors l'aurore a surgi. » *Fragment d'une autobiographie*.

[2] «… *i mi son un che, quando/Amor mi spira, noto*… » («… en moi je suis quelqu'un qui, quand/Amour l'inspire, note… ») *La Divine Comédie,* Le Purgatoire, chant XXIV, v, 52-53.

[3] « María Zambrano, écrit Cioran, n'a pas vendu son âme à l'Idée, elle a sauvegardé son essence unique en mettant l'expérience de l'Insoluble *au-dessus* de la réflexion sur lui, elle a en somme dépassé la philosophie… N'est vrai, à ses yeux, que ce qui précède le formulé ou lui succède, que le verbe qui s'arrache aux entraves de l'expression ou, comme elle le dit magnifiquement, *La palabra liberada del lenguaje* ». "Exercices d'admiration", *Œuvres,* quarto/Gallimard, 1995, p. 1608.

rejoint ici les plus grandes aventures de la pensée et de l'écriture. Penser (écrire), c'est descendre dans cette obscurité sans voix où, écrit Faulkner, « les mots sont des actions »[1], entrer dans la radicale *discontinuité* du vivre ». Toute méthode par définition *continue* est donc une méthode de l'oubli de la vie : « Toute méthode est un « Incipit vita nova » qui tend à se styliser. Le propre de la méthode est la continuité, de telle sorte qu'on ne sait pas penser selon une méthode discontinue. Et comme la conscience est discontinue – toute méthode est un produit de la conscience – se produit la disparité, la non coïncidence de la vie consciente et de la méthode qu'on lui propose[2] ». D'où cette composition par fragments, par essais organisés autour d'un centre absent qui est celle de *L'homme et le divin*. D'où, cette écriture à la fois fluente et syncopée qui, à partir de là, va porter tous les livres à venir. Le « poétique » n'y relève pas seulement de la métaphore, de l'image ou du symbole, mais d'une force de langage qui est celle du passage d'une présence. Car, écrit María Zambrano, « ce que poétique, poème ou écrire de la poésie veulent dire à la lettre » c'est « une méthode plus que de la conscience, de la créature, de l'être de la créature qui court le risque de s'éveiller éblouie et transie en même temps.[3] »

Cette mise en pratique, ici encore intermittente, de la « raison poétique », nous vaut des pages éclairées par une lumière à la fois physique et mentale – « une lumière, dit l'auteur, qui identifie passion et connaissance ». Elles sont parmi les plus belles du livre. Tout particulièrement celles de « In memoriam – le vase d'Athènes » dans lesquelles se trouve transfigurée la perte de la sœur bien aimée, Araceli, en 1972, à travers la méditation sur une

[1] *Tandis que j'agonise*, Folio/Gallimard, p. 96.

[2] *Clairières de la forêt.*

[3] *Clairières de la forêt.*

jeune fille morte peinte au moment où elle va suivre Hermès, comme suspendue entre vie et mort dans un instant éternel : « Un instant absolu montant des profondeurs du temps, du plus secret de l'être vivant. La raison ne peut s'exercer. Pas de discours. C'est ainsi que la raison se perd dans cet instant. Seule la communion pourrait la retrouver ». La communion ou la raison poétique qui, visiblement, se confondent ici.

Sur le climat mental de composition de ces textes, la lettre du 17 juillet 1972 que María écrit à José Lezama Lima est révélatrice : « Après ce silence et tout ce temps – ce temps qui ne se mesure pas – j'ai senti, en me souvenant de Delphes où tu as été si présent pour moi, que c'était à moi de te le dire : Ara, mon unique sœur, a quitté ce monde le vingt février [...] Avec Timo[1] et sa femme [...] j'ai été invitée en Grèce et, après avoir vécu dans le silence et une grande angoisse qui a fini par se dissiper, j'ai pu m'y rendre. Toute en noir et la tête couverte d'un voile de cendre, je suis montée à l'Acropole avec leur aide, comme une pénitente plus qu'autre chose, et nous sommes allés à Delphes où je me suis souvenu particulièrement de toi [...] il y a là cette image de l'aurige, l'une des choses les plus pures qui soit sortie des mains humaines. À Éleusis aussi je me suis souvenu de toi et de ta mère, à qui m'a fait penser la très belle tête de pierre dorée couleur de moisson comme elles le sont toutes ici, couleur de Mère, d'une Cariatide. Sur le sol, j'ai vu un chapiteau avec des épis gravés et, tout autour, il y en avait d'autres légers, sylvestres. Nous sommes aussi allés à Sounion, la conjonction des lieux et des temples est parfaite, l'horizon entier devient ainsi temple et on se sent au centre du monde [...] J'ai éprouvé pour toi la nostalgie de ce que tu ne sois pas allé en Grèce, tout en sachant et en étant sûre que d'une

[1] Timothy Osborne.

certaine manière tu y es allé. Le bleu de Delphes, tu as dû le voir, et la clarté de l'Acropole qui est celle de la Vierge. À certains moments, près de la mer, il y avait quelque chose qui rappelait La Havane, et Éleusis faisait beaucoup penser à Almeria, le pays de ma mère. Ainsi, l'abîme, mon abîme de douleur, fut humblement présenté à la lumière la plus pure que mes yeux aient vu en ce monde. »

*

Malgré un profond pessimisme suscité par la perte du divin dans ce monde de la prolifération des objets (et, aujourd'hui, de la visibilité intégrale), María Zambrano conserve l'indéfectible espoir d'une aube possible au bout de tant de nuit. Or, l'espoir, sauvé de la fatalité, c'est la liberté. Une liberté pour laquelle elle ne cessa de lutter. Tout au long de son existence, ses plus grandes réussites de penseur et d'écrivain furent conquises dans les conditions de vie les plus difficiles. Ce fut le cas avec la mort d'Araceli et la publication de la 2e édition de *L'homme et le divin*, comme ce fut le cas pour la période qui précède la gestation et la rédaction de la première édition. Au moment où elle vient de l'achever, en 1953, María écrit à Rosa Chacel : « Ma vie ? Veux-tu que je te fasse le résumé ou la liste de mes atroces douleurs, des déserts, de la solitude et de la détresse, des bassesses, oui, également, de toute la gamme et même des jours de bonheur ou de joie éblouissante par lesquels j'ai passé ? Ce que je veux te dire, je m'en rends compte, c'est : pourquoi ne suis-je pas morte, pourquoi suis-je toujours vivante ? Nous vivons seules toutes les deux avec Araceli. Sais-tu qu'on a fusillé Manuel Muñoz[1] en Espagne

[1] Le compagnon d'Araceli, dernier directeur général de la Sûreté de la République espagnole.

après qu'il a été deux ans à la Santé, prisonnier de la Gestapo ? [...] Je suis venu voir ma mère quand ce fut possible en avion, seule, depuis La Havane, et je suis arrivée deux jours après son enterrement. À présent Alfonso[1] demande le divorce. Voilà cinq ans que nous sommes séparés, selon lui pour gagner ma vie et la sienne et pour me permettre d'écrire... mais à présent qu'il est devenu Mexicain, homme d'affaires qui va *réussir*[2], il veut divorcer et, bien sûr, je lui ai dit que j'étais d'accord. »

À ces difficultés personnelles, s'ajoutent les déceptions intellectuelles et éditoriales. La première édition de *L'homme et le divin*, publiée en 1955 au Mexique, n'eut que peu d'échos, mises à part certaines lectures amicales et profondes comme celle de Lezama Lima. « Il semblerait, écrit Jesús Moreno Sanz, que *L'homme et le divin* ait été lui-même soumis au processus d'abandon et d'absence qui est son sujet ». Quant à l'accueil de la France où María Zambrano aurait tant aimé être publiée, il fut carrément négatif : « J'ai composé ce livre à Paris pendant mon dernier séjour (1951), à la demande de René Char pour Gallimard ; je l'ai laissé et on l'a remis à Camus qui m'a écrit plusieurs fois pour me dire son intérêt... mais ensuite, les gens du Comité de chez Gallimard ont dit NON et je n'ai toujours pas récupéré le manuscrit original. »

Ce manuscrit, dont on dit qu'il était dans la voiture de Camus au moment de sa mort, elle ne le récupérera jamais. Cioran, de son côté, s'efforcera de faire publier le livre chez Plon, sans plus de succès. Ce nouveau refus aurait été dû, écrit-il[3], au rapport d'un « hispaniste de Lyon », « rapport assez curieux, dans lequel il soutenait, à ce qu'on m'a

[1] Alfonso Rodríguez Aldave, son mari.
[2] En français dans le texte
[3] Lettre du 16 février 1956.

dit, que la traduction de votre œuvre posait des problèmes pratiquement insolubles aux traducteurs. »

Oui, curieux refus, fondé sur ce vieux préjugé de l'intraduisible qui remonte au romantisme allemand mais qu'on ne trouve habituellement formulé que pour la traduction de la poésie. Or, il s'agit ici d'une suite d'essais écrits dans un langage philosophique et méditatif qui, à première vue, se prête beaucoup plus facilement au passage dans une autre langue. Il semblerait, pourtant, que l'hispaniste lyonnais en question ait mieux lu le livre qu'il n'y paraît (même si on peut ne pas être d'accord avec ses conclusions) car, étant donné ce qui vient d'être dit de la « raison poétique », l'écriture de María Zambrano qui tente non seulement d'argumenter, mais de suggérer et de *faire voir* soulève un certain nombre de problèmes de traduction qu'il faut, ne serait-ce que brièvement, évoquer ici.

Le traducteur, effectivement, se heurte souvent à des problèmes de lisibilité[1] dus à ce que j'appellerais la « rapidité » de l'écriture. Une écriture souvent inspirée, portée par un mouvement pulsionnel entraînant ellipses, sous-entendus, ruptures syntaxiques aux limites, parfois, de l'incorrection et par une exploitation constante des ressources lexicales, métaphoriques et signifiantes de la langue. Répétitive, parataxique, juxtaposant souvent les phrases nominales, curieusement ponctuée, parfois, elle est essentiellement rythmique et on ne peut, sous peine de la défigurer, l'arranger, comme on dit, pour la soumettre à

[1] Problèmes redoublés par les coquilles, errata et bévues de toutes sortes émaillant la seule édition actuellement disponible, celle du Fondo de Cultura Económica (1992). Mais celle, épuisée, de Siruela (1991) ne valait pas mieux. Seule l'édition du Círculo de lectores (1999) attentivement relue et corrigée par Fernando Moreno Sanz semble plus fiable. Malheureusement, épuisée elle aussi, je n'ai pu y accéder que très tardivement au moment de la correction des épreuves.

la lisibilité du français standard. On a donc conservé, autant que possible, les répétitions, la ponctuation insolite dans laquelle le point-virgule, particulièrement présent, scande sans l'entraver la continuité du mouvement mental. Lequel progresse en vagues successives articulées par certains mots de liaison obsédants *y* (et), *mas* (mais), *así* (ainsi), *pues* (car), qui, plus que des outils logiques, sont les véritables marqueurs rythmiques d'une pensée singulière, souvent prenante, parfois déroutante – clairs-obscurs, obscurité et transparence – où, avec ses accélérations, ses glissements, ses ruptures, le souffle n'exclut ni l'ampleur de l'information, ni la clarté de l'exposition, ni la précision conceptuelle.

*

Ce livre est, indissolublement, une grande aventure d'écriture et de pensée. Puisque écrire et penser sont inséparables. « … On ne peut être grand philosophe ou philosophe sans être un grand écrivain[1] » écrit María Zambrano de Max Scheler, la remarque vaut également pour elle. Les œuvres véritables n'étant pas soumises au temps puisqu'elles créent leur propre temps à partir de l'événement de leur apparition, on souhaite que *L'homme et le divin* puisse enfin avoir en France l'accueil qu'il mérite et que son auteur aurait souhaité plus précoce. L'image finale de l'oiseau qui abandonne ses petits jusqu'à ce que vienne le temps où il pourront s'envoler seuls, prend ici une valeur symbolique forte. *Cum tempus fuerit*[2] dit la dernière phrase du livre. Pour ce livre, et pour nous, ici, en France, ce temps serait-il enfin venu ?

Jacques Ancet

[1] *Fragment d'une autobiographie.*

[2] « Quand le temps sera venu ».

Φήσας πειρᾶσθαι τὸ ἐν ἔμιν θεῖον ἀναγεῖν πρὸς τὸ ἐν τῷ πάντι θεῖον

Il dit [Plotin au moment de mourir] : « Je m'efforce de conduire le divin qui est en moi vers le divin qui est dans l'Univers. »

Porphyre : *Vie de Plotin*

PROLOGUE À LA SECONDE ÉDITION

Les textes qui constituent la quatrième et la cinquième section de ce livre, ajoutés à cette édition, sont nés, de nombreuses années après ce qui précède, dans le même espace de pensée, et peut-être l'auteur de ces lignes n'en a-t-il pas d'autre.

« Le livre de Job et l'oiseau » date de l'année 1970 ; les chapitres de l'autre partie, qui se réfèrent tous à l'ancienne religion grecque, ont été écrits postérieurement. C'est pourquoi le contenu de *L'homme et le divin*, dans ses deux premières éditions, finit par prendre, me semble-t-il, une valeur d'introduction, quant à la plupart de ses arguments. Une valeur d'introduction à ce qui paraît aujourd'hui et, plus encore peut-être, à tout ce qui, conservé dans des dossiers, attend le moment propice d'être livré à l'attention d'un éventuel lecteur, aussi lointain et étranger que cela puisse paraître. Et aussi à tout ce qui se présente constamment à ma pensée. Il n'est pas dans mon intention de faire de *L'homme et le divin* le titre général des livres que j'ai fait imprimer ni de ceux qui vont l'être. Mais je ne crois pas qu'un autre leur convienne mieux. Même s'il est vrai que celui qui écrit le fait du dedans et ne peut voir le résultat du dehors. Et, quoique l'auteur de ces lignes n'éprouve nul conflit intérieur, et moins encore cette si fameuse « angoisse de la création », reste pourtant quelque chose qui interdit la vision du dedans, laquelle, par ailleurs, serait en tout cas le seul type de vision souhaitable.

Car s'il était possible de voir du dedans, il ne s'agirait pas d'une vision subjective mais d'une vision produite par un regard qui unifie, en dépassant l'intérieur et l'extérieur. Objet et sujet seraient donc abolis dans leur opposition et même dans leur séparation, dans leur méconnaissance mutuelle de toujours. Et comme cette vision n'existe pas, nous sommes quelques-uns à devoir écrire ce que, pour le moment, nous voyons, où entre inévitablement la pensée. Inévitablement, puisque ce que l'on cherche c'est, on l'a dit, à voir ce qui se donne dès son origine même et tend à être communiqué.

L'individu se libère en donnant à voir ce qu'il voit, en donnant ce qui lui est donné. Car tout est toujours donné, même s'il faut beaucoup d'efforts pour le faire apparaître. Qu'il n'y ait nul conflit ni même la moindre « angoisse de la création » chez l'auteur, ne veut pas dire qu'il n'éprouve pas quelque chose, quelque chose qu'il voudrait faire savoir au lecteur pour qu'il lui pardonne, non seulement « ses nombreuses faiblesses », mais cette espèce d'ombre d'une faute originelle qui trouble tout ce qui s'écrit en vue d'être publié. Maintes pages de ce livre, il est vrai, furent écrites sans aucune intention de publication ; presque toutes celles que je livre aujourd'hui, plus que livrées par moi, semblent se livrer d'elles-mêmes comme si elles craignaient d'être brûlées. On trouvera certainement dans ces pages quelques paragraphes où la conscience d'être ce qu'on appelle « en train d'écrire », est venue interférer au moment où l'on pense qu'il faut expliquer une chose, qu'il faut la fonder sur une certaine argumentation ; au moment où l'on veut la rendre véridique, sans se contenter du fait qu'elle pourrait être simplement vraie. Moment d'extériorisation où la vitre s'embue ou se brise. Mais ce dis-cours comme ajouté ou superposé au cours spontané de la pensée n'est pas l'intime événement qui se produit quand on écrit. Le véritable événement doit être cherché dans l'acte d'écrire sans la moindre crainte – ni le moindre espoir – d'être publié. Et je crois qu'il se produit dans..., j'allais dire – mais pourquoi pas ? – les abîmes du temps. Du temps qu'il faudrait écrire avec une majuscule, du temps total ; de l'immensité du temps qui, paradoxalement, nous enferme et nous limite, du temps qui ne nous lâche pas. Car le temps, si différemment de ce qu'avec tant d'insistance on a pu dire, est ce qui ne nous abandonne pas. Il nous porte, nous enveloppe. Et, en même temps qu'il le porte, le temps dresse et élève l'être humain au-dessus de la mort qui, elle avant tout, elle et non pas le néant, est toujours là. Et le temps s'interpose entre la mort et l'être qui doit encore vivre et voir, recevoir et donner, consommer et se consumer. Le temps a quelque chose de la mort, il en apporte quelque chose. L'annonce de la finitude, dira-t-on, mais cela, on le sait par la réflexion. Et le temps, même avant qu'il permette la réflexion – l'autoréflexion, pourrions-nous dire – sur le sujet humain, montre déjà sa parenté avec la mort. Laquelle n'est certainement pas de nature.

Le temps est l'horizon qui présente la mort en se perdant en elle. Ce qui veut dire que la mort cesse ainsi de se trouver au fond, pour les êtres mortels et conscients, et qu'elle s'en va au-delà, au-delà de l'océan du temps, comme une fleur inimaginable qui s'ouvrirait depuis le calice du temps.

Puisque le temps nous est donné à boire, son immensité océanique se concentre et s'offre dans un verre minuscule ; instants qui ne passent pas, instants qui s'en vont, lueurs, entrevisions, pensées insaisissables, et un autre air, une autre manière même de respirer. Et le calice du temps, inexorablement, offre le présent. C'est toujours maintenant. Et si ce n'est pas maintenant, ce n'est jamais, c'est une fois encore sans le temps, la mort qui n'est pas un au-delà du temps.

Écrire dans la solitude, sans but, sans projet, parce que, parce que c'est comme ça, peut sembler être un acte transcendantal que nous ne pouvons appeler sacré que parce qu'il s'agit d'un acte très humain. Mais il a quelque chose du rite, de la conjuration et, plus encore, de l'offrande, de l'acceptation : celle de l'inéluctable présent du temps, celle de passer dans le temps, d'aller à sa rencontre, comme il le fait, lui, qui ne nous abandonne pas. Et, finalement, comme le temps est mouvement, il met en mouvement l'être humain ; être en mouvement, c'est faire, faire vraiment quelque chose, tout simplement. Faire la vérité, même si c'est en écrivant.

MARÍA ZAMBRANO, 1973

INTRODUCTION

Il y a fort peu de temps que l'homme raconte son histoire, étudie son présent et envisage son futur sans tenir compte des dieux, de Dieu, de quelque forme de manifestation du divin que ce soit. Cependant cette attitude est devenue si habituelle que, même pour comprendre les temps où il y avait des dieux, nous devons nous faire une certaine violence. Car le regard que nous jetons sur notre vie et notre histoire s'est étendu sans autre forme de procès à toute vie et à toute histoire. Ainsi, nous prenons uniquement en compte le fait qu'à d'autres époques le divin a fait intimement partie de la vie humaine. Et, bien sûr, cette intimité ne peut être perçue à partir de la conscience actuelle. Nous acceptons la croyance – le « fait » de la croyance –, mais il nous est difficile de revivre cette vie où la croyance était, non pas une formule figée mais un souffle vivant qui, sous des formes multiples, indéfinissables et insaisissables pour la raison, portait la vie humaine, l'illuminait ou la plongeait dans le sommeil, l'emportant dans des espaces secrets, engendrant des « expériences » dont nous trouvons l'écho dans les arts et la poésie, et dont la critique a peut-être donné naissance à des activités de l'esprit aussi essentielles que la philosophie ou la science elle-même. Seuls les « romanciers » audacieux ou les penseurs ambigus ont pénétré, en l'imaginant de leur point de vue particulier, dans cette vie vécue à la lumière et à l'ombre de dieux maintenant enfuis. Quant au nôtre – notre Dieu –, on le laisse exister. On le tolère.

Ainsi nous ignorons des phénomènes profondément significatifs, en les réduisant à un nom, en les considérant comme un fait et en cherchant tout au plus leur explication dans les causes que notre pensée actuelle considère comme les seules réelles, les seules capables de produire des changements : les causes économiques ou spécifiquement historiques. Mais, qu'est-ce que l'historique ? faudrait-il, avant tout, nous demander. Voilà justement ce qu'aujourd'hui nous nous demandons avec le plus d'inquiétude. Qu'est-ce que l'historique ? Qu'est-ce qui, à travers l'histoire, se fait et se défait, s'éveille et s'assoupit, apparaît pour disparaître ? Est-ce quelque chose de toujours *autre*, ou quelque chose de toujours *identique* sous chaque événement ?

C'est Hegel qui donna forme plutôt qu'à la question, à la réponse. Car il conçut l'histoire comme une vicissitude nécessaire, inexorable de l'esprit. Et ce ne fut pas le philosophe rationaliste, mais le chrétien assoiffé de raisons philosophiques – désireux de voir se déployer en raison sa foi initiale – qui le conduisit à son idée selon laquelle c'est l'« esprit » qui se déploie dans l'histoire, qui se manifeste, se nie, se dépasse, en se réalisant ; le chrétien exigeant que toute la réalité en vienne à être justifiée par l'esprit créateur. La réalité ne pouvait être la nature créée et produite une fois pour toutes, mais cette autre réalité dont l'homme est porteur, dont l'individu est le masque qui l'exprime et, en même temps, la contient ; masque qui se sacrifie en jouant son rôle pour ensuite disparaître. C'est ainsi que son christianisme dut aboutir à cette idée si peu chrétienne, si païenne, selon laquelle l'individu est le masque du *logos*. Car, pour l'éviter, il n'avait que la voie de l'orthodoxie chrétienne : celle qui transporte l'événement ultime et décisif, son sens ultime, dans une autre vie. Dans le cas contraire, la pensée n'a d'autre chemin qui s'offre à elle que celui de la disqualification de l'individu en masque, en acteur de l'histoire, et celui de l'histoire elle-même comme dépositaire du sens.

Cette situation que Hegel mena à son point le plus extrême, est la plus claire expression de la tragédie « humaine », de la tragédie de l'humain : ne pas pouvoir vivre sans dieux. Si l'on prend à présent ce terme de « dieux » au sens élémentaire d'une réalité différente et supérieure à ce qui est humain.

Le christianisme avait transporté dans un « autre monde » le sens ultime de la vie individuelle. Le « Royaume de Dieu », attendu comme quelque chose d'imminent et d'immédiat chez les premiers chrétiens, dut être transféré dans un autre monde et la « Cité de Dieu », établie dans l'invisible. La cité des hommes continuerait à être édifiée dans la « vallée de larmes ». Et César lui-même devait être accepté comme prince de ce monde, tant qu'il ne toucherait pas à la communauté des sujets de l'invisible et divine cité. Naturellement, cette situation allait changer, au moment du triomphe du christianisme, et subir des modifications quant à ses prétentions face à « ce monde ».

Le christianisme philosophique, totalisé dans la philosophie rationaliste, avec Hegel, à l'autre bout de la trajectoire, s'abîma dans une gigantesque tentative d'absorber en lui l'événement et la cité de ce monde. Il en vint ainsi à diviniser l'histoire qui, pour un hegelien, tient la place du divin ; place qualitativement différente de la réalité humaine et de la réalité naturelle, puisqu'au moment historique où vécut Hegel « le naturel » avait été arraché à l'humain, objectivé.

Le projet de Hegel, au moment de son apparition, est d'une extrême gravité, que rien ne peut effacer. La vie européenne n'admettait pas de limites et on croyait – Hegel lui-même plus que quiconque – être arrivé à la maturité des temps, à ce moment où toutes les énigmes ont été déchiffrées et où le chemin semble dégagé ; il ne restait qu'à le parcourir et, pour ce faire, l'action nécessaire – la seule – allait être de le révéler et de l'explorer. La philosophie devenait architecture. Et pour ceux qui ne croyaient pas en la philosophie, le chemin allait être désigné, d'un simple geste indicateur, par la science. C'était le chemin du progrès indéfini, puisque l'homme avait définitivement triomphé des vieux obstacles. Et ces « vieux obstacles » n'étaient autres, ne pouvaient être autres, que ceux qu'avait édifiés la croyance en la divinité. L'homme s'était émancipé.

Il s'ensuit que les critiques faites à Hegel eurent en définitive une signification identique, comme c'est toujours le cas des critiques qui ne diffèrent que par le « comment ? », car croyant différer par le « quoi ? », elles tiennent pour acquis ce « quoi » et ce qui l'entoure et même l'horizon qui le rend visible. En l'occurrence, l'horizon que Hegel avait rendu visible à l'homme. Vision commune, présente chez les adversaires de Hegel, en accord avec ce qu'éprouvaient explicitement ou implicitement la majorité des hommes de ce temps-là.

On vivait alors les moments sacrés d'une révélation. Même si cette révélation était une émancipation du sacré, ces instants n'en restaient pas moins sacrés.

Marx et Comte firent leurs objections à cette prouesse hégelienne. Il faudrait interpréter leurs critiques comme de simples interprétations de la thèse fondamentale de Hegel, si nous la considérons du point de vue de sa signification profonde qui est, en même temps, sa suprême audace : la révélation de l'humain. Il est vrai, qu'ainsi présentée, elle rappelle trop la « révélation chrétienne », mais la différence c'est que maintenant la révélation de l'humain s'accomplit dans l'émancipation par rapport au divin. Chez Hegel, l'histoire – faite par les hommes, ne l'oublions pas – est le développement même de l'esprit, du divin Logos – moteur mobile –, qui agit et subit à la fois, et demeure le même, toujours. L'homme chrétien, chez Hegel, accomplissait le processus par lequel son Dieu s'était offert à lui comme aliment : il s'était nourri entièrement de Lui ; il le portait en lui. Et c'est pourquoi son intériorité s'était vidée. « L'homme intérieur » de saint Paul et de saint Augustin, le protagoniste du christianisme, en ayant absorbé son Dieu était devenu inexorablement extérieur à lui-même, il était sorti de lui-même. Le christianisme, à sa naissance, avait plongé l'homme en lui-même en le tournant vers l'intérieur, puisque « à l'intérieur de l'homme habite la vérité ». À présent, la vérité habitait aussi à l'intérieur de l'homme, mais seulement dans cette intériorité humaine. Et ce n'était pas entièrement à l'intérieur de chacun, mais à l'intérieur de quelque chose de fait par tous, que se trouvait la vérité.

Nous voyons donc que ce qui s'est produit chez Hegel et, à travers sa pensée, dans notre âme, c'est un changement du rapport entre le divin et l'humain. Un curieux, un très étrange changement qui affecte gravement l'homme, son rapport à la divinité.

C'était la révélation de l'homme. Et au moment où se réalisait cette révélation de l'homme sous l'horizon de la divinité, l'homme qui avait absorbé le divin se croyait divin – même s'il ne le voulait pas. Il se déifiait. Mais, en se déifiant, il perdait de vue sa condition d'individu. Chacun n'était pas ce « chacun » que le christianisme avait révélé comme étant le siège de la vérité, mais l'homme dans son histoire, et plus même que l'homme, l'humain. Et c'est ainsi qu'apparut cette étrange divinité, humaine et divine à la fois : l'histoire divine mais faite par l'homme, finalement, avec ses actes et ses souffrances. L'intériorité était passée dans l'histoire et l'homme individu était devenu extérieur à lui-même. Son identité fondée sur la vérité qui l'habitait, était maintenant passée dans cette semi-déité : l'histoire. Déité entière comme dépositaire de l'esprit absolu, déité partielle puisque, comme les dieux païens, elle était créée, configurée par l'homme.

C'est ainsi que le rapport entre le divin et l'humain en venait à se situer sur un plan analogue à celui qu'il y eut dans le monde antique – le monde grec – entre les dieux de la mythologie et l'homme. Mais avec une différence : chez les dieux de la mythologie il n'y avait pas d'intériorité. L'analogie ne concerne que la subordination de l'homme à quelque chose de finalement accompli par lui, mais d'essence divine ; à une essence divine qui dépendait de lui, de son activité, et dont la révélation était, pour ainsi dire, liée à son sort.

Mais le problème se présentait en termes inédits pour ce qui est de l'unité, de l'unité qui, rapportée à un être vivant et personnel – chrétien –, se comprend plus clairement, si on l'appelle identité. Car seule la personne peut être soi-même.

Les dieux de la mythologie n'étaient pas eux-mêmes pour la simple raison que l'unité, l'identité essentielle, fut découverte par la philosophie et même contre eux. L'identité essentielle a représenté, en son temps, une émancipation vis-à-vis des dieux au milieu desquels l'homme se trouvait aliéné, sans pouvoir se trouver. Il se trouva, par la vertu de la pensée, pensée qui ne lui était ni entièrement intérieure ni entièrement extérieure, dans l'essence intelligible et intelligente, universelle, dont l'établissement dans la substance individuelle restait toujours quelque peu problématique.

Avec le christianisme, l'unité chez l'homme avait fini par être la sienne propre ; en enfer, au ciel ou sur la terre, il était et serait toujours lui-même, y compris s'il pouvait l'oublier. Et l'oubli ne lui servirait à rien. Hors de lui, le divin résidait en sa mystérieuse unité déployée en trois personnes : un et multiple. Le divin était tel qu'il pouvait pénétrer tous et chacun des hommes sans cesser d'être en lui-même. Car il était partout, comme le dieu de Platon et d'Aristote, mais à l'intérieur de l'homme, de manière bien différente. Ainsi, il n'allait pas avoir à se défaire du non divin, du non intelligent en son être, car tout cela rendu à l'unité allait être éternellement un, indissoluble, en sa propre et indestructible unité.

Le christianisme découvre en l'homme une unité propre, ni adventice ni fugitive. Une unité engendrée par-delà le commencement visible de sa vie, l'actualité de son être. L'idée de substance, héritée de la philosophie grecque, sembla convenir à ce genre d'unité stable. L'émancipation par rapport au divin, qui apparaît dans la pensée de Hegel, conduit l'être humain à une étrange situation, puisqu'il s'est émancipé du divin en en héritant. Mais de telle façon que, comme individu, il ne sera que l'éphémère vecteur d'un moment, un *ouvrier* – ce qu'a peut-être compris Marx –, un ouvrier de l'histoire, devant laquelle, à la manière du serf d'autrefois, il ne peut lever le front.

Cette immersion de l'être humain, de son unité, dans le devenir, ne fut pas annoncée avec résignation, mais avec enthousiasme. L'enthousiasme né de sentir son intimité pénétrée par un dieu nouveau, ou par une nouvelle version du divin.

Enthousiasme aussi de s'extérioriser, de se débarrasser du fardeau de l'intimité et de devenir extérieur à soi-même. Tandis que l'histoire s'intériorisait, acquérait une intimité comme expression de l'esprit, l'individu s'extériorisait, emporté par l'enthousiasme de sentir qu'il faisait partie d'un dieu en devenir, d'une divinité en train de se faire.

Pareil enthousiasme révèle que l'événement qui l'éveille est d'ordre religieux. Un changement dans les rapports de l'homme à la divinité, qui a rapproché l'homme du divin d'une façon inouïe. Et cet enthousiasme n'a pas disparu dans les critiques anti-hégeliennes qui ne l'ont pas détruit, sauf chez Kierkegaard. Comme une onde, il a pris de l'ampleur jusqu'à atteindre le cœur même de la masse anonyme.

Comte est le vecteur de ce même enthousiasme, un tant soit peu plus mesuré. Sa philosophie ne commence qu'après la destruction de l'ancienne situation religieuse. Son action est également émancipatrice et la révélation de l'homme y est encore plus nettement dessinée. Il s'agit d'une nouvelle religion sans Dieu, de la religion de l'humain. Et l'humain s'est ainsi élevé jusqu'à occuper la place du divin. Au moment où s'abolissait le divin comme tel, c'est-à-dire comme transcendant à l'homme, celui-ci a pris sa place vacante.

Un tel événement, le plus grave de tous ceux qui peuvent avoir bouleversé l'époque actuelle, s'est exprimé en toute clarté dans la philosophie : idéalisme allemand, positivisme français, marxisme et matérialisme. Mêlé à la poésie, il fait une apparition fulgurante chez Nietzsche. Et c'est chez lui que se produit l'événement le plus tragique qui soit arrivé à l'homme : dans la liberté de sa solitude, rêver de donner naissance à un dieu issu de lui-même. Dans la désolation du « trop humain », rêver d'engendrer un dieu. Le futur dans lequel ce surhomme allait prendre réalité, remplit le vide de l'« autre monde », de cette survie, de cette vie divine disparue dont l'humain s'était émancipé.

Le futur est ce terme où la pensée va situer cette autre vie perdue, cette vie divine à laquelle l'espérance humaine ne peut renoncer. Elle ne fait donc que la transformer en réalité, quand elle croit l'avoir annulée.

Le futur est la dimension en fonction de laquelle on se met à vivre à partir du moment où Descartes découvrit la formule la plus adéquate à la situation de l'homme moderne. Ortega y Gasset a dénoncé le « futurisme » de la philosophie européenne à partir de Descartes. Ne pourrait-on voir dans cette projection vers le futur, le transfert de cette soif d'une vie divine, de ce besoin de Dieu ? Car Descartes, qui recueille d'une manière si cristalline les preuves classiques de l'existence de Dieu, a réalisé dans sa philosophie un subtil changement : Dieu demeure la clé de voûte de l'édifice métaphysique, la garantie de l'existence de la réalité, mais l'horizon est débarrassé de sa présence. La conscience a rempli cet espace. Dieu va être le garant de l'existence de l'être qui existe dans et par la conscience. Mais la conscience est, par définition même, autonome.

La conscience, domaine nettement humain où le divin n'intervient ni ne se reflète ; la conscience qui cherche et a besoin de la solitude. En définissant l'être de l'homme, la conscience le définit comme un solitaire qui instaure un domaine, un règne sans appel. L'homme, être de conscience, est radicalement différent de l'homme être d'âme et de corps, comme unité substantielle de corps et d'âme. Par rapport à l'âme, la conscience représente une plus grande nudité, comme si l'être humain, par son renoncement, étendait son domaine. Sa vie contenue, enveloppée par la conscience, s'élance ainsi vers le futur. Et c'est dans le futur qu'elle vit par anticipation. Vivre, avec l'idéalisme récent, ce sera vivre par avance, s'élancer vers le futur comme le fait la connaissance. Contraindre la vie, toute vie, à suivre le destin de la connaissance.

La vie, installée dans le champ de la connaissance, se trouve en même temps soumise à elle et déifiée. Ce premier aspect fut dénoncé par Ortega y Gasset dans sa critique de l'idéalisme dès sa *Thèse métaphysique sur la raison vitale*, dans ses cours que j'ai eu la chance de suivre à la Faculté de Philosophie et de Lettres de Madrid. De ces années-là, déjà lointaines, à aujourd'hui, la situation dénoncée par Ortega n'a fait que s'accentuer, même si l'idéalisme n'est plus une pensée dominante de nos jours. Mais une situation vitale peut subsister et même se renforcer par delà la pensée qui a pu lui donner forme et l'engendrer. Or, sur ce point, l'idéalisme, sans aucun doute, a non seulement forgé des idées, mais s'est nourri de « croyances » ; de croyances issues des désirs les plus profonds de l'époque de sa splendeur. Désir de déification, puisque dans l'idéalisme le « sujet de la connaissance » parvient à occuper la place de l'Intelligence pure chez Aristote, c'est-à-dire celle de Dieu.

C'est ainsi que le Dieu de la pensée absorbait la vie, toute la vie. Mais la vie lui insufflait sa passion ; la passion que l'homme a éprouvée pour le divin, sa quête incessante sur toutes les voies de son histoire. Dans l'idéalisme allemand, cette passion de l'homme pour le divin était transférée dans la connaissance ; la vie finissait par être subjuguée par elle-même, par son propre désir. L'idéalisme était une sorte d'« enthousiasme ».

La connaissance purifiait l'homme de tout ce qui, dans la vie, est passivité. Pas des « passions » qui, selon Hegel, sont la matière de l'histoire, son moteur ; mieux, sa nourriture nécessaire ; comme nous le montrent les premières pages des *Leçons de Philosophie de l'Histoire*. Ici, l'homme – l'humain – venait servir de nourriture au divin à travers l'histoire ou dans l'histoire. Comme si l'ancien sacrifice humain de certaines religions – telle celle des Aztèques – réapparaissait sous une autre forme ; l'acte allait en être le même : offrir son cœur et son sang – métaphore habituelle des passions – à un dieu maintenant nommé histoire. Telle était du moins la vérification « historique » de la pensée hégelienne, simplifiée jusqu'au schématisme, comme c'est toujours le cas quand on tire d'une philosophie une idéologie pour les « masses ».

Le cercle a ainsi paru se boucler pour l'homme occidental ; sa préhistoire réapparaît, son passé enfoui dans la nuit des songes, chassé du champ de la mémoire, encore inconscient. Et ce que l'homme n'osait même pas rêver, est devenu – et continue à être – réalité.

La libération de l'« humain » s'est heurtée à cet écueil, à cette résistance insoupçonnable dressée devant lui. Le divin, éliminé comme tel, effacé sous son nom familier et bien connu de Dieu, réapparaît, multiple, irréductible, avide, transformé en somme en « idole », dans l'histoire. Car l'histoire semble nous dévorer avec la même avidité insatiable et indifférente que les idoles les plus anciennes. Avidité insatiable parce qu'elle est indifférente. L'homme s'en trouve rabaissé, réduit dans sa condition à un simple numéro, dégradé sous le règne de la quantité.

L'homme n'existe-t-il donc plus à l'heure actuelle ? Exister, c'est résister, être « face à », affronter. L'homme a existé quand, face à ses dieux, il a offert une résistance. Job est le plus vieil « existant » de notre tradition occidentale. Car, face au Dieu qui a dit « JE SUIS celui qui EST », il a résisté de la manière la plus humaine, avec la plus humaine des formes de résistance : en lui demandant raison. L'homme d'aujourd'hui ose-t-il demander raison à l'histoire ? Même si elle est son idole, le faire suppose de se demander raison à soi-même. Avouer, se souvenir pour se libérer.

Et se libérer pour l'homme, c'est se diminuer ; gagner de l'espace, l'« espace vital » rempli par l'inflation de son être même. L'un des effets de la « déification » est une prise de possession d'un espace plus vaste que celui que nous pouvons réellement dominer ; c'est franchir les limites qui sont celles de l'humain ; dont l'exemple et le modèle est la limitation que nous impose le fait d'avoir un corps et de l'habiter. La diminution de l'humain aura pour inexorable conséquence de laisser la place au divin, sous cette forme qui lui rend possible de s'insinuer et d'apparaître comme une présence et même comme une absence qui nous dévore. La déification qui entraîne obligatoirement la limitation humaine – l'impuissance d'être Dieu –, provoque, entraîne la transformation du divin en une idole insatiable, à travers laquelle l'homme – à son insu – dévore sa propre vie, détruit lui-même son existence. Face au « véritable divin », l'homme s'arrête, attend, cherche, raisonne. Face au divin tiré de sa propre substance, il reste sans défense. Car c'est sa propre impuissance à être Dieu qui se présente à lui et lui apparaît, objectivée sous un nom qui ne fait que désigner la réalité qu'il ne peut éluder. Il finit donc par tomber dans un jeu sans issue de fatalités auxquelles, dans son obstination, il ne peut échapper. Se diminuer, rentrer en raison, c'est aussi se retrouver. Et puisque l'homme est tombé sous le joug de l'histoire transformée en idole, peut-être devra-t-il se retrouver en s'y enfonçant sans crainte, comme le fait souvent le criminel accablé qui revient sur les lieux de son crime ; comme le fait également, s'il en a le courage, l'homme qui a perdu le bonheur : il regarde en arrière, revit le passé pour voir s'il y surprend l'instant où s'est brisée la félicité. Celui qui ignore ce qui lui arrive, fait un travail de mémoire pour vaincre l'interruption de son récit, car il n'est pas totalement infortuné celui qui peut se raconter à lui-même sa propre histoire.

I

L'HOMME ET LE DIVIN

DE LA NAISSANCE DES DIEUX

Une culture dépend de la qualité de ses dieux, de la configuration que le divin a pu prendre par rapport à l'homme, de la relation explicite ou secrète qu'ils entretiennent entre eux, de tout ce que le divin autorise à faire en son nom et, plus encore, du conflit possible entre l'homme, son adorateur, et cette réalité qu'il représente ; de l'exigence et de la grâce que l'âme humaine s'accorde à elle-même à travers l'image divine.

Comment les dieux sont-ils nés et pourquoi ? L'homme aurait-il pu s'en passer ? Ou est-ce le besoin humain qui, insatiable, les fait surgir, tout en demeurant caché, pour les accueillir ensuite comme quelque chose qu'il a découvert au-dessus de lui-même et aussi contre lui-même ? Les dieux poursuivent l'homme de leur grâce et de leur rancœur ; c'est leur première caractéristique. Ce n'est qu'à leur apogée, où vient poindre la décadence d'une époque, que les dieux apparaissent impassibles, indifférents à l'homme. « Dans le cas où il y aurait des dieux, ils ne s'occupent nullement des hommes », disait Lucrèce dans la désolation de la culture gréco-romaine. Pour cette conscience vigilante, les dieux étaient déjà morts. Mais, lorsque les dieux font leur apparition, ils se font sentir avant tout parce qu'ils s'occupent beaucoup des hommes, peut-être trop. C'est comme un délire de persécution qui accable l'être humain.

Au plus profond de la relation de l'homme avec les dieux, il y a la persécution ; ils nous persécutent sans trêve, et celui qui n'éprouve pas cette persécution implacable sur et autour de lui, attachée à ses pas, mêlée aux événements les plus anodins, décidant et même dictant les circonstances qui changent sa vie, en déviant le cours, énigmatique pulsation qui bat au plus secret de sa vie et de toute la réalité, a cessé en vérité de croire en eux. Et l'on sait comment la relation de persécution d'un homme envers un dieu peut facilement se muer en la plus fervente adoration. C'est que les rapports premiers, originaires, de l'homme et du divin ne sont pas du domaine de la raison mais du délire. Et la raison canalisera le délire en amour.

Un délire de persécution. La médecine moderne – la psychologie tout autant que la physiologie – explore ce délire qui aujourd'hui revient dévaster le monde. Et le fait est que, quels que soient la forme qu'elle prend et ses motifs apparents, la lutte avec le divin n'est jamais loin. Le domaine de la psychiatrie recoupe le domaine du sacré, du divin non encore révélé.

À la lumière de ce délire, le plus implacable de tous, nous pourrions entrevoir de quelle façon ce qui, plus tard, prendra le nom de Dieu, se fait sentir en l'homme. Et ce qu'il révèle et dénonce de la condition de la vie humaine. Qu'il y ait de la vie, est-ce cela ? Quel est ce quelqu'un qui, dans sa vie, éprouve l'oppression des dieux ?

Quand ils n'existent pas encore, à quoi bon les créer ? S'ils ont été créés, ce doit être pour quelque chose d'inévitable. Tel est, sans aucun doute, l'aspect premier, originaire de la tragédie de la vie humaine. Car, avant la lutte avec l'autre homme et au-delà de cette lutte, apparaît la lutte avec ce quelque chose que plus tard, après un long et pénible travail, on appellera les dieux.

Dans cette situation initiale, l'homme ne se sent pas seul. Autour de lui, il n'y a pas un « espace vital », libre, dans le vide duquel il peut se mouvoir, mais tout le contraire. Ce qui l'entoure est plein. Plein il ne sait pas de quoi. Il pourrait n'avoir pas besoin de savoir de quoi est plein ce qui l'entoure. Et s'il en a besoin, c'est qu'il se sent différent, étranger. Il ne s'interroge pas non plus ; pour arriver au moment où il pourra interroger ce qui l'entoure, il reste encore un long chemin à parcourir ; car la réalité le déborde, le dépasse et ne lui suffit pas. Ce qui lui manque n'est pas la réalité mais une vision. *Voir* est son besoin immédiat. Il faut que cette réalité changeante se configure en entités, que le continu se configure en formes distinctes, identifiables. Dans sa poursuite de ce qui le poursuit, la première chose dont il a besoin c'est de *l'identifier*.

Car, inutile de dire, sans doute, que le délire de persécution contraint aussi à la persécution et que celui qui le subit ne sait pas, ne peut pas savoir s'il persécute ou s'il est persécuté. Vue du dehors, sa conduite est celle de celui qui persécute, mais c'est lui-même qui est entraîné, dans l'innocence de son action. C'est pourquoi, lorsque le délire culminera dans la supplication – « Permets-moi, Seigneur, de voir ton visage » –, il la proférera au plus fort de l'exaspération, à la limite de ses forces, au terme d'une lutte épuisante.

Et lorsque, poétiquement, il définira les dieux, il croira rendre compte de ce qui a été, de ce qui s'est toujours montré ainsi. Alors, le délire de persécution aura pris fin : le pacte aura été scellé.

Les dieux grecs – ceux d'Homère – ont souffert de l'interprétation qui en fait l'expression personnifiée des forces naturelles. Mais, pour que cela ait été le cas, il aurait fallu que ces forces aient été éprouvées comme telles. C'est plutôt le contraire qui s'est produit : les forces naturelles, « la nature », n'ont été perçues que lorsque les dieux, en leur parfaite figuration, les ont rendues visibles ; lorsqu'ils les eurent débarrassées de ce *quelque chose* dont ils sont les vecteurs ; lorsque aussi le pacte avec eux eut allégé l'homme de ses illusions, le laissant en liberté, débarrassé désormais de son premier délire. Et, par conséquent, victorieux.[1]

Car au commencement était le délire ; le délire visionnaire du Chaos et de la nuit aveugle. La réalité écrase et on ne sait pas son nom. Elle est continue puisqu'elle remplit tout et que l'espace n'est pas encore apparu, lente et difficile conquête. Autant, si ce n'est plus que celle du temps. Ce qu'il faut d'abord, pour qu'apparaisse un espace libre où l'homme ne se heurte à rien, c'est rendre concrète la réalité, au sens où l'on va peu à peu l'identifier ; où l'on va peu à peu y découvrir des entités, des unités qualitatives. C'est le discernement premier, très antérieur au discernement logique, à la spécification de la réalité en genres et espèces, et qui la prépare. Il n'y a encore ni « choses » ni êtres dans cette situation : ils ne deviendront visibles qu'après que les dieux seront apparus et qu'ils auront pris nom et figure.

Les dieux semblent donc être une forme de commerce avec la réalité, qui apaise la terreur originaire, élémentaire, dont l'homme se sent la proie en s'éprouvant différent, dans une situation inégale. Il ne sent pas encore l'« étrangeté » qui n'apparaît que dans la conscience, et ce qu'il vit c'est la vie immédiate, sans conscience, sans vision de son « étrange » situation, source de son délire de persécution.

Les dieux, configurations premières que l'homme découvre dans la réalité, ont deux grandes fonctions – dont il restera toujours quelque chose dans les idées, dans les concepts, beaucoup plus tard –, deux grandes fonctions libératrices qui ont en eux leur racine.

Cette première forme de commerce avec la réalité devait s'offrir dans une image. La nécessité d'avoir une idée des dieux ne peut apparaître que quand les idées existent déjà,

[1] Dans la lutte avec les dieux, l'homme interprète la paix comme une victoire. Ce qui explique que les dieux reviennent le persécuter.

et plus encore, quand il existe des idées de presque toutes les choses, car les dieux sont les derniers à attirer ce regard propre à la libération humaine : la connaissance. Alors, ils ont cessé d'être proprement des dieux. Leur forme précise, leur enveloppe, est une image ; l'image première que l'homme est capable de se former, autrement dit, une image sacrée, qui toujours réapparaîtra dans le délire de l'amour.

Mais avant d'envisager ce que peut être l'image sacrée et l'image, une question préalable se pose à nous : pourquoi cette première forme de commerce avec la réalité, ces configurations que l'âme humaine découpe dans la plénitude de la réalité, doivent-elles être des dieux ? Pourquoi y a-t-il toujours eu des dieux, de type différent, bien sûr, mais, finalement, des dieux ?

C'est la situation de laïcité déclarée ou larvée à laquelle est parvenu l'homme occidental qui peut induire cette interrogation. Contraints de justifier tout ce que nous subissons, nous devons à présent justifier ce besoin abyssal qui définit la condition humaine.

Car, où que nous tournions notre regard, nous découvrons des dieux, quoique de types très différents. Tous n'ont pas eu la fonction des dieux grecs, ni n'ont été révélés de la même manière. Mais tout témoigne de ce que la vie humaine a toujours senti qu'elle était devant *quelque chose*, ou, plutôt, sous quelque chose.

Au commencement était le délire ; cela signifie que l'homme se sentait regardé sans qu'il puisse voir. C'est ainsi que commence le délire de persécution : avec la présence inexorable d'une instance supérieure à notre vie qui cache la réalité et ne nous est pas visible. Avec ce sentiment de nous sentir regardés sans être capables de voir qui nous regarde. Aussi, au lieu d'être source de lumière, ce regard est-il une ombre[1]. Mais, comme dans tous les délires

[1] L'ombre qui même dans le christianisme visitera la créature élue.

humains, l'espoir est là, plus peut-être qu'en aucun autre, puisque c'est le premier. L'espoir est captif de la terreur ; l'angoisse de se sentir regardé contient le désir d'être regardé, avec tout l'espoir qui s'éveille, se tourne vers cette présence qui se manifeste en se dissimulant.

La forme première d'apparition de la réalité pour l'homme, est celle d'une complète occultation, une occultation radicale ; car, pour l'homme, la première réalité cachée, c'est lui-même. L'homme – cet être caché – désire sortir de lui-même et il en a peur ; même si la réalité toute entière ne dissimulait aucune présence, personne pour le regarder, il projetterait ce regard : le regard dont il est doué et qu'il peut à peine exercer. Ainsi, lui qui ne peut encore se regarder, se regarde à partir de ce qui l'entoure. Et tout, les arbres et les pierres, tout le regarde et, surtout, cela qui est au-dessus de sa tête et demeure immobile sur ses pas, comme une voûte à laquelle il ne peut échapper : le firmament et ses hôtes resplendissants. Et de ce à quoi il ne peut échapper, il tire son espoir.

L'espoir se tourne vers cette instance supérieure, non-humaine qui surplombe l'homme. Instance – réalité – qu'il n'invente pas : il l'a trouvée avec sa vie. C'est pourquoi il y a toujours eu des dieux, sous une forme ou sous une autre. Les dieux ont été ou peuvent avoir été inventés, mais pas la matrice dont ils ont surgi un jour, pas ce fond ultime de la réalité qui a été pensé ensuite et traduit dans le monde de la pensée comme *ens realissimus*. La réalité suprême dont émane le caractère de tout ce qui est réel.

La réalité ne s'est pas offerte à l'homme comme une qualité des choses, comme on l'a formulé en posant le problème de la connaissance. La connaissance des objets réels est-elle possible ? La réalité transformée en problème dans la philosophie postérieure à Kant a conduit à une vision de la réalité comme état, mode d'être de certaines choses. Mais la réalité telle qu'elle se présente à l'homme qui n'a pas connu le doute, de l'homme qui n'a pas encore accédé à la conscience et même, longtemps avant, de l'homme qui crée et invente les dieux, cette réalité n'est ni un attribut, ni une qualité qui se rapporte à certaines choses et non à d'autres : elle est quelque chose d'antérieur aux choses, elle est une irradiation de la vie émanée d'un fond de mystère ; elle est la réalité cachée, dissimulée ; elle correspond, en somme, à ce qu'aujourd'hui nous appelons « sacré ».

La réalité est le sacré et seul le sacré la détient et la dispense. Tout le reste lui appartient. « Nous sommes la propriété des dieux » disait encore au IVe siècle Théognis de Mégare. Et il faut rappeler que, dans les vieilles cultures dont l'esprit de certains peuples en marge de la civilisation conserve des traces, toute couleur, tout être vivant, animal ou plante, toute pierre – ce que nous autres, êtres civilisés, appelons qualités, couleurs, parfums –, appartient à un dieu. Savoir, pour ces cultures, c'est savoir à quel dieu appartiennent les différents types d'êtres, de choses et de qualités : « tout a un maître ».

Il faut imaginer qu'une telle croyance ne s'est pas formée postérieurement à la découverte des dieux – ses maîtres – mais qu'elle l'a précédée. On a dû sentir derrière chaque sorte de choses – qui ne doivent pas exactement coïncider avec les nôtres, dessinées par l'esprit – qu'elles faisaient signe vers quelqu'un, un maître, un seigneur. Et loin de se sentir libre, l'homme aussi se sentait possédé, esclave, sans savoir de qui. Parce qu'il se sentait regardé et persécuté. Derrière le sacré, s'annonce quelqu'un, un maître, un souverain.

Max Scheler, dans *La place de l'homme dans le cosmos*, décrit la situation de l'homme comme celle de quelqu'un qui n'a pas d'espace propre, de milieu, de maison. Et, errant au milieu des choses sans abri qui lui soit destiné, il projette autour de lui ce dont il aurait besoin pour que sa vie s'adapte à son milieu. Comme il ne trouve ni confirmation ni réponse adéquate, il éprouve cette absence comme réalité ; il se sent rejeté parce qu'il ne se sent pas aimé ; persécuté, parce que nul ne lui ouvre la porte de sa maison, de ce lieu dont il a besoin. Et il guette tout événement, aussi minime soit-il, pour y découvrir un peu de l'attention et des égards qu'il attend.

Car la situation de la vie humaine est initialement négative. Le besoin et l'espoir n'y trouvent pas leur pâture. Libres, de la liberté de la faim, les hommes s'épuisent surtout à trouver leur nourriture et s'ils ne la trouvent pas, ils interprètent naïvement leur indigence comme un signe d'hostilité, d'agressivité. L'homme devra être bien avancé dans l'âge de la raison pour accepter le vide et le silence qui l'entourent.

Mais les exigences de l'espoir connaissent aussi leur délire et la vie s'y déploie. Le délire devient alors une exaltation qui finit par être une ivresse. Alors, cette instance supérieure et inconnue se fait sentir à l'intérieur de l'homme même. C'est à l'intérieur de lui qu'il sent cette réalité suprême qui le pousse et lui fait franchir tous les obstacles. Autour de lui, la réalité ne lui apparaît plus comme hostile et le cauchemar de la terreur a disparu. C'est l'envers de la persécution : c'est la grâce, comme on l'appellera plus tard ; c'est l'aspect bénéfique, positif. Car la vie humaine apparaît initialement dans ces deux situations qui correspondent aux deux manifestations du sacré : la double persécution de la terreur et de la grâce.

L'apparition d'un dieu représente la fin d'une longue période d'obscurité et de souffrances. C'est l'événement le plus apaisant de tous ceux qui peuvent se produire dans une culture, le signe que le pacte, l'alliance, est conclu. Le délire de persécution a cessé, du moins dans sa phase initiale ; dorénavant, celui qui est persécuté le sera par un dieu à qui pourront être demandées des explications. C'est la première question que l'homme va oser formuler, puisqu'il a quelqu'un à qui s'adresser.

L'apparition des dieux signifie la possibilité de la question, d'une question non encore philosophique, bien entendu, mais sans laquelle la question philosophique ne pourrait être posée. L'attitude qui engendre la question ne peut naître que face à quelqu'un qui aura fait son apparition ; face à une force qui aura montré son visage et portera un nom. C'est le cas pour Job dans l'Ancien testament ; pour les consultations d'Apollon à travers ses oracles.

L'apparition de dieux comme Apollon et la révélation de Jéhovah, marquent ainsi l'apparition de la part la plus humaine de l'homme : le questionnement, l'interrogation sur les choses. Mais ce ne sont sûrement pas les choses inanimées qui suscitent la question. À ce que nous savons, on n'a jamais posé à un dieu des questions de connaissance. Le désir de savoir ne s'est jamais adressé aux dieux sous forme de demande : « dis-moi dieu, qu'est-ce que les choses ? »… La question adressée par l'homme à la divinité – révélée ou dévoilée poétiquement – a été celle de l'interrogation angoissée sur sa propre vie. Entre les deux questions, il n'est de commun que le fait de s'interroger, le changement d'attitude, la révolution qu'il suppose.

L'attitude de questionnement suppose l'apparition de la conscience ; la conscience, ce déchirement de l'âme. Une déchirure… c'est la première chose dont on imagine qu'elle ait pu donner naissance à la conscience, si l'on suit le fil de la nostalgie du « Paradis Perdu » et de l'« Âge d'Or ». Mais ce « Paradis Perdu », cet « Âge d'Or » n'ont jamais existé dans l'histoire, ni dans son long prélude, la préhistoire. Aucun âge d'or réel n'a précédé le chemin de l'infortune dans la « vallée de larmes ». Aussi, ce déchirement de l'âme, cette perte de l'innocence que suppose l'attitude consciente ne sont-elles que la formulation, la concrétisation d'une longue angoisse, d'un délire de persécution.

Le délire de persécution n'interroge pas puisqu'il n'a personne à qui s'adresser : il s'apaise plutôt quand il peut interroger. La question ne peut naître que dans un état de relative sécurité ; l'être humain s'est affirmé lui-même à travers la souffrance et la peine dans ce savoir tragique que présente Eschyle dans son *Prométhée* : « apprendre en souffrant ». Une profonde expérience de ce genre doit avoir précédé toute question adressée aux dieux, chose qui devient patente dans le récit du *Livre de Job*. Dans les mythes grecs cet instant n'apparaît pas avec autant de clarté, car la clarté en Grèce semble être apparue soudainement et laisse quelque peu dans l'ombre sa lente et angoissante préparation. Ce n'est pas dans l'« Âge d'Or », mais dans un âge d'infortunes qu'il faut chercher la préhistoire de l'attitude humaine qui ose s'adresser au divin en le sollicitant par ses questions.

Le récit qui, de tous les récits grecs, semble le mieux s'adapter à ce propos, est sans aucun doute celui de Prométhée. C'est lui qui entre en conflit avec les dieux et les sollicite le premier. Sa demande est, comme celle de Job, une plainte, car telle est la première demande formulée par l'homme ou par un demi-dieu qui le représente. Une plainte raisonnée et non pas le simple cri sans destinataire perdu dans le vent. Elle est donc la demande qui suit immédiatement l'acte ; elle est l'expression d'un conflit.

Job gît écrasé sous le poids de la colère divine, lui qui n'avait rien fait qui puisse l'attirer sur lui, qui puisse expliquer pareille persécution. C'était inutile, car en arrière-plan, comme fond du mystère, il y avait le *Livre de la Genèse*, l'histoire de la création de l'homme et de sa rébellion, de sa sortie du néant. Il suffisait, donc, de lui rappeler sa condition.

Mais Prométhée n'était pas un homme ; c'était un Titan en révolte pour l'homme, c'était un libérateur. Son existence et sa conduite semblent combler un abîme ; l'abîme de l'injustice laissé par les dieux entre la situation de la vie divine et celle des hommes. D'un côté, les privilèges ; de l'autre, la pauvreté qui ressemble à une dépossession. Face aux dieux l'homme n'avait pas un rang inférieur pour des raisons liées à l'être (il n'existait pas encore), c'était un dépossédé ; comme si les dieux, profitant d'une conjoncture favorable, avaient tout accaparé : l'immortalité et le présent ; ou, à l'opposé, comme si, dans un moment d'inattention, ils avaient permis la naissance d'une créature à laquelle ils n'allaient faire aucun don. La raison humaine, l'homme dans son absolu dénuement ne pouvait même pas la réclamer. La lutte prométhéenne fait référence à une situation très antérieure au récit de Job où l'homme, même plongé dans la misère, peut réussir à la voir en fonction de l'être, où il peut déjà se plaindre de son être ou de son manque d'être : « Tu as permis que je naisse dans l'iniquité »... est le cri d'un être qui s'éprouve, qui sait et qui réclame ce qui devrait lui revenir ; c'est la plainte de la larve qui a déjà une conscience suffisante pour se plaindre d'être à moitié. L'homme, avant l'intervention de Prométhée, ne pouvait se plaindre, poussé qu'il était par la nécessité ; le destin, l'incertitude ne pouvaient se présenter à sa conscience enfouie dans un être dépossédé de tout ; les hommes étaient nés dans un monde qui ne les attendait pas et, sans l'intervention de Prométhée, l'existence même de l'homme n'aurait pu voir le jour.

L'histoire humaine n'avait pas encore commencé quand Prométhée réalisa son exploit qui, en réalité, fait partie d'un combat antérieur : la lutte entre les dieux et les demi-dieux. Il n'y a pas de comparaison, en fait, car la possibilité de la vie humaine sur terre fut précédée, selon le mythe grec, les théogonies orphiques et celle d'Hésiode, par une lutte entre « eux », les plus qu'humains. C'était Zeus qui avait à apprendre en souffrant, pour laisser ainsi une place à la vie humaine, laquelle est issue d'une souffrance divine, d'une blessure d'orgueil et d'une brèche dans la divine impassibilité. Cette expérience divino-humaine, c'est la philosophie qui, sans le dire, devait la recueillir ensuite, quand elle poussa l'homme à s'interroger lui-même sur ce qui l'entoure, au lieu d'aller demander raison à une divinité qui avait difficilement consenti à ce que soient accordés à cette pauvre créature les moyens les plus élémentaires de subsistance.

L'apparition des dieux, leur sédimentation, marquera une période de luttes obscures entre eux ou entre les dieux et certains éléments vaincus – en Chine, en Inde. Elle représente donc un pacte ou une victoire à l'intérieur même du mystère ultime de la réalité ; les dieux sont l'expression d'une loi qui ne sera plus jamais transgressée, ils sont le signe et la garantie de ce que le monde a pris forme ; la sortie du Chaos a maintenant eu lieu.

LE SACRIFICE

Cependant, avant toute question adressée aux dieux, il y a un type de relation universelle qui a toujours existé face à toute forme et fonction divine : le sacrifice.

Grâce au sacrifice, l'homme se met à faire partie de la nature, de l'ordre de l'univers et il se réconcilie ou devient l'ami des dieux. Mais, comprendre ainsi le sacrifice, n'est-ce pas l'envisager à partir de notre situation actuelle ? Comme la situation de l'homme moderne est la solitude, l'isolement, conséquence d'une vie selon la conscience, nous nous figurons que le sacrifice est une entrée dans l'ordre de la réalité. Cependant, l'homme qui avait découvert le rituel de n'importe quel sacrifice, n'avait pas besoin d'entrer dans la réalité mais d'en sortir ; c'était la solitude, la liberté, qu'il lui fallait conquérir. Le sens « pratique » du sacrifice fut, sans doute, de créer une sorte d'« espace vital » pour l'homme ; moyennant un échange, d'offrir quelque chose pour qu'on lui laisse le reste. Offrir quelque chose ou quelqu'un pour que le reste de la tribu ou du peuple restent libres ; apaiser la faim des dieux afin de pouvoir posséder quelque chose pour quelque temps. Car tout appartenait aux dieux et rien à l'homme ; en leur offrant quelque chose, on leur demandait un accord, une acceptation, une restriction à leurs exigences. Sans le sacrifice, l'homme serait resté enchaîné pour toujours à la réalité présente dans les entités divines.

La fonction du sacrifice était multiple, mais avait surtout un but : susciter une manifestation. Les dieux sont toujours présents, mais on ne les voit pas ; ils ne se laissent pas voir. Nous pourrions même dire que l'une des caractéristiques de la divinité est de ne pas se laisser voir, ce dont il reste une trace dans cette passion de l'âme humaine qui revit la longue passion éprouvée, avant l'histoire, face au sacré : l'amour. L'amour a surgi dans toute sa force face à ce qui ne se laisse voir qu'en de rares et précieux instants qui touchent ainsi au domaine des manifestations divines, lorsqu'une réalité éblouissante apparaît dans sa brièveté, comme la manifestation d'une chose infinie.

La manifestation du divin est toujours instantanée. Nous pourrions même dire que la notion d'« instant » est issue du divin ou de sa permanence dans la vie la plus moderne : le bonheur, les rares instants de bonheur équivalents, dans la vie simplement humaine, aux instants marqués par l'apparition des dieux, lorsque, enfin, cédant au sacrifice, ils se laissaient voir. De tout cela, on trouve une trace réelle dans la passion amoureuse qui peut aujourd'hui nous renseigner sur la préhistoire de la vie humaine, sur les souffrances et l'attitude de l'homme face à ses divinités à demi cachées.

L'instant, unité qualitative du temps, car tel est l'instant, se caractérise par le fait qu'il n'est presque rien, le minimum, dans le temps successif, dans le temps qui peut être mesuré. Ou plutôt, par le fait d'échapper grâce à sa qualité extraordinaire – au-dessus du niveau humain – à la quantité, au temps mesurable. L'instant peut être une seconde de nos montres rapides ; il peut être, il a dû être, de nombreuses heures et même de nombreux jours et nuits du temps solaire. Le langage le dit toujours : « tout m'a fui en un instant ». Car l'instant, quand il vient de passer, donne l'impression qu'il s'est enfui ; puisqu'en vérité quelque chose qui semblait être là pour toujours, qui comblait de sa présence la totalité de notre âme, a disparu soudain sans que nous puissions le retenir. Tel est l'instant : un temps où le temps s'est annulé, où s'est annulé son écoulement, son passage et que nous ne pouvons, par conséquent, mesurer que de l'extérieur et quand il est passé, par son absence.

L'instant ne pourrait apparaître s'il n'était la manifestation du divin, de quelque chose qui efface l'immédiateté, quelle qu'elle soit, et fait surgir dans son vide une autre réalité différente en qualité. Réalité différente qui, qualitativement, et plus tard dans les religions déjà décantées, sera tenue pour la véritable réalité, sera reçue comme ce qui est le plus vrai, quand l'idée de vérité fonctionnera dans l'esprit humain. Avant que la notion de vérité ne soit apparue, il ne pourra évidemment en être ainsi, mais dans cette qualité se trouvera la base de ce qui, plus tard, sera reconnu comme vrai à l'intérieur d'une religion et même en dehors d'elle. Ce qui apparaît avec l'« instant », c'est la pré-vérité.

Le sacrifice est l'acte ou la série d'actes qui font surgir cet instant où le divin devient présent ; il est l'appel, nous pourrions dire la contrainte exercée sur cette réalité cachée pour qu'elle apparaisse. Ce n'est pas une parole mais, avant tout, une action dans laquelle la parole joue son rôle. La parole ne fonctionne pas – c'est un caractère acquis aux époques rationalistes – comme énonciation de quelque chose, comme énoncé à propos d'un sujet ; au fond, un jugement. Elle est, pourrions-nous dire, un mélange de supplique et de menace : elle a un caractère performatif difficile à concevoir quand déjà les paroles à fonction performative – la « parole performative » de l'ordre militaire – ne viennent que de l'empire de certains hommes sur d'autres. Et, cependant, cette parole de commandement conserve, sans aucun doute, quelque trace de la parole efficace du sacrifice et devient perceptible si nous nous souvenons que cette parole de commandement, cette « parole performative » donnée par un supérieur dans l'armée, est la parole qui contraint à une action qui, accomplie en temps opportun, sera un sacrifice. Toute parole de commandement, tout rapport d'autorité entre les hommes, conserve une trace du rituel sacrificiel, le porte en son fond.

C'est que la vie humaine s'est développée sur deux plans, au moins, qui correspondent à deux manières de sentir le temps, plus précisément à un sentiment du temps et à un sentiment de son annulation. À ces « instants » issus du sacrifice correspondront toujours les actions dans lesquelles la réalité se révèle originellement. Elles constituent les actes originaires de l'apparition de la réalité dans sa suprême plénitude, y compris la réalité même de la vie humaine.

L'apparition des dieux a toujours été liée à l'acte du sacrifice. Et l'existence de l'homme, sa manifestation comme tel, sa propre révélation à lui-même et sa conquête d'une certaine liberté et d'un espace où se développer, ont initialement dépendu de cette apparition des dieux. Sans la manifestation du divin sous quelque forme qu'elle ait pu se produire, l'homme n'aurait pu, pour étrange que cela paraisse, gagner sa visible mais précaire indépendance.

La réalité n'attend pas l'homme, elle doit se découvrir à lui. Pour l'animal et la plante, adaptés à leur milieu, « parfaits », la réalité est présente dans la mesure où elle leur est nécessaire. Autrement dit... il peut leur manquer la réalité concrète, déterminée qui, à un certain moment, doit subvenir à leur besoin. Mais pour l'homme, outre qu'elle lui manque parfois et presque toujours au début de sa vie sur la terre, la réalité lui manque, sans plus, elle est cela qui ne correspond à aucune manifestation particulière, à aucune « chose », mais qui doit être derrière elles ou en elles ou quelque part ailleurs, cela dont le lieu se trouve parfois – dans le monde sacré – à un endroit particulier : dans un rocher, un arbre, un fleuve, « là ». Avec la naissance des dieux, elle les habite, ils sont son continent, ses dépositaires et avec eux elle apparaît et disparaît. Elle se distingue du contour immédiat et, cependant, l'immédiat a quelque rapport avec elle ; rien ne lui est étranger. Tout lui appartient.

Quand les dieux apparaissent, cette conformation de la réalité se précise. Ou, plutôt, c'est alors qu'elle a lieu. L'apparition des dieux, le fait qu'il y ait des dieux, configure la réalité, dessine une première caractérisation qui, plus tard, avec la découverte de la logique, prendra la forme des genres et des espèces. La présence des dieux introduit une certaine clarté dans la diversité de la réalité déjà existante depuis le monde sacré le plus primitif et, paradoxalement, permet l'apparition du monde profane.

Le sacré et le profane représentent deux types de réalité : l'une incertaine, contradictoire, est une réalité multiple, immédiate, avec laquelle la vie humaine doit « se coltiner », elle est le lieu de son combat et de sa maîtrise, à la fois. L'espace sacré est le lieu où se décidera cette lutte.

C'est ainsi que toute la réalité, la totalité des « circonstances », se configurent en un centre et à une périphérie. Le centre est l'espace du sacré, illuminé par le sacrifice. L'horizon, la naissance de l'horizon, sera son dernier privilège. Les Égyptiens appelèrent leur dieu « Seigneur de l'Horizon » à l'heure la plus claire de leur histoire.

DES DIEUX GRECS

L'apparition des dieux homériques produit, plus que celle d'aucun autre dieu, une impression de légèreté, en même temps que d'éternité, propre à l'aurore. Et comme l'aube, ils sont annonciation et réalité. Apparition d'une lumière pleine de promesses qui survient après une longue attente angoissée et qui semble apporter avec elle un royaume impérissable. Les instants qui précèdent le lever du soleil révèlent mieux la lumière, de leur faible clarté, que l'apparition de l'astre roi qui trouve déjà l'atmosphère préparée, l'obscurité vaincue. C'est la subtile, la légère clarté de l'aube, sa timide lumière, encore vacillante, qui triomphe des ombres dans une lutte sans aucune violence, où la simple apparition de la lumière en sa vibration la plus ténue suffit à rejeter les ténèbres dans le passé, en les faisant non seulement disparaître mais oublier ; leur souvenir viendra plus tard, avec l'agonie de la dense lumière solaire.

Ainsi, l'apparition des dieux grecs a la légèreté de la lumière de l'aube qui triomphe en ne faisant que se montrer. Et, comme elle, ils sont une affirmation qui équivaut à une injonction ; la révélation d'un nouvel ordre, où fait son apparition tout ce qui gémissait, captif de l'obscurité. Plus qu'elle-même, la lumière révèle les choses qu'elle illumine.

C'est l'ensemble des dieux, demi-dieux et héros qui, avant un dieu particulier, jouit en Grèce de cette nature lumineuse. D'où s'explique ce qui, à première vue, semble contraire aux dieux solaires : l'immense multiplicité de leur mythologie ; la pluralité de divinités et de récits.

Le pluralisme semble caractériser la religion grecque, la plus « multiple » de toutes celles qui sont connues. Ce qui est quelque peu déconcertant, car chaque fois qu'apparaît un dieu solaire, il est le véhicule d'un monothéisme. Mais cette surprise disparaît quand on remarque que ce qui caractérise les dieux grecs, ce n'est pas la transfiguration du soleil en un dieu ou l'élévation d'un dieu au statut unique d'astre sans égal, mais la divinisation de la lumière. La lumière comme atmosphère, comme milieu révélateur où les choses, autrement dit la réalité (nous ne pouvons encore parler de « choses ») apparaît. Elle est, avant l'apparition d'un ou de plusieurs dieux, l'apparition qui rend possible toute apparition ; l'apparition de la lumière.

Lumière en qui s'annonce l'essence de la « Lumière intelligible ». D'où le caractère étrange et comme hybride des dieux de la Grèce : d'un côté les plus divins parce que lumineux ; de l'autre, les plus humains parce que multiples, chargés d'histoire, confondus, comme la lumière, aux choses qu'ils touchent.

Le Soleil divinisé apporte avec lui une lumière impérieuse, unique, quasi corporalisée ; elle règne et correspond ainsi au pouvoir d'un monarque absolu qui s'est toujours présenté comme son fils ; c'est la lumière du pouvoir. En dessous, la réalité, pour étrange que cela paraisse, en reste obscurcie, comme c'est le cas pour les plantes, les couleurs et la terre même, sous la lumière solaire des pays tropicaux ; elles sont à peine visibles, seul compte le Soleil, maître du ciel et souverain de la terre. Il laisse tomber ses rayons d'une manière presque corporelle et rend sensible le poids de la lumière. Lumière qui a quelque chose d'une sentence sans appel ; même si aucune autre ne peut rivaliser avec elle, il y a un ennemi toujours à l'affût qui remporte une victoire éphémère et violente. Lumière quelque peu accablante qui triomphe et condamne les ténèbres ennemies, toujours à l'affût de la revanche.

La clarté de la lumière qui brille au firmament, qui pointe de l'Orient, est plus un pacte avec les ténèbres qu'une victoire humiliante ; elle semble être apparue non pour les vaincre mais pour les éclairer. Elle n'impose aucune loi ni ne proclame de sentences ; irisée, elle brille dans sa légèreté ; elle a quelque chose d'un jeu ; elle n'en finit pas de se révéler ; elle annonce quelque chose à venir et conserve un peu de ce qui se retire ; quand elle est pleinement là, elle ne s'impose pas, elle ne se condense ni ne pèse : elle est liquide, ailée ; c'est la lumière du matin qui offre la transparence. Et tout s'y abandonne ; parce qu'elle invite à se laisser voir, la laideur même ne se cache pas et, finalement, tout désire être vu… Tout entre, tout peut entrer dans cette lumière comme en dansant ; la gravité, à cet instant, n'impose pas sa loi. Si les « choses » sont révélées, elles n'arrivent à être ni définies ni cachées, comme c'est le cas sous l'abrupte lumière solaire qui, outre qu'elle est lumière, est l'ombre d'un corps ; d'un corps céleste, mais d'un corps.

Incorporelle, la clarté du matin danse. Comment ne pas voir dans la clarté du matin, dans sa danse parfaite qui est métamorphose, une pluralité de formes qui, tissées et détissées, ne prennent pas corps, se transforment inlassablement ? Elles naissent et se défont ; elles s'enlacent et se retirent ; elles se cachent pour réapparaître, comme le fait l'homme quand il est enfant et qu'il joue, ou quand il joue à ces jeux où s'éternise l'enfance : la musique, la poésie.

C'est pourquoi la lumière dont Apollon sera le porteur n'arrivera jamais à se condenser en lui ; elle ne sera jamais sa *propriété*. Apollon est la lumière même et l'heureuse création de sa figure marmoréenne rendra évidente cette qualité de lumière aérienne, de lumière qui ne pèse ni ne se condense, qui passe en frôlant les choses et presque en les pénétrant pour les rendre, comme elle, transparentes. La divinisation suprême de la lumière est, chez Apollon, dieu de la lumière par excellence, *transparence.* Aspiration suprême de l'âme grecque qui se manifeste dans le caractère de ses dieux. La clarté de l'aube qui se divinise en transparence. Transparence qui poussera l'esprit à la poursuivre dans les choses, qui creusera dans la pierre les formes divines et humaines, et n'accordera pas à la peinture – fille d'une autre lumière – une splendeur égale à celle de la parole et de la sculpture.

Lumière qui contient déjà le jeu, tous les jeux de ce qu'on appellera l'art ; ainsi Apollon s'avance, suivi de son cortège de muses, créatures de cette lumière du firmament, de l'air transparent, plus que du Soleil qui, s'il est suivi d'un cortège, le récompense en le rendant invisible.

La vie spontanée des créatures filles de cette lumière est non pas l'être mais la métamorphose. Forme première, originelle de l'art et du récit. Les récits des dieux de l'Olympe ne se développent pas dans l'identité d'un personnage de tragédie qui est ou aspire à être *unique* – l'homme – et endure pour cela la souffrance la plus terrible : être énigmatique. Car l'énigme n'est propre que de ce qui, étant ou prétendant être unique, est en proie à la multiplicité et sujet à endurer ses propres états. Les dieux ne les subissent pas ; ils s'en libèrent, non pas en étant impassibles, sinon ils ne seraient pas sujet à l'amour, à la jalousie, à la vengeance..., ils s'en libèrent par leur capacité à vivre séparément leurs aventures, parce qu'ils sont, non pas des créatures de l'être mais de la métamorphose ; des figures qui jouent dans la lumière et qui peuvent même y disparaître. La métamorphose est la manière, pour tout ce qui vit, d'éviter la souffrance.

Et tous ceux, ivres de vie, qui ont voulu être plus ou autre chose que des hommes, ont rêvé de traverser le monde en se métamorphosant. Désir qui est la clé de toutes les soifs d'évasion et même de la plus légitime qui s'appelle l'art.

Dans la vie selon la métamorphose il n'y a pas non plus de place pour l'énigme. Énigme et souffrance ont été éliminées. Ainsi toutes les soifs et les désirs, toutes les possibilités, se développent sans contradiction. La supériorité des dieux sur l'homme, leur caractère le plus divin, est d'être au-delà du principe de contradiction. Tout dieu doit l'être ; sinon, il n'y a pas de divinité possible. Le divin est au-delà, comme le sacré est en deçà de ce principe qui représente, par contre, la prison de l'être humain. « Sacré » et divin échappent au principe de contradiction ; le premier, parce qu'il n'a aucune unité ; le second, parce qu'il est une unité qui le dépasse. La première manière de le dépasser, sans parvenir encore à l'*être*, est celle des dieux grecs, intermédiaires entre le sacré sans unité et le divin, dans le déploiement de la métamorphose.

Les dieux, ainsi, sont à peine une énigme, parce qu'ils sont hors de la condition humaine. Ce qui, à soi seul, n'est pas une explication suffisante, car les dieux orientaux et hindous sont énigmatiques au plus haut degré. Vishnou qui engendre toutes les métamorphoses est énigmatique. Mais les dieux grecs n'ont presque pas à voir avec l'engendrement du monde ni avec aucune forme où la création du monde puisse être conçue. On les voit lutter pour la suprématie dans le Chaos incréé dont aucun d'entre eux ne donnera raison. L'Amour et le Temps dévorateur, ne font que frôler de leur destin différent la création du monde. De même, dans une très obscure tragédie, celle qui s'est produite entre le Père de tous les dieux, Zeus, et Prométhée, Zeus connaîtra la souffrance, non pas pour que le monde physique, mais pour que l'homme puisse être engendré.

Le dieu Chronos demeurera plongé dans une forme singulière de mystère : il se révèle à peine, il est insaisissable. Le temps qui enveloppe la vie humaine n'est pas apte à se laisser saisir dans une figure divine : il peut à peine dessiner l'horizon d'un mythe. La forme du temps n'aura d'autre caractère que la forme générique du temps dévorateur, inexplicable destructeur qui suscite une réponse créatrice, incitateur à la lutte pour l'existence de toutes les créatures qui doivent se rebeller contre lui pour, d'une certaine façon, le vaincre. La première forme que prend la lutte pour la vie chez les dieux et chez tous les êtres, selon la théologie d'Hésiode, est celle de la lutte contre le Temps.

Son rôle en vient donc à être ainsi celui de l'ombre face à la lumière triomphante qui resplendit à la fin, grâce aux dieux de l'Olympe. À la transparence de cette lumière ne s'opposera pas l'ombre – les ténèbres, l'enfer, vaincus : la grande opposition proviendra de l'incessant travail de destruction du temps. Plus tard, quand la pensée se sera éveillée, elle croira avoir atteint d'un coup, en découvrant l'Être, une réalité suprême, où le temps ne peut plus exercer son action démoniaque d'« Autre » véritable, d'Autre opposé à la réalité.

Ainsi Chronos, plus qu'un dieu en viendra à représenter quelque chose que seule la pensée, ensuite, a mis en lumière : une espèce de présupposé, donc ce qu'il y a de moins physique, de moins accessible à la figuration des dieux ; sa fonction est d'être sous-jacent à tout ce qui apparaît. Et chez lui, la préservation du principe de contradiction ne signifie naturellement rien... puisqu'il rend la contradiction possible. Il est le responsable, avec la souffrance, de la forme de vie même de ces dieux – la métamorphose – et des malheurs de la prison de la condition humaine qui lui est soumise. Responsable de la danse des dieux et de la captivité des hommes.

L'Amour, en sa qualité originelle de force d'engendrement, reste aussi quelque peu dans l'ombre. Quand il apparaît, on pourrait dire qu'il n'a pas grand-chose à faire. Son travail le plus profond demeurera caché et sa figuration sera même un tant soit peu banale. C'est donc l'Amour qui laissera à la pensée, et même exigera d'elle son plus grand travail : déchiffrer son secret effort d'engendrement en collaboration avec la lumière, car tel est, en Grèce, le statut propre à cette force érotique : engendrement dans et par la lumière. L'obscur travail de l'Amour apparaîtra chez l'Aphrodite céleste, Uranie, et restera, pour l'Aphrodite terrestre, le domaine de la passion et, plus encore, des jeux de l'amour.

La scission de l'amour en amour divin et amour humain marque le passage – différence et continuité – entre l'amour comme puissance cosmique, génératrice, et l'amour dans sa vie terrestre, dont l'histoire continuera à être celle de l'être humain lui-même, tandis que la puissance amoureuse céleste demeurera comme le véritable divin. Divinité des plus problématiques, parce que mêlée à l'engendrement de la réalité. La pensée se verra obligée de révéler son action et même de franchir ce vide, cet abîme, entre le céleste et l'humain qui se manifeste dans cette divinité. C'est la divinité de l'Olympe qui a le plus contraint l'intelligence à se mettre en mouvement, parce qu'elle est celle qui, entre toutes, a le plus de rapports avec la production de la nature, de la vie humaine elle-même. On voit ici clairement comment la pensée a dû développer par elle-même ce que les dieux laissaient vacant : leur manque de mystère qui, plus évident chez cette divinité que chez aucune autre, non seulement rendit possible mais exigea la pensée.

Car, chez la divinité Aphrodite, n'apparaît pas ce qui l'apparente au mystère de la génération et à la souffrance, en tant que fille d'une blessure et d'un sanglot. Ce sera Platon qui rendra visible ce que recouvre la figure de l'aimable déesse. Et la souffrance, le sanglot, seront réduits dans le mythe de sa naissance à l'écume, à la fois sourire et sanglot des ondes, jeu de la surface du mystère, qui ignore les abîmes qui la portent, sourire de l'horreur et offrande des ténébreuses profondeurs sur la terre. Don, cadeau du double abîme du ciel et des eaux.

Ainsi, les deux écueils dus à l'absence de mystère des dieux – le Temps et l'Amour –, seront évités. Le Temps restera à demi caché, sans se révéler ; l'Amour trop manifeste, sera toujours plus réduit à être le symbole d'un jeu.

C'est chez une déesse que se concentre le plus grande puissance d'énigme que l'imagination poétique grecque fut capable de conserver à ses dieux : Athéna, la vierge gardienne de la cité qu'on voit chargée d'attributs, mais privée de vie dans la métamorphose, sans aucune forme d'histoire, comme il convient à une vierge. Elle inspire une certaine piété, écrasée par son casque, portant son bouclier, tenant haut la lance, le cou orné d'un collier ambigu, symbole entre tous de ses victoires. Adolescente, elle porte les armes d'un guerrier, image d'une victoire conquise dans une veille perpétuelle. Et l'oiseau insomnieux qui, à son tour, semble la veiller, n'est-il pas, entre tous, le plus éveillé : regard fixe dans le pur silence ?

L'horreur lui est soumise, entièrement vaincue dans la forme de ce serpent qui comme une vague marine la caresse et l'instruit ; arme agressive dans l'image de la Gorgone, ici vaincue et alliée. Vierge intangible, elle a vaincu l'horreur en s'emparant de ses armes, en la transformant en un attribut. Chargé de tout cela, Athéna apparaît avec un statut des plus opposés à celui de la disponibilité pour la métamorphose : elle est le *sujet* qui porte les différents attributs et les utilise ; qui les transcende. L'histoire de la formation de cette image de la déesse gardienne d'Athènes corrobore cette vision. D'une obscure origine paysanne, déesse de la famille royale d'un petit village, elle absorba successivement d'autres divinités qui demeurèrent comme ses qualités, ses attributs. Type de victoire propre au combat politique dans lequel une cité s'impose jusqu'à former un Empire ou dans lequel une tribu se mue en une cité qui devient l'*unique*, enrichie de tout ce qui faisait la force des autres. Elle triompha sous cette forme qui laisse intacte la force de quelque chose, mais la transforme en qualité d'un sujet, d'une « substance », comme on dira plus tard.

Ainsi Athéna va annoncer cette « injustice de l'être » où quelque chose, qui émerge de l'*apeiron*, va être *un* ; de cette forme d'unité, support d'une multiplicité qui sera la substance ; unité qui absorbe, qui change en une multiplicité maîtrisée les qualités qui, sans elle, se trouvaient dans une impossible indépendance.

Athéna semble préfigurer à la fois la structure de l'être – substance, unité, support de qualités changées en attributs – et celle de la cité : unité politique, règne de l'unité.

Divinité qui annonce l'être, qui figure l'unité politique et sociale d'une cité, elle est, cependant, une jeune fille dont la sévérité provient de l'effort qu'elle se voit contrainte à réaliser. Une jeune fille chargée des armes de son père, soumise à un effort proche de la douleur. Sa représentation appelée « mélancolique » du bas-relief du Musée d'Athènes, la montre surprise dans une attitude qui révèle son fond secret. Sans bouclier ni collier, elle se repose le front appuyé sur sa lance inclinée ; silhouette courbée de fille, le regard tourné vers l'intérieur, elle semble arrêtée un instant, livrée à la fatigue d'avoir à porter les armes de son père, à combattre en son nom. Aurore née du front du dieu suprême qui, plus qu'Apollon, pourrait être la personnification du soleil régnant.

Aube de la conscience qui endure la fatigue d'éclairer la première le monde des ténèbres dans ses derniers replis ; première souffrance de la lumière qui précède la pleine lumière, la loi, la justice qu'à la fin toute lumière apporte avec elle. Parmi toutes les déesses qui se confondent avec elle, c'est l'Aurore qui incarne le mieux son être ténu et invincible. Indemne et indécise, elle doit être inexorable et affronter l'épreuve de rendre la justice, comme dans son intervention auprès d'Oreste, quand elle l'absout de son crime pour avoir soutenu la loi du père. Et il a dû lui être difficile de surmonter ce subtil tourment qui précède la décision du jugement ; cet instant de violence que subit la conscience au moment d'entrer en action. L'image « mélancolique » pourrait bien la représenter à cet instant de recueillement – doute, puis décision – vécu par la conscience quand, pour la première fois, elle doit se mettre à juger le fond inextricable des affaires humaines, afin que la loi-lumière pénètre dans l'obscurité des passions. Parce qu'elle doit agir selon la loi, elle se voit donc contrainte de méditer et elle éprouve le doute ; comme l'aurore semble hésiter un instant au-dessus de la terre avant de l'inonder de sa lumière. Et, veillant sur sa cité elle semble également accomplir un devoir, préfigurant ainsi toutes les formes essentielles de la conscience éveillée.

L'énigme de sa présence continuera à se révéler dans ses actes. La plus proche de l'effort humain de la méditation, elle semble la plus impassible. Le froid de l'aurore la baigne ; pure lumière, sans vibration de chaleur, vierge, elle ne protégera pas les héroïnes de la conscience, elle laissera Antigone, si proche d'elle, descendre dans la tombe. Fille, comme elle, écrasée par le destin qui lui vient du père, poursuivant sa passion parmi les hommes.

L'action et la signification des dieux se prolongent chez certains protagonistes de la tragédie et chez des héros comme Antigone, comme Héraclès. Car il était interdit aux dieux de déployer la suprême activité des dieux, la mystérieuse action du divin, la passion. Athéna en sa qualité de fille fut sur le point de l'accomplir ; un pas de plus et elle s'y serait enfoncée, mais comme c'était impossible (dans cette religion poétique), elle resta sur le seuil : celui où elle veille l'aurore, en son impassible froideur. Car l'impassibilité dans une nature féminine est ce qu'il y a de plus proche de l'expérience d'une véritable passion. L'amour lui était interdit, comme il le serait toujours aux jeunes filles de sa lignée : Antigone, Électre et même, dans le monde chrétien, Jeanne d'Arc. Comme déesse, Athéna demeure dans cette forme paradoxale de passion qu'est l'impassibilité.

Elle n'est pas une déesse oraculaire. La conscience n'arrive pas à parler si facilement, parce qu'en le faisant elle doit éliminer toute ambiguïté, cette ambiguïté propre aux paroles inspirées. Avant d'être parole, elle est voix, et avant d'être voix, elle est une attitude qui se résume à un regard silencieux rarement libéré en action. Dans la vie de la conscience, avant la parole il y aura l'action ; mais sa première forme de manifestation est une attitude. Attitude qui est une exigence nouvelle. Telle est l'originalité de la conscience quand elle s'éveille : exiger, veiller. Athéna, en veille perpétuelle sur la cité, va exiger une attitude de l'homme, du citoyen. Elle révèle cette première forme de conscience, encore religieuse, qu'est l'*attention*.

Instant rare et auroral où l'humain se définit encore en rapport avec le divin : conscience indiscernable encore de la piété.

Si Apollon est la divinité chez qui l'entière nature de l'Olympe devient visible, sa lumière rendra visible certaines divinités dont l'origine et la condition lui sont opposées. Dionysos, Pluton dissimulé dans les entrailles de la terre, Perséphone, cette figure médiatrice qui apparaît et se cache et l'Eurydice légendaire qui lui est si proche. Quelle est leur véritable nature ? L'ombre apparaît comme définie par la lumière et c'est à elle, au type de lumière régnante, qu'elle sera soumise, même dans son apparence.

Et la qualité de cette lumière ambiante qu'Apollon lui-même ne parvient pas à concentrer en lui comme dieu unique, c'est la transparence. Une culture, c'est-à-dire l'incitation a être homme d'une manière particulière, peut se définir par son rapport spécifique à la lumière, par sa façon de la concevoir et de l'adorer. La vocation décisive – sinon unique – de la Grèce, est celle de la limpidité, qui nous est évidente dans la nature de ses dieux pour qui la forme représente une menace de rester un tant soit peu dilués. Il s'ensuit que nous ne pouvons éviter de trouver chez eux, non seulement par rapport au christianisme mais par rapport aux dieux des religions orientales, quelque chose comme un vide. Mais, au-delà de toute comparaison, leur seule présence signale la prédominance de la forme ; de la transparence qui triomphe du mystère.

Certains dieux, cependant, ne pouvaient être réduits à déployer leur vie dans la transparence. Ce sont les dieux de la vie et de la mort. Non seulement la mort appartient à l'ombre mais aussi la vie qui, même dans ses moments de plus grande splendeur, parvient à se montrer à la lumière, mais en lui opposant toujours une résistance. Toute vie est un secret ; elle portera toujours attaché à elle un placenta obscur et sera toujours l'ébauche, même dans sa forme la plus primitive, d'un dedans.

Devant ces dieux de la vie et de la mort, nous nous trouvons dans un rapport nouveau. Dans toutes les religions, ils sont toujours apparus avec un statut de nouveaux dieux qui ouvraient une voie jusqu'alors interdite. Ils sont des puissances salvatrices qui conduisent l'homme à une situation où il n'aura plus rien à craindre

– des dieux initiatiques. Ils comportent une sagesse particulière : leur royaume est celui de la fertilité de la nature, toujours partagé entre l'ombre et la lumière. Leur rapport à l'homme est différent de celui qu'il entretient avec les dieux entièrement visibles et lumineux, car dans ces dieux vivants on devine le sang et la souffrance, la mort et son angoisse. Devant eux l'homme ne pourra trouver la paix que quand il aura cessé de leur donner sa foi. Il les évitera, dominé par la crainte, ou s'y abandonnera pour leur servir de nourriture ou de demeure passagère. Ce sont des dieux qui passent et qui, parce qu'ils peuvent porter un masque et même en ont essentiellement besoin, prendront souvent toutes sortes d'apparences, car leur être n'est ni l'apparence ni la forme ; ils sont très loin d'annoncer une définition et l'évitent plutôt à tout prix. Mais il ne faut pas non plus les confondre avec l'énergie vitale sans forme, avec une vitalité irrationnelle. Ils sont la vie dans sa capacité et son besoin d'engendrer des formes, l'inépuisable ivresse créatrice qui crée et traverse toute forme.

C'est pourquoi Dionysos lui-même contribua sans doute à créer l'image d'Apollon et plus encore à permettre qu'on puisse l'entendre dans ses oracles, car ce n'est que dans l'ivresse que l'on peut servir d'instrument à un dieu[1]. Dionysos est la passion sans laquelle la vie ne dépasserait pas son niveau initial, ne poursuivrait ni ne réussirait, en partie, son ascension vers des formes supérieures. Si la lumière est le milieu où la vie et toutes les choses deviennent visibles, la passion est le désir même d'accéder à la manifestation, de parvenir à être une chose digne d'affronter cette lumière, depuis l'aspiration élémentaire où se manifeste la vie la plus humble, jusqu'à la passion endurée par l'être humain pour atteindre l'intégrité de son être en traversant la mort.

[1] Le lierre, si dionysiaque, était mâché par la pythonisse en transe.

Dionysos n'est pas un dieu qui déprécie la forme mais celui qui, en la cherchant ne peut s'arrêter à aucune, car la forme ultime et totale ne pourrait être atteinte que par delà la mort. Il est, de toutes les divinités, celle qui montre que la vie et, en son sein, l'être qui souffre le plus, l'homme, est transcendante, qu'elle est en chemin, en procès. Celle qui montre aussi que vie et mort sont les étapes d'un éternel processus de résurrection.

Aucune image n'a pu, de façon adéquate, saisir Dionysos, hybride de bête et d'homme, unité et continuité de la vie. C'est ainsi qu'en sa condition divine il conserve mieux le sacré avec son pouvoir de dévoration et de transformation. Dieu de la transformation, il n'est pas de nature à être vu, il n'est pas objet de contemplation. Tout rapport avec lui est de l'ordre de la participation sacrée. Ses métamorphoses ont lieu dans l'homme même qui, grâce à lui, se libère de son inertie et vient participer au jeu de la métamorphose. Dieu de la générosité et de la souffrance, dieu, non pas de l'*un*, mais de la transmigration et de la pluralité, il libère tous ceux qui sommeillent captifs de l'apparence immuable de la condition humaine, il offre en son délire la libération des prisonniers de l'*un* choisi ou imposé par la vie. L'homme, qui n'a pas atteint la véritable unité, supporte difficilement l'unité imposée par la nécessité, il aspire secrètement à être *autre* un instant. La vie humaine s'écoule dans une unité qui recouvre la multiplicité captive, les potentialités que l'« un » n'a pu libérer en se les appropriant en même temps. La lignée des divinités dont Dionysos est le plus illustre représentant insuffle à l'âme humaine cette sorte d'ivresse qui, par moments, la rapproche de la vie des dieux ; les diverses potentialités qu'il y a en chaque homme montrent leur visage à la lumière. Mais, en réalité, elles ne peuvent prendre un visage et elles apparaîtront sous un masque ou danseront dans un kaléidoscope de gestes fugitifs, car tous ceux qui gémissent ne sont pas quelqu'un ni même quelque chose. Ils ne sont que des instants, des éclats du feu secret de la vie, des âmes en puissance.

Dionysos, en pénétrant l'âme humaine, la sort d'elle-même, la fait danser dans une métamorphose libératrice ; il lui donne, en somme, le don de l'expression, de l'ivresse – furie et oubli – pour qu'elle ose s'exprimer. Telle est la vertu curative de Dionysos et l'origine sacrée de la médecine la plus humaine, de celle qui aujourd'hui tombe sous l'empire de la psychiatrie, comme à d'autres époques sous celui de la magie et de l'exorcisme religieux ; la guérison radicale de toutes les perturbations qui affectent un être humain à cause de ce qu'on appelle aujourd'hui ses « inhibitions » et, en d'autres temps, la possession démoniaque. Ce n'est pas chez tous les hommes que la conscience est capable d'accomplir le long et patient travail de réunir ses potentialités, ses ébauches d'âme, autour d'un unique projet de vie, d'unifier ses différentes âmes et ébauches d'âme dans une seule personne, à la manière de la déesse Athéna, en transformant en qualités les embryons d'êtres qui s'agitent dans les profondeurs de toute vie ; de découvrir la loi qui soit, en même temps, projet créateur. La psychanalyse, dont on fait toujours plus usage, n'a recours qu'à la « connaissance ». « Connais-toi toi-même » – psychologiquement seulement – est sa devise et sa foi. Mais, plus efficace que cette connaissance analytique, il y a l'inspiration qui est unification et expression. Le remède à la possession par les « embryons d'êtres » qui s'agitent à l'intérieur de chacun de nous est une autre possession, supérieure et unificatrice – créatrice. La méthode psychanalytique n'a pu l'ignorer, puisque, pendant la cure, vient un moment où le médecin est investi de ce pouvoir de possession ; plus que le confesseur catholique, il remplace le mage, la force dionysiaque, l'inspiration des muses, cette force qui, chez les êtres sains, se produit par elle-même, sans besoin d'être provoquée brusquement du dehors... Mais la situation dans l'âme de culture grecque n'était pas la même que celle d'aujourd'hui, après le long chemin parcouru par la philosophie et le christianisme. Alors, cette force libératrice était nécessaire pour tous, pour la culture même naissante à ce moment décisif où l'homme ose s'exprimer. C'était le premier pas vers la liberté.

Mais cette première étape de la liberté est ambiguë, puisque l'homme y accède par la possession. Liberté trouvée dans le délire lui-même et dans le délire de persécution qui est l'essence du culte à Dionysos. La guérison « miraculeuse » réside dans la conversion du délire en liberté, à cause de l'expression qu'elle a été capable de libérer.

Car les dieux créent des sortes de « champs vitaux » où leur influence rend possible une activité ou une attitude humaine. Les dieux grecs créèrent, plus que nuls autres, l'espace de la solitude humaine. Ils laissèrent l'homme libre parce qu'abandonné. L'Olympe et sa splendeur préparent la solitude humaine.

La solitude, cette situation qui pour un homme d'aujourd'hui est la plus immédiate et même inévitable, a été lentement et difficilement conquise. Sous aucun autre des dieux connus elle ne pouvait se produire, parce que leur force, leur mystère ne laissaient à l'homme aucun espace ; leur présence, quelle que soit sa forme, poursuivait l'homme épouvanté. Malgré la jalousie des dieux de l'Olympe, l'homme put entreprendre, sous leur pouvoir, son long chemin vers la solitude, vers la liberté, vers la responsabilité de vivre comme un homme. Et, du même coup, ce fut le prélude nécessaire à l'apparition du Dieu unique de la solitude et de la conscience.

Avec les dieux grecs, l'homme s'éloigne de la nature en même temps qu'il l'étreint. Ils sont les formes sacrées de son pacte et telle sera leur persistante qualité divine.

Dieux médiateurs entre la nature et l'histoire, entre l'état originel de l'homme épouvanté et la solitude où surgit la liberté. L'homme n'aurait pu entreprendre le long chemin de la découverte des choses, de la fondation de la cité et de la loi, sans la médiation de ces dieux, pures formes où la nature s'est faite transparente, est enfin parvenue à se montrer sous la seule forme nécessaire à l'homme dans cette première étape : sous forme d'image.

Car la vision directe de ce que nous appelons « nature » n'a pu s'offrir originellement, avant que ne se produise une libération de la terreur sacrée dont la nature, sans se manifester, enveloppe l'homme. Cette première forme de dévoilement qu'est l'image était nécessaire, première forme par laquelle la réalité – ambiguë, cachée, inépuisable – devient présente.

Entre l'homme et la réalité qui l'entoure, et même la réalité qu'est sa vie, se sont toujours interposées des images. Sacrées au début, elles sont devenues plus tard de simples représentations et ont ainsi rendu possible tout ce monde figuratif où, d'une part, les choses visibles sont représentées et, de l'autre, prend forme le contenu des croyances et tout ce qui gémit à l'intérieur de l'âme humaine.

La première question de la philosophie – « Qu'est-ce que les choses ? » – n'aurait pu jaillir de la conscience humaine sans la médiation de ces dieux, de ces images médiatrices. Ortega y Gasset faisait dériver la question qui est à l'origine de la philosophie[1] de l'absence initiale d'être chez

[1] Ortega y Gasset, dans une leçon de son cours « Thèse métaphysique sur la raison historique », donné à l'Université de Madrid en 1935, exposa, avec la clarté qui lui est propre, la thèse selon laquelle c'est le vide d'être présent chez les dieux grecs qui fit naître chez l'homme la nostalgie, le regret et, par conséquent, la décision de chercher l'être non pas chez les dieux mais dans les choses de la nature. Autant que je sache, cette thèse, comme tant d'autres de ses idées profondes, n'a pas été publiée.

les dieux grecs. C'est l'absence initiale de l'être qui provoque la demande, l'interrogation. Car on ne pose de questions qu'à propos de ce dont on regrette le manque.

Mais la seule absence de l'« être » n'explique pas la question surgie naturellement d'une situation où il n'existe pas. Il a fallu que l'homme se trouve dans une situation où soit possible la liberté que suppose le questionnement, liberté issue du vide des dieux, de leur manque d'être et d'une certaine sécurité conquise par l'homme dans l'abandon des dieux. La liberté humaine est, au début, détresse humaine, du moins dans ce genre de liberté qui oblige à s'interroger sur l'être dont on manque et dont on a besoin. Mais il y faut une incitation venue d'un monde extérieur. Même dans la pensée, l'inspiration est nécessaire.

D'où pouvait venir cette inspiration ? En partie, des dieux eux-mêmes.

La thèse d'Ortega montre l'insuffisance des dieux. Le positivisme de Comte, dans lequel prend corps un courant ou une doctrine rationaliste plus anciens, fait naître l'esprit philosophique d'un face à face avec les dieux. Thèse étayée par des événements tels que la condamnation d'Anaxagore et la condamnation et la mort de Socrate, sacrifié à la piété envers les dieux. Il n'est pas douteux que la pensée philosophique, en accord avec la thèse d'Ortega, soit née de cette absence et de ce vide d'être au cœur des images de l'Olympe et, en accord avec celle de Comte, on ne peut nier qu'il y eut un affrontement. Mais, indépendamment de l'interprétation de cet affrontement, il y eut, préalablement à l'absence et à l'affrontement, un élément positif, incitateur. Car nous sommes en présence d'un de ces changements dans l'histoire la plus intime, où certains dieux, symboles de certaines croyances et d'un mode d'être au monde, sont dépassés par des croyances qui ne pourraient être nées spontanément, qui d'une certaine façon en sont issues, mais qui doivent lutter contre ces dieux mêmes qui les engendrèrent et rendirent possibles. Comme le fils qui se sépare du père, se dresse contre lui et n'aurait pu exister sans lui. Ainsi, la pensée philosophique et l'affirmation de la personne humaine présente dans la tragédie révèlent l'insuffisance des dieux et doivent même entrer en conflit avec eux. Tel est le conflit spécifique de la piété grecque qui a ses victimes mythiques et réelles : Antigone et Socrate, victimes sans aucun doute du sacrifice qu'exigent les dieux pour ouvrir la voie à la nouvelle piété, à la naissance de la conscience.

Mais, avant que le sacrifice de Socrate n'ait été consommé et que le sacrifice d'Antigone n'ait trouvé son expression juste, poétique, avait surgi l'interrogation sur les choses, moment décisif où apparaît une nouvelle attitude humaine, véritable crise de naissance de la conscience et de la pensée, qui va faire de l'homme un homme au vrai sens du terme. Nous pourrions dire qu'avec l'interrogation philosophique l'homme s'est décidé à assumer sa place dans le monde face aux dieux qui, auparavant, avaient été ses inspirateurs : inspirateurs de cela même qui devait les dépasser. Telle est la tragédie toujours présente dans le conflit entre les générations humaines et dans ces changements d'horizon où quelque chose se fait jour : une nouvelle manière d'être homme. Et, à partir de cet horizon nouveau, à partir de « nouvelles raisons », les dieux semblent être toujours insuffisants, hostiles même, car est invisible désormais ce qui un jour fut leur réconfortante lumière.

Ce changement d'horizon, nous pouvons le formuler en disant qu'il est le passage de la prédominance de l'image à ce qui un jour sera l'idée. Idée qu'on nomme aussi *forme*. Les images, formes des dieux, par le seul fait de l'être et par leur manière de l'être, par le caractère diaphane que nous avons essayé de décrire. Parce qu'ils sont dans leur ensemble des dieux de la lumière qui se meuvent dans l'espace de la visibilité. Il s'ensuit que leurs images ne leur sont pas extérieures, qu'elles n'ont pas ce quelque chose de constitué qu'ont les images des dieux orientaux. Le fait d'être des images leur est consubstantiel. L'homme grec est entré en contact avec la réalité sur le mode de la vision : la première forme de vision est l'image, et les dieux furent ces images sacrées, parce qu'ils étaient l'instrument du rapport de l'homme grec au monde ; la révélation de son âme même, créatrice de ces formes de connaissance et de liberté. Formes issues de la révélation de l'âme humaine dans la lumière.

Mais il y a une autre lumière : la lumière sombre des mystères, la lumière qui éclaire non pas les images visibles, ces visions de l'âme et de l'intelligence, mais le monde sacré non encore révélé, le monde de la souffrance humaine dans tout son mystère et son énigme. C'est aussi la lumière de la tragédie que nous imaginons toujours sous la clarté indécise d'un papillon d'huile, dans l'espace étroit des rêves. La lumière qui s'insinue dans l'âme, qui ne s'en détourne pas et permet que les conflits tragiques, les cauchemars qui peuplent le demi-sommeil de la vie humaine, l'intériorité de cette « ombre de rêve » qu'est l'homme, se manifestent. Lumière opposée à la lumière diaphane, car elle fait sortir de soi pour qu'on l'entrevoie cette sorte de présence, cette pure palpitation qu'est un être humain, le seul être qui se présente enveloppé de son âme. Léger éclat de la lumière qui correspond au Dieu inconnu.

Car, justement, le mystère ultime du divin demeurait comme éludé dans les figures des dieux découverts par la poésie qui ne réussissait qu'à saisir leur danse, leur histoire, leurs jeux. Tandis que la souffrance humaine faisait signe vers un dieu invisible, ce fond ultime de la réalité d'où émanent les raisons et les aberrations qu'aucun oracle ne profère. Le dieu à qui Œdipe sacrifiera la lumière de ses yeux, et qui accueillera Antigone dans la tombe ; puissance irréductible sur qui tous les dieux réunis n'avaient aucune prise et face à qui eux aussi n'étaient que des « ombres de rêve ». Dieu de l'angoisse et de l'espoir, qui se fait sentir dans une persécution qui ne prend fin que lorsqu'il s'est emparé, non de la vie mais du sens de la vie. Le dieu qui détruit les projets les plus raisonnables de l'esprit et retourne les intentions les plus claires en en montrant l'ambiguïté. Le dieu dénonciateur, le dieu implacable.

Si l'interrogation qui donne naissance à la philosophie plonge ses racines dans l'absence d'être présente dans les images des dieux, la tragédie va naître en donnant forme aux prétentions à l'existence, à la prétention à l'existence en quoi consiste la condition humaine. C'est aussi une absence d'être au-delà de l'être des choses et qui ne pourra pas « fonder » la philosophie mais ce savoir tragique dont l'interrogation initiale sera la plainte, les pleurs.

La conscience du poète, de l'auteur tragique, viendra comme suppléer à cette fonction du Dieu inconnu, à cette action divine au-delà de l'être et que le « Moteur Immobile », la suprême clarté du Dieu de l'être, ne pourra absolument pas accomplir : être l'Auteur responsable, chez qui tout être ou effort d'être trouverait refuge. Être le Dieu des demi êtres et de leur angoisse.

La philosophie poursuivra sous le vide des dieux l'être qu'ils ne lui ont même pas caché ; la tragédie trouvera l'être qui convient au monstre qui s'efforce d'être, qui doit parcourir encore un long chemin pour devenir visible. Car le monstre est simplement un fragment de lui-même, le morceau d'une unité qui, à force d'absence, ne s'ébauche même pas. Le morceau qui renvoie à l'unité dont il fait partie est le produit d'une division, d'une rupture qui, pour violente qu'elle soit, n'a pas détruit l'image de l'unité même qui existait, qui était auparavant. Mais il paraît monstrueux, parce que l'unité qui le sauvera ne s'est pas encore formée ou parce qu'elle a échoué. Aspiration à une unité non réalisée ou destruction d'une unité, le monstre doit être accueilli par le regard de l'Auteur – d'un être qui est quelqu'un –, pour qu'il lui rende ou lui donne l'unité qu'il a perdue ou qu'il n'a pas atteinte.

C'est ainsi que la multiplicité des dieux grave dans l'âme grecque la nostalgie de l'unité – être, identité –, et la résistance à la lumière du Dieu inconnu obligera la conscience poétique à assumer le rôle de l'auteur, du regard dissimulé dans toute lumière, plus sensible même dans le clignotement de lumière produit par ce qui se consume. Cette lumière que finit par dégager tout ce qui se détruit. Car la leçon de la sagesse tragique, c'est que la souffrance à son degré le plus extrême, quand elle consume et détruit, libère une lumière enfouie dans ce qui est le plus réfractaire à la limpidité, dans cette caverne aveugle qu'est le cœur de l'homme.

La lumière légère qui enveloppe les images des dieux a préfiguré la lumière impassible de l'intelligence, l'a rendue désirable. Projection de la limpidité à laquelle aspirait l'âme grecque, elle en vint à se réaliser dans l'impassibilité de la pensée philosophique, car tel est le prix, telle est la condition pour que l'esprit humain puisse lire dans la lumière. La tragédie, fille du Dieu caché, va raconter la passion pour la lumière, les souffrances de la lumière elle-même dans ses changements, la lumière dans son commerce intime avec la vie qui lui résiste et l'attend, la clameur, en somme, du plus humain de la condition humaine : l'être dans son aspiration ouverte à l'espoir. Sa condition passive et transcendante.

LE DÉBAT SUR LES DIEUX ENTRE LA PHILOSOPHIE ET LA POÉSIE

Les Dieux, selon Ortega, présentaient un vide d'être qui provoqua la nostalgie de tout ce qui allait se trouver dans l'idée d'être. Pour sa part, la philosophie à sa naissance, ne serait-ce qu'en partie, se passe d'eux. En réalité, la philosophie ne va pas se présenter comme entièrement détachée des dieux. Jusqu'à Aristote, elle en a tenu compte de différentes manières. Les appréhender et leur donner forme est une tâche qui apparaît chaque jour plus inévitable pour cette histoire de l'espérance humaine qui paraît être l'histoire véritable de l'homme.

L'origine de la philosophie s'enracine dans cet affrontement qui a lieu encore dans l'espace du sacré et contre lui. La philosophie est née, a été le produit, d'une attitude originale issue d'une rare conjoncture entre l'homme et le sacré. La formation des dieux, leur révélation par la poésie, fut indispensable, car ce fut la poésie qui, la première, affronta ce monde occulte du sacré. Et donc, d'un côté, l'insuffisance des dieux, qui était le résultat de l'acte poétique, donna lieu à la démarche philosophique. Mais de l'autre, on voit que dans l'attitude impliquée par l'activité poétique, se trouve déjà le préalable nécessaire à l'attitude d'où va naître la philosophie. Comme c'est toujours le cas quand d'une activité humaine en naît une autre qui en est différente et lui est même opposée, celle-ci ne naît pas seulement de ce que l'autre a de limité, de ce qu'elle n'est pas parvenu à réaliser, mais aussi de ce qu'elle a réalisé ; de ce qu'elle a de négatif mais aussi de positif.

C'est ainsi que la philosophie commence de la manière la plus anti-poétique, par une interrogation. Pour la poésie ce sera toujours par une réponse à une question non formulée. S'interroger est le propre de l'homme, le signe qu'est venu le moment où il va se séparer de ce qui l'entoure, quelque chose comme la rupture d'un amour, comme une naissance.

Toute interrogation renvoie à la perte d'une intimité ou à la fin d'une adoration. Dans les deux processus, intervient comme fond ultime, déterminant, le désir, le besoin peut-être, de celui qui veut devenir indépendant, vivre pour son propre compte, se libérer de cela même qui a été le lieu de son âme. Plus encore qu'une rupture d'amour, il s'agit de quelque chose comme une naissance ; le processus par lequel un être qui, après avoir vécu en symbiose avec un autre, s'en être nourri, avoir respiré par lui, s'en détache pour trouver son propre espace vital. Ainsi, l'interrogation philosophique qu'allait un jour formuler Thalès, signifie le détachement de l'âme humaine, non tant de ces dieux créés par la poésie, que de l'instance sacrée, du monde obscur dont eux-mêmes sont issus. Car, de leur côté, les images poétiques des dieux représentaient une solution à ce besoin de détachement, de sortie dans un espace libre, en quête d'une relative solitude.

Mais, alors que les images des dieux ne suffisaient pas à offrir la solitude dont l'homme a besoin pour être entièrement homme, pour vivre pour son propre compte, l'interrogation de Thalès représente une sorte de recul, de retour en arrière qu'on trouve dans toute grande crise historique. Avant de se lancer sur le chemin de l'histoire, l'homme commence par revenir un instant au point d'origine, au point de départ. Dans la philosophie, la chose est parfaitement visible ; à toutes les périodes de naissance ou de renaissance de la philosophie, s'est produit ce retour à une situation plus originaire que celle du moment historique correspondant, un retour, pourrions-nous dire, à l'ignorance première, à l'obscurité originaire. La véritable démarche de la philosophie – son progrès, s'il existe – commence par une descente dans des couches toujours plus profondes d'ignorance, par une entrée dans l'espace des ténèbres originaires de l'être, de la réalité, avec comme préalable l'oubli de toute idée, de toute image.

C'est pourquoi la question inaugurale de la philosophie, « Qu'est-ce que les choses ? », résonne encore à nos oreilles avec brusquerie et même impatience, comme si elle disait : « assez de dieux et d'histoires, recommençons ou commençons par ne pas savoir ». Et en retournant à l'ignorance, celui qui prit la décision de s'interroger sur les choses, s'y engloutit, beaucoup plus que ceux qui donnèrent forme aux dieux. Beaucoup plus que ceux qui croyaient en eux avant qu'ils existent, ceux qui avaient vécu plongés dans l'adoration et l'effroi devant la réalité obscure et hermétique du sacré. Car seule l'ignorance la plus complète pouvait découvrir la solitude dont naît la question.

Solitude quelque peu particulière ; car plutôt qu'une solitude, il y a des solitudes, différentes. La solitude dans laquelle dut naître le questionnement philosophique semble être celle qui advient quand les images et les fantômes ont disparu ; quand l'image avec laquelle on a intimement vécu s'évanouit. La solitude qui ne se connaît pas encore comme solitude et qu'on éprouve à peine, parce qu'elle correspond à cet instant où quelque chose vient de se perdre et où l'on se trouve face à toute une réalité qui apparaît plus énigmatique encore ; en l'occurrence face à la réalité la plus préoccupante pour l'esprit humain : un problème.

L'âme s'est vidée : elle a perdu le contact avec ses images familières et demeure comme endormie sous l'activité de l'esprit qui trouve pour la première fois sa proie, sa nourriture adéquate. Et même avant qu'aucune découverte sur les choses ne se produise, il y a la révélation de la question elle-même, l'ivresse de cette découverte du questionnement et le jeu qui consiste à pouvoir se répondre à soi-même sans attendre la réponse de personne. L'avènement de ce grand luxe du questionnement à propos de ce qui était encore, peu auparavant, inquestionnable parce que non apparent, dissimulé sous les images, sous les fables.

Ainsi, cette ignorance devint le lieu d'une révélation : de la révélation de l'être aussitôt identifié à la chose la moins chose de toutes ; à ce qui peut tout pénétrer ; l'eau visible sous forme de transparence, milieu de germination sans fin, qui vient toujours de quelque part, qui naît secrètement, qui livrée à elle-même coule vers un lieu, semble continuer, sans limites, sans qualité. L'air pouvait rivaliser avec elle en matière de représentation de l'être, presque indifférent et interchangeable comme fond ultime au cœur des choses.

Grâce aux images des dieux, l'homme était resté à l'abri de la persécution née de ce fond sacré où la réalité se fait sentir. Et dans cette paix, la solitude était possible, la solitude qui est l'espace de la question. La question qui est l'éveil de l'homme.

Pendant ce temps, la poésie allait toujours être prisonnière de ce délire de persécution dont elle ne devait jamais se libérer. L'interrogation philosophique a beaucoup à voir avec la persécution, un genre nouveau de persécution que l'esprit humain inaugure après s'être quelque peu dégagé du délire de persécution éprouvé si longtemps et en partie apaisé grâce aux images des dieux.

C'est ainsi, que va s'insinuer peut-être, entre celui qui expérimente la démarche poétique et celui qui s'adonne à la démarche philosophique, un ressentiment permanent : celui de se sentir persécuté. Le poète sera toujours celui qui ne se protège pas de la souffrance de cette interminable persécution et il est normal, et même juste, d'une certaine façon, qu'il considère avec méfiance celui qui semble non seulement s'être libéré mais lancé à la poursuite des choses de cette étrange manière qui consiste à rechercher leur raison.

De son côté, celui qui assume l'attitude philosophique assume aussi la responsabilité de ses paroles qui, de ce fait, vont être des déclarations porteuses d'une nouvelle prétention. Je crois me souvenir que, dans un de ses cours, Ortega y Gasset faisait reposer la différence entre le dire du poète et le dire du philosophe sur l'absence de responsabilité du premier. Sous le *logos* de la poésie, nous ne trouvons pas l'unité – la cohérence, la continuité – de *quelqu'un* qui, non seulement donne ses raisons, mais fait aussi état des raisons de ses raisons, car tel est, disait Ortega, le philosophe. Le poète, lui, au lieu de ces raisons de raisons, va offrir son être propre, support de tout ce qu'il est impossible de dire, de tout ce qui se dissimule dans le silence. La parole de la poésie vibrera toujours sur le silence et seul le champ d'influence d'un rythme pourra la porter, car c'est la musique qui triomphe du silence plutôt que le *logos*. Et la parole plus ou moins détachée du silence, c'est une musique qui la contiendra.

Le poète va accepter et même viser un autre genre de responsabilité que celle qui se présente à partir de la conscience et de la clarté des raisonnements ; cette responsabilité que suggère, plus que la parole, le geste de la main qui indique une direction. Poésie et philosophie vont être dès le début deux sortes de chemins qui, en certains instants privilégiés, se confondent en un seul. Le chemin ouvert pas à pas, les yeux fixés en avant vers l'horizon qui se dégage, que va monopoliser le nom de « méthode » et le chemin tracé en l'air sans qu'elle le sache par la colombe guidée par son seul savoir, le sens de l'orientation. Ce dernier ne laisse pas de traces, tandis que celui qu'on appelle « méthode » sera toujours une trace, une ligne visible qui exige d'être suivie, qui communique une sorte de commandement et sera sans aucun doute l'un des ingrédients de ce qu'on a toujours entendu par « responsabilité » ; la manière la plus haute, la plus extrême d'être responsable, étant d'assumer le commandement.

Très tôt, le philosophe, en Grèce, s'attribuera cette charge du commandement qui, dans d'autres cultures, était réservée au prophète, au chef religieux. Ce signe du pouvoir avait un instant semblé hésiter entre se poser sur la tête du poète ou sur celle du philosophe. L'hésitation était inévitable, puisqu'ils se disputaient, en réalité, le droit de parler au nom de la divinité ; désigner impérieusement le chemin est la fonction de celui qui, comme Moïse, le fait au nom d'un ordre qu'il a reçu lui-même, et auquel il obéit.

Or, en Grèce, s'était, semble-t-il, posée la question décisive de savoir si c'était le poète ou le philosophe qui allait commander, étant donné qu'en réalité il n'y avait ni prêtre ni prophète chargé de cette mission, du fait de l'absence d'un dieu révélé. Le conflit devait donc désormais se poser en termes purement humains, conflit originel où l'humanisme prend sa source, cet humanisme que le christianisme lui-même n'a jamais pu faire taire et qui, dirait-on, réapparaît actuellement, comme aux temps de la Grèce, dans toute sa gravité.

Le philosophe triompha à cause de son retour à l'ignorance. Car le poète parlait au nom de dieux qui ne le soutenaient pas. Et seul le poète tragique qui se mettait – jusqu'où il est humainement possible de le faire – à la place du Dieu inconnu, pouvait affirmer sa prétention face au philosophe ou pouvait lui inspirer une certaine inquiétude.

En fait, ce qui se produit en Grèce, c'est la victoire de la philosophie sur la poésie, mais d'une bien curieuse manière. Passé le premier moment où elle avait posé la question après avoir hésité entre deux réponses également inadéquates et équivalentes (l'eau, l'air), la philosophie tourna son regard vers une réalité première, originelle, sacrée parce que cachée et ambiguë, parce qu'à peine nommable : l'*apeiron*, d'où, selon Anaximandre, toutes choses sont issues, le fond obscur sur lequel l'injustice de l'être, d'être quelque chose, serait fondée. Véritable découverte de cette ignorance de la démarche philosophique. Mais, il faut bien voir que si cette ignorance est une conquête de la démarche philosophique, elle est aussi cela devant quoi le poète tremble, se tait et parle.

Aussi, l'exploit de la philosophie grecque fut-il de découvrir et de présenter comme sien cet abîme de l'être situé au-delà de tout être sensible et qui est la réalité la plus poétique, la source de toute poésie. On pourrait dire que la victoire de la philosophie a été d'avoir arraché à la poésie son secret, sa source. De lui avoir donné un nom, d'être descendue dans ces profondeurs où la conscience originaire, stupeur encore muette, s'éveille entourée de ténèbres.

Car l'*apeiron* allait être non seulement le nom de la réalité qui est palpitation pure, inépuisable germination, mais celui de la vie humaine elle-même avant que l'homme ne se charge d'un projet d'être, avant qu'il ne se décide à être quelqu'un, à faire quelque chose. Et même celui du moment où ces deux réalités sont mêlées et indiscernables, l'association originaire que la conscience va détruire pour la fonder autrement. Sur le chemin de la recherche d'un équilibre dans l'injustice des choses qui sont et, plus grave encore, de celle que l'homme soit, à son tour. Et ce n'est qu'au terme de ce long chemin, dans l'identité de l'intelligence qui connaît et de son objet, que l'égalité sera entièrement reconquise, une fois l'injustice annihilée, non plus dans l'obscurité originaire, mais dans la clarté finale.

Le poète avait pris l'avantage en donnant forme au fond sacré par les images et les récits des dieux. Il semblerait que ce service rendu à la conscience qui avait besoin de savoir à quoi s'en tenir, la poésie le paya par sa défaite face à la philosophie, par la découverte de l'*apeiron* : le sacré qu'il fallait révéler. La poésie s'était empressée de raconter l'histoire de la métamorphose de la liberté semi-divine. Et en s'élevant ainsi, irrésistiblement, elle avait abandonné l'obscur fond originaire, le véritable sacré.

Il semble qu'il y ait trois moments dans cette lutte entre philosophie et poésie en Grèce. D'abord, une victoire conquise par la philosophie, une sorte de prix donné à sa plongée dans l'ignorance. Ensuite nous voyons que la réponse heureusement associée à la question, à la démarche du questionnement, va faire naître la recherche proprement philosophique ; la question va dés[illegible]avoir une prise. Ce qui nous confronte à une vérit[illegible]rrait bien n'avoir pas de fin : si c'est la philosoph[illegible]estionne, c'est la poésie qui trouve. Le question[illegible]est philosophique et la découverte poétique. Tou[illegible]uverte n'est-elle pas toujours poétique ?

C'est ainsi que, dans la première étape, préso[illegible] de la philosophie grecque, va se produire l'heure[illegible]nement des noces entre philosophie et poé[illegible] démarche philosophique va poursuivre son explor[illegible] mais la présence du fond obscur et indifférencié [illegible]torisant pas une compréhension excessive, toute c[illegible]préhension sera limitée. La dialectique va apparaître comme de biais, sans intervenir dans les « découvertes ». Et sa naissance va marquer l'instant de la « pureté de la démarche philosophique, entièrement détachée de la poésie. »

Il semble possible de distinguer ainsi les étapes essentielles des rapports entre philosophie et poésie :

1. Questionnement philosophique dans lequel apparaît la démarche proprement philosophique.

2. Découverte philosophique de la réalité poétique de l'*apeiron*.

3. Unité entre philosophie et poésie réalisée chez Héraclite, Parménide, Empédocle.

4. Dénonciation du « mensonge » de la poésie par Platon.

Et comme le cœur de cette lutte, et son foyer, est l'attitude face au sacré et l'action qui en découle, c'est-à-dire le rapport aux dieux et au divin, se produisirent deux moments d'extrême gravité : celui de l'accusation contre Anaxagore et celui de la condamnation de Socrate pour impiété.

En réalité, la polémique, le différend entre philosophes et poètes a lieu sur fond de sacré, de rapport aux dieux et à la piété. La divergence, l'abîme qui les sépare, vient de la différence d'attitude qu'ils ont face au sacré. Schématiquement, on peut dire que la poésie a produit les formes et les récits des dieux sans s'immerger préalablement dans ce fond obscur de l'*apeiron*, présent cependant dans la poésie tragique pour laquelle l'*apeiron* s'avère clairement insuffisant, puisqu'il s'agit du fond, non pas sacré mais divin, laissé intact par les dieux, celui du Dieu inconnu. La poésie lyrique sera le sentir, le sentir irréductible du temps et de l'amour qui court sa chance. Tandis que la philosophie, qui découvre la réalité sacrée dans l'*apeiron* n'aura de cesse qu'elle n'en ait extrait le divin Unitaire, l'idée de Dieu.

La poésie grecque en vint à manquer de quelque chose comme son sol, son point de départ initial, confisqué par la philosophie. Elle avait pris les devants en donnant forme aux images des dieux. La philosophie s'était donc trouvée devant une situation qui comportait, d'une part, la transformation du sacré en divin réalisée dans les images des dieux et, de l'autre, le fond originaire, caché et sans nom. Ce qui explique que la philosophie, aussitôt qu'elle eut pris contact avec le fond sacré, soit entrée en dissidence par rapport aux images des dieux et qu'elle ait été poursuivie en leur nom. Il s'agissait simplement du fait que la philosophie dès qu'elle se fut donnée à connaître chez Parménide, révélait l'unité de l'être ; l'être, cet antécédent de ce qui serait le résultat final de son activité et l'aboutissement ultime de sa démarche : l'idée de Dieu.

Car l'obscur *apeiron* fut bientôt abandonné ; il n'était que le contact initial avec la réalité originaire où se trouvait ce que le questionnement philosophique recherchait : l'être, et, plus que son caractère de réalité, sa contexture, l'unité. Car de la réalité, la pensée grecque n'a jamais semblé douter : ce qui l'a animée ce n'est pas le manque de réalité, mais l'absence d'unité[1]. Et ce fut l'unité qui fut poursuivie par la pensée. Toute la philosophie grecque peut être vue à la lumière de cet effort obstiné pour penser l'unité, son véritable problème. C'est pourquoi l'*apeiron* fut très vite remplacé, en tant que point de départ de toute recherche, par l'Un de Parménide, seconde révélation de la philosophie, exclusivement philosophique, celle-ci. Ce qui se passe avec Parménide semble être l'inverse de ce qui se produit avec Anaximandre : l'inspiration poétique y aboutit à une découverte philosophique, tandis que chez Anaximandre, le questionnement engendré par l'attitude philosophique aboutit à une découverte poétique.

[1] Nous, nous semblons, par contre, être avides de réalité. D'où notre fascination pour la découverte de l'*apeiron*.

La démarche de Parménide semble être poétique par son inspiration où s'exprime l'unité de l'être. Il s'agit de l'énonciation de quelque chose en termes de révélation, et c'est en tant que « révélation » qu'elle va fonctionner, étant donné qu'on va toujours y revenir comme à un point de départ où réside le problème de l'être et du non être en eux-mêmes et de l'être et du non être par rapport aux « apparences », dont il faut rendre raison.

L'unité une fois découverte – l'être-unité –, la polémique avec les dieux de la poésie était lancée, sans se déclarer ouvertement. Ce qui, du côté de la philosophie, n'eut lieu qu'après la tragédie de la mort de Socrate. La croyance aux dieux n'était pas un problème pour le philosophe et, dans la mesure où elle aurait pu faire question, elle était posée indirectement, de biais, en même temps que radicalement : les dieux se trouvaient hors de la structure de l'être sans se trouver pour autant engloutis dans le non être ; ils étaient simplement extérieurs à la question : images qui pâlissaient dans une ombre évanescente.

La liberté conquise par l'acte poétique de configuration des images divines, fut exploitée par la philosophie en vue d'une démarche spécifique de signe contraire par rapport au divin. Car l'acte par excellence de la philosophie fut la transformation du sacré en divin – en la pure unité du divin.

Et, pour accomplir cet acte non prémédité de transformation du sacré en divin, la pensée philosophique dut ignorer les dieux, ces images. Elle partit de l'*apeiron*, réalité sacrée, ambiguë, cachée, germinative, agissante c'est-à-dire porteuse de tous les signes de la réalité ; matière, en somme, dont l'abstraction allait rendre peu à peu explicite le contenu. L'être-un de Parménide est déjà idée, la première idée, et il est donc normal que dans son inspiration même se produise la découverte de l'« idée ». L'identité, l'unité de l'identité est une découverte qui se situe à l'autre pôle de l'*apeiron*. Ainsi, ces deux pôles – l'*apeiron*, la réalité illimitée, et l'être-un, l'unité de l'identité – marquent le début de l'acte spécifique de la pensée, de la transformation du sacré en divin.

Et l'« idée » entre toutes porteuse de l'identité sera l'idée de Dieu. Divinité qui conservera la réalité maximale de l'*apeiron*, l'être origine de tout. Mais sans aucune ambiguïté, identique à lui-même, à la fois fondement ultime de l'être de chaque chose et garantie ontologique. Demeurant en lui-même et en tout. Justice suprême dominant l'injustice qui veut que chaque chose accède à l'être.

Car le fait de voir l'être de chaque chose sortir du fond originaire indéterminé sera forcément ambigu, puisque cet être apparaît comme une soustraction à l'être total, comme une « surrection » arbitraire qui sera mise en cause dès sa constitution même. Et l'ambiguïté de cet être sera une injustice. Cette « injustice » que met déjà en cause, chez Anaximandre lui-même, la loi de l'être. Vue depuis la réalité de l'*apeiron*, la justice, n'était que le retour, la résorption des choses, de chacune d'entre elles, dans cette unité qu'il ne peut permettre puisqu'il ne peut donner d'unité – d'être – à rien. Et le fait qu'il en soit ainsi montre tout ce que cette réalité contient de sacré, de divinité irrévélée qui, parce qu'elle ne peut donner l'être ne peut l'autoriser.

Tel était le besoin humain profond impliqué dans le problème de l'être : vaincre par la vision cette obscure résistance du sacré, y dégager la pure essence qui, parce qu'elle est, fait être chaque chose ; découvrir finalement l'être qui donne l'être.

LA CONDAMNATION ARISTOTÉLICIENNE DES PYTHAGORICIENS

1

Sous les plus froides et les plus claires pensées courent, parfois, les sentiments les plus passionnés. Quelque chose de très décisif y loge. Pour ce qui est des débats philosophiques, il s'agit habituellement de l'avenir ; car la pensée philosophique est née avec la prétention, qu'elle a toujours gardée, de décider, de définir des réalités qui seront ce qu'elles sont pour toujours. Et, bien sûr, on ne pourra pas vivre de la même façon si telle réalité est définie d'une manière ou d'une autre. Plus encore si elle fait partie du territoire de ce qui est définissable ou si elle reste à errer à ses portes comme une âme en peine.

On peut soupçonner, conjecturer, que la philosophie grecque a laissé de nombreuses réalités errer comme des âmes en peine ; mais, au sein de la philosophie, il y a un philosophe, Aristote, qui fit la découverte de la définition. Définir, c'est sauver ou condamner ; sauver en condamnant. Plus encore, c'est juger. Et Aristote fit aussi la découverte du jugement.

Il devait en être ainsi, puisque Aristote réalise l'exploit de penser les choses qui sont, ou les choses en tant qu'elles sont ; de penser à partir de l'être qui, pour cela, dut se déployer dans le multiple sans cesser d'être un : « l'être se dit en plusieurs sens. »

Il fallait espérer que, l'être montrant sa richesse, sa systématique multiplicité, tout allait être sauvé, une fois absorbées toutes les tentatives de penser l'être ou la réalité antérieures à ce Hegel de l'Antiquité[1]. C'est ce qui se produisit : tous les philosophes furent incorporés explicitement ou implicitement à ce système de pensée triomphant. Toutes les démarches philosophiques sauf une : celle de ceux qu'on appelait les « Pythagoriciens ».

Le nom de Pythagore n'est même pas prononcé par Aristote dans ses leçons sur « la science qui se cherche ». Avec un mépris réitéré il mentionne maintes et maintes fois les partisans de Pythagore en les réduisant à ce qu'il y avait de plus infamant pour un homme de l'Antiquité, à une foule ; en leur donnant un air de multitude, en accord avec la confusion de leur pensée.

Ce mépris, que cachait-il ? Quelque chose de hautement décisif, sans doute, qui explique également son irritation non dissimulée pour le pythagorisme des dernières années de son maître Platon et de certaines tendances de l'Académie. Il s'agissait, en effet, de ce qu'il y a de plus important dans sa pensée : de la « substance » découverte en débattant sur et contre les idées platoniciennes sous tous leurs aspects, mais particulièrement leur interprétation comme « nombres ». À quoi s'ajoute, on peut le deviner, quelque chose de plus important encore : l'existence même de la philosophie.

A-t-il été un jour possible que se constitue la philosophie, une philosophie à partir du pythagorisme ? En tout cas nous ne la connaissons pas. Et, l'une des questions, dramatique entre toutes, qui doit être éclaircie dans la véritable histoire de la pensée grecque, est celle de l'in-

[1] L'analogie entre Aristote et Hegel, chacun dans son contexte historique, est une idée que j'ai entendue développer avec insistance il y a des années par mon professeur d'histoire de la philosophie, Xavier Zubiri.

capacité ou peut-être de l'impossibilité radicale du pythagorisme à donner naissance à la philosophie.

La pensée philosophique dans toute sa rigueur ne fut pas le fruit du pythagorisme mais de son méprisant adversaire, Aristote. Ce que le pythagorisme nous a légué c'est la musique et les mathématiques, deux filles du nombre, non de la parole.

S'en être ainsi rendu compte, tout simplement, justifiait l'intransigeance d'Aristote, car il n'était pas disposé à admettre, non tant l'existence de la musique et des mathématiques, que leur ingérence – arts du nombre – dans le territoire de l'être, de l'être qui est *logos*. Et ce n'est que si l'être est *logos* que la philosophie peut exister.

Si c'était le nombre qui configurait et exprimait la structure de la réalité, « des choses qui sont », tout n'en resterait qu'à un schéma ; les choses seraient désincarnées, dans le cas des corps vivants, dématérialisées dans le cas des choses matérielles ou faites par l'homme. L'Univers serait un tissu de rythmes, une harmonie incorporelle, car telle avait dû être la foi initiale des Pythagoriciens : « Qu'est-ce qui est le plus sage ? Le Nombre. Qu'est-ce qui est le plus beau ? L'harmonie », disait le catéchisme de la confrérie – plus que l'école – pythagoricienne.

S'il en avait été ainsi, si cette foi avait été acceptée, la tentative, le choix qui avait inspiré l'interrogation de Thalès et, avec elle, la naissance de la philosophie, aurait été un échec : le choix d'être homme, d'exister, d'accepter en la conquérant cette part réservée à l'homme dans la réalité, dans ce monde « peuplé de démons, d'âmes, de dieux. »

Les âmes et les dieux qui peuplaient le monde à l'époque de Thalès – celui qui se décida à découvrir l'être des choses et à rendre possible l'être de l'homme – auraient pu continuer à exister dans cet univers-harmonie. C'était leur élément propre. Les âmes respirent dans l'harmonie, respirent dans le rythme. La respiration de tout ce qui est vivant n'est-elle pas déjà rythme, le premier perçu par l'homme... et qu'il fait plus que percevoir, le rythme qui l'accompagne, qui scande sa vie instant après instant avec le martèlement du cœur... Quant aux dieux et *daimons*, le rythme et l'harmonie sont leur élément ; eux qui vivent dans la métamorphose et dansent. Et qui n'ont nul besoin de la « substance » aristotélicienne, eux, qui sont insubstantiels. La substance avait été pensée dans le but d'habiter « ce monde » et de lui trouver sa plus grande réalité. La substance n'est bonne que pour l'homme, car ni les dieux ni Dieu n'en ont besoin. Dieu, le Moteur immobile, cette « Pensée de pensées », est au-delà des catégories dominées par la substance.

La substance aristotélicienne ne fut pas pensée en fonction du divin, mais pour réaliser expressément le projet platonicien de « sauver les apparences », ce monde-ci. Et, dans ce monde, ce qui en est le centre : l'homme. Ce n'est donc pas un hasard si elle allait plus tard servir à fonder autant que possible *en raison* le mystère de l'incarnation du Fils de Dieu, l'« être » de l'Homme-Dieu. C'est pourquoi cette idée conçue plus que toute autre en fonction de l'humain, allait porter la pensée de la révélation d'un Dieu qu'Aristote n'avait pu prévoir. Il contribua à son existence parce qu'il avait été strictement fidèle à l'humain.

Il ne pouvait le prévoir. Et si quelqu'un le lui avait rendu accessible, il ne l'aurait pas compris – à moins que... Il ne faut donc pas chercher dans le pressentiment d'un futur qui dépassait toutes ses ambitions, la raison de son mépris pour les sentences de « quelques pythagoriciens ». C'est le mépris qui accompagne le caractère nécessairement implacable de son combat. Car, sinon, être inexorable avec une pensée, ce n'est pas la mépriser : la grandeur de l'adversaire nous grandit.

Le mépris est proche de la répugnance. Il appartient, comme elle, à ce type d'attitudes humaines qui indiquent une incompatibilité radicale. C'est-à-dire une incompatibilité « religieuse »[1]. Il devait s'agir d'une différence quant au divin, car rien ne sépare plus les hommes – à plus forte raison un homme aussi « pieux » qu'Aristote – que la différence née du dieu que l'on vénère ; du fond sacré, caché, source d'inspiration de la pensée qui va « dévoiler » le divin.

Quel pouvait être le dieu des Pythagoriciens ? Et, même, existait-il ? Non pas le dieu exprimé sous forme d'idée, mais la puissance originaire source d'inspiration, c'est-à-dire le sacré, le fond sacré qui parfois, si souvent, sépare les hommes y compris au sein d'une même religion. Le sacré, cette espèce de placenta dont chaque sorte d'âme s'alimente et se nourrit, même sans le savoir.

Il est aventureux de chercher à découvrir le fond sacré et caché qui inspire une pensée, une attitude vitale. Pour ce faire, la manière la plus directe semble être de se référer aux productions et découvertes de cette pensée et de cette attitude vitale. Or, on l'a dit, les Pythagoriciens ont découvert et adoré la musique et les mathématiques, arts du nombre. Et la musique, art du temps.

Espace et temps sont les catégories ultimes de l'univers contemplé par l'homme. Et l'on pourrait même ajouter que l'attention des mortels a été divisée – mortels divisés et même séparés à leur tour en deux catégories :

[1] La répugnance et le mépris qui l'accompagne est ce qui sépare le plus les hommes : « Il n'existe pas de haines irréconciliables, mais des répugnances insurmontables » a dit Juan Ramón Jiménez. Elles renvoient toujours – sans que ce soit conscient – à quelque chose qui est éprouvé comme une matière, comme quelque chose d'informe et de caché ou qui devrait l'être. Quelque chose de proche du sacré. Il est curieux que dans le magnifique essai de Kolnai, « Le Dégoût », publié il y a des années dans la *Revista de Occidente* et repris dans *Essais philosophiques et scientifiques*, Madrid, 1950, il ne soit fait aucune mention du « sacré ».

ceux qui sont fascinés par l'espace et ceux qui sont séduits par le temps.

Il ne faut donc pas s'étonner qu'on ait imaginé ou pensé le divin en fonction de l'espace ou en fonction du temps. Comme si espace et temps, à la manière de deux déités génératrices, étaient des modes d'apparition de la réalité, des milieux spécifiques de révélation de la réalité totale et inconnue.

Espace et temps allaient attirer à eux la figure du dieu que l'on pense ou que l'on éprouve. Dieu a été pensé en fonction de l'espace ou contre le temps. Mais « contre », c'est aussi « en fonction de ». Nul doute que le dieu des Pythagoriciens, s'ils avaient réussi à le penser comme l'aboutissement de leur philosophie inaboutie, aurait été un dieu du temps. Mais comme l'idée de Dieu, le Dieu de la pensée est la révélation intellectuelle du fond sacré d'où il est issu, nous considérerons que c'est au Temps originaire, au Temps sacré que les Pythagoriciens durent se sentir liés. C'est de lui qu'ils durent partir : de ce qui est nombrable et de la réalité qui se déploie dans la succession, et dévore. Du vieux Chronos des théogonies.

L'angoisse du temps inspira l'orphisme, racine des premières croyances pythagoriciennes. Le grand travail de Pythagore fut, sans doute, de rationaliser ce temps originaire, dévorateur, plus actif que l'*apeiron* d'Anaximandre. Le vieux Chronos qui se nourrit de ses fils, le dieu de tous les Anciens, le plus abyssal, celui qui est la manifestation de l'abîme sans fin du temps, l'infinité, la plus terrifiante de toutes, pour un esprit grec. « Ce Chronos immortel de l'éternelle assemblée engendra l'éther et un tourbillon immensément grand de chaque côté ; en bas, il n'y avait aucune limite, aucun fond, aucun appui » disent quelques vers orphiques cités par Proclus. « Et Chronos, de l'immensité de son sein, engendra ainsi l'Éther et le célèbre Éros à la double nature qui regarde dans toutes les directions, Père de la Nuit éternelle... Et Chronos engendra de lui-même le feu, l'air et l'eau... »

Et Chronos, le père de l'éther, de la nuit éternelle et du silence, fut aussi le père de la musique, temps rationalisé, temps transformé en âme par la vertu du nombre. Chronos, père vaincu par Orphée dans la légende et dans la « vision » perdue de Pythagore, par le charme du nombre sacré. Chronos, dieu des nombres et de la musique.

Mais pour qu'il ait pu en être ainsi, il fallut qu'intervienne, non pas une raison intelligible comme le dieu d'Aristote né à l'origine de l'*apeiron*, fond vivant originaire, placenta de la vie et de ses formes, non pas une raison mais un charme. La magie persistante des nombres et du chant. Les formules mathématiques conserveront toujours la trace de leur origine magique, agissante, active. Les nombres magiques pleinement conservés par les Pythagoriciens étaient agissants, comme les formules de la physique moderne qui désintègre l'atome, ils étaient des instruments de maîtrise et d'action occulte, non entièrement rationalisables. Pour Aristote, fidèle au *logos*, à l'intelligence dont « l'acte est vie », tout cela était l'« autre », ce qui était différent du *logos*.

Et le chant et la lyre – harmonie qui est raison, mais aussi et toujours évocation – sont une autre action magique, qui attire les âmes, les souvenirs. La musique est la déesse servante de la mémoire. Cohérente est également sur ce point la légende qui attribue à Pythagore une prodigieuse, surhumaine mémoire. La musique naquit pour vaincre le temps et la mort sa compagne. Ce qui se révèle et devient accessible à travers la musique, ce sont les enfers du temps de la nature, de l'âme entre la vie et la mort qui dut les traverser pour se connaître elle-même et se protéger. La simple épreuve du temps est infernale. Le nombre la réduit, la rationalise. Quand nous sommes en proie à l'épreuve du temps, compter est une activité apaisante, une sorte de rite. L'horreur du temps s'apaise avant tout dans la monotonie.

Le temps simplement compté est la première victoire sur l'abîme de Chronos, sur le temps originaire qui ne donne ni comptes ni raisons.

Soumettre le temps à la raison, c'est le soumettre au nombre. Ainsi le nombre initial, premier, est un charme magique, un simple compte qui l'apprivoise par sa monotonie. La monotonie, le premier des chemins ouverts à travers le temps, auquel correspond la monodie du chant primitif grec et de la liturgie.

On comprend que l'espace ait eu la primauté pour ce qui est d'attirer la pensée, d'être recherché comme « le lieu de l'être », et d'être identifié à lui. Car l'espace comporte la sortie à la lumière. L'homme qui *sent* avoir gagné de l'espace sent en même temps qu'il sort à la lumière ; la prison est toujours obscure. Et le premier sentiment que dut éprouver l'homme quand il se rendit compte qu'il était seul, seul et entouré par quelque chose d'inaccessible, dut être, sans doute, le sentiment de se sentir dans une caverne. L'*Allégorie de la caverne* platonicienne suppose cette expérience [1]. Sortir dans l'espace va se confondre avec « sortir à la lumière ».

Tandis que la représentation issue du sentiment du temps va être nocturne et abyssale. Et si la parole correspond à la lumière – le *logos*-lumière –, l'abîme de la nuit temporelle devient accessible en se manifestant dans la musique, forme du temps. La parole définit, capte ou donne la forme ; elle révèle la plasticité de l'univers. La parole renferme, contient une intelligence qui tend à devenir corps ; la parole semble être le puits d'un élan

[1] Les mythes auxquels Platon a recours, dans sa pensée, semblent être des « visions » appropriées à un sentir originaire : un sentir *a priori*.

qui descend pour devenir ce qui ressemble le plus à une chose ; un sens en quête de sa forme. La parole descend.

Le nombre est mesure, une sorte de raison. Héraclite la considéra comme la raison toute entière, c'est ainsi qu'il éprouva le *logos*. Dans sa pensée n'apparurent pas les étapes qui, à partir de l'intuition ou du sentiment du nombre – car le nombre est avant tout intuitif –, allaient conduire à son idée de *logos*-harmonie – ou, du moins ne nous sont-elles pas connues, bien qu'il y ait lieu de croire qu'étant donnée sa « distance » d'avec les hommes, il n'ait pas pensé à leur proposer un quelconque chemin. Chez Héraclite, la philosophie est *hieros logos*, autrement dit, sacrée et non pas méthode : comme chez tous les penseurs d'inspiration pythagoricienne, ce qui à soi seul suffirait à faire soupçonner chez lui une position originale proche des Pythagoriciens, mais indépendante de toute influence[1]. Le philosophe du *logos*, parole explicite, raisonne et s'efforce de découvrir une méthode, depuis Parménide, déjà, jusqu'à la complète explicitation de la méthode – « l'organon » –, chez Aristote. Les penseurs d'inspiration pythagoricienne, du *logos* du nombre – du temps – ne se sentent pas tenus de proposer une méthode, un chemin de raisons ; ils forgent des aphorismes, des phrases musicales, pareils à des mélodies ou cadences parfaites qui pénètrent dans la mémoire et l'éveillent : « souviens-toi » ou « pour que tu te souviennes », semblent-ils nous dire... Ou ils écrivent des « catéchismes », des « manuels », parce que la méthode qu'ils proposent n'est pas seulement de l'ordre de la pensée mais de la vie ; toute la vie est un chemin de sagesse, la vie même.

[1] Malgré lui, naturellement, puisqu'il donna l'exemple à Aristote dans son mépris pour la *polymathie* [l'accumulation des savoirs, N.d.T.] pythagoricienne.

Le conflit entre ces deux formes de méthode apparaît chez Platon, lequel se vit absolument contraint d'utiliser, de porter à son degré extrême, une méthode intellectuelle comme la dialectique qui perd peu à peu de sa force à mesure qu'il s'ouvre à l'inspiration pythagoricienne. Et même dans sa période la plus dialectique – *Le Sophiste, Le Théétète* –, on ne peut pas ne pas se rendre compte qu'il s'agit, sous couvert de dialectique, d'autre chose que d'un cheminement guidé par la raison ; puisqu'il introduit l'exigence, affirmée dans l'*Allégorie de la caverne*, d'une véritable conversion vitale.

Platon mena une lutte de Titan contre cette contradiction entre son pythagorisme croissant et son devoir de philosophe. D'où le fait qu'il ne puisse se décider pour une métaphysique qui rompt avec la théorie des idées et qu'il ait été si honnête et ait dévoilé ses difficultés avec une loyauté aussi implacable ; au point qu'Aristote ne fait presque que les reprendre. Avec cette différence qu'Aristote avait opté pour le *logos*-parole et que Platon, comme tenu par un vœu inéluctable, penchait toujours plus pour le *logos* du nombre et de la musique, qui est également celui du silence.

Et les idées – les « formes », comme elles apparaissent pour la première fois chez Démocrite – sont des paroles qui « conforment », qui contiennent et définissent une forme – les formes de l'incarnation. Mais, si elles contiennent le « principe des choses », elles seront des « nombres ». Car le nombre est la racine de l'intelligence, de l'intelligibilité de l'univers. Entre le nombre et la parole, l'idée se contredit elle-même, s'annule. Aristote va la sauver de cette contradiction en la séparant du nombre, en l'amenant tout entière à être incarnation, à être une forme plastique. Le monde, la réalité, est composé, pour Aristote, de formes plastiques qui contiennent en elles leur raison même, leur essence. Et l'essence considérée à part appartiendra à la « vision » et non pas au nombre.

L'essence est l'identité sauvée, dégagée des choses. Le *logos*-parole a besoin de l'identité et la découvre, en premier, chez Parménide. Car les choses – intelligence incarnée – doivent être « unes ». Être, être chose, suppose déjà l'identité ; à qui il faudra chercher un lieu hors des choses pour qu'elle soit une identité pure, véritable. Les choses qui sont nécessitent un être plus pur qu'elles, dont elles sont issues et sur qui elles continuent d'une certaine manière à s'appuyer. Mais une fois que les aura consolidé l'« être », cet être plus pur devra leur être soustrait.

Tandis que le *logos* du nombre découvre, chez Héraclite, l'harmonie des contraires, la « non-identité ». Ainsi cette non-identité n'aura pas ensuite à être soustraite aux choses qui ne la portent pas. Il s'agit d'un univers non plastique, unifié par le temps ; la concrétion des choses y sera toujours précaire et, en réalité, impossible. Ce qui pourra exister, ce seront des mouvements, soit en concordance, soit libres. S'ils entrent en concordance, ils produisent de l'être ; une unification transitoire. Ici, l'être ne triomphe pas du temps.

Platon va recevoir l'héritage du pythagorisme. Et il va lui falloir révéler, mettre en lumière, le chemin caché par Héraclite – lequel n'avait dû se sentir soumis à aucune obligation envers la philosophie, car il ne se sentit soumis à aucune obligation envers les hommes, lui le moins humaniste des philosophes. Platon, dans son devoir envers la philosophie, dans sa condescendance vis-à-vis des hommes, allait découvrir toute la rigueur propre, relevant du *logos*-parole afin de révéler ce qu'éludait le silence d'Héraclite, le silence de tous les penseurs inspirés ; il allait se sentir tenu de combler le vide produit par l'inspiration ; ces intermittences de la pensée et même de la parole qui existent toujours dans toute pensée plus inspirée que raisonnée, et qui correspondent à la discontinuité du nombre et du rythme. Modeler une pensée à la structure musicale, en guise de raison discursive, sera le travail de Platon dans ses dernières années.

Sa métaphysique deviendra ambiguë, alors que la clarté était plus que jamais nécessaire. Les nombres sont-ils le principe des choses ? Les genres sont-ils des principes, comme les nombres, si les nombres le sont vraiment ? Comment les nombres peuvent-ils engendrer les choses et, plus encore, la vie ? Les choses vivantes, la finalité d'une chose vivante, son « entéléchie », ne sont pas un nombre, dira-t-on. Une chose ne peut être engendrée que par d'autres semblables ; « un homme naît d'un autre homme », dira Aristote. Mais il ne pourra le dire que du haut de son mépris qui va jusqu'à méconnaître le sens du drame platonicien, par ignorance du pythagorisme.

Tout vient du « limité et de l'illimité », avaient dit les Pythagoriciens. Les choses constituées par les nombres ne seraient pas, en réalité, des « choses » – des substances –, car elles se renvoient les unes aux autres. Selon le *logos* du nombre, toutes les choses seraient sous la catégorie de la « relation », donc dans une essentielle altérité, jamais en elles-mêmes. L'univers unifié par les nombres est un mouvement incessant, sans point de repos, toujours « autre », sans ce repos en soi-même qu'est la substance – point de départ et d'arrivée du devenir. Aristote sauva la réalité des choses de ce monde, en lui donnant des limites et en enfermant autant que possible chaque chose en elle-même, en la sauvant de l'altérité.

Il n'y a pas de « choses » pour le pythagorisme ; il ne peut y en avoir et elles ne peuvent s'altérer, car elles n'auraient pas vraiment d'« intérieur », cet intérieur qui est la substance, même si l'« intériorité » propre à l'homme n'a pas été encore découverte. L'univers du nombre est tout entier extérieur ; tout y est extérieur à soi-même ; diffus, comme les sons dans la mélodie, comme la mélodie dans l'harmonie. Il est le temps extériorisé.

L'abîme du temps s'est vidé en s'extériorisant. C'est une manière de devenir accessible. C'est ce qui ressemble le plus à la manifestation des choses matérielles, aux choses substantives, au monde plastique qui existe dans l'espace quand il est baigné par la lumière. Le temps, éprouvé à partir du vieux dieu Chronos, n'est pas le temps intérieur, celui que nous sentons en nous-mêmes et dans notre vie, nous les hommes d'aujourd'hui. C'est le temps cosmique, le temps substance de toutes les choses, l'abîme de la réalité. Le nombre et le rythme le révèlent, le font apparaître et se manifester, ce qui revient à s'y soumettre, s'y apaiser. La réalité suprême qui s'en arrachera sera l'âme. L'âme, révélation, découverte d'inspiration orphique ; le seul point de départ immédiat, non cosmique, pour l'homme ; découvert non pas dans l'aventure personnelle de chacun mais dans l'aventure générique de l'âme, qui est voyage à travers le temps. Son aventure dans et avec le temps.

L'un des faits les plus surprenants de l'histoire de la philosophie, c'est que l'âme ait été une découverte des philosophes du nombre, avant ceux de la parole ; au point que nous ignorons si ceux de la parole – substantialistes, en définitive, réfugiés dans le substantialisme artistotélicien – auraient pu la découvrir. Qu'Aristote l'ait découverte et même systématisée ne veut rien dire : elle était déjà là, elle était incontournable. Elle était même ce qu'il devait concéder au pythagorisme, sans l'avouer. Car, à partir d'Aristote, quelque chose de très normal va arriver au pythagorisme. Ce qui arrive normalement à tous les vaincus, dans n'importe quel contexte historique : on leur prend ce dont on a besoin sans les nommer ; on leur concède qu'ils ont indiscutablement raison, mais cette raison on se l'approprie et on la fait passer dans le camp du vainqueur, lequel opère avec une telle tranquillité de conscience qu'il peut très bien ne pas s'en rendre compte.

Tous les vaincus sont plagiés, au sens large du terme « plagiat », qui peut aller jusqu'à signifier le déploiement, le développement d'un thème initial et même l'appropriation d'une figure représentative. Le sort de la raison du vaincu est de se changer en semence qui germe dans la terre du vainqueur. La semence, toute semence, n'est-elle pas vaincue quand on l'enterre ? Et quand elle renaît d'entre les morts, là où elle a été jetée, c'est qu'elle s'est entièrement vaincue elle-même.

L'âme, comme le grain de blé dont le voyage lui servit de guide et de paradigme, connut ce même sort dans l'histoire de la pensée. Semence orphique et pythagoricienne, elle va resplendir dans la pensée artistotélicienne. Et il en sera ainsi pour toute semence pythagoricienne : elle poussera sur un autre sol avec un autre nom. Elle ne réapparaîtra pas sous son nom en philosophie ; elle se trouvera toujours dans une autre chose, mêlée à une autre substance. Dans le mélange il pourra bien y avoir, véritablement, un élément fondamental. Qu'importe. À partir du christianisme, dans la tradition occidentale chrétienne, le pythagorisme va cesser d'exister comme tel. Il réapparaîtra dans des philosophies aussi cristallines que l'éthique de Spinoza, mais sans être identifié, faute de documents suffisants. Et nul ne prétendra le restaurer ou le prolonger. Seul Leibniz, ce philosophe dont la figure et la place dans l'histoire sont si singulières, réalisera le glorieux exploit de le réconcilier avec son contraire.

Comme tous les vaincus, le pythagorisme va vivre à l'ombre d'une bannière étrangère[1]. Et transmettre ses pro-

[1] Pythagore, à travers sa légende, son *eidolon*, exerça une extraordinaire influence à Rome, aux temps de la République, et de manière intermittente, sous l'Empire, où il refleurit dans une alternance de splendeur et de persécution. Pythagore est le seul philosophe à avoir eu sa statue au Palatin entourée d'honneurs quasi divins. Sujet délicat à explorer et que nous ne pouvons aborder ici. Et qui nous montre qu'il y eut plus d'inspiration religieuse que l'on croit dans

blèmes à qui cherchera à l'adopter, par manque de voix, d'existence, pour les poser lui-même. L'une des conditions imposées au vaincu – inévitable dans le combat politique, inexplicable dans celui de la pensée – est l'impossibilité de faire état de ses problèmes en plein jour, de faire un examen de sa situation, ce qui donne l'impression que la défaite s'en trouve plus complète. Comme si la pensée vaincue était gagnée par le désir de survivre et qu'elle reportait tout sur ce désir de survivance, alors que ce qui la sortirait de son enfer ce serait, au contraire, de se désintéresser de sa longévité pour affronter les conflits internes, les problèmes qu'elle porte en elle ; par l'examen, l'exploration intérieurs.

Chose que ne fit pas le pythagorisme, comme s'il n'était pas armé – lui, l'inventeur de l'examen de conscience – pour prendre conscience de sa situation, se réadapter et se constituer en une philosophie. À moins de considérer Plotin comme un pythagoricien. Mais les composantes aristotéliciennes de sa pensée, ne permettent pas de lui donner ce nom, ou alors précédée de l'ambiguïté de la particule « néo », qui souligne une rupture, une interruption et un retour à partir d'une situation différente. Ce qui serait à peu près la même chose que de considérer, sans autre forme de procès, Zénon, le stoïcien, comme un disciple d'Héraclite.

Mais peut-être l'explication tient-elle à ce qui a été dit au début de ce chapitre : à l'impossibilité radicale pour le pythagorisme de se constituer en philosophie, selon ce qu'on entend par là depuis Aristote – et qui, si on ne l'entendait pas ainsi n'existerait pas –, ce qui lui restitue son rang et son statut énigmatique de racine, sans que soit en cause une quelconque faiblesse de pensée chez ceux

l'histoire politique même de Rome. Chose qui n'a rien d'étonnant si l'on se rappelle que la vocation de Rome – village, monarchie, république, empire – fut l'universalité.

qu'on appelle les Pythagoriciens. Considéré du point de vue de la philosophie, le pythagorisme était « l'autre » – eux, les découvreurs de l'Un. Et la philosophie, vue à partir du pythagorisme, était la décadence d'une plus haute, céleste et universelle sagesse ; comme si la philosophie avait remporté la victoire par sa limitation, par sa meilleure adaptation au milieu terrestre ; par la réussite d'un provincialisme terrestre. La décision de l'homme qui, pour atteindre « une vie meilleure », un équilibre vital, renonce à être l'habitant de l'Univers des astres, renonce à son âme interplanétaire, à une vie tournée vers les astres où il se sent avant tout un animal céleste, pour devenir habitant de la Terre. Pour Pythagore, la constitution de la philosophie chez Aristote dut avoir le sens d'un acte plus que d'une pensée. Du point de vue du pythagorisme, la philosophie apparaît comme le premier « pragmatisme ».

Le « savoir désintéressé », le « plus noble », « fils du loisir et du merveilleux », et aussi le plus « divin », la philosophie, en vint à supplanter tous les savoirs – sagesse, inspiration, mystères – du Monde méditerranéen. Sa nouveauté était due, plus qu'à la doctrine, à la démarche radicale et inédite qu'elle supposait. Cette posture, dans ses aspects les plus essentiels, ceux qui la différencient de la poésie et de la religion, était née avec Thalès ; avec la volonté d'exiger la part de l'homme, d'habiter humainement la Terre, de vivre « en homme » pourrions-nous dire. Et, vue d'aujourd'hui, elle nous apparaît déjà, dès le début, comme une « raison pratique ».

Mais cette volonté de vivre humainement que nous avons remarquée dans le simple fait de s'interroger sur l'être des choses – de questionner pour répondre soi-même –, avait suivi un chemin enchevêtré où s'étaient produits plusieurs éblouissements venus de la découverte de l'unité, de l'identité de Parménide, des nombres pythagoriciens, de la philosophie même, chez Platon, quand elle exige le pouvoir pour les philosophes. Et de chacun de ces éblouissements découlait une impossibilité : les « apories du mouvement » chez Zénon d'Élée ; l'impossibilité pour la philosophie de se constituer à partir du « *logos* du nombre » des Pythagoriciens ; l'impossibilité tout court pour les philosophes d'atteindre le pouvoir. Il s'ensuit que la philosophie, chez Platon reste une *utopie* ; ou bien devient une voie pour initiés, même s'il s'agit d'une initiation purement intellectuelle.

Et c'est chez Platon que le drame de la philosophie pythagoricienne se déploie dans toute sa complexité. Il avait abandonné l'activité de poète tragique en faisant la connaissance de Socrate, chez qui la fonction « pratique » de la philosophie se montre dans toute son exemplarité quand elle révèle entièrement l'humanisme originaire de la pensée philosophique et qu'elle le mène à son terme. Chez Socrate, la philosophie fut un exercice vital de connaissance ; plus que faire de la philosophie, il vécut, il passa sa vie dans et pour la philosophie jusqu'à sa mort. Confronté à cette « activité », le jeune Platon se décida pour toujours à être philosophe[1].

Mais il ne parvint jamais, semble-t-il, à être seulement philosophe. Et, plus qu'au sort de la philosophie même, il consacra sa vie au sort de l'âme qu'il voulut entièrement libérer en l'éveillant à la connaissance de sa véritable

[1] D'où la fascination qui, à travers les siècles, émane de sa figure et en fait pour nous un philosophe à part, habitués que nous sommes à voir dans le philosophe quelqu'un qui « pense », selon une idée venue d'Aristote à qui nul n'est tenté de demander des comptes sur sa vie, quelle qu'ait pu être sa plus ou moins grande exemplarité, puisque chez Aristote, ce qui est décisif c'est ce qu'il pense, alors que chez Socrate, c'est ce qu'il fait ; ce qu'il fait en pensant. « Socrate inaugure un nouveau style de vie : la méditation sur ce que sont les choses de la vie. Il s'ensuit que ce qui est « éthique » n'est pas d'abord dans ce sur quoi il médite, mais dans le fait même de *vivre en méditant* », écrit X. Zubiri dans son étude « Socrate et la sagesse grecque », in *Naturaleza, Historia, Dios,* p. 259.

essence, laquelle réside dans sa parenté avec le divin. La mémoire surhumaine de Pythagore s'est muée en « réminiscence », mémoire qui libère l'âme des épreuves de son histoire et la conduit à se reconnaître dans son origine. Mémoire qui ne conserve pas les épreuves de l'âme dans le temps mais qui la dispose à s'affranchir du temps et de son histoire.

Sauver l'âme par la connaissance, telle est la solution que le pythagorisme trouve chez Platon. Il s'agit déjà de philosophie, mais elle continue à être avant tout religion. Elle est la connaissance qui obéit à une visée religieuse. Et toute la pensée platonicienne va être au service d'une visée religieuse préalable qui est ce qui véritablement l'anime. Aristote réalisa une véritable révolution en se plaçant au lieu exact à partir d'où la philosophie est en même temps nécessaire et possible. Ce fut sans doute le résultat d'un renoncement et d'une manière de mener à ses conséquences ultimes la décision initiale, présente dans l'interrogation de Thalès, d'édifier une connaissance propre à l'homme ; de coller, pour ainsi dire, à la condition humaine antérieure au déploiement de sa pensée. La pensée viendrait ensuite, suivrait l'« action », avec cette implacable fluidité qu'on peut percevoir même dans les notes d'étudiant qu'il est possible de lire. Ce qui fut décisif, ce fut le changement d'attitude qui le plaça au lieu exact de l'homme qui doit tout penser par lui-même, humainement, sans « inspiration » ni soumission aux dieux, sans obligation de « sauver l'âme » ; sans autre obligation que celle de mener la prétention de connaître à sa plénitude[1].

[1] Voir « L'idée de philosophie chez Aristote », étude dans laquelle, avec la précision qui caractérise sa pensée, mon maître X. Zubiri réunit et clarifie à l'extrême sur ce point ses commentaires de la *Métaphysique* d'Aristote, commentaires que j'ai eu la chance de l'entendre présenter dans ses cours de la Faculté de Philosophie de Madrid. *Op. cit.*, p. 127.

La philosophie sera ainsi réalisée dans sa prétention première : être un savoir issu de l'homme et propre à l'homme. L'habitant de ce monde pourra désormais tout regarder – tout « théoriser » –, y compris le ciel, surtout le ciel, s'il le veut. Mais d'ici-bas et pour ici-bas.

La philosophie antérieure, Platon inclus, devait apparaître comme solidaire de cette révolution aristotélicienne. Un nouveau savoir venait d'être définitivement fondé. Dès lors la situation de Pythagore et des Pythagoriciens allait rester ambiguë, parce qu'irréductible à la « philosophie » ; parce qu'irréductible également à ce qui l'avait précédée. Qu'y avait-il, chez les Pythagoriciens, de proprement inassimilable pour la démarche philosophique d'Aristote ? Quelque chose qui ne pouvait être rien d'autre qu'une démarche différente, différente de celle de la philosophie, différente des sagesses avec lesquelles elle ne pouvait être confondue.

2

Antérieurement, mais aussi simultanément à l'interrogation inaugurale de la démarche philosophique, il y avait eu non seulement la « sagesse » mais la « science ». La science chaldéenne, la mathématique égyptienne à laquelle, dit-on, fut initié Platon. Il s'agissait de science, c'est-à-dire de connaissance, mais non élaborée à la manière occidentale. Sciences des plus anciennes que ces mathématiques célestes auxquelles se mêlait l'adoration de la lumière, du firmament et des astres. Elles ne comportaient aucun penchant à se détourner de cette adoration qui fut leur origine ; en tout cas, comme on le voit en Égypte, si elles se séparaient d'une ancienne religion ou d'un culte initial, c'était pour en préparer un autre, pour être au service ou même à l'origine d'un culte plus pur ; formes de connaissance, elles ne cherchèrent jamais à se détacher du rite ou de l'adoration. C'est ce qui, semble-t-il, distingue ces sciences de la philosophie grecque engendrée par un mouvement proprement humain qui visait à se séparer des dieux et, surtout, du rite, du culte sous toutes ses formes ; autrement dit, à se constituer hors du monde du sacré. Étrangement – et ce n'est pas un hasard – ce nouveau savoir, la philosophie, qui eut son martyr avec Socrate, parvint à découvrir, à « dévoiler » l'idée de Dieu ; mais cela n'invalide pas le fait qu'elle ait cherché, dès le début, un terrain de neutralité, pour le moins, par rapport au sacré ; ce qui fut considéré par les gens « pieux » comme quelque chose de si menaçant qu'il s'ensuivit les persécutions que l'on sait et probablement d'autres que la diplomatie des penseurs poètes – et leur ambiguïté, également –, permit d'éviter. Même Aristote, si sobre en digressions, se sent obligé, au début de ses leçons sur la « science qui cherche », de débayer la question de la jalousie des dieux à l'égard des hommes (*Métaphysique,* Livre I, c. I). Cette question a dû être particulièrement grave pour qu'une pensée si tournée vers l'essentiel ait dû l'assumer. Preuve supplémentaire et notoire, signe révélateur que la pensée philosophique, poussée à l'extrême, cherchait à constituer un savoir « humain » propre à l'homme.

La remarque d'Aristote, faite comme entre parenthèses, règle « diplomatiquement » le conflit entre la philosophie – savoir destiné à l'homme – et ce qui est dû aux dieux. Tous ses prédécesseurs s'en seraient sentis solidaires, sauf Pythagore et même « quelques Pythagoriciens ». Non qu'ils aient pris au sérieux la jalousie des dieux – peut-être celle de quelques-uns d'entre eux, qui sait – mais la solution que représentait cette remarque quant à l'effort de fonder une sagesse humaine, uniquement humaine, et même, pourrions-nous dire, terrestre.

Le culte des Pythagoriciens pour Homère, le poète des dieux, particulièrement développé aux temps post-aristotéliciens, est bien connu et, paradoxalement, Platon, si marqué par le pythagorisme, fut plus implacable encore avec les « fables » de ce dernier, qu'Aristote avec les Pythagoriciens. Dans les deux condamnations il s'agissait de la même chose : de l'existence de la philosophie. Platon avait décidé d'être philosophe et sa condamnation est donc plus radicale, parce qu'il s'agissait, au fond, d'un sacrifice : le Platon philosophe condamnait le Platon poète, il condamnait son ex-avenir. Or, ce type de condamnation, même quand il s'agit de sujets moins universels, est souvent le plus implacable qui soit ; rien n'est condamné avec plus de cruauté que ce qu'on a refusé un jour d'être ou d'accepter. Celui qui poursuit l'autre de sa haine ne manifeste-t-il pas qu'il fut peut-être un jour l'objet de son amour ?

Il est étrange qu'on poursuive ou méprise avec obstination surtout quelque chose à quoi on a renoncé et qu'on a parfois – dans une de ces bouffées infernales qui, de temps en temps, enveloppent la terre ou le cœur d'un mortel – renié... Et même les simples adieux causent parfois une si secrète douleur qu'ils obligent à trouver des motifs apaisants quand règnent la noblesse et la bonne foi, quand il faut inexorablement partir parce que quelque chose de meilleur, ou de simplement nécessaire, nous attend. Tel était le cas d'Aristote : il prenait congé des dieux car le savoir qu'il avait la charge de mener à sa pleine réalisation devait découvrir l'être, non seulement l'être de l'homme mais, au préalable – car ce n'est qu'ainsi que l'homme serait possible –, celui de la nature et, en elle, sa cause première, « moteur immobile », « acte pur », « pensée des pensées », Dieu. Ignorait-il donc que les dieux allaient en éprouver de la jalousie ?

Ce ne fut pas la crainte de la jalousie des dieux qui entraîna la raideur de l'attitude pythagoricienne, son attachement au passé. Ce fut une intuition, l'une de ces intuitions qui, précisément parce qu'elles ne peuvent, présentement ou dans un futur proche, être traduites en pensée, refusent d'être reléguées dans le passé. Intuitions qui s'emparent de l'esprit qu'elles habitent ; justement parce qu'elles renferment quelque chose d'essentiel dont il est impossible de rendre compte : rien qui vous retienne tant que ce qui est à demi révélé. Une intuition propre aux Pythagoriciens à propos du voyage de l'âme dans le temps. Intuition enracinée dans une autre plus vaste, celle des grandes cultures auxquelles nous avons fait allusion, d'où naquirent les sciences chaldéenne et égyptienne, celle de l'adoration iranienne de la lumière et du temps infini et dans quelque chose de plus vaste encore : *la manière propre à l'homme oriental de se sentir dans le monde*.

Car, où que nous tournions notre regard, nous voyons l'homme tourné vers le divin : aux Indes, en Iran, en Chaldée, en Égypte, la vie de l'homme sur terre aspirait à être une copie du ciel. Les cités, les temples, la maison elle-même étaient des réservoirs célestes. Construire, activité pratique entre toutes, c'était, non pas *édifier* un plein, mais circonscrire un vide, un espace – le patio en est une subsistance dans la maison méditerranéenne – où descend le ciel. Ou alors élever une tour qui prétend monter à l'assaut du ciel, dont pourra se croire à mi-chemin celui qui y montera et observera à la fois les événements du ciel et de la terre. Les pyramides d'Égypte sont des miroirs de la lumière solaire, une réponse de la terre et non une question à leur dieu. Car l'homme de ces cultures-là n'interrogeait pas les cieux, il leur répondait et c'est à partir de cette posture initiale de *réponse* et non de question comme chez Thalès, qu'il accédait à la connaissance.

Le secret de Pythagore était, peut-être, de ne s'être pas posé la question de Thalès, de n'avoir pas d'abord interrogé. Son geste initial fut, sans doute, celui de répondre, comme les anciens... Non qu'il ne se soit jamais posé de questions, mais le questionnement ne fut pas originaire, chez lui comme racine de son besoin de savoir ; son savoir ne lui vint pas d'un questionnement, mais d'une attitude, commune à tout l'Orient, qui est de répondre à ce qui vient d'en haut, à l'appel de ce qui vient d'en haut, en s'y consacrant entièrement. Son savoir devait avoir ainsi le caractère d'une empreinte, de quelque chose d'imprimé par les cieux dans l'âme et dans l'esprit quand ils se tournent vers eux. D'ailleurs, la mathématique a-t-elle pu naître, à l'origine, d'une question ? Plutôt d'une observation continue, dans laquelle l'âme et les yeux, en se purifiant, découvrent ces objets intermédiaires entre la terre et le ciel que sont les objets mathématiques ; l'incorporel et les corps purs, parfaits, de la géométrie, miroirs en un sens de la perfection et de l'incorruptibilité des astres. Les objets de la mathématique ; nombres et formes géométriques, sont les ancêtres immédiats des « idées », les descendants directs du regard qui contemple et non de la parole qui interroge ; les idées comme nombres, phase ultime de la pensée platonicienne, sont un rappel – une « réminiscence » – de leur origine : de la fonction de l'idée quand il n'y avait pas encore d'« idée ».

La fonction de l'idée fut remplie auparavant par les nombres et par les formes géométriques ; sa fonction en vertu de sa condition, la pureté, l'être entièrement pur. Penser « les idées » autrement que comme des nombres, voilà ce qui était problématique pour la théorie produite par ce savoir né de l'observation de l'esprit purifié, de l'« âme pure » – comme le dira plus tard Plotin –, à mi-chemin elle aussi entre le ciel et le corps qu'elle anime. La mathématique, paradigme de l'absolue pureté, présentera un ensemble de problèmes quand on l'envisagera comme étant susceptible de rendre entièrement compte de la vie, d'être cause du mouvement[1]. Mais dans sa fonction paradigmatique elle n'offre aucun problème insoluble, car elle signifie en dernier ressort l'aspiration de l'être imparfait qu'est l'homme à la pureté – à quelque chose d'originairement sacré qui dans les nombres et les figures mathématiques se révèle intellectuellement. C'est pourquoi elle est un don du ciel, une connaissance céleste, une réponse dans le fait de répondre aux cieux avant de les interroger... Et même si on les interrogeait... Interroger les cieux, n'est-ce pas toujours une figure rhétorique que recèle le fond d'une âme, si tendue vers eux qu'elle commence à être hors d'elle-même et peut donc croire n'y être pas entrée complètement ? À l'« âme pure » de Plotin correspond l'« être hors de soi » de sainte Thérèse qui sait, par sa foi chrétienne, qu'elle est à l'intérieur d'elle-même, et qui, si elle se sent sur le point d'être hors d'elle-même, sait bien pourquoi.

L'éblouissement produit par la découverte des objets mathématiques finit par avoir un caractère extatique ; celui qui évoluera parmi eux ou qui les verra évoluer devant lui, se sentira sauvé de la vie et prendra leur essence et leur mouvement pour l'absolu... L'absolu, sous quelque forme qu'il ait été adopté par la pensée dans toutes les théories qui s'y réfèrent, ne répond-il donc pas au désir, au besoin de pureté, d'un « savoir pur » de contenu, de forme et de fonction, qui est celui de quelques hommes ? Au désir de l'expérience également – dans toute l'impureté de ses différents degrés – d'un instant privilégié où la vie est restée en suspens, absorbée, assumée par le regard, un regard dans lequel l'âme vient affleurer aux yeux.

[1] Le statut de l'« âme pure » chez Plotin est le même que celui des nombres : celui d'être une solution aux « idées-nombres ».

À partir de telles intuitions et expériences, comment allait-il pouvoir surgir un savoir « philosophique » au sens strict ? Et comment, avant ou après, l'idée, la croyance que la philosophie était déjà là ne pouvait-elle pas ne pas se présenter ? Difficile, étrange moment où la philosophie se présentait par anticipation dans toutes ses possibles ou même impossibles réussites, comme présence réalisée, alors que c'est pour cela justement qu'elle ne pouvait naître : pour avoir existé avant d'être, pour n'être pas passée par le non-être d'où naît la question, par la méfiance, par le retrait de l'esprit, par la désillusion ou, comme ce sera le cas plus tard, par le doute.

La mathématique, cependant, aura eu sa naissance avec Pythagore et les Pythagoriciens ; la mathématique désormais occidentale. Chez les Pythagoriciens, il se produit une chose décisive : la mathématique devient une foi, chose différente comme attitude de celle qu'il y avait eu antérieurement. Car, qui dit foi, dit volonté, désir de savoir qui progresse désormais pour son propre compte ; le don des cieux s'est enraciné dans l'esprit humain et commence sa propre vie dans une foi qui n'oubliera pas ses origines. Cette foi qui est volonté est présente dans tout ce que nous savons de la vie de Pythagore ; homme de volonté d'Occident, soucieux d'agir selon la connaissance, possédé par l'exigence occidentale qui a changé les savoirs en connaissance, l'exigence qui fait exister la pensée, qui l'appelle au-dehors, la formule – ce qui est déjà une exigence –, qui la profère et la transforme en loi, pour peu que les circonstances le permettent et, parfois, même si elles ne le permettent pas. Les mathématiques et les différents savoirs de Pythagore – la fameuse *Polymathie* – commencèrent à agir à la manière audacieuse de la philosophie. Si Pythagore n'osa pas questionner, comme Thalès, il osa « répondre », face au monde comme… tous les vrais philosophes. Les uns, prudents, comme Descartes, donnèrent une réponse voilée ; d'autres l'ont donnée, comme Spinoza, sous forme d'une infranchissable solitude, sans oublier le sourire des Stoïciens et le rire des Cyniques. Ce n'est qu'aujourd'hui que le philosophe semble hésiter à donner sa réponse au monde, mais peut-être ne perçoit-on pas bien pourquoi elle a pu être difficile. Et, si tel n'est pas le cas, si à l'heure actuelle le philosophe ne réussit pas à donner une réponse digne au monde – aux circonstances –, c'est un motif, le plus sérieux de tous – pour ceux qui y sont sensibles –, de commencer à déplorer la mort de la philosophie. Pythagore n'eut pas besoin de se dégager du sentiment initial de se croire investi par les cieux et, de passage sur la terre, pour donner au monde l'audacieuse réponse venue de la pensée en marche, de la pensée qui a accédé à son existence propre, de la philosophie.

Pythagore, donc – lui, lui seul – ne put donner naissance à la philosophie, faire en sorte que ses savoirs puissent ainsi se constituer, mais il réalisa une chose préalable, la plus préalable de toutes : il la fit exister avant qu'elle ait pu trouver sa forme adéquate. Le savoir atteint presque passivement – la mathématique – fut élevé au rang d'une foi, d'une volonté, d'une loi. La connaissance atteinte dans la réponse au monde d'en haut n'avait pas été vécue de cette manière auparavant, mais était restée enclose, secrète, au fond de l'âme, ou utilisée pour des pratiques immédiates. Elle avait été une activité et, chez Pythagore, elle fut élevée au rang d'un acte, dirait Ortega y Gasset. Elle fut extériorisée et placée très haut ; elle commença à exister comme si son existence avait précédé, jusqu'à un certain point, son essence.

3

Pythagore, comme on l'a vu, fit exister la philosophie, mais ne put la réaliser comme forme de savoir. L'interrogation de Thalès ne semble pas être, par conséquent, l'origine unique de la philosophie, laquelle s'ouvrit un chemin à travers la démarche de Pythagore prolongée chez « ceux qu'on appelle les Pythagoriciens ». Le mépris d'Aristote ne peut effacer quelque chose d'essentiel apporté par eux à la démarche dont naît la philosophie, et moins encore la découverte d'une réalité que l'homme avait non seulement besoin de découvrir mais de conquérir, quelque chose d'essentiel pour l'« être » humain, même à l'intérieur de la pensée d'Aristote.

Pour nous Occidentaux, issus de la philosophie grecque et du christianisme, avoir une âme est une chose évidente, si évidente que nous l'avons « dépassée ». Mais la conquête de l'âme en même temps que sa découverte a pris très longtemps, toute une ère, à travers différentes cultures, tout particulièrement et autant que nous puissons le savoir, en Égypte et en Grèce, jusqu'à Aristote chez qui l'âme est, pour ainsi dire, stabilisée, même si ce n'est que chez Plotin qu'elle connaîtra toute sa splendeur.

La découverte de l'âme se fit, sans nul doute, à partir d'une intuition originaire et par conséquent passive, peu à peu assortie d'une exigence croissante, comme pour toute découverte. On ne découvre rien et encore moins ce qu'on a, sans une exigence qui finit par devenir implacable. Nous sentons cette exigence chez les Égyptiens dans le triomphe de la religion d'Osiris dans ce qu'elle fait à l'âme. Osiris permet à chaque homme de trouver son âme, ici, sur la terre. Auparavant, comme on le sait, on pensait que seul le Pharaon naissait avec son âme ou avec ce qui, dans la pensée égyptienne en tenait lieu – le *kaa* – ; ce n'est qu'après leur mort que les autres hommes la recevaient. Cette exigence pour chaque homme d'avoir une âme sans attendre la mort, de n'être pas séparé de son âme, dut précéder de longtemps l'exigence intellectuelle de sa découverte.

Le privilège du Pharaon de vivre en compagnie de son âme, devait être associé à une sagesse particulière : un savoir de l'origine, du lieu d'où il venait et du lieu où il devrait retourner ; une vie semblable à celle d'un voyageur qui connaît et qui a le souvenir de sa route depuis son point de départ et qui, pour cela, connaît véritablement le sens de chaque événement. Le fait que les autres hommes aient vécu séparés de leur âme n'aurait-il donc pas signifié qu'ils n'avaient pas droit au souvenir, qu'ils devaient vivre ici et maintenant, au moment présent, dans une servitude, une obéissance, que nous, Occidentaux au moment de dépasser « l'âme », nous ne sommes pas en mesure d'imaginer ?

Le droit conquis par l'intermédiaire du guide salvateur, le premier droit qui précédait toutes les revendications humaines successives est le droit à avoir une mémoire, à avoir une « histoire », étant donné que l'âme – le *kaa* – attendait là-bas, par delà la mort ; l'existence d'outre-tombe n'était donc pas le problème, mais la simple existence… car il est clair que le sort de cette âme retrouvée ne semblait ni très clair ni très heureux, comme si ce n'était qu'en assumant dès à présent l'histoire depuis l'origine, que le terme salvateur pouvait être atteint ; comme si toutes les misères de la condition présente pouvaient être rachetées à partir de la pénétration ou de la descente de l'âme dans l'être humain.

Ainsi l'âme réalise un double voyage ; la descente dans ce que les Pythagoriciens appelaient « enfer terrestre », dans cette vie dont il faudra prendre en charge les deux versants, les deux abîmes : la mort et le temps. Tandis que le souvenir et le désir de l'origine la conduiront, avant même d'entreprendre le voyage, à parcourir par avance l'espace d'outre terre. Tout cela est histoire : être en possession d'une âme c'est devoir assumer l'histoire – la sienne propre –, le temps, la mort.

Mais avoir une histoire, c'est déjà savoir, d'un savoir issu d'une certitude ; d'une certitude du rachat, d'une arrivée là où il n'y en aura plus. L'« histoire », avant d'être une connaissance, un savoir intellectuel plus ou moins précurseur de notre « science », sera quelque chose, pour nous, de difficile à saisir : une manière de se sentir directement présent à soi-même, sur le mode passif, de quelqu'un à qui il arrive des choses qui l'ont arraché à son lieu d'origine ou, simplement, – ce qui est encore plus angoissant – qui l'emportent de ci de là.

Le fait de se savoir à l'intérieur d'une histoire ou avec une histoire, est sans doute précédé par un sentiment d'errer à la merci de… Et pour grande que soit la maturité des temps « historiques » et la construction scientifique que l'homme puisse faire de son histoire, il restera toujours au fond de l'esprit, de cela que nous avons appelé « intuition originaire », ce sentiment d'être suspendu, de flotter, de couler à pic parfois dans un « naufrage[1] », à la merci d'une totalité inconnue qui nous emporte. Ainsi, l'apparition, dans cette totalité qui nous enveloppe et nous emporte, de quelque chose ou de quelqu'un, même pour nous accuser, va être accueillie avec un immense soulagement ; car elle constitue, en

[1] Ortega y Gasset, dans ses cours sur « La raison vitale » désignait et décrivait avec finesse la situation de « naufrage » comme la plus humaine de la vie humaine.

même temps qu'une manifestation de l'inconnu, une inculpation. Et l'inculpation, pour terrible qu'elle soit, est une attribution qui rend manifeste ce qu'on appellera plus tard « sujet », moi ; le fait d'être, d'une certaine manière, quelqu'un.

Sur ce sentiment originaire va se fonder l'eschatologie de la faute et de l'expiation qui plonge ses racines dans la nuit de l'Orphisme ; sans lui, elle n'aurait pu prendre comme croyance durable, commune aux Orphiques et aux Pythagoriciens. Il faut remarquer que l'homme moderne et son angoisse croissante a fait tout ce qui était en son pouvoir pour se libérer de sa croyance en la faute originelle. À partir du « naturalisme » du XVIIIe siècle, se sont succédées les idéologies – « évolutionnisme », « marxisme », « nietzchéisme » – révélant l'« innocence » de la condition humaine qui n'a d'autre possibilité de connaître la faute que dans une certaine trahison de la vie. L'une des plus constantes préoccupations de l'homme moderne et actuel est de se rendre innocent.

Errer et souffrir, telle paraît être la situation première de la créature humaine quand elle s'éprouve elle-même. Il s'ensuit que les sagesses les plus anciennes sont des récits qui relatent les luttes survenues aux origines entre les dieux, entre le ciel et la terre et d'où l'homme est généralement sorti, finalement souillé. C'est le cas de la théogonie orphique.

Face à de telles théogonies ou récits sacrés, deux attitudes différentes sont possibles à l'intérieur de la tradition grecque, deux attitudes déjà humaines, issues d'une exigence éprouvée par l'homme qui se dispose à penser ; dans cette exigence radicale qui précède la pensée. L'une, qui ne put se produire qu'après l'apparition des dieux homériques – une *épochê*, une mise en suspens de l'existence et, surtout, de l'action des dieux, un refus de tenir compte du sort de l'âme –, est une sorte d'arrêt, d'immobilisation, où l'homme, oubliant tous les « contes » s'interroge directement sur les choses. Oubliant contes et histoires..., Parménide va très vite réaliser cette *époché* du temps dont Ortega y Gasset dénonce la persistance dans toute la métaphysique occidentale.

L'autre attitude, à ce même moment, consiste à accepter les histoires qui donnent une explication plus adéquate du sentiment originaire dont nous parlons. Elle consiste, par là, à accepter, au moment de découvrir et de conquérir l'âme, l'histoire de l'âme, une nouvelle mythologie ; le mythe le plus récent où un être qui est plus qu'un homme et moins que Dieu, mène à son terme la situation humaine, donne l'exemple du voyage de l'âme, du risque qu'elle court, et nous fait un don, déjà humain : la musique, la poésie.

Et, paradoxalement, à la première attitude, qui oublie les histoires et élimine le temps, il revient d'avoir décidé de l'histoire de l'homme occidental, de lui avoir donné et d'avoir exigé de lui la première acceptation de l'histoire qui est de vivre ici, de regarder d'ici, de définir. Car l'Être de Parménide et son unité d'identité conduira à la définition ; ultime conséquence de la découverte de l'Être, l'homme devient l'être qui définit. Définir est la plus haute forme intellectuelle de la décision, de la volonté. Définir, c'est faire l'histoire.

Tandis que l'attitude correspondant à l'Orphisme et au Pythagorisme, que nous voyons resplendir dans la légende d'Orphée, est celle d'une acceptation totale et même d'une avidité de l'âme ; à se lancer dans son voyage, à venir à bout de l'épreuve du temps. Pour eux, le moment n'était pas venu de penser, car, pour commencer, on n'aborde pas le temps en le pensant – seuls, à présent, Ortega et Heidegger abordent le temps à partir de la pensée – mais en le subissant. Il s'agissait donc d'une décision paradoxale de subir. Subir le temps, c'est le parcourir sans éviter aucun abîme : la mort et, pire encore, cette perte, l'errance, comme tous les vrais poètes la connaîtront un peu, comme tous ceux qui souffrent... Et ce paradoxe est parallèle à celui des « philosophes » : l'acceptation du temps et de l'histoire essentielle de l'âme qui, en conséquence, les conduit à rester en marge de l'histoire, historiquement vaincus ; à la dédaigner aussi, en la considérant comme l'histoire d'ici, l'aveuglement dans une erreur.

Car les Orphiques en question, ceux qu'on appelait les Pythagoriciens, en s'attachant à subir, furent vaincus par le *logos* qui énonce et déclare, qui arrive à définir ; puisque pareille épreuve, quand elle est si vive, est indicible.

C'était une action, un voyage. Orphée est poète, plus que par ce qu'il réussit à dire – s'il a pu dire quoi que ce soit –, par son action. Action poétique, si différente de la décision philosophique, qui se déchaîne dans le délire ; le délire, origine de la poésie, les pleurs et les gémissements, origine de la musique.

En s'éveillant, l'âme errante se met à courir sans savoir ce qui lui arrive, même si elle le sait, même si on le lui a raconté, puisque alors « la passion ne supprime pas la connaissance », car si elle la supprimait, elle ne serait plus connaissance ; cette « connaissance dans la souffrance » que résout l'histoire tragique – la double erreur de Zeus et de Prométhée, selon Eschyle.

Mais les Pythagoriciens n'iront pas jusqu'à la tragédie, car le conflit s'y résout en un « instant » décisif. Et tout y est dit. Ils resteront, au contraire, fidèles à l'indicible ; la voix, le gémissement, avant de chercher à être articulés en parole seront moulés, modelés par le nombre. La parole précipite toujours le temps, la musique lui obéit avec une certaine perfidie, car elle est en quête de l'extase.

L'indicible épreuve de l'âme quand elle s'éprouve elle-même, en se découvrant, fut résolue dans le Pythagorisme par l'acceptation de l'Orphisme et de son aventure participante : la descente aux Enfers, aux abîmes où ce qui se produit est indicible. Et comme c'est indicible, cela se résoudra en musique. Et dans la forme la plus musicale de la parole : la poésie [1].

La musique sort de l'enfer ; elle n'est pas tombée des hauteurs. Son origine, bien plus que céleste, est infernale. Plus tard viendra l'« harmonie des sphères ». Car l'harmonie vient après le gémissement et l'enchantement. La particularité d'Orphée, marque et sceau de l'âme grecque, c'est que le gémissement n'est pas une plainte désespérée, une imprécation, mais une douceur secrète, une mystérieuse douceur qui monte des entrailles de l'enfer. L'art grec, la tragédie elle-même, est solidaire d'Orphée, il ne le dément pas. Toute horreur sera apaisée, toute plainte enveloppée de douceur. Et cette douceur, cette mansuétude, permettront à la raison, aux raisonnements, d'entrer dans les lieux infernaux ; elles seront le pont toujours tendu par l'âme médiatrice entre la raison et la vie dans son épreuve infernale ; entre la souffrance indicible et le *logos*.

La musique orphique est le gémissement qui se résout en harmonie ; le chemin de l'indicible passion qui cherche à s'intégrer à l'ordre de l'univers. Ordre et cohérence des entrailles identifiés à l'ordre et à la cohérence de l'univers par les nombres – « la musique est l'arithmétique inconsciente des nombres de l'âme », selon la formule, la plus fidèlement pythagoricienne, de l'essence de la musique, la clé de son parcours ; et qui semble se réaliser dans la musique d'un contemporain qui lui aurait ainsi donné sa définition ; Leibniz et Mozart, dans la

[1] Ici, plus encore, nous voyons en quoi les Pythagoriciens étaient philosophes car, malgré leur dévotion pour les poètes, ils ne purent jamais accepter l'*éros* errant de la poésie lyrique ; celui-ci, en réalité, n'est pas le propre d'Orphée qui sera ainsi le patron de poètes tels que Rilke, lequel ne voulut pas non plus l'accepter entièrement ; l'angoissante parenthèse de silence qui retarda si longtemps la composition des *Élégies de Duino,* pourrait être due à cette fuite de ce qui fuit.

maturité de la culture occidentale, et malgré la distance, découvrent la transparence parfaite de la « confusion » pythagoricienne.

La musique naît quand le cri s'apaise, se soumet au temps et au nombre et, au lieu de faire irruption dans le temps, y pénètre, y trouve continuité à travers la discontinuité de tout le sensible... D'où l'échelle, les échelles, la pluralité de la musique qui a besoin d'un fondement – comme toute pluralité. La plainte d'Orphée dut résonner dans les notes fondamentales de la voix humaine sous la forme la plus pure et la plus simple de la mathématique de la voix humaine, dans les nombres « sacrés » du chant. La musique atonale, tentative pour sauver l'origine mathématique de la musique, est également la plus plaintive ; historiquement, elle naît des plaintes de Tristan et Iseult. Le concerto pour violon d'Alban Berg part de l'« ensemble » des notes qui servent à accorder l'instrument pour lequel il a été écrit. La plainte d'Orphée dut résonner dans les notes fondamentales de la voix humaine sous la forme mathématique la plus pure et la plus simple : le nombre sacré initial du chant.

Les nombres engendrent la musique dans le cri de la gorge humaine ; le cri sort de l'âme, il est l'âme. L'idée que l'âme est un nombre, n'aurait-elle pas pu naître de cette expérience ? L'âme qui se déprend amoureusement de sa vie concrète et reste, désincarnée, sous une forme immatérielle et mathématique.

Une fois découverts les intervalles musicaux et la loi de l'intensité du son proportionnelle à la longueur de la corde, un *logos* – une raison – fit son apparition. Alors, sans que l'âme gémisse, la musique pouvait se réaliser. L'instrument répond objectivement à cette expérience du chant ; il répond objectivement et symboliquement : le symbole est une forme d'objectivité, de raison.

Les sept cordes de la lyre symbolisent le voyage de l'âme à travers les sept cieux. C'est une méthode, un chemin à la fois dans le temps et dans l'espace qui, à être parcouru, arrache l'âme à sa condition plaintive, à sa peine indicible. En découvrant sa manière de « dire », musicale et non logique, elle retrouve son lieu et sa condition originaires ; elle est désormais elle-même ; elle a été sauvée.

Le symbole, pour celui qui le crée, a un sens absolument réel, qui s'affaiblit quand il est connu et utilisé par ceux qui vivent alors un autre type de vie et habitent sous un autre horizon, dans un monde de logique ou qui prétend l'être. La vérité agissante, qui comporte en même temps qu'une connaissance une transformation de celui qui connaît, s'exprime par symbole, nécessairement. Et le symbole est aussi norme, car il doit être inaltérable.

Les symboles sont le langage des mystères. Celui des Orphiques était la résolution musicale du voyage de l'âme dans ses enfers, assortie d'une inévitable représentation plastique. Mais ce voyage, accompli par Orphée, signifie la première séparation irréductible manifestée dans le temps, l'abîme qui sépare la vie de la mort qu'il rend infernale.

L'enfer est d'abord ce passé dans lequel le mort reste, dans lequel les morts restent confinés, seuls, laissant le vivant enfermé dans un présent inutile. La mort rompt le lien amoureux, le rythme de l'amour. Syncope introduite dans la mélodie qu'est la vie heureuse.

L'âme pénètre dans ses enfers – mort et souffrance indicible d'être vivante. Son voyage est vers l'intérieur. Héraclite transmet l'appel à l'éveil de la raison : l'âme orphico-pythagoricienne, sans l'entendre, voyage livrée à son délire. Nous ne pourrons nous éveiller qu'en nous enfonçant dans notre rêve, pourrait-elle dire, si elle se croyait tenue de répondre à la raison par des raisonnements.

S'enfoncer dans le rêve, telle est l'origine de la musique et de la poésie. S'enfoncer dans le rêve, c'est délirer. Il y a une sagesse du rêve, méconnue par la raison de l'homme éveillé, une divination.

Il n'y a pas de limitation pour l'âme qui voyage vers l'extérieur, dans l'espace des astres, en quête de ses semblables, ni vers l'intérieur, dans l'enfer du temps et de la mort, en quête d'elle-même. Et ainsi, il n'y a pas de contradiction à ce qu'elle se trouve en même temps à des lieux différents. L'âme est-elle multiple ? Ou chacun a-t-il de nombreuses âmes ? Orphée, serviteur de l'unité dans cet univers de la multiplicité, descendra une fois puis une autre fois sauver son Eurydice ; cette Eurydice qui errait perdue parmi ses nombreuses âmes. Tout cela comme dans les rêves.

L'âme erre sans assises, contrainte à parcourir l'Univers et à souffrir à chacun de ses états. Voyage qui consume plusieurs existences humaines. De chaque existence ne reste-t-il donc pas une âme particulière, une mémoire ? Comment pourrait-elle se perdre ? L'âme-mémoire subsiste à travers son long délire, son voyage aux espaces stellaires et infernaux. Chaque homme pourrait-il n'avoir qu'une âme ?

L'univers du nombre est celui de la multiplicité. La monade, qui préside à de multiples séries numériques, est toute la perspective de ce qui est nombrable. Dans un monde de plans, de séries, de niveaux, d'échelles musicales, où les âmes montent et descendent, où l'homme se trouve-t-il ? Comment reconnaître chaque homme, comment savoir s'il est « le même » ou « la même âme perdue » ? « Comment l'as-tu reconnue ? » – aurait-on pu dire dans l'une des conversations entre initiés. « Parce qu'elle obéissait à la même musique ».[1]

[1] La musique pythagoricienne – la musique de toujours – n'est pas celle qui produit un plaisir, mais celle à qui l'on obéit. Écouter une musique n'est pas en jouir, mais la suivre. La musique a été essentielle dans la liturgie, elle est essentiellement liturgique.

Les Pythagoriciens découvrirent l'échelle musicale qui dut être l'un de leurs symboles les plus secrets : *dia pas on*[1] qui embrassait la totalité des sons séparés par des vides de silence. L'univers du nombre est discontinu ; seule l'harmonie engendre la continuité. Harmonie qui devait nécessairement soumettre le cœur du fauve, l'élan vital, sans plus. Car la musique réunit en elle les deux univers, les deux foyers de l'Univers : celui des astres, du mouvement desquels descendit la mathématique et le monde infernal où la plainte prend naissance ; de l'enfer de la matière aussi qui résonne quand elle est heurtée. Dans les vibrations du son, la matière s'éveille, offrant ainsi quelque chose qui lui est propre et non un reflet, comme la lumière. La vibration sonore naît dans les corps mêmes ; elle n'est pas reçue comme la lumière. Le son se produit dans « ce monde ci » où les Pythagoriciens situèrent l'enfer, dans l'enfer terrestre. De la voix de l'enfer, soumise au nombre venu des astres, naquit la musique, le plus inhumain des arts.

Le plus pur des arts et la plus sage des sciences de l'âme. Du fond des enfers où elle gît dans la souffrance, l'âme, se laissant porter par sa plainte, allait gravir l'échelle que la musique lui tend depuis le ciel ; elle allait monter sans se perdre, sans être aveuglée par ce qui est proprement humain, par son image.

Pythagore et ceux qu'on appelle les Pythagoriciens ne découvrirent pas le monde de la vision jusqu'à Plotin, car ils y perçurent, avant tout, le mensonge de l'image. La douleur, l'image, ce qui est proprement humain et, comme tel, purement infernal. Plotin, qui éprouve à l'extrême l'horreur pythagoricienne de l'image, doit à Platon la conquête du monde de la vision ; les *idées* seront, pour lui, le moins *eidos*, le moins *morphé* possible, attirées, presque absor-

[1] « Il faut passer à travers tout », pouvait être le sens par elle symbolisé.

bées par l'Un. L'horreur de l'image, si ostensible chez Plotin, recueille toute la tradition pythagoricienne. Et l'image, c'est l'humain. Qu'était donc l'homme pour les Pythagoriciens ? Quel était son lieu ?

La contradiction de la « philosophie » pythagoricienne apparaît dans toute sa gravité si l'on formule devant elle la question de l'homme. L'âme, conduite par sa propre plainte sur l'échelle offerte par le nombre, était sauvée, rachetée. Mais l'homme, est-il seulement une âme ? Une âme enfermée dans une tombe charnelle. C'est, en gros, ce que disait l'Orphisme. Mais un savoir empreint d'exigences philosophiques devait les faire porter davantage sur ce point. La foi mathématique, une foi en la connaissance, finalement, révèle l'acte de philosopher et fait du pythagorisme, la première des philosophies, la dernière des sagesses enfermées dans les mystères.

Les découvertes mathématiques, bien que les nombres aient continué à avoir un sens sacré, constituaient déjà une science. Et comme science, leur structure était radicalement différente de la sagesse des mystères. Telle était l'ambiguïté du pythagorisme. Le mystère requiert l'initiation ; la mathématique, l'apprentissage, même si cet apprentissage a une valeur d'initiation, comme le soutiendra Platon, encore fidèle à la tradition. Car chez Platon, encore, les connaissances ont quelque chose d'une initiation.

Ainsi, la foi mathématique – au double sens de foi en la connaissance, en fin de compte, et de foi dans les nombres – supposait l'horreur et la dévalorisation de l'image. Et, cependant, les Pythagoriciens savaient que toute âme possède une image ou la suscite.

Ils le surent et l'acceptèrent : *soma, eidolon, psyché* constituent l'homme. Corps – image, idole, ombre – et âme. Mais le constituaient-ils vraiment ? Ces éléments pouvaient facilement se désintégrer. Ils tendaient à se désintégrer dans l'horreur de la vie, dans l'avidité de la mort. On connaît le reproche fait aux Pythagoriciens d'avoir interpolé dans le texte de l'*Odyssée*, dans le passage de la *nékuia*, les vers qui racontent comment l'âme d'Héraklès vit dans la félicité de l'Olympe avec les dieux, tandis que son *eidolon*, son ombre, qui habite l'Hadès, répond à l'invocation d'Ulysse. Virgile recueille cette pensée d'un corps qui habite sur la terre, d'une ombre qui habite aux enfers et d'une âme, dans les astres.

L'ombre était projection de l'âme quand elle entrait dans le corps, sur lequel elle la déposait. Dans le parler populaire, surgi d'une mémoire millénaire, « l'ombre » apparaît dans différentes expressions ; les plus concrètes et chargées de sens sont celles que le peuple andalou prononce comme un jugement sans appel à propos de quelqu'un : « il a une bonne ombre » – « il est sympathique » – ou « il a une mauvaise ombre » – « il est antipathique » ; après quoi il n'y a plus rien à dire, le débat est clos, il n'y a pas d'échappatoire possible. Une « ombre » qui, bien sûr, n'est pas celle que projette le corps ; c'est une ombre autre, issue d'un lieu mystérieux, qui n'est pas le centre de la personne. Nul n'est responsable d'avoir une « mauvaise ombre » ; c'est une malchance, simplement, une malchance qui attire la malchance et qu'il faut fuir. Une servante andalouse déjà très âgée, disait d'une manière plus subtile encore : « nous sommes ici sous son ombre » ; expression qui conserve toute la force de ce passé de croyances très lointaines. Les Pythagoriciens n'ont sans doute pas inventé l'existence de « l'ombre », ils l'ont reçue du monde où ils vivaient.

Des trois éléments, l'ombre – quelque chose de matériel, quoique de subtil – était sans nul doute le plus individuel, ce qu'un individu avait de particulier, son *principium individuationis*, sa « caractéristique », ce qui lui était propre : une ombre. Mais, en ce temps-là, il n'était pas question de l'individu, problème qui n'en sera un que pour Aristote. Ce qui n'est pas un hasard, car comment poser ce problème de l'individu tant que l'« humain » n'était pas établi dans l'être ? Ce que cette « idée » pythagoricienne de l'homme avait de problématique, c'était l'humain, enclos dans l'ombre : le corps appartenait au monde matériel et fragile, car il n'était pas un corps à la manière des astres, mais un corps périssable, propre à « ce bas monde ». Et l'âme, était-elle alors humaine ?

Ni les Pythagoriciens ni Platon ne purent rendre compte d'une âme humaine. Mais Aristote non plus. Tout ce qu'apporta sa pensée, ce fut l'essence « humaine » ; une essence, somme toute semblable à celle de n'importe quelle chose. Ce qu'il y avait d'humain dans l'homme – d'intransmissible –, c'était l'« entendement agent », le même chez tous les hommes : actif, divin, impersonnel. Cette partie de l'âme, proprement humaine, continuait à être divine, comme chez ceux qu'on appelait Pythagoriciens, comme chez les Orphiques, comme chez Platon. Le « salut » est atteint dans la vie contemplative, intellectuelle.

Quelque chose avait été gagné et perdu dans la pensée. L'amour n'allait plus être nécessaire. L'origine céleste de l'âme était définie avec une entière clarté, parce qu'elle avait été délimitée ; l'*éros* platonicien faisait place à la *philia*. Et l'âme n'allait plus entraîner avec elle dans l'ascension de l'*éros* tout ce qu'il y a de passif en elle ; une passivité qui est aussi une passion. Au moment de la mort, cette vie informée par l'« entendement agent » est destinée à disparaître, sans plus ; de la passivité et de la souffrance, de l'enfer qu'est la vie terrestre, rien ne restera ; l'âme n'aura pas eu à le transformer et il n'y aura de place pour aucune ascension vers les cieux depuis les enfers de la passivité.

L'âme, chez Aristote, même si elle est d'une certaine manière « toutes les choses » a perdu sa fonction médiatrice : la *philia* est en elle-même une fin, une vertu, et non pas une tension comme l'*éros*, l'expression la plus véritable de la fonction médiatrice de l'âme.

Et l'« humain », ce qui est exclusivement humain, qu'est-il devenu ? L'« humanisme » radical d'Aristote ne put non plus triompher de cette dernière et décisive épreuve qui est de rendre compte de l'humain. La réduction de la pluralité des âmes, et de la pluralité de vies de chaque âme, ne permit pas de découvrir quelque chose d'intransmissible dans la substance appelée homme. Au fond, chez Aristote comme chez les Stoïciens, il faut se résigner à être homme, même si chez Aristote lui-même, dans la tonalité de sa pensée, il n'y a aucun écho de la résignation stoïcienne. Au contraire, l'« enthousiasme » de Platon ne semble pas éteint mais transformé en une foi d'où naît cette agressivité caractéristique de la pensée aristotélicienne.

Les « nombres » comme principe de l'Univers furent, cependant, vaincus. Et, comme chez Aristote la détermination philosophique n'a pas de bornes hors celles qu'il dut se donner lui-même pour véritablement philosopher, il dut assumer l'origine même de cette conception numérique de l'univers, de la vie, de ce vieux dieu Chronos. Il ne biaisa pas, il aborda la question de face en la présentant pour la première fois réduite à un problème intellectuel. L'ultime fond, obscur, sacré, à peine abordé par la pensée d'Héraclite, allait être abordé à partir de la pensée de l'être.

Il s'agissait avant tout – il devait en être ainsi – que le temps fût un, de sauver le temps de la multiplicité. Pour la conception orphico-pythagoricienne, ne devait-il pas y avoir de nombreux temps ? Le temps allait devoir être un et servir la substance. Ce n'était plus le temps originaire, première puissance cosmique, mais le devenir. Et en l'appelant « devenir », on comprend bien que le temps était serviteur de la substance. Le changement se produit dans la substance concrète[1] ; c'est elle qui change ; mais le chan-

[1] « Ni la matière ni la forme ne deviennent ».

gement se produit dans le temps, demande du temps. Le temps est ce qui, dans la pensée d'Aristote, devait le plus ressembler à l'échelle des nombres et à ce voyage qui mène des enfers aux espaces où se meuvent les astres incorruptibles. Échelle qui mène du non être encore à l'être déjà. Mais le non être encore est postérieur à l'être déjà – « la puissance est supérieure à l'acte » –, la semence à l'arbre. Le temps allait devenir un cercle sous l'immobilité – l'actualité – produit et régi par elle. L'image du mouvement le plus parfait, celui des astres, vaut pour la totalité du temps qui nous protège tous, nous abrite. Tout ce qui est vivant est dans le temps, d'une certaine façon, comme les astres sur leur orbite. Le mouvement par lequel quelque chose s'engendre était assimilé, d'une certaine manière, au mouvement de translation des astres. Le cours de la nature, de la *physis* qui engendre tout, était un cycle. Aristote avait réalisé l'exploit, une fois éliminée la mathématique, ce don des cieux, de penser la vie, la nature vivante en fonction de l'intelligence. Et l'intelligence était céleste dans sa pureté première et ultime, jusque dans son mouvement circulaire où le temps enveloppe tout.

Le pythagorisme avait-il été à ce point vaincu ? Oui, sur quelque chose d'essentiel : le cycle générateur, la nature ne créait pas selon le nombre. L'unité était le but qui avait absorbé toute pluralité. Chaque chose en son « lieu naturel » habite le même monde ; l'univers est ordre – *taxis* –, ordre de l'un, où chaque chose vise et arrive à être une, elle, elle-même ; seule la matière demeure éternellement disponible, « douée de manque », ultime résidu de la multiplicité.

La polémique contre les Pythagoriciens avait été menée si agressivement que certaines de leurs formulations furent annexées, comme le bref fragment de Philolaos qui est arrivé jusqu'à nous et qu'Aristote devait bien mieux connaître.

« Car la nature du nombre – écrit Philolaos – règle, guide et gouverne toute difficulté et tout ce qu'on ignore, puisque nul ne connaîtrait rien des choses, rien de celles-ci par rapport à lui-même, ni d'une chose par rapport à une autre, si le nombre n'en était l'essence. Mais comme c'est le cas, *celui-ci donne leur perfection à toutes les choses en les adaptant à l'âme, par l'intermédiaire de la sensation,* en les rendant susceptibles d'être connues et de se répondre les unes aux autres selon la nature du *gnômôn,* en donnant corps aux relations entre les choses et en les séparant chacune des choses, aussi bien de celles qui sont limitées que de celles qui limitent ».[1]

Serait-il exagérément audacieux de voir dans la phrase soulignée plus haut – « celui-ci [le nombre] donne leur perfection à toutes les choses en les adaptant à l'âme par l'intermédiaire de la sensation » –, ce qui a été constaté, de nombreux siècles plus tard, par la psychologie physiologique, si injustement méprisée de nos jours, lorsque Fechner énonce la loi selon laquelle « la sensation est le logarithme de l'excitation » ? Les nombres sont-ils étrangers aux manifestations des choses pour l'âme ? Pour l'âme qui mesure parce qu'elle est – lisons-nous dans Aristote – « comme une main. »

L'âme avait été libérée par Aristote de son incessant voyage, elle surgissait du fond de la *physis* avide de trouver sa perfection sous un temps unique. L'homme avait conquis « son temps propre ». Le mythe de l'« éternel retour » était aboli en même temps que le voyage de la métempsychose. L'homme allait trouver sa place dans l'Univers ; en tant qu'être vivant, il est acte qui informe une matière ; en tant qu'homme il s'approche autant qu'il est possible de l'acte pur, *en tant qu'il connaît*

[1] Extrait du fragment de Philolaos traduit par María Araujo, *La filosofía en sus textos,* publié en Espagne, sous la direction de Julián Marías, Barcelone, Éditions Labor, 1950.

que « l'acte de l'intelligence est vie ». L'avenir semblait être conquis pour toujours par cet Aristote, « condamné par Dieu à être philosophe. »

Le dieu temporel ne put rivaliser avec le Moteur immobile. Le Dieu de la pensée. Il manquait de finalité. Et pour l'homme, quel que soit le moment de son histoire, et plus encore quand il se dispose à conquérir son « être », un dieu qui le soutienne et lui fasse sentir la finalité de tout ce qui se meut autour de lui, la finalité de l'incessant mouvement qui enveloppe sa vie, lui « servira » plus qu'aucun autre ; il sera irrésistiblement le dieu triomphant. Le fait que le Moteur immobile ait été « cause première et efficiente » ne lui aurait pas donné la victoire si cette affirmation n'avait pas été suivie, avec la plus stricte rigueur philosophique, par celle qui en faisait « l'ultime cause finale. »

Le Moteur immobile était donc le dieu humain par excellence, et il n'aurait pas eu besoin d'une telle perfection de pensée pour vaincre le Dieu du temps, même rationalisé par le nombre et pétri d'harmonie. Sa fonction « salvatrice » n'ayant même pas besoin d'être formulée allait apporter plus de sécurité encore. Il n'avait même pas conservé trace de l'état de soumission – crainte, adoration – dans lequel se trouve initialement l'homme par rapport à ses dieux, surtout s'ils sont des « sauveurs ». Pas plus, par conséquent, que la moindre trace de sacrifice. La philosophie avait réalisé l'exploit de montrer à l'homme – à tous les hommes – la nature devenue transparente, intelligible et, en son sein, un dieu, une intelligence pure, une pensée de pensées qui n'exigeait aucun sacrifice.

On pouvait penser que tous les hommes, en suivant leur nature, allaient trouver dans la philosophie la satisfaction complète de leur besoin de savoir, un savoir total au sens de savoir quoi faire de sa vie, le savoir humain par excellence, la « raison pratique ». Mais ce ne fut pas le cas.

Sans compter la « rébellion » des Cyniques et « la régression » des Stoïciens et des Épicuriens, ceux qu'on appelle les Pythagoriciens continuent à exister de cette manière invisible qui annonce une résurgence postérieure. Il y avait quelque chose d'irréductible dans le pythagorisme, de non formulé. Il n'était pas, il ne parvint pas à être, une doctrine comme la doctrine stoïcienne, comme les « Académies » successives. Dans la résistance irréductible à une pensée aussi clairement formulée que celle d'Aristote, il y a quelque chose du même ordre que ce qui avait poussé Aristote à s'opposer à « ceux qu'on appelle les Pythagoriciens ». Une différence d'attitude sous-tendue par un espoir différent. Rien ne sépare plus les hommes que ce qu'ils espèrent, et l'espoir le plus difficile à abandonner est celui qui n'a toujours pas trouvé sa raison.

L'espoir, à son tour, dissimule et suppose un besoin, et s'il ne trouve pas sa raison jusqu'à un certain moment, c'est parce qu'il doit suivre son propre chemin, le chemin par lequel l'homme qui le nourrit va jusqu'au bout de son épreuve, de son « expérience ». Parfois les pensées les plus claires ne peuvent être acceptées parce qu'elles feraient l'économie d'une expérience qui doit être vécue. Parce qu'en dernier ressort, elles feraient l'économie de la vie même. L'acceptation du Moteur immobile, du Dieu de la pensée, empêchait, aurait empêché les récalcitrants Pythagoriciens de vivre leur vie, la vie telle qu'ils l'entendaient et l'éprouvaient : la vie totale de l'âme. Ce qui était justement, sans doute – et par un étrange paradoxe – le plus grand des sacrifices à un dieu qui semblait n'en exiger aucun.

Car, du point de vue de la vie immédiate, telle qu'elle est éprouvée par celui qui éprouve et sait qu'il a une âme – une âme qu'il vient de conquérir –, comme nous avons essayé de montrer que c'était le cas pour les Pythagoriciens, l'acceptation du Moteur Immobile supposait un sacrifice, le sacrifice de cette âme et son droit à son double voyage infernal et sidéral ; le sacrifice de son « histoire ». Un dieu, même celui de la pure pensée, peut-il exister sans un sacrifice de l'homme ?

Les Pythagoriciens se refusèrent à faire le sacrifice qu'exige le Dieu de la pensée ; le sacrifice de leur histoire et de l'histoire de l'âme à laquelle il est impossible de renoncer. C'est pourquoi ils demeurèrent attachés à un passé en déroute ; tel était le sacrifice, outre ceux qu'ils offraient quotidiennement et dans les grandes occasions à leurs âmes tutélaires, plutôt qu'à des dieux. Des dieux..., en vérité ils ne pouvaient en avoir ; la « théologie » d'un autre dieu interdisait à ces dieux de se présenter comme tels. Les conflits entre les dieux se produisent, en réalité, autour du titre de dieu mais, dans le cas des dieux de la philosophie, il s'agit plutôt d'une lutte pour le dévoilement du divin, pour tout ce que la pensée peut dévoiler de la divinité.

Dans ce combat, ce fut Aristote qui triompha ; après quoi, des dieux, ce qu'on appelle des dieux, il ne pouvait plus y en avoir. Seul le dieu de Plotin allait être « plus dieu » que celui d'Aristote.

Ainsi, au moment historique – au premier siècle après Jésus Christ –, où la solitude humaine révélait l'absence des dieux et l'insuffisance du dieu de la philosophie nous trouvons les Pythagoriciens regroupés en une secte religieuse, oublieux des tâches intellectuelles, vivant dans le mystère et dans le mythe, convertis à une religion secrète d'initiés. Leur regard tendait à réunir les mythes où pouvait apparaître un symbole du double voyage de l'âme et de l'harmonie occulte de l'univers. Et plus encore que regarder, on aurait dit qu'ils écoutaient la voix étouffée d'une sagesse que les hommes n'avaient pas su mériter ; en marge de l'histoire officielle, cherchant à prolonger leur histoire secrète, intime – cette réserve historique que les vaincus représentent toujours. Car la « raison historique » ne saurait faire ses calculs[1] avec les quatre règles élémentaires mais en recourant au calcul infinitésimal, intégral, et même à un calcul encore inconnu qui rende compte de l'imperceptible sur des époques entières, rende compte de ce qui fut vaincu, qui n'accéda pas à la raison ou en était le reste, et qui fut la semence de la raison future.

Les Pythagoriciens le savaient-ils eux-mêmes ? Leur place dans le monde des idées et des modes ne semblait pas les préoccuper. Dans leur refus total de la tentative philosophique, ils étaient revenus à leurs origines, communiant plus encore avec l'aspiration religieuse d'où ils étaient issus, avec leur « sentiment originaire ». Les nombres ne semblaient même plus avoir d'importance, sauf dans leur fonction d'introduire dans la vie quotidienne le rythme, la norme « qui adapterait l'âme à sa réalité véritable en la libérant de la sensation », du sortilège de la vie d'ici-bas. Telle est la situation que révèle la découverte de la Basilique Pythagoricienne de Rome[2]. Le sort de la blanche chapelle semble marquer, signifier le sort du pythagorisme.

[1] Ortega y Gasset me parlait un jour déjà lointain des « hautes mathématiques de l'histoire ».

[2] Vers 1917, à l'occasion des travaux du chemin de fer Rome-Naples, on découvrit, sous une bute de la Via Prenestina, près de *la Porta Maggiore*, une basilique souterraine. Le chercheur français J. Carcopino réussit – à travers une étude où le savoir le plus vaste étaye l'intuition – à l'identifier comme une basilique pythagoricienne du milieu du Ier siècle de notre ère. Cf. son admirable livre : *La basilique Pythagoricienne de la Porte Majeure*, Paris, 1944. Son diagnostic, très discuté, entraîna l'adhésion de savants tels que Franz Cumont. Cf. *Lux perpetua*, Paris, 1949.

Selon les recherches de Carcopino, la basilique servit à peine, car, sa décoration encore inachevée, elle dut être abandonnée par ses fidèles et ses prêtres, victimes d'un *senatus consultum* voté à l'instigation de Claude, « exilant d'Italie tous ceux que le peuple englobait sous le nom

Le pythagorisme va-t-il connaître un sort différent de celui qu'il a connu jusque-là ? Du point de vue des connaissances actuelles son destin apparaît comme le plus paradoxal qu'il soit possible d'imaginer. Il fut vaincu par la pensée aristotélicienne parce qu'il ne put rendre compte de la « nature ». Mais, quand la nature devint accessible à la connaissance humaine, elle se soumit au nombre, comme le montre la physique mathématique depuis Galilée jusqu'à celle de l'espace-temps actuel, la physique relativiste, plus pythagoricienne encore. Aujourd'hui, sous son équivoque splendeur, l'homme redevient la question ; créature errante qui semble avoir perdu sa « place dans le cosmos », il doit retrouver la raison qui lui rende accessible sa propre vie, la raison qui sauve ses nombreuses âmes perdues dans l'histoire et lui rende le temps transparent, son propre temps, autant que possible... La *polymathie*, le relativisme non résolu des Pythagoriciens, leur acceptation du temps, peuvent être sur le point de dévoiler sous un autre nom – comme les vaincus qu'ils sont finalement – leur sens caché.

de mathématiciens ». Elle apparut donc, aux yeux de ceux qui la découvrirent, intacte, couverte de stucs blancs, de cette blancheur si chère aux Pythagoriciens.

TROIS DIEUX

À la fin du Monde Antique se produit un instant privilégié : celui où le christianisme dans la simplicité antérieure à toute théologie coexiste avec les anciens dieux. Plus que le christianisme, il y avait des chrétiens et un dieu dont le commerce avec les hommes était totalement différent, au point d'en être incompréhensible, de celui qui avait existé avec tous les dieux connus. Le nouveau dieu s'ouvrait un chemin entre deux sortes de dieux, entre deux types de manifestation de la divinité.

Les manifestations du divin semblent correspondre aux situations les plus intimes de la vie humaine et même aux activités premières de la vie tout court, qui avec l'homme trouvent un sens : manger et être mangé, consommer et être consommé. Le dieu de la vie est, d'abord, celui qui dévore, l'avidité primordiale à laquelle tout revient, qui a faim de tout, et qui est bien antérieure au pouvoir créateur. Le dieu créateur est un dieu révélé. Et même sa voix qui disait « Je suis celui qui EST » se fit entendre dans le buisson qui brûle sans se consumer. Mais ce buisson, lieu de la révélation du dieu créateur ne s'alimentait que de lui-même : il n'avait besoin d'aucun autre aliment ; feu pur et sans fin.

Or le dieu que l'homme sent au-dessus de sa vie de manière « spontanée », le dieu « naturel », c'est celui qui dévore et détruit, celui qui réclame d'être nourri. Le sacrifice l'apaise momentanément. Le dieu chez qui se concentre et apparaît cette pure puissance dévoratrice, est dans la vieille *Théogonie* d'Hésiode Chronos, celui qu'aucun sacrifice ne peut apaiser. Et tel semble être le signe de la divinité dans sa puissance suprême : ce qui n'accepte pas le sacrifice, le fond irréductible et vindicatif ; l'implacable est la première manifestation du divin.

Car, tant qu'un dieu accepte toujours le sacrifice, il ne réussit pas entièrement à être un dieu. Et comme le divin se manifeste avant tout comme avidité, il va réclamer toujours de nouveaux sacrifices. Alors le sacrifice va s'étendre numériquement, comme c'est le cas pour les Aztèques, quand il ne peut plus réclamer rien d'autre au centre de la vie que le cœur sanglant de la victime. Puisqu'il n'existe pas l'homme, le seul homme dont le cœur pourrait apaiser définitivement la soif divine.

Le dieu Chronos ne se rassasie pas non plus et il en vient ainsi à être esclave de l'infinité du nombre ; dépendant et soumis au besoin de l'innombrable chaîne des générations à dévorer.

Car, parallèlement aux situations humaines ambivalentes, le divin représente toujours l'aspect le plus actif : entre dévorer et être dévoré, l'actif, c'est dévorer. Tant que le divin ne manifeste que cet aspect partiel de l'activité, il est démoniaque ; et même diabolique. Il correspond, comme activité, à la série sans fin de la reproduction ; il est le dieu de ce qui simplement se reproduit, sans que soit atteint ce qui est, proprement, génération. Et si toutes les choses et, particulièrement, les êtres vivants sont sous l'emprise de Chronos, c'est en tant qu'ils sont le produit de la reproduction, de simples nombres sans qualité, en tant que n'a pas encore eu lieu l'événement décisif d'une véritable génération. Car la véritable naissance d'un être soumis au temps comporte une résistance qui échappe à ce pouvoir dévorateur qui ne pourra se produire que par rapport à une divinité dont l'existence ne dépend pas de l'aliment qu'elle reçoit dans le sacrifice. C'est ainsi que le dieu qui brûle dans le buisson, le Dieu de l'Être, n'a besoin de s'alimenter de rien. Et dans sa consomption sans fin, il promet à l'homme quelque chose qui ne sera pas dévoré.

Car, dans l'engendrement des êtres, il y a un aspect qui est simplement reproduction, réitération d'une empreinte, imposition d'une forme dilapidée dans le nombre ; quantité. Et, y échappant, en émergeant, la réalité d'une chose qui se crée, d'une chose qui, même dans la chaîne du nombre, se distingue parce qu'elle est déjà effort pour être, qu'elle a besoin, qu'elle réclame d'être totalement engendrée. Requête adressée au dieu non dévorateur, au dieu de la génération ; au Père véritable, à celui qui permet de naître et qui doit être au principe et au terme et qui sans cesse soutient l'effort avide d'être, qui l'assiste tout en se retirant.

Car, quand, de père rancunier, avide et dévorateur, ce dieu se mue en dieu qui engendre, il doit se retirer par moments. Surgit alors ce vide du divin dans lequel l'homme épuise son inévitable solitude, la solitude nécessaire pour plonger dans son être non encore advenu. Le propre du père, c'est de se retirer, de lancer le fils dans la solitude, de le détacher de lui. Et le propre du Dieu véritable, face à son Fils unique, c'est de l'abandonner.

Mais il est une autre situation essentielle de la vie humaine : voir et être vu ; regarder et se sentir regardé. La connaissance, qui est besoin de voir, naît d'un besoin, celui immédiat d'avoir à vivre parmi les choses[1]. Mais il ne s'épuise pas là. Il y a un désir et un plaisir de voir qui prolonge en le dépassant le besoin immédiat. Il y a une passion de voir qui, comme passion, consume et dévore, et qui suppose la résistance la plus positive face à la réalité implacable. Et elle sauve aussi de ce sentiment origi-

[1] Idée fondamentale de la thèse sur la « raison vitale » d'Ortega y Gasset, dans sa critique du « savoir désintéressé » d'Aristote.

naire d'être regardé, à découvert, sans que l'on sache par qui, qui est celui qui nous regarde. Dans les dieux, images de la Grèce, il y a une réponse à cette double situation ; images fixées par l'art, capturées par l'homme pour ne pas dépendre entièrement de ces instants fugitifs où se fait sentir une présence totale et fugitive ; un inconnu qui nous regarde et disparaît. Car les images de ces dieux ont dû être éprouvées, plus que vues, comme c'est le cas lorsque dans l'air bouge quelque chose d'imperceptible, comblant le vide d'une forme qui s'en est allée. Les formes du divin s'éprouvent dans l'absence et tout au plus s'entrevoient.

Leur donner une forme permanente dans une matière, c'est les retenir dans quelque chose qui, forcément, en même temps les recouvre. C'est pourquoi les images des dieux trouvent équilibre et maturité à l'époque archaïque – telle l'Héra de Samos du Musée du Louvre – quand la matière, la pierre, laisse encore sentir la matière docile au souffle d'une forme à peine entrevue ; quand matière et rêve s'unissent et c'est l'image, rêve matérialisé ou matière adoucie en rêve, âme à peine définie. Les images de l'époque classique, qui prétendent définir et fixer totalement la présence divine, l'assimilent à la présence humaine et conservent à peine une trace de cet autre type de présence qui ne s'entrevoit qu'à l'instant où semble s'ouvrir un arrière monde ; cette image qui, sans être vue, emporte l'âme parce qu'elle répond pleinement au désir de voir. La vision parfaite ne s'atteint jamais et quand nous voyons pleinement quelque chose, c'est quelque chose dont la présence n'est pas pleine et la déficience vient alors de l'objet qui ne porte pas en lui la qualité, la condition de ce qui est pleinement visible, de ce qui répond à la vision. Et quand le regard trouve enfin quelque chose qui réponde à sa demande de voir entièrement, au besoin d'une pure et totale présence, ce quelque chose est fugitif ou ne s'offre que sous forme de suggestion, de pressentiment. Ainsi, la soif de voir pleinement quelque chose de pleinement visible n'est jamais satisfaite. Voir, cette activité où l'homme va se sentir le plus à l'abri de la vie et de ses contradictions, porte en elle la tragédie.

L'acte de s'alimenter et celui de servir d'aliment, de dévorer et d'être dévoré, montre la fragilité de la vie humaine en quête de ce dieu qui rend possible et supporte l'être, même en se retirant ; on réclame le dieu qui engendre vraiment. Voir et être vu, le désir et l'effroi joint à l'aspiration à être vu, réclame la présence de quelque chose qui ne comporte aucune résistance à la lumière. Un dieu de la vision, de l'intelligence. La connaissance qui pourrait dissiper l'obscurité de cet intérieur d'où naît le regard humain, de cet aveugle qui regarde parce qu'il vient regarder par nos yeux. Derrière le regard humain se cache l'aveugle indigent qui ne voit que par instants et partiellement, ne reçoit que des aumônes de visions, qui lui laissent intactes, lui rendent toujours plus sensible, l'obscurité, l'impossibilité de voir ce quelque chose, ce qui justement lui importe le plus.

De cette expérience Œdipe est le protagoniste, homme aux lisières de l'humain qui comparaît devant les dieux en assumant la tragédie de la vision. Il n'a pas seulement vu, il a deviné. Et en devinant il n'a pas vu ce qui lui importait et qu'il avait cru savoir. Son aveuglement venait de ce qu'il avait cru savoir assez en apprenant la sentence, le *logos* de l'oracle. Il avait cru savoir par ouï-dire, sans avoir vu. L'aveugle qui regardait par ses yeux s'était enfoncé dans la nudité de sa condition, dans la certitude de sa vérité : ne pas voir, ne rien voir.

De ces deux contraires : effroi d'être vu, désir de voir, qui définissent la condition humaine, c'est l'effroi qui offre d'abord un espace au dieu de la vision et de l'intelligence. Le désir d'être vu aura besoin, pour se manifester, d'une garantie trouvée par la pensée et offerte dans une manifestation divine, à partir de laquelle seulement, dans l'une ou l'autre forme, le divin se sera manifesté.

C'est le Dieu d'Israël qui fit éprouver à l'homme au plus haut degré l'effroi d'être vu, le désir de se cacher, et c'est Lui qui, à travers le Christ, fait sortir l'homme de lui-même, en livrant au regard divin sa part la plus obscure et secrète, le centre de son être. Mais la victoire du Christ va justement marquer la fin du Monde Antique. Au moment de transition auquel nous faisons allusion, le dieu de la vision n'est pas le Christ, mais le dieu de la vision intellectuelle, celui découvert par la philosophie.

C'est le dieu qui répond à la nécessité de voir, plus qu'à l'effroi d'être vu. La pure présence contenue dans la « nature ». Le dieu d'Aristote – « pensée de pensées » – et plus resplendissant encore, le dieu de Plotin : « lumière de lumière ». La manifestation dans sa totalité qui répond au désir de voir. Vision où l'intérieur, le dedans et le dehors des choses et même de la condition humaine, a été aboli. Loin de chercher à l'intérieur de chaque chose, la pensée grecque, qui est arrivée à l'idée de Dieu, a cherché à les désintérioriser. Peut-être parce que l'« intérieur » de l'homme ne pouvait apparaître ; l'homme, en Grèce, ne pouvait rentrer en lui-même ; c'est ainsi que, porté par le désir de vision, il s'extériorisait, se cherchait hors de lui-même et ne croyait se trouver que lorsque, enfin, il pouvait se voir dans le monde intelligible, comme une idée enfin transparente au regard[1].

Dieu de la vision et de l'être ; de l'être correspondant au regard et au désir qui le porte. Le regard découvre l'être, ce qui, tout en étant diaphane, résiste au temps ; en réalité, l'être de la lumière. « Lumière de lumière » sera la formule achevée de ce dieu découvert par la pensée,

[1] Pour l'âme grecque, être dans un corps qui résiste à la lumière, a dû, initialement, être senti comme une faute. C'est pourquoi la sculpture grecque a un caractère votif, d'offrande à la lumière.

par l'intelligence animée par cet intime désir de la vie humaine de voir et d'être vue ; par cette soif d'une manifestation totale.

Et si, sous cette lumière, déjà résorbé en elle, s'était trouvé le Dieu inconnu, celui qui dans l'absence et l'obscurité présidait à la tragédie, aucune nouvelle religion n'aurait peut-être été nécessaire ni possible. Mais il demeurait rebelle à toute révélation de l'esprit, énigmatique même face à « la pensée de pensées », obscur et aveugle sous la lumière suprême, résistance de la vie humaine dans sa nudité, simple fait d'être né et de palpiter seul, aussi bien dans les ténèbres que dans la lumière.

Car la solitude humaine continue à être abandonnée dans la lumière quand elle n'a pu vaincre la résistance, le désir infini présent dans toute vie ; quand elle persiste dans le secret qui est à la fois promesse et angoisse sans nom. La solitude née sous la plénitude de la révélation du divin, de la lumière de lumière, était la véritable solitude, celle de la déréliction. Comme prix de son acte de découverte de la divinité, du divin caché et manifeste dans la « nature », l'homme se retrouvait errant, sans rien où loger son être. Sans personne à qui s'adresser pour finir de naître, pour que son secret se révèle. C'est ainsi qu'il ne lui restait que deux possibilités – sous le Dieu de la lumière –, deux formes de suicide ; l'une renvoyait exactement à ce Dieu de la vision et de la lumière, l'autre à la divinité du feu : devenir objet du monde intelligible, réintégrer l'intelligence. Le suicide dans la lumière, d'où il était tombé dans l'enfer de la vie. Car la lumière divine n'avait pu vaincre l'enfer terrestre, la condition infernale de la vie humaine. « L'acte de l'intelligence est vie », avait dit celui qui avait défini Dieu comme « pensée de pensées » ; mais cette vie, acte de pensée, était une vie pure, une vie intellectuelle : parce que « l'acte de pensée est vie ».

Or, quelque chose, dans la condition humaine, résiste à cette lumière de la pensée, quelque chose résiste passivement à cette intelligence en acte : la nudité d'exister, l'espoir irrépressible, cause de toute erreur. L'espoir inavouable de continuer à vivre dans la lumière, mais sans renoncer à rien, sans s'être dépris de rien de ce que l'abstraction soustrait à la vie dans son intégrité. Le Dieu de la pensée était aussi celui de l'amour, celui qui attire à lui toutes les choses sans que pour autant elles perdent leur être, qui attire à lui l'individu homme, dans sa misérable concrétude. Mais, de cet amour, l'homme n'obtient aucune réponse. Si dans la relation – voir et être vu –, la divinité découverte par la philosophie fait voir sans parvenir jamais à faire sentir sur chacun des hommes son regard, l'amour va connaître le même sort ; le dieu d'Aristote attirait à lui toutes les choses « comme l'objet de la volonté et du désir émeut sans être ému par eux », émeut sans être ému. Et en dessous de lui, l'espoir le plus inavouable de tous ceux qui émeuvent le cœur de l'homme restait sans réponse ; entre tous, l'espoir d'être vu, d'être aimé : d'émouvoir Dieu.

Le « Moteur immobile » ne répondait pas, il ne pouvait même pas permettre à l'homme d'exprimer son espoir ultime et son premier désir enfoui dans l'obscurité de son cœur. La « nature » renfermait, caché et apparent à la fois, l'être qui est intelligence ; mais, le cœur de l'homme contient pour sa part l'aspiration de voir et d'être vu ; d'aimer et d'être aimé. Et c'est un désir logique, car la vision ne sera parfaite que lorsque aucune obscurité n'aura été abandonnée à son propre sort, lorsque le plus sombre de cette caverne qu'est le cœur humain s'élèvera aussi dans la lumière. Et que le corps lui-même transfiguré pourra entrer, sans cesser d'être corps, dans l'éclat de la lumière, quand il aura cessé d'opposer une résistance à la lumière et pourra en être traversé sans avoir cessé d'être corps. Alors le royaume de la vision, du Dieu qui voit, sera atteint.

Et même l'amour, ce mouvement le plus essentiel de tous ceux que subit la vie humaine, en quoi se résume la condition de l'homme – l'être qui, entre tous, s'émeut – ne sera pas encore entièrement amour si celui qui s'émeut, ne parvient pas enfin à émouvoir. S'il n'y a pas un Dieu qui soit ému par l'homme.

« DIEU EST MORT »

Il y a des « choses » dont l'homme ne se libère pas quand elles ont disparu, moins encore quand c'est lui-même qui a réussi à les faire disparaître. Les choses de la vie pourraient être divisées en deux catégories : celles qui disparaissent quand nous les nions et ces autres, d'une réalité mystérieuse, dont le rapport que nous avons avec elles n'est pas affecté, même si nous les nions. Par exemple, ce qui se cache dans le mot, presque imprononçable aujourd'hui, de Dieu.

Il n'est cependant pas exact de dire que le rapport à certaines réalités n'est pas affecté quand nous les nions ; il se trouve, plutôt, que ce rapport change de signe et s'intensifie à tel point que, plus l'objet se trouve hors de notre horizon, plus vaste, plus profond est notre rapport avec lui, lequel finit par envahir l'espace entier de notre vie et cesse d'être un rapport au sens strict du terme... Car de rapport il n'y en a que lorsque les deux termes apparaissent comme clairement définis. Lorsque l'un d'entre eux, celui qui porte la plus haute réalité, disparaît, le rapport se perd dans l'abîme. Et voilà, simplement, que l'autre, celui qui ne peut disparaître – nous, en l'occurrence, notre vie humaine – se trouve plongé dans une situation indescriptible, se trouve, à son tour, perdu dans l'abîme.

Sauver ce rapport de l'abîme où il s'est trouvé plongé ne relève pas de l'esprit, car la fonction de la pensée face à ce type d'« objets » – Dieu, de manière éminente – a été plutôt superficielle : elle a consisté à ajouter une clarté dernière à une clarté qui existait déjà quant à sa définition. Mais définir n'est pas révéler, ni même dévoiler. Il est alors inutile que, dans une situation où tout se trouve perdu dans l'abîme, l'esprit se souvienne de ses claires définitions ou en cherche d'autres, si elles ne sont pas précédées par la réalité elle-même sortant de l'abîme, si n'a pas lieu une version nouvelle de l'éternel.

L'époque actuelle nous apparaît comme la plus chaotique et confuse parce qu'elle est celle où nous vivons (la vie est toujours confusion), et du fait de la multiplicité des formes de son développement, de la multitude d'aspects que présente la situation face au divin. Comme si, en réalité, nous étions en train d'épuiser en même temps toutes les situations vécues par l'homme dans ce drame essentiel de son affrontement à Dieu ou aux dieux, et comme si l'homme actuel était le protagoniste d'un condensé de toute l'histoire religieuse de l'humanité, de tous les conflits qui se sont présentés aux moments décisifs de l'Histoire. L'absence, le vide de Dieu, nous pouvons les sentir sous deux formes qui semblent radicalement différentes à première vue : sous la forme intellectuelle de l'athéisme et sous celle de l'angoisse, de l'écrasante irréalité qui assaille l'homme quand Dieu est mort. Qu'il n'y ait pas de Dieu, selon l'une ou l'autre des formules répandues par le positivisme ou le rationalisme du XIXe siècle, que nous nous disposions à penser les choses sans compter avec Lui, comme le prétendent et le font toutes les philosophies, exceptées celles dites « confessionnelles », voilà qui semble caractériser la situation de l'esprit actuel. Mais il existe une autre situation – si on peut l'appeler autre : celle de la vie de tout homme qui n'est ni ne prétend être philosophe, qui vit simplement l'absence de Dieu. Et, dans le cadre de cette vie sans Dieu, est perceptible encore la simple acceptation, presque inconsciente, de cet élan, de cette violence, de cet étrange espoir qui inscrit l'accomplissement de l'humain, la promesse finale de notre histoire sur la terre, dans la disparition totale de la conscience de Dieu. Et même... le plus impensable : toutes ces provocations effrénées de ces dernières années, dont il n'a pas encore été rendu compte, années au cours desquelles, inconsciemment ou non, certains hommes ont épuisé les possibilités du mal, de l'affrontement à l'effroi le plus profond, ont perpétré l'inimaginable, jusqu'à l'acte privé de sens et de justification où l'homme n'est plus reconnaissable ; défis relevés comme un crime qui, à travers les victimes, vise cette instance ultime de la conscience autrefois occupée par Dieu, cette violence passive, cet abandon automatique à tout instinct ou « tentation », comme si tout cela, toute cette horreur multiple et unique de ces années qui sont encore les nôtres, s'était produit sur le vide et l'anéantissement d'une conscience qui se serait dit : « Puisque Dieu est mort... »

Dans l'Histoire connue il y a toujours eu un moment où les dieux sont morts. Et c'est étrange. Le divin, ce que l'homme a éprouvé comme irréductible à sa vie, subit des éclipses. Ce qui pourrait être la définition première et la plus générale du divin : l'irréductible à l'humain, configuré de diverses manières selon les formes que ce divin a pu prendre, selon les aspirations et les désirs de l'homme. Et chaque fois, est venu l'instant terrible où « ce qui est divin », irréductible à l'humain, a connu le sort de l'humain : passer, être vaincu et même mourir. Pourquoi ? Que s'est-il produit alors ? Était-ce vraiment quelque chose d'inexorable ?

Car ce qui apparaît inexorable dans l'histoire, c'est que l'homme, que ce soit par la révélation, par la création poétique ou la définition de la pensée, ait travaillé avec acharnement à édifier ses dieux, les ait subis, ait souffert la passion du divin, en ait été le sculpteur.

Ce fut – on ne peut le nier – la tâche humaine la plus haute, la tâche préalable à toute grande épopée historique. Jusqu'à présent, il n'y a eu aucune grande réalisation historique, ces monuments temporels appelés « cultures », qui n'ait été accompagnée, comme par quelque chose d'essentiel, par cette manière de subir et de créer Dieu. Même dans une religion comme la religion chrétienne, née de la révélation, a été indispensable cette activité de donner forme, de définir Dieu par la pensée, passionnément, frénétiquement.

Ainsi, nous avons deux événements. D'une part, la perte des dieux dans toutes les religions de notre passé ancestral ; les disparitions de dieux et leur remplacement par d'autres, des dynasties entières comme en Grèce, comme en Égypte. D'autre part, une religion, la religion chrétienne, qui comporte en son centre même, comme le mystère abyssal, la mort de Dieu de la main de l'homme.

Telle est l'une des originalités du christianisme, irréductible à toute autre religion antérieure dont il aurait pu s'inspirer. Car il est des dieux qui meurent, qui subissent une passion jusqu'à la mort et qui ressuscitent : Attis, Osiris, Adonis. Mais pas de la main des hommes, de puissances hostiles du même rang qu'elles. Pour ceux qui vivent dans le christianisme, il n'y a pas de problème : c'est ainsi que se sont passées les choses. Mais pour ceux qui vivent plongés dans cette situation actuelle dont nous avons parlé, la question s'impose, inexorable. Quelle est l'origine d'un cauchemar aussi effroyable ? Car, pour une conscience a-religieuse, la religion ne peut être considérée que comme un délire, un cauchemar collectif, d'une même complexion psychique que la névrose, comme l'a montré Freud, sans s'aventurer pourtant à épuiser la question qu'on pourrait formuler ainsi : pourquoi les dieux, le divin dans ses diverses manifestations, meurent-ils ? Pourquoi les dieux s'entre-tuent-ils, pourquoi le crime existe-t-il pour eux, comme pour les hommes ? Pourquoi les dieux pâlissent-ils, simplement, s'estompent-ils, comme les mortels ; et enfin, pourquoi Dieu a-t-il connu la mort des mains de l'homme, des hommes ? Et, avec ces périodes exclusivement religieuses, interfèrent les moments d'athéisme formulés par la raison, avec un air d'indépendance, comme si elle progressait seule pour son propre compte.

Il y a donc un processus « sacré » de destruction du divin, tout aussi inéluctable que le processus contraire ; celui au cours duquel, par un acte sacré, les dieux sont nés du sacré.

Acte sacré parce qu'il a lieu au centre même du sacré, quand le sacré, ambigu, multiforme, équivoque devient un, identique à lui-même, égal pour tous. Il semblerait que cet acte de négation de Dieu soit né à un moment où l'on veut revenir à la situation originaire de la vie – qui n'a peut-être jamais existé historiquement de façon pure –, à cette situation où l'homme n'avait reçu aucune révélation et n'avait pas lui-même découvert Dieu ; à cette situation où le sacré enveloppait la vie humaine. C'est pourquoi l'athéisme pur, rationnel, est différent, quand il naît – rarement, il faut le dire – de ces formes de négation de Dieu qui visent à sa destruction. L'athéisme nie mathématiquement l'existence de Dieu, mais il se réfère au Dieu-idée, et du fond perpétuellement obscur, des ténèbres du Dieu inconnu il ne tient même pas compte. Alors que la destruction du divin, l'acte de détruire le divin, ne se produit que dans l'abîme du Dieu inconnu, en s'en prenant à tout ce qu'il y a de non révélé, de non dévoilé, sous l'idée de Dieu. Tel est l'acte sacré et tragique entre tous, car la tragédie n'a lieu que sous l'empire du Dieu inconnu.

Acte tragique, comme s'il était la réponse humaine, la seule qui les résume toutes, l'unité présumée de tous les protagonistes de tragédie qui refusent d'aller au bout de leur destin tragique, d'accéder au savoir énoncé pour toujours par Eschyle : « apprendre en souffrant ». L'acte destructeur du divin naît, sans doute, d'un désespoir, il est la réponse où l'on résout en les tranchant les conflits des tragédies, c'est-à-dire, de la nécessité.

Mais il est bien évident qu'en se produisant rationnellement, l'acte se complique, qu'il va jusqu'à être impliqué dans le développement de la raison elle-même, dans sa croissance, sa maturation. Autrement dit, il s'agit d'un acte sacré, donc élémentaire, accompli au moment de la plus grande maturité de l'homme, au moment où de tels actes sacrés ne se produisent plus, semble-t-il, et où il n'y a pas de raison pour qu'ils se produisent. Il s'agit d'un des paradoxes humains les plus profonds. Accomplir un acte sacré profane, avec la conviction qu'il s'agit d'éclaircir une situation d'affirmation de la liberté, d'accéder, pour la raison, à un pouvoir qu'elle ne veut absolument partager avec personne.

L'athéisme résulte donc d'un acte sacré, de l'acte sacré entre tous qui est celui de détruire Dieu, et qui se réalise de telle manière qu'il ne paraît être que l'énonciation d'une vérité bien connue qui a seulement besoin, comme les vérités logiques, d'être énoncée, simplement formulée en termes quasi mathématiques.

Les phases historiques de l'athéisme sont faciles à repérer, car elles se sont produites à des époques de clarté la plus haute – de maturité – de la raison ; elles sont le plus connu de ce que l'homme a éprouvé et pensé.

Héraclite est le premier à dire : « Cet univers commun à tous n'est l'œuvre ni d'un homme, ni d'un Dieu, mais le produit du feu central qui s'allume en mesure et s'éteint en mesure. ». Le ton méprisant, si caractéristique d'Héraclite, ne parvient pas à dissiper le ton polémique – si propre aux philosophes qui, par dédain, ne précisent jamais contre qui ils écrivent. Le tout enveloppé par l'ample geste d'ouvrir un horizon. Comme si les dieux masquaient de leur présence illusoire la vision de l'univers, cet univers commun à tous, et allaient, semblerait-il, jusqu'à interdire non seulement la vision de sa réalité autonome, mais celle de son statut commun à tous, vision qu'eux, les dieux, obscurcissaient et morcelaient, comme le fait toujours l'obscurité.

Héraclite remplaçait la croyance aux dieux par une autre croyance : celle du feu central qui s'embrase et s'éteint tour à tour. Croyances avec la fonction de l'idée. Car, chez Héraclite, se produit, pour une culture, l'un des événements les plus splendides, les plus nécessaires, sans lequel la dite culture n'accèderait jamais à sa noblesse et à sa clarté la plus haute : le surgissement comme idée, d'une croyance intime, d'une foi qu'on pourrait dire originaire. Chez Héraclite, cette foi en la nature sous cette forme du feu, se transforma en l'idée d'un *logos*, d'une raison qui change, d'une mesure suprême. Le feu est la base, le *substratum* matériel et, en même temps, la métaphore de l'idée de *logos*. Mais le feu est, de tous les éléments, le plus vivant, celui qui est l'image de la vie qui ne s'achève pas, qui se nourrit d'elle-même. Et le plus difficile à définir. Ce qui, en se transformant, demeure le même. Il est, dit Héraclite, ce qui engendre et détruit. Métaphore de l'idée de Dieu, il est une forme dans laquelle s'incarne le sacré. La pensée d'Héraclite représente l'un de ces moments de génie où le sacré accède à sa définition et, avec lui, l'âme humaine qui la reconnaît comme sa foi la plus intime.

C'est ainsi que vient se produire chez Héraclite quelque chose de très paradoxal : non seulement son « athéisme » est l'affirmation d'une foi, mais quelque chose d'encore plus décisif : une avancée, dans la configuration du sacré, préalable et nécessaire à l'apparition de l'idée de Dieu dans la philosophie grecque. En réalité, tous les philosophes « créateurs » de Grèce apporteront quelque chose à l'élaboration de cette idée qui est l'œuvre suprême, l'acte définitif de la philosophie. Il s'ensuit que l'athéisme des penseurs grecs est, en vérité, le contraire d'un athéisme : un refus de cette forme sous laquelle le divin apparaît à travers l'image des dieux afin de déblayer le champ du sacré et de l'esprit humain en même temps, et d'ainsi parvenir à l'intégration de l'idée de Dieu. Le « matérialisme » de Démocrite n'est même pas une exception, car la matière est l'une des découvertes nécessaires à l'apparition de l'idée de Dieu, la matière et l'espace…

Pourtant, c'est de Démocrite que va s'inspirer l'autre « moment » de l'athéisme « païen », à une époque bien différente, chez le poète Lucrèce. Ce qu'il nie, ce n'est pas l'existence des dieux ; il ne s'agit pas ici de l'être, mais de l'homme. L'homme est le problème et les dieux sont justement niés par rapport à l'homme et à l'intérieur de ce rapport sous l'aspect qui importe le plus à l'homme, la providence : « Dans le cas où il y aurait des dieux, ils ne s'occupent absolument pas des hommes ». Tel est l'autre problème et aussi l'autre véritable événement que suppose pareille affirmation. Il s'agit d'une situation bien différente sur le chemin de l'homme dominé par ses dieux. Ce n'est pas un moment de révélation du sacré, mais d'occultation, de vide. Ce qui, chez Démocrite, était théorie, était, chez Lucrèce, un sentiment originaire au sein duquel il se sentait immense. Le monde était vide et les atomes ne pouvaient le peupler. La matière était désormais dépouillée de tout sens sacré, de cette force sacrée qu'elle avait toujours conservée chez les philosophes grecs et, plus encore peut-être, chez les « matérialistes ». Car sous une même « théorie » passent des expériences vitales bien différentes. Une même « idée », selon l'époque où elle apparaît, peut signifier le contraire de ce qu'elle signifie.

Ainsi, cette affirmation de Lucrèce sur les dieux exprime la solitude humaine sous cette forme de la déréliction. Le divin s'était désagrégé à ses deux pôles : d'un côté, les images des dieux, vides et sans effet ; de l'autre la force énigmatique et brouillée du sacré, présente dans les cultes rendus à d'insolites déités étrangères. Enfin, une idée de Dieu répandue par la philosophie, inefficace, ou efficace seulement pour quelques-uns, pour ceux qui étaient capables de nourrir leur amour de la « lumière intellectuelle ».

C'était une affirmation désespérée qui sans nier l'existence des dieux mettait en question leurs rapports avec les hommes : c'était une affirmation des limites de l'humain, qui, en réalité, était plus la négation de l'homme que des dieux. L'affirmation des droits de l'homme sur un mode restrictif – ce que l'homme est en droit d'espérer s'il n'y a pas de dieux ou s'ils ne s'occupent absolument pas de lui : le vide, le non-être.

Ce vers de Lucrèce aurait résonné comme une affirmation enthousiaste à une autre époque. Et même son suicide ultérieur aurait eu un autre sens, car Empédocle s'était précipité dans l'Etna, s'était suicidé comme Lucrèce, mais son acte signifie le contraire d'un suicide, même si c'en est un. Il ne pouvait continuer à attendre et voulait, de toutes façons, être emporté par les dieux et, peut-être, le fut-il : peut-être le feu brûlant prit-il vie, forme et voix pour celui qui s'était précipité dans l'abîme comme s'il avait été emporté par ce char de feu qui appartient à la légende de tant de héros antiques ; car certaines âmes éprises du feu ne peuvent supporter de mourir en s'éteignant.

Et si Lucrèce ne s'était pas suicidé, sa vie aurait eu une signification suicidaire comme celle de tant d'hommes qui n'ont pas accompli ce geste, car il suffit de vivre ainsi, en éprouvant le vide de l'univers, pour sentir qu'on perd son être et qu'on devient lentement une image de néant, un écho sans voix, un miroir de vacuité.

Ce type d'athéisme est plus négateur de l'humain que du divin ; athéisme pur, qui est renonciation, simple renonciation à ce qu'on ne reçoit pas des dieux, confinement désespéré dans l'humain éprouvé dans ses limites. Il n'est pas négation des dieux, mais dénonciation de l'impossibilité d'une vie divine : la vie divine est inaccessible à l'homme. Alors, l'existence des dieux devient indifférente, dépourvue de tout sens vital ; c'est le pur athéisme, privé des avantages de la destruction, cet héritage que l'homme reçoit de ses dieux chaque fois qu'il les tue.

Car les dieux de l'Olympe se mirent à pâlir, à devenir des ombres, sous l'influence de ce double foyer en quoi s'était dédoublé le sacré : l'idée de Dieu créée par la pensée – « la pensée de pensée » –, pure luminosité, et la fascination ambiguë du sacré dans les formes cultuelles des religions secrètes et initiatiques, quand Apollon et Dionysos s'étaient séparés, étaient même devenus ennemis, quand la lumière et l'ombre s'étaient dissociées et qu'il était resté, d'un côté la lumière captive de l'idée de Dieu, du dieu défini par la pensée, pure pensée lui-même et pensée fascinante, et de l'autre la fascination obscure des entrailles. Quand le divin dans sa pureté n'enivre plus que quelques rares philosophes de la plus rare espèce.

L'athéisme ne peut avoir d'effet, ne peut agir, que dans le vide du divin, dans certaines âmes sourdes au sacré qui n'ont été éduquées que dans l'idée de Dieu, dans l'idée logique, certainement issue d'une passion elle aussi – Platon et même Aristote ne purent construire leur théologie qu'à force de passion. Mais la théologie, transformée en logique pure et en morale pratique, se dévoie et laisse insatisfaite la faim et la soif, le désir des entrailles qui ne trouvent rien pour se satisfaire. L'athéisme est la réponse de la désolation humaine et, dans le cas de Lucrèce, le reproche fait par l'homme à ce que les dieux ont d'inaccessible.

Mais le vide de Dieu que laisse sentir l'athéisme clairement déclaré n'est pas encore la mort de Dieu. L'athéisme païen correspond à ces deux situations de libération par l'intelligence : celle d'une réalité auparavant occultée par les dieux qui fait son apparition, qui est telle qu'elle est, simplement, sans ce supplément que toute forme de divinité apporte avec elle ; celle, chez Lucrèce, de la désolation, de la déréliction où l'homme s'éprouve dans sa solitude.

Dans la première, se fait sentir ce que les dieux ont de dévorateur à l'égard de toute la réalité qu'ils obscurcissent de leur lumière ; le fait qu'eux seuls existent quand ils existent. En Grèce, l'homme a toujours eu cette vocation d'athéisme face aux dieux multiples, en plaçant au dessus d'eux la nécessité, la *némésis*, à laquelle les chaînes de l'amour les enchaînent.

Dans le second aspect de l'athéisme, c'est la face inaccessible de la vie divine qui se fait sentir ; cet abîme qui entoure chaque dieu et le sépare radicalement de la vie humaine, même s'il en est très proche par l'agitation des passions. Il correspond à cet aspect sous lequel la divinité suprême est souvent apparue aux hommes : la non intervention. Dieu a été aussi le grand indifférent. Dieu ou les dieux qui demeurent au ciel, pendant que l'homme solitaire chemine sur la terre.

Cette période de l'athéisme qui éprouve l'indifférence de la divinité, va s'achever au Calvaire, quand le Christ, le Fils de Dieu, se sent abandonné par Lui. Dans ce paradoxe qui touche le fond du désespoir, va s'ouvrir le chemin de l'accessibilité : Dieu n'est devenu accessible qu'après avoir permis à son fils de se sentir abandonné. C'est la dialectique du rapport de l'homme à la divinité, dialectique créatrice annoncée par Hegel comme marche de l'Esprit absolu qui n'émerge qu'en dépassant ses moments négatifs pour s'affirmer de manière impérissable.

Mais la mort de Dieu n'est pas sa négation, la négation de son idée ou de certains des attributs qui lui sont liés. On ne peut comprendre pleinement ce « Dieu est mort » que lorsque c'est le Dieu d'amour qui meurt, car seul meurt vraiment ce qu'on aime, cela seul entre dans la mort : le reste ne fait que disparaître. Si l'amour n'existait pas, l'expérience de la mort ferait défaut. Ce n'est que lorsque Dieu devint le Dieu d'amour qu'il put véritablement mourir parmi les hommes et de leurs propres mains.

Car Dieu ne peut mourir autrement que de la main humaine. Si l'homme n'avait pas commis cet acte, d'où lui viendrait ce délire, ce cauchemar ? La raison a pu s'exercer avec une transparence cristalline quand elle s'est appliquée au champ limité du raisonnable. Alors, la vie reste en dehors avec ses délires, ses cauchemars ineffaçables et son obscurité, tout ce qui est résistance insurmontable à la raison. C'est que l'homme – abstraction faite de toute vérité révélée – a besoin de projeter dans le divin, dans un acte absolu, le fond caché de ses actes les plus secrets, pour ainsi déchiffrer son labyrinthe. La nécessité qui pousse à tuer ce que l'on aime, et plus même ce que l'on adore, est une soif de puissance assortie du désir avide d'absorber ce qui s'y cache. Ce qu'on veut, c'est hériter de ce que l'on adore, en même temps qu'on s'en libère.

La destruction des dieux est ainsi l'une des étapes par lesquelles passe toute religion, la destruction, pas la mort de Dieu, qui n'est visible qu'avec le christianisme. Chaque fois que l'homme a rêvé de détruire ses dieux et les a supplantés par d'autres, il en a hérité, comme si, dans ce moment de destruction des dieux, une étape de son développement était sacrifiée et qu'il recevait quelque chose de divin qui l'humanisait. Des dynasties de dieux furent remplacées par d'autres en Egypte et en Grèce : Ouranos, géniteur de monstres, fut détruit par son fils Chronos qui, à son tour, dévore tout. L'homme, à la chute d'Ouranos, se libère des monstres par lui engendrés sans trêve et accède au temps, le temps propre à la vie humanisée où naît alors l'amour qui est rythme générateur de créatures sous forme viable. Un espace vital et un ordre. L'apparition d'une puissance d'humanisation, l'amour, qui suppose un rythme, une mesure, mais qui rongé lui aussi par la fragilité est éphémère. Comme si le prix à payer pour avoir échappé aux monstres d'Ouranos était un monde peuplé de créatures dotées de forme et d'apparence, et un ordre, mais éphémère, celui de l'univers temporel. Or, ces affrontements eurent lieu entre les dieux ; l'homme était étranger à leur déroulement. L'héritage de l'amour, le Nouveau Dieu, lui était donc quelque peu étranger, il n'était pas encore l'amour incarné dans l'homme. Le divin se transformait comme s'il devait laisser la place à des dieux, à une forme de divinité, qui allaient rendre possible la vie humaine et comme si, peu à peu, au prix de terribles affrontements, étaient créés un espace et un temps habitables. Et comme s'il avait toujours fallu à la vie humaine des sacrifices divins, des destructions entières de divinités, des vols commis aux dépens du divin, comme plus tard, sous le règne de Chronos le fera Prométhée.

L'homme s'est nourri de la destruction de ses dieux ; de chacune il a tiré quelque chose pour son milieu ou sa substance. L'athéisme, dans l'histoire de la raison, dans cette histoire que l'homme poursuit pour son propre compte, vise à revivre le même processus et, chaque fois que la pensée destitue les dieux ou le Dieu unique, ce sera avec le secret espoir de s'en nourrir, d'en hériter et de gagner en puissance.

Toutes choses qui semblent claires et même sans mystère, jusqu'à la venue de ce « Dieu est mort » qui ne pouvait être proféré que dans le cadre du christianisme, parce que seul le Christ nous a offert l'image d'un Dieu véritablement mort. Non pas victime d'un affrontement avec d'autres dieux mais victime des hommes : Lui, la semence de Dieu répandue sur la terre.

LE DIEU DE L'AMOUR

« Dieu est mort » : dans cette phrase, Nietzsche formule et prophétise à la fois la tragédie de notre époque. Pour en éprouver la portée, il faut croire en Lui et même l'aimer. Car seul l'amour dévoile la mort ; par l'amour seul nous savons le peu que nous savons sur elle. Pour ce qui est de Dieu, l'amour a été une phase tardive ; c'est d'abord la terreur qui dirige les pas de l'homme dans les ténèbres ; l'effroi et même la rancœur ; la colère dont, même dans la tradition chrétienne, Job est le témoignage. Les premiers sentiments qui manifestent le rapport de l'homme à un Dieu révélé sont l'effroi et même l'épouvante. Épouvante devant sa présence cachée, devant l'abîme qui est là mais ne se montre pas, épouvante plus grande encore quand il menace de découvrir sa face. L'amour viendra plus tard, il ne fut pas une découverte de l'homme, peut-être parce qu'il ne connaissait pas non plus l'amour. Dans la tradition judéo-chrétienne, tout, même l'amour, est révélé. L'homme est le persécuté-persécuteur, l'élu qu'il faut sans cesse abattre, pour l'arrêter dans son processus de déification. Ce n'est que dans le christianisme que la formule « Dieu est mort » peut être prononcée jusqu'au bout dans toute sa gravité. Il est la seule religion dans laquelle l'homme a tué son Dieu. En la personne du Fils, avec le silence complice du Père. Le Mystère de la Rédemption cache la raison d'un tel acte : était-il nécessaire à l'homme de tuer Dieu, son Dieu, en inversant de la sorte l'acte le plus sacré de tous : le sacrifice ? Dieu avait-il besoin de recevoir ce sacrifice d'une essence et d'une matière divines identiques à lui-même, de se satisfaire d'un aliment tiré de lui-même – de sa propre douleur –, de boire le sang distillé par une blessure divine ? En tout cas, l'homme dut commettre cet acte terrible.

Quant à l'aspect humain, purement humain de la tragédie, l'homme y apparaît, semblerait-il, comme le criminel qui cherche à commettre son crime, le seul crime propre à l'apaiser et lui permettre de réaliser sa nature. De tout l'Ancien Testament monte l'image d'un homme poursuivi par le crime qu'il porte dans ses entrailles. Il cherche à commettre son crime, ce crime là : détruire la semence de son Dieu, la parole, la lumière, son futur infini.

Dieu, cherchant l'apaisement pour pouvoir pardonner et l'homme cherchant à réaliser son crime pour pouvoir être pardonné, à commettre le crime suprême, inimaginable, pour trouver la réconciliation. Réaliser ce qui ne peut être dépassé, ce qui n'a pas de nom, ce qui déborde la pensée. Tous deux, Dieu en la personne de son Fils et l'homme, vidèrent le calice jusqu'à la lie. Car, à ce moment-là, le calice de l'humain fut aussi vidé jusqu'à la lie ; il n'était pas possible d'aller plus loin.

« Dieu est mort », le cri de Nietzsche, n'est que le cri d'une conscience chrétienne, monté des profondeurs où s'engendre le crime ; un cri monté du fond, comme tous les cris ; mais celui-ci montait du fond de l'ultime vérité de la condition humaine. Car, même pour le non chrétien, ce cri devait être accepté comme un moment limite de la condition humaine. Que l'on croie ou non en la vérité de la Passion, ce qui s'y produisit – même compris comme un délire humain et rien qu'humain – doit être tenu pour le plus terrible des cauchemars montés des profondeurs humaines. Pour qui n'est pas chrétien la « Passion » aura au moins la vérité du rêve ; de ces rêves partagés que doivent être pour les non croyants toutes les religions. Mais justement, ce serait un devoir de rendre compte de ces cauchemars, de ces épouvantes montées des recoins aussi ignorés de notre âme.

Pourquoi – et d'où vient-il ? – cet intime consentement de l'âme qui semble trouver dans ce crime un apaisement à son angoisse ? Pourquoi, vingt siècles plus tard, ce cri de Nietzsche, le serviteur de Dionysos, dieu de la tragédie, lui qui trouve son identité en s'aliénant en « Dionysos crucifié » ?

La tragédie grecque révèle, dans l'obscure lumière du dieu inconnu, la nécessité du crime. Du sacrifice aussi. Comme si le sacrifice était la forme première, sacrée, du crime, ou le crime – certains crimes – le sacrifice introduit et maintenu dans les bornes de l'humain, rien de plus ; ainsi chez Œdipe, auteur ignorant d'un crime rural ; la manifestation du destin qui aveugle, d'autant plus que l'on veut voir... La fatalité du crime rituellement perpétré est le cœur de la tragédie, la tragédie elle-même. Là aussi, Dieu est mort. Elle est l'une des manières qu'a l'homme de connaître, d'expérimenter la mort de Dieu. Car celui qui commet le crime, a été abandonné par lui ; tout criminel porte en lui quelque chose, un résidu sacré, un reste de sacrifice et de tragédie. Même le criminel en quête de son histoire, celui qui erre en quête de l'auteur de sa fable.

Le crime contre Dieu est le crime contre l'amour, contre ce qu'on adore, car on finit par voir en lui, incarnation de la vie divine, la dernière résistance à la divinisation de l'homme. Lucrèce ne put rêver à cet acte d'assassiner les dieux pour hériter de l'inaccessible vie divine, mais le criminel par amour le fait obscurément, tue le divin qui s'offre à lui et lui résiste, dans une espèce de vertige, de tentative désespérée d'y sombrer définitivement.

C'est ainsi que celui qui déclare « Dieu est mort » participe au moins à sa mort, à ce crime. Ne le ferait-il pas, poussé par l'espoir de s'absorber en lui, de s'identifier à lui en s'abîmant en lui, emporté par cette folie d'amour qui pousse au crime quand on ne supporte plus aucune différence avec l'être aimé, cet abîme qui même dans l'amour entre deux êtres égaux demeure toujours ? Et il profère son cri : « Dieu est mort », espérant, peut-être, absorber Dieu en lui, communier dans la mort d'une manière absolue, pour qu'il n'y ait plus cette différence entre la vie divine et la nôtre. Désespoir d'avoir toujours à supporter l'inaccessibilité divine.

Il ne peut susciter ce cri ni l'espoir sous-jacent et dissimulé, comme presque tous ceux qui ont troublé l'âme humaine, le Dieu impassible de la philosophie, celui qui est saisi dans l'« idée » de Dieu et qui est le Dieu visé par l'athéisme. C'est le Dieu vivant, celui qui brûle dans le buisson de l'éternelle création et de l'inépuisable souffrance, qui devait continuer à vivre sa passion jusqu'à l'épuiser dans celle qui consiste à subir aussi la mort apportée par sa créature. C'est Lui qui peut susciter ce crime et cet amour. Lui qui le suscite inexorablement. Car il faut aller jusqu'au bout de la souffrance, sous l'empire du Dieu de la souffrance et s'abîmer en le suivant jusque dans son abîme.

Mais, le cri une fois proféré, le crime devient impossible. L'une des sources d'insatisfaction pour le « chrétien » a été cette impossibilité que Dieu meure, que la communion – fruit de sa mort – soit complète, totale.

Car, le fruit espéré de la mort de Dieu, de l'enfouissement de sa semence, est le pain de Dieu, la communion totale ; seule la mort l'a rendue possible dans la forme sous laquelle elle fut instaurée. Et de la mort seule l'homme attend la communion totale avec l'objet de son amour, même s'il est humain. C'est pour cela qu'il tue quand il tue, réclamant à la mort que soit tenue la promesse portée par l'amour. Ce qui, dans la vie, apparaît comme inexorablement séparé, la mort le rendra égal. Le fait même que Dieu meure, devenant ainsi l'égal de l'homme, peut entraîner la communion, sans que le fond de ce mystère soit pénétré, seul son reflet étant visible dans la conscience humaine.

Et même pour le chrétien, la communion n'est pas consommée ; elle n'efface pas définitivement la différence qu'il faut endurer, cette souffrance venue de Dieu, de son éloignement, de son inaccessibilité. C'est ainsi qu'est apparu un type de chrétien alors désespéré d'atteindre cette communion, toujours plus aveuglé par la mort au point de se laisser fasciner par elle : ce chrétien attiré par le néant, qui poursuit l'anéantissement. Voilà, peut-être, le véritable secret du « quiétisme » espagnol et de tout quiétisme avoué ou dissimulé : le désespoir d'atteindre une communion totale, unique. Et l'expérience de cette impossibilité, l'apparition de la mort, du néant dans lequel Dieu et l'homme deviennent égaux, cette quête, ce suicide dans le néant où, comme s'il était le fond de l'abîme divin, il n'y a plus de différence.

« Dieu est mort ». Sa semence s'est à nouveau enfouie, dans les entrailles humaines à présent, dans cet enfer qui est le nôtre, où nous engendrons, quand nous engendrons. Quand l'être, la réalité lumineuse et unifiée, s'abîme, nous ne sombrons pas dans le néant mais dans le labyrinthe infernal de nos entrailles dont nous ne pouvons nous défaire. Car tout peut être anéanti dans la vie humaine : la conscience, la pensée et toute idée qu'elle engendre, et même l'âme, cet espace médiateur vivant, peut aussi se replier au point de donner l'illusion d'un complet anéantissement. Tout ce qui est lumière ou qui accueille la lumière peut sombrer dans les ténèbres. Mais les ténèbres elles-mêmes demeurent : c'est le néant, l'égalité dans la négation qui nous accueille comme une mère qui va nous donner une nouvelle naissance. Une obscurité palpitante et d'où il faut renaître inexorablement nous accueille, des ténèbres qui nous donnent à nouveau le jour. Dieu et sa semence, subissent avec nous, en nous, ce voyage infernal, cette descente aux enfers de l'inépuisable virtualité, cette auto-dévoration, cet amour tourné contre lui-même. Dieu peut mourir ; nous pouvons le tuer… mais uniquement en nous, en le faisant descendre dans notre enfer, dans ces entrailles où germine l'amour, où toute destruction devient soif de création. Où l'amour se soumet à la nécessité d'engendrer et où toute la substance annihilée devient semence. Notre enfer créateur. Si Dieu a créé à partir du néant, l'homme ne crée qu'à partir de son enfer notre vie indestructible. De cette vie, une fois épuisée notre humaine communion, il naîtra un jour la clarté qui ne meurt pas, mais invisible, presque, confondu à la lumière, il reviendra, peut-être, dire à notre amour racheté : « *Noli me tangere…* ».

LE DÉLIRE DU SURHOMME

La déification paraît être un processus « naturel » chez l'homme. Les religions ne l'inventent pas, elles le supposent. Aucune n'aurait pu le faire valoir s'il n'était un « présupposé » de la vie humaine. Le rôle même de certaines d'entre elles semble avoir été de contenir cette tendance spontanée du cœur humain : cette soif de devenir divin qui est celle de l'homme et qui ne cesse de naître même des désillusions les plus atroces, comme un feu inextinguible.

Désir de déification qui, comme tous les désirs profonds, finit par devenir un délire. Mais, entre tous les désirs, celui d'être divin ou d'atteindre le divin est sans doute le plus profond, le plus invincible. Il était déjà implicite dans le désir de persécution qui dut accompagner ou être le véhicule de la naissance des dieux. Car, celui qui se sent persécuté devient très vite celui qui persécute, ou peut-être se sent-il persécuté parce qu'il n'ose pas ou ne sait pas avouer ce qu'il persécute.

Ce désir de déification ne cesse de palpiter au fond des sombres conflits de la tragédie : de la tragédie poétique et de cette tragédie réelle qui est le passage de l'homme sur la terre, au cours de son histoire véritable, de cette lutte, de ce conflit perpétuel en quoi consiste le fait d'être homme.

Et si tout délire naît d'un désir du fond le plus obscur de la condition humaine, le délire de déification naît et révèle un désir plus impossible encore. Comme tel, tout en ne cessant de renaître sous des formes différentes, il montre l'impossibilité de la condition humaine. Comme si être homme était quelque chose d'impossible ; un effort impossible et qui persiste. Et c'est en persistant que, d'une certaine manière, il se réalise. D'une certaine manière… Ainsi, la véritable histoire de l'homme serait plus que celle de ses réussites, celle de ses rêves et de ses égarements ; l'histoire de ses délires persistants.

Les rêves obscurs s'éclairent peu à peu dans l'histoire. Ils s'éclairent quand quelqu'un les a exprimés, en les poussant à l'extrême ; quand quelqu'un a été leur victime, car les délires sacrés ne se résolvent, ne s'éclairent que dans le sacrifice.

Nietzsche fut, en ces temps qui ne sont pas encore révolus, la victime du sacrifice exigé par le délire humain de devenir divin. Un sacrifice qui l'isola de la vie intellectuelle de son époque, qui le rendit marginal, incompréhensible. Il en fut conduit, au-delà de toute communauté, là où la parole ne peut plus jaillir, à se consumer en silence. De la pensée philosophique et même de l'« inspiration » poétique, il était revenu au monde tragique ; non seulement dans sa pensée, mais dans son « être ». Car il n'aurait pu concevoir si clairement son délire du « surhomme », si son être était resté à part. Ce ne fut pas une pensée, ce fut un délire de protagoniste de tragédie qu'aucun poète n'a pu transcrire. Nietzsche fut l'auteur de sa propre tragédie, en même temps que son protagoniste. Comme si Œdipe avait écrit sa fable au lieu d'aller se glisser dans la conscience impassible de Sophocle.

La clarté que jette le délire du surhomme nietzschéen éclaire l'histoire de l'homme occidental en son fond le plus secret, le plus intime. Car son délire est cohérent et, jusqu'à un certain point, inévitable. C'est pourquoi il s'agit d'histoire et pas d'une simple « folie » individuelle.

Il y avait longtemps que l'homme ne s'était pas rêvé lui-même avec une telle violence et il n'avait peut-être jamais osé le faire avec une audace aussi manifeste. Car, depuis l'époque grecque, la philosophie d'abord et la religion chrétienne plus tard – au Moyen Âge –, avaient apaisé ce désir de déification. La philosophie, surtout, avait été son meilleur remède : elle avait réussi à l'annuler. C'est pourquoi, la haine de Nietzsche pour la philosophie est compréhensible. Il lui fallait remonter tout le chemin, en liquidant toute la sage, la lente persuasion qu'elle avait déployée depuis l'époque de Socrate.

La philosophie avait convaincu l'homme d'avoit un être, un être propre, « humain » ; la plus heureuse cristallisation en fut l'idée de « nature humaine » définitivement mise en circulation par les stoïciens et acceptée par le christianisme, car elle venait renforcer, dans la pensée, ce que révélait la personne du Christ en descendant sur terre : le fait que l'être de l'homme était possible, en termes religieux, « rachetable ». Il fallait accepter avec jubilation d'être homme. L'idée de « nature humaine », autrement dit l'idée que l'homme puisse avoir un être, pouvait bien apparaître comme la transposition philosophique de cette foi originaire.

C'est ainsi que la soif d'être, éprouvée par l'homme, fut apaisée pendant très longtemps. L'homme pouvait dépasser, sans l'annuler, son humaine condition par la sainteté ou au-delà… dans la vie éternelle. Le désir de déification était canalisé. L'homme fut libéré de cette préoccupation et son désir se tourna, au Moyen Âge, vers l'action ; la promesse d'éternité répondait à son désir d'*être*.

Ce fut à la Renaissance – les utopies en témoignent – que l'homme se remit à rêver, à fantasmer sur son être, qu'il ranima le doute, l'angoisse, le rêve sur son destin. Plus tard, pendant la Contre-Réforme, cette inquiétude métaphysique allait être reprise dans les moules de l'orthodoxie avec l'affirmation que *la vie est un songe*.

Car il semble que l'homme soit une créature qui doive se rêver elle-même et que ce « projet », ce « souci » en quoi consiste l'existence élémentaire selon la philosophie existentielle, ne soit rien d'autre que la mise en pratique, la réalisation de l'acte de rêver son être même. Ortega y Gasset disait que la vie humaine est roman. Or écrire un roman, c'est plus qu'imaginer ; c'est s'inventer, se voir, se rêver. Mais ce rêve de soi-même, d'où vient-il ? Le rêve est la forme la plus faible du délire. Et le délire de déification, d'atteindre le divin, est, semble-t-il, le plus profond, le plus invincible de tous. Pourquoi ? De quelle condition humaine provient-il ?

Nul rêve, nul délire de l'homme sur son être propre ne pourrait s'expliquer s'il n'était un mendiant ; un indigent qui a le pouvoir et la capacité de réclamer. Seuls les animaux les plus proches de l'homme réclament, crient ; l'homme hurle. Sa première forme d'expression est un hurlement ; un délire d'exaspération où fait irruption un besoin longuement réprimé. C'est la plainte par laquelle Job inaugure l'histoire de l'homme.

Toutes les choses sont des esclaves muettes résignées à leur état, sans discussion aucune. Elles sont ce qu'elles sont dans la servitude et le silence. Chez l'animal, apparaît déjà la simple manifestation du besoin, à la différence de la plante qui meurt sans se plaindre ; mourir, pour elle, c'est se flétrir, comme fleurir, dans le silence. Telle est la parfaite servitude. Chez l'animal, qui lui est supérieur, il y a déjà l'explicitation du besoin, sa simple manifestation qui, chez l'animal vivant avec l'homme, est adressée à son maître. Mais seul l'homme est un mendiant.

L'homme éprouve sa servitude et son besoin ; sa condition double et unitaire d'être vivant. Et, quand il réclame, il réunit indigence et servitude, car il réclame parce qu'il est soumis et dans le besoin ; mais dans la demande, il y a déjà un début d'exigence. Quand l'homme éprouve sa servitude, sa première manière de l'éprouver, est de réclamer. Seul l'homme est un mendiant et il le sera toujours ; c'est l'une de ses essentielles potentialités. Qu'il réclame, cela montre le dénuement dans lequel il se trouve, le manque de quelque chose ou le manque, tout court. C'est là une première forme de conscience. Ou, plutôt, un sentiment originaire qui engendre la conscience. Car il y a une supplication spontanée, manifestation intentionnelle du manque, qui s'adresse concrètement à quelqu'un, mais qui n'engendre pas encore la conscience.

Ce n'est qu'après une vaine mendicité, que la supplication se transforme en exigence, et qu'avec elle naît la pensée. Exiger, c'est déjà penser. L'exigence fait naître la pensée. Quand l'homme pense, il cesse d'être ce que sont toutes les créatures : esclave. Quelle que soit l'exigence que formulera plus tard sa pensée, elle sera déjà contenue dans ce premier moment où il se mit à penser. Et même dans l'attitude qui le conduisit à penser : dans cette première et implacable exigence.

Le besoin qui jaillit, devenu exigence, est déjà pensée, disposition à penser. Mais penser c'est, aussi, exiger. Pendant longtemps, cependant, la pensée s'en est tenue à une certaine attitude, elle n'a pas parcouru l'entier chemin de l'exigence à laquelle elle s'identifie. Dans la période de l'« être » – alors que l'homme croyait avoir un être –, il fit une pause dans son exigence, et donc sa conscience et il vécut dans une sorte de servitude ; celle qui ne cesse de mendier ce qu'elle a, et qui est satisfaction. Satisfaction, contentement d'être, comme le mendiant qui a finalement reçu ce qu'il réclame, mais ne le conservera que s'il continue à le demander.

Telle est la satisfaction essentielle de tout le Moyen Âge qui sourd même dans la nostalgie de sa poésie, même dans l'amour platonicien et dans l'amour « platonique » plus que dans toute autre chose. Le platonisme médiéval est l'expression la plus parfaite peut-être de la profonde satisfaction de ce mendiant qu'est l'homme. Car c'est, en somme, l'acceptation de la distance, de l'éloignement, de l'absence : l'acceptation du non-être dans l'être, l'incorporation du non-être dont souffre l'homme dans l'être qui est le sien. L'homme platonisant est le mendiant le plus satisfait.

Car la mendicité vient de ce que l'homme éprouve le non-être en lui, puisque sa vie élémentaire est avidité, désir. Et cette avidité sans limites ne peut se satisfaire ni de l'avoir, ni de l'être ; elle ne se satisfait que de tout ce qui n'est pas, de l'horizon infini de ce qui n'est pas présent, de l'absence. Cette articulation du non-être, de l'absence, et de l'être, de la présence, est l'exploit du platonisme, cette pensée où le non-être devient un aliment et, plus même, un horizon.

La pauvreté, l'indigence humaine, a été éprouvée par l'homme. Sans être reconnue, car la condition humaine semble être telle qu'elle se donne d'abord à travers son contraire, en ne révélant pas ce qu'elle éprouve mais en agissant pour en trouver la contrepartie. C'est pourquoi ce sentiment originaire a été et sera toujours, avant tout, une source d'action.

LE ROI-MENDIANT

Il fallut donc, pour le mendiant, faire deux choses : *se revêtir* et se donner l'investiture, ce qui signifie non seulement se dissimuler, mais se couvrir de splendeur. Il lui fallut se faire roi. Le roi, d'abord, dut conserver beaucoup du mendiant et, dans l'investiture royale, restent des traces de cette conversion : une investiture de haillons transformée en splendeur.

De l'essentielle mendicité naît l'élan ascensionnel qui porte à vouloir se couronner. Mais sur l'inexorable chemin se dresse une barrière, un « tabou » dont peut-être conserve la trace la fable d'*Œdipe-Roi*.

Le premier surhomme, c'est celui qui, innocemment, veut se couronner. Œdipe savait tout, sauf ce qu'il était. La tragédie se présente à lui quand il apprend de qui il vient, c'est-à-dire, de qui il est le fils. La tragédie surgit de la reconnaissance. Reconnaissance qui est abattement. C'était un homme errant, doué d'une clairvoyance et d'une autorité naturelle ; être roi, c'était simplement occuper la place à laquelle il était destiné.

Son élan était comme celui du lierre, fils comme lui de Dionysos, qui pousse vers le haut en fuyant sa condition rampante, sa faiblesse essentielle. On a signalé le paradoxe de l'erreur, de l'ignorance d'Œdipe qui, sachant tout, ne soupçonna pas ce qui était le plus important pour lui : son destin. Cette erreur inexplicable doit avoir une explication dans un élan qui l'aveugla, le privant non seulement de la connaissance du devin, mais même de la simple capacité de soupçon. Un intérêt très fort dut jouer un rôle inhibiteur pour qu'il ne puisse soupçonner ce qui, pour tant de raisons, devenait suspect. C'était simplement l'élan ascensionnel, le besoin de devenir roi qui le conduisit à épouser la reine. Or, il se trouvait que la reine était la seule femme interdite : le tabou. Peut-être dans la fable tragique reste-t-il une trace de cette barrière première que l'homme rencontre dans son mouvement ascensionnel qui l'arrache à sa condition de mendiant. Et ce n'est pas en restant dans la simple condition de n'avoir rien à demander à personne que le mendiant peut échapper entièrement à sa condition, mais au contraire en donnant, en dispensant toutes faveurs, en octroyant et en ordonnant. Ce n'est qu'en dominant que l'homme se sent racheté de sa condition essentielle d'avoir à quémander ce dont il a besoin.

Car, si l'homme avait un être, comme les autres créatures[1], il ne devrait pas éprouver cet impérieux besoin d'être celui qui dispense et octroie. La royauté naît moins de ce que les hommes ont besoin d'être dominés que du fait que l'homme a besoin de dominer, de changer sa pauvreté originaire en pouvoir ; de couvrir sa nudité, cette nudité qu'il ne peut exhiber, en la revêtant de splendeur. Et de ceindre sa pauvre tête d'une couronne.

Tel est le premier surhomme, inconscient de ce qu'il veut, plus immédiatement préoccupé de légitimer ses actes et son investiture. Toute investiture est un vêtement magique qui revêt l'homme de quelque chose d'extrahumain qui lui fait défaut. L'investiture royale apporte quelque chose de divin et quand ce ne sera plus le cas, c'en sera fini de la royauté comme force agissante dans l'histoire.

Le mendiant nous apparaît encore comme le signe que l'homme devrait être divin. S'il n'est pas un dieu, il n'est rien d'autre qu'un mendiant. Le mendiant et le roi forment un seul personnage et l'un portera toujours les traces de l'autre. Comme si dans l'unité des deux se manifestait l'ambiguïté essentielle de l'être humain. Tous deux également spontanés et originaires, donc sacrés, relevant du monde du sacré.

Tous deux vivent dans cette histoire du cœur, celle de la jouissance et de la souffrance qui correspondent à l'acte de demander et d'octroyer. Le roi courant le risque de *se nier*, de se nier dans le mendiant, de ne pas se reconnaître en lui. Le mendiant réfugié dans son non-être, à l'abri, prédestiné à être le juge, un personnage inévitable, aussi inévitable dans le drame de la vie humaine que le roi et le mendiant. Et pour que celui qui juge ne soit pas jugé à son tour, il faut qu'il soit quel-

[1] L'homme doit faire sa vie, à la différence des autres créatures qui reçoivent leur *être*, dit Ortega y Gasset.

qu'un d'abîmé dans le non-être de la condition originaire. Seuls devraient juger ceux qui ne vivent pas, ceux qui ne sont pas engagés dans un projet de vie personnelle. Et si le mendiant n'a pas choisi mais accepté de disparaître pour aller au bout de cette condition humaine, il devra accepter plus tard le risque d'être juge.

Telles sont les instances supérieures de l'être humain, lequel se place au-dessus de sa pauvre condition en commettant cet acte dont il est objet ou victime : régner, juger.

Il en est une autre, élémentaire, immédiate, mais qui a mis très longtemps à être découverte : celle du père. La découvrir c'est découvrir une instance déjà supérieure, définitive, celle qui permet qu'il y ait un roi et un juge. Jusqu'à la découverte de la paternité, toute « ascension » est impossible.

Telle est la première étape de l'évolution humaine. Dans laquelle, comme le déploiement de l'être innocemment divin du mendiant initial et qui ne cesse de l'être, apparaissent ces instances où l'homme est roi, est créateur, est lui-même, commencement qui engendre.

Mais cette étape « naturelle et spontanée » demeurera toujours comme un substrat ultime ; quelque chose qui joue le rôle de substance dans l'être humain, ce qu'on appelle ses entrailles. Lesquelles ne peuvent être que cachées et d'autant plus infernales qu'elles sont plus cachées. Car l'enfer, l'enfer humain, n'est rien d'autre que celui des entrailles condamnées à ne pas vivre.

Mais jamais elles ne cesseront de vivre totalement. Elles seront ce qu'est toute vie à moitié dissimulée : inspiration. Inspiration même dans les projets qui, apparemment, s'en éloignent le plus, ces projets extrêmes de l'être humain, comme celui du surhomme même.

Pourtant, avant l'apparition du surhomme, de cette étape originaire, élémentaire du roi-mendiant, il faudra passer par l'étape humaine, par l'audacieuse, l'implacable exigence humaine qui trouve dans la conscience et dans la pensée son véritable lieu – sa mesure –, sa demeure.

L'ÉTAPE HUMAINE

Tout se passe comme si l'homme mendiait son être au long de l'histoire. Plus les manifestations de sa puissance sont splendides, plus elles révèlent le désir qui s'y cache. Ce n'est qu'en arrivant à un certain point qu'il commence à exiger et cesse de mendier. Alors commence la philosophie, fille de l'exigence.

La question d'où naît la philosophie est la concrétisation de cette exigence ; cependant, comme question elle reste une requête, une revendication. Elle ne s'adresse à rien ni personne. C'est à lui-même que l'homme réclame : de lui qu'il exige.

Mais pendant des siècles, tant que la philosophie n'aura pas découvert le « sujet » de la connaissance, quelque chose demeurera de cet acte premier de mendier. L'idée de l'« être » est le don qui fut découvert ; l'« être » tient de l'aumône reçue. Étant donné que l'idée de l'« être » comme telle, avant d'être une question, fut une réponse[1].

Et d'une manière quelque peu analogue à la manière dont le roi se revêtait d'une force qui n'était pas la sienne mais qui était déposée en lui par un être divin ou magique, l'être de l'homme – des stoïciens à Descartes – a connu son avènement comme conséquence – reflet – de la

[1] Étrange commencement que celui de la philosophie de Heidegger : sa façon de poser la question sur l'« être » en reprochant à l'ontologie de tous les temps de ne pas l'avoir posée à fond. Mais, en réalité, l'« être » n'a pas été une question mais une réponse trouvée par la philosophie, et toute l'ontologie en est issue.

réponse de l'Être en général. L'homme, même s'il en était distinct, se trouvait à l'intérieur de l'Être découvert dans les choses, dans la « nature ».

Plus tard, cette notion d'« être » fut incorporée au christianisme sous l'idée de création, de la création à partir du néant. L'être de l'homme avait été reçu – le mendiant réapparaît –, vu à partir de son origine : le néant originaire, antérieur à l'être créé. Ainsi, se manifesta plus clairement la condition de l'homme ; celle du mendiant qui a reçu quelque chose de splendide mais précaire et menacé de mort éternelle. Il possédait l'être, oui, mais il était guetté par quelque chose de pire que le néant, puisque l'être, une fois qu'il est, ne peut être anéanti.

C'est Descartes qui réalise parfaitement l'« exigence » ; devant sa pensée, on a l'impression qu'on pense pleinement pour la première fois. Autrement dit qu'on a affaire non à une pensée mais à une action ; que c'est de l'*acte de penser*, réalisé dans toute sa pureté et sa plénitude inexorablement. D'où une infinité de conséquences. Car le *cogito* cartésien est action pure ; exigence menée à son terme, libération de l'homme de sa condition de mendiant.

L'homme alors semble exister, avoir enfin trouvé le lieu exact de son être : la conscience. Et, en effet, il va se disposer à vivre en fonction d'elle. C'est comme s'il avait trouvé le centre à partir duquel tout pourrait être visible, parce qu'il s'est rendu présent à lui-même : son être ne lui est plus caché, mais présent – il s'est révélé à lui-même. L'homme avait découvert lui-même son être en vertu de la satisfaction de sa propre exigence. Et cette satisfaction n'avait été rien d'autre que sa simple formulation.

C'était, pourrions-nous dire, une solitude aseptiquement délimitée. Plus rien n'allait plus pouvoir y interférer. Inévitablement dut alors surgir l'« esprit », le sujet pur de la connaissance, sujet transcendental, privé de tout plaisir ou souffrance, avatars typiques du roi-mendiant. C'était rester définitivement à l'abri de toute contingence.

Le contact avec le divin semblait avoir été aussi définitivement éludé, puisque l'homme avait cessé d'être le bénéficiaire de tout ce qui ne viendrait pas du haut ou d'ailleurs, de tout ce qui n'allait pas venir de lui-même.

C'était aussi la solitude humaine totale, pure, car la conscience – la demeure de l'être humain, son espace propre et exclusif – était aussi le lieu où l'homme se libérait de ce monde infernal et souterrain, symbolisé par la métaphore des entrailles. La conscience était suspendue au-dessus, comme un espace hors de portée de l'enfer, un lieu inaccessible à tout ce qui n'était pas humain, où toute chose non entièrement humaine était soumise à l'humain ou éliminée, sans laisser de trace. La conscience, dans son impassibilité, agit avec la silencieuse énergie de ce qui n'a de place pour rien d'étranger. La conscience n'autorise pas l'extranéité. L'homme, libre de ce qui est étranger et de ce qui est au fond de lui, avait enfin découvert son être propre, à l'abri de toute aliénation.

Évidence et sécurité constituent la « vie » selon la conscience. « Évidence » qui était ce qui manquait le plus à ce pèlerin terrestre pour qui tout était caché et qui devait percer les énigmes : à Œdipe, le devin ignorant, le mendiant-roi. Pour la conscience, rien n'est énigmatique : avoir conscience, c'est posséder ou entrer en possession, c'est disposer d'une clarté qui, par essence, détruit l'énigme. Car, pour l'homme, l'origine de toute énigme possible est celle de son être propre qui devient clair jusqu'à l'évidence dans le *cogito* cartésien. L'exigence qui conduit la pensée avait trouvé sa réponse.

C'est ainsi que se trouva fondée l'étape de *l'humain*. Et avec la rapidité qui révèle des temps de grande maturité culturelle, la totalité de la moisson fut récoltée. Si quelqu'un voulait surprendre l'homme comme tel, au point exact de son humanisation, il lui faudrait se tourner vers cette période de la pensée européenne qui va de Descartes à la fin de l'idéalisme, c'est-à-dire au moment où, face à Hegel, s'élèvent les critiques de Marx, de Kierkegaard et, plus tard, de Nietzsche. Tous trois, à partir d'angles très différents, dressent face à « l'humain » le non-humain : le non-humain économique qui déshumanise – qui aliène – la vie prétendument humaine et sa liberté, ultime conquête de la vie vécue à partir et selon la conscience. La précarité et l'indigence de l'être même de l'homme – une fois encore le mendiant face à Dieu –, mais chargé du fardeau d'une faute, chez Kierkegaard, et le prolongement « logique » de l'idéalisme avide de déification avec le surhomme de Nietzsche.

Depuis le *Discours de la méthode* jusqu'au moment où paraît le *Manifeste* de Marx et Engels adressé aux « prolétaires de tous les pays » – à ceux qui n'avaient pas participé à la pleine réussite de l'humain, aux victimes anonymes face au protagoniste de l'humanisation –, c'est une période de confiance avec tout ce qu'il en résulte. Ces mêmes années, Kierkegaard avait révélé l'abîme de l'angoisse. Presque deux siècles auparavant, Pascal avait fait sentir l'abîme, le vide qui sépare l'homme de Dieu et qui l'attire ; l'infinité inscrite dans son être non-être.

Il est vrai qu'une telle situation n'avait pas été éliminée de la poésie. Cervantès nous présente le doute qui ne débouche sur aucune évidence, mais sur une obéissance aveugle à une invisible Dulcinée, laquelle – conscience peut-être surhumaine – ne montre pas son visage. Dulcinée est l'inaccessible qui plane comme une énigme permanente sur toute tentative humaine. Shakespeare met en scène son incertaine créature humaine « trop humaine », comme Don Quichotte, hésitant entre l'être et le non être et tout autant attirée par eux. Et Calderón, dans la plénitude du siècle humain par excellence, celui de la conscience et de la méthode, met en scène son personnage de

Sigismond, créature faite de rêves, ombre d'un rêve, mais homme également, somme et compendium de l'être humain. Prince et mendiant, homme tout court. Tous, autant qu'ils sont, hommes incertains de leur humanité.

Mais la conscience poursuivit sa croissance jusqu'à son terme ultime dans l'idéalisme romantique allemand. Parallèlement, dans la poésie romantique, Hölderlin avait vécu la tragique aventure qui précède celle du surhomme de Nietzsche. L'aventure où l'homme joue son être, désormais atteint dans sa plénitude, face au divin, comme avant le christianisme – quand il ne se connaissait pas encore – face aux dieux grecs. Hölderlin répète et revit à partir du monde de la conscience, de la plénitude de l'humain, la tragédie d'Empédocle : il défie le divin, il le provoque et, bien que l'homme soit complet et se possède à travers sa conscience, il est à nouveau dévoré par le divin.

L'idéalisme, en conduisant le sujet de la connaissance à son point extrême, révèle le sujet transcendantal, désormais sans limites, auquel correspond le « savoir absolu » : la philosophie – dans laquelle ont été absorbées poésie et religion –, constituée comme « savoir », avec toutes les garanties du savoir libéré des énigmes, du mystère. L'horizon n'est plus scindé. La clarté cartésienne s'est constituée en horizon, horizon ultime du sujet qui trouve en lui-même la garantie de son existence, dans la liberté. Et c'est dans cette liberté que va se produire le drame.

La liberté est le mode d'existence de ce sujet de la connaissance qui a trouvé en lui les conditions du divin : l'indépendance dans son être et face à lui, la transparence d'un monde sans énigme. Chez Fichte, c'est l'individu qui est le siège de cette liberté, et la liberté est l'être même de l'homme, être qui est action. L'action est liberté, corollaire ultime et obligé de la conscience cartésienne.

Dans la première étape, l'homme était défini par son âme ; dans cette étape cartésienne, il le sera par sa conscience. Mais, au bout de l'idéalisme, on a atteint à l'« esprit », quelque chose de plus actif que la conscience, identique à soi-même, qui a les qualités du divin, mais dans l'homme. Cette philosophie frôlait ainsi la mystique d'une façon assez analogue à la manière dont Plotin y pénétra à l'extrême limite de la pensée antique.

LE SURHOMME

L'étape de « l'humain » avait maintenu dans le retrait la déification à laquelle l'homme tend spontanément. En se libérant de la mendicité, ou en passant sur elle, la créature humaine s'était aussi libérée de tout rêve de déification. Pour une fois, on aurait dit que l'homme, en se rêvant lui-même, se rêvait tel qu'il était en réalité. Le rêve ne l'entraînait pas au-delà de sa condition.

Mais, sans en avoir conscience, sans se rendre compte du nom, ni du fait même dans ce qu'il avait d'extraordinaire, l'idéalisme dessina la figure du surhomme. Ou plutôt, il ne dessina ni ne pouvait dessiner aucune figure, car plus que vers Dieu, c'est vers le divin qu'il tendait. C'était l'inverse de cette foi où Dieu en personne prend une forme humaine. C'était l'homme qui finissait par ne plus avoir de forme et par échapper à son image – chose à laquelle la philosophie avait toujours aspiré sans l'avouer.

La réponse, ce fut le surhomme de Nietzsche. Récupération du divin, dans tout ce que l'idée de Dieu et, plus encore, le divin défini par la philosophie, avaient laissé en arrière, dissimulé. C'était une critique, plus que du christianisme, de la philosophie. Car, en réalité, l'antichristianisme de Nietzsche fut entraîné par sa rébellion contre la philosophie, contre toute la philosophie.

Il revint au point exact où surgit la tragédie dans laquelle l'homme, le mendiant-roi, tombe enveloppé dans son ignorance, vaincu par les dieux. Ce fut aussi une critique des dieux grecs eux-mêmes. Car le surhomme est le dieu né des entrailles de l'homme. C'est pourquoi, la solitude de Nietzsche, de cet homme, n'est pas la solitude de la conscience, mais celle de l'homme dans l'enfer de ses entrailles, qui crie vers un dieu inexistant – vers le vide de Dieu – et qui, voulant cesser définitivement d'être le mendiant, engendre un dieu dans sa solitude.

Étrange accouchement humain, comme si la lumière avait révélé dans l'obscure profondeur de l'homme, dans l'obscurité rebelle à la conscience, un demi dieu captif. L'homme, prison du divin, geôlier qui finalement le laisse s'échapper dans la liberté du rêve.

Et là, nous trouvons face à face ces deux sortes de surhomme, l'un avoué, l'autre – paradoxalement issu de la conscience – informulé. L'idéaliste, sans aucune trace de misère, ne connaît pas la gloire ; celui né du fond ultime des entrailles porte les stigmates de la solitude et de l'angoisse d'être monté plus haut. Swedenborg dit, en parlant des anges, que quand ils passent à un plan supérieur à celui qui leur est naturel, ils éprouvent de l'angoisse.

Le surhomme de l'idéalisme résultait du passage de l'homme au plan de l'esprit. L'angoisse allait bientôt le prendre.

Le « surhomme » par excellence, prit naissance chez Nietzsche dans un rapt d'enthousiasme, de cela qui est le plus propre à enivrer l'homme : la destruction de ses limites, de ce qui le définit. Longtemps il l'avait préparée sur ce long chemin de l'implacable destruction de la philosophie et de ses idées limites : le bien et le mal. Toute son œuvre après *L'origine de la tragédie* fut un processus d'arrachement de l'homme à tout ce qui est humain. Il n'entrevoyait pas le surhomme ; il le fit, confronté aux dieux grecs, aux héros et demi dieux humains de toute la culture occidentale, à l'étrange exception du seigneur du Moyen Âge.

Dans le sujet de l'idéalisme, venait s'éteindre la vieille idée, caractéristique des aspirations de la philosophie, selon laquelle l'esprit ne souffre pas : c'était là, sans doute, le dernier désir à avoir agité la pensée philosophique : placer l'homme, l'être qui souffre par le fait de son seul être – le délit d'être né –, dans un monde à l'abri de la souffrance, que ce soit l'impassibilité des stoïciens ou la « vie contemplative » d'Aristote et de Plotin. Le sujet découvert par l'idéalisme accomplissait avec ivresse ce désir et cette exigence qu'avait poursuivis la philosophie. Car il se trouve non seulement soustrait à la souffrance, mais au-delà d'un monde où souffrir a un sens : sa vie *est* la liberté.

C'est pourquoi, parce qu'il est liberté, le sujet proposé par l'idéalisme transcende l'humain, parce qu'il est liberté pure, sans conflit, sans tragédie. Alors qu'être humain c'est vivre la liberté tragiquement.

Nietzsche vécut et alla jusqu'au bout de la liberté, loin de toute impassibilité, de manière purement humaine. Il aurait été normal qu'il eût accepté la liberté tragique d'un Kierkegaard ou d'un Unamuno. Mais la tragédie de la liberté ou la liberté tragiquement vécue, suppose *quelqu'un* à qui l'offrir. Toute tragédie est un sacrifice ; il faut à son protagoniste quelqu'un à qui offrir son agonie. Et, dans cette solitude radicale, face à laquelle s'efface la solitude de la conscience cartésienne, Nietzsche poussa à l'extrême la tragédie de la liberté humaine. Il n'eut personne à qui faire don de son sacrifice. Et la destruction commença.

Elle toucha toute l'étape « humaine » pour, au-delà, atteindre le monde même du roi-mendiant, Œdipe, aveuglé par la lumière d'Apollon. Et aussi le monde même de son adversaire : Socrate. Car Socrate souffrit pour aider à la naissance de l'homme. Nietzsche, à l'autre pôle de la croissance et du développement de l'« humain », lorsque cet homme né des mains de Socrate avait obtenu tout ce qu'il pouvait exiger, s'opposa à lui : telle n'était pas la créature espérée. Le motif de la dissidence a un rapport avec ce qu'énonce l'accusation contre Socrate.

C'était le vieux conflit entre la philosophie et la piété où se jouait non seulement le rapport aux dieux de l'Olympe grec, mais quelque chose de plus terrible : l'arrachement de l'homme au sacré.

Le sacré fut éprouvé par Nietzsche comme le chaos originaire. En quête d'un autel pour faire l'offrande de son sacrifice, il retourna au chaos, prêtre dissident de toute religion plus ou moins humanisée et ennemi jaloux de la plus humaine, celle du Dieu-Homme. Il découvrit Dionysos, dieu originaire de la vie, la vie même à l'état naissant, se déployant dans la métamorphose. Car la métamorphose est le premier pas du chaos vers l'ordre. Il fallait retourner au chaos, à la vie sans forme, pour changer le destin de l'homme, pour que l'homme ne fût pas cet être différent, doté d'un être fixe, d'une conscience, coincé entre le *bien* et le *mal*. Fondre l'humaine créature du chaos originaire au feu de Dionysos pour qu'elle fût quelque chose qui englobe tout : tout ce qui, ensuite, s'est appelé « bien » et « mal » en vertu d'une « idée ». Avoir un être c'est l'avoir au prix de l'existence du Bien et du Mal. Il fallait renoncer et détruire toute idée, n'importe quelle idée et l'idée comme telle, pour que l'homme retrouve son destin perdu. Perdu par cette erreur d'avoir voulu être « humain ». L'humain avait été la grande erreur de l'homme, l'erreur de la réponse d'Œdipe au sphinx, qu'il dut payer ensuite. Être humain, cela suppose le bien et le mal, cela signifie porter une charge, être écrasé par le mal et obligé au bien. Être humain, c'est être coupable, comme toute la sagesse tragique l'a toujours su.

Dionysos, dieu de la vie, de la vie même qui n'est soumise à aucune forme, qui fuit de forme en forme, devait libérer la créature appelée homme de ce destin « humain », que, fatale erreur, elle avait choisi. Nietzsche aurait pu avoir écrit un récit, en accord avec la Genèse, sur la perte de l'innocence originaire causée par le fait d'avoir goûté au fruit interdit, mais diamétralement opposé. Car – aurait dit Nietzsche – le « vous serez comme des dieux » du serpent fut une duperie, puisque ce destin d'être des dieux se serait réalisé si n'avait jamais été croqué le fruit de cendre qui transforme la vie en spectre.

En acceptant infiniment la souffrance et le risque qu'est l'ascension de l'être vers la liberté, l'homme allait passer de l'innocence de l'animal à la condition d'un dieu. Dionysos et non le Christ ; et même plus : le Christ par la souffrance, débarrassé de toute morale, « sans humanisme ». Nietzsche s'oppose à l'humanité du Christ.

Et le cœur de feu du fauve allait être racheté. Les entrailles et leur soif de divinité ; le cœur obscur de la terre allaient monter vers la lumière. De la bête et ses insinuations sur le destin d'« être comme des dieux » et de l'aigle, liberté vivante, vint à Nietzsche l'inspiration qui pousse l'homme à cesser d'être une bête dissidente, celle qui avait abandonné dans la caverne originaire un morceau de son cœur condamné à ne pas vivre. Le divin naît à présent non de la conscience ni de la connaissance, mais du cœur originaire du fauve qui ne connaît pas l'effroi.

Ainsi, le sacrifice allait être pure destruction : il allait être le sacrifice de tout l'être réalisé de l'homme. Le dernier sacrifice de l'homme occidental au Dieu inconnu.

Nietzsche fit passer l'omniprésence du divin dans la vie. Un instant de cette vie rachetée allait porter en lui toutes les vies possibles, actualiser en un seul instant tous les cycles parcourus. Rien de la vie ne serait plus enfoui dans le possible, rien ne serait plus caché. Jusque-là, le divin avait offert à l'homme la réalisation de son désir d'une présence totale. À partir de l'« acte pur » – le dieu aristotélicien – sans aucune trace de « puissance », la présence totale s'était offerte à la pensée indemne de souffrance et de passivité. La vie, au contraire, sujette à la souffrance et passive, conservait quelque chose de caché. L'homme participait de la pensée, mais, comme être vivant, était sujet à la passivité. Sa vie ne lui serait jamais totalement présente ; le temps la lui occultait et son propre être ne lui était pas seulement caché mais énigmatique.

Le rêve de Nietzsche, incarné dans le surhomme, fut de prétendre vivre la vie en courant tous les risques, après en avoir détruit l'énigme : rien de son être ne lui était plus caché. La vie, sans plus, mais toute la vie dans un « acte pur » ; la vie divine, omniprésente, qui sautait dans le temps.

Mais le cercle magique de l'« éternel retour » emprisonna cette créature qui ne pouvait renoncer au temps, ni à vouloir l'éternité. La vie qui ne pouvait être épuisée en un seul instant, pour continuer à être vie, devait continuer à se déployer dans le temps. Le dépassement infini avait été emprisonné. L'« éternel retour » est le reflet de lui-même, l'infinité prisonnière de la répétition. Et cet « éternel retour », allait-il inclure l'histoire humaine et ses erreurs ? L'étape de l'humain allait-elle être désormais franchie ? La fatale erreur allait-elle toujours se reproduire ?... L'innocence ne parcourt aucun cycle, elle n'a pas d'histoire. Libérée de tout, sauf de la mémoire, de son propre poids, la vie humaine se réhumanisait. A moins que l'« éternel retour » ne fût la totalité de la vie dans l'instant, la vie divinisée au point de n'avoir pas besoin d'être vécue ?

Le surhomme, cette rectification du projet à travers lequel l'homme occidental avait décidé de son être, ne plongea pas suffisamment dans le sein obscur de la vie originaire, du sacré. Le divin – découvert par la pensée – l'attira et le fascina. Il voulut être divin, comme le « divin » qui avait déjà été pensé, découvert... En réalité, il avait sacrifié l'homme au divin en s'abîmant en lui. Tout l'humain avait été implacablement détruit, sauf le temps. Et par-delà le temps, l'aurait attendu une dernière résistance : le néant.

Le surhomme a été le dernier délire issu des profondeurs du roi-mendiant, de l'innocent-coupable qui ne put abandonner la charge du temps, cette résistance implacable que la vie humaine oppose à tout délire de déification.

LA DERNIÈRE MANIFESTATION DU SACRÉ : LE NÉANT

La philosophie n'avait jamais pénétré dans l'enfer. C'était sa limite et c'était aussi quelque chose comme de la chasteté. Elle l'ignorait, comme elle ignorait le paradis, auquel elle finissait par conduire sans l'avoir promis. La chasteté de la philosophie a consisté, entre autres choses, à ne rien promettre ; rien à la vie personnelle, aux désirs les plus intimes. Au contraire, son exercice fut, dès le premier instant, renoncement et pratique ascétique.

Le renoncement qui suit ou qui accompagne au même instant cette exigence qu'est l'acte de penser et plus encore cette exigence de décider de faire de la pensée le seul mode d'approche de la réalité.

Le renoncement qui accompagne la pensée philosophique fut un renoncement à promettre et à entrer dans le monde de l'effroi. Avec condescendance, la philosophie stoïcienne et le bienveillant épicurisme présentèrent tout un étalage de raisons de ne pas avoir peur ni d'espérer, et tinrent pour inexistant cet enfer que tout être vivant porte en lui, à l'intérieur de lui. Sans renoncer à sa chasteté, la philosophie s'entendait à avancer des raisons qui, à elles seules, allaient maintenir l'homme dans les limbes de l'*apathéia*.

Par conséquent, toute la réalité allait en venir à coïncider avec la pensée, à être identique à la pensée : l'être. Rien de mieux protégé de l'enfer que l'être qui est déjà ou que l'être qui est en chemin vers l'être, tout « naturellement ».

Seul Platon, semble-t-il, côtoya ces abîmes infernaux en ne craignant pas ces espaces déserts du non-être. Mais le non-être était toujours rapporté à l'être, sauf dans ces « choses » qui, dans le *Parménide*, apparaissent comme l'exemple de ce dont « il n'est pas d'idée » : ce qui reste des corps vivants, les déchets de la matière, tout cela dont « il n'est aucune idée ». Et ce dont il n'est aucune idée demeura, simplement, en marge de l'idée. De l'« idée » qui commença par être l'être pour exiger toujours plus la présence et la collaboration du non-être.

Grâce à cela, à « ce dont il n'est aucune idée », se trouvait éliminée l'horreur. L'horreur que produit le vide, le non-être sur la vie. Le non-être qui affecte et dévore l'être ; le non-être doué d'activité.

Cela, le non-être doué d'activité, ne pouvait, même chez Platon, être envisagé par l'intelligence. Il était demeuré dans ce non-être absolu que Parménide écarte une fois pour toutes de l'Être et qu'aucune pensée relativiste – ni les sophistes ni les cyniques, quelles que soient leurs versions historiques – n'a osé montrer.

La pensée philosophique à sa racine même, et définitivement chez Parménide, s'est écartée de l'enfer. Au début, l'enfer était, a été, simplement la vie ; toute la vie dont la philosophie exigeait, plus qu'elle ne promettait, d'être sauvée. Si l'on se place dans la philosophie grecque il est évident que vivre équivaut à vivre en enfer, que la vie est en elle-même infernale. Et la poésie tragique ne fait que le constater, que montrer l'« autre » de la philosophie ; l'« autre regard », celui qui, en se posant sur la vie, est entraîné vers le bas, vers l'insondable, où ne vaut aucune définition, où aucune explication n'est possible. S'y manifeste aussi un renoncement lié à une forme de chasteté, comme dans la philosophie, mais différent et même opposé. Le renoncement à la raison, à donner et à réclamer des raisons. Quant à la chasteté, elle est la simple acceptation des ténèbres de l'être humain, mêlées au « Dieu inconnu ». Et cette chasteté est différente, car visiter les enfers suppose plus que de la chasteté, de l'innocence : l'ignorance, l'oubli de son être propre. Au contraire, la conscience, qui assumait l'enfer, n'a cessé de parler à la première personne.

Le changement, ce changement à valeur de conversion, opéré par la philosophie actuelle – raison vitale, existentialisme dans ses différentes versions – la libère de ce chaste renoncement aux enfers de l'être, de la connaissance des entrailles. Mais, pourra-t-elle le faire sans l'innocence de la poésie et sans l'ascèse de la philosophie traditionnelle ? Le fait d'être libérée du renoncement n'est qu'une manière négative de dire qu'en réalité, elle est contrainte de descendre aux enfers inexplorés de la vie, même si, au fond, la vie n'est pas entièrement infernale. Éluder l'enfer n'est pas permis à celui qui prétend explorer la vie humaine. Au nom de l'Être, c'était possible et même nécessaire. Mais, connaître la vie au nom de la vie, oblige à explorer la totalité de la vie, à ne reculer devant rien.

Cela exige, cela exigera toujours plus inexorablement de l'intelligence une innocence qu'elle n'eut jamais et un nouveau renoncement : le renoncement, sinon à son enfer, du moins à son propre labyrinthe. La conquête d'une simplicité qui puisse l'approcher de la lumière originelle, de la lumière qui n'impose pas sa clarté ; qui la conduise à ne pas faire de sa clarté une structure comme le fit Descartes et, après lui, tous les autres, excepté Nietzsche, Kierkegaard et, auparavant Pascal, chez qui elle jette une inégale clarté qui rappelle plus celle de la lampe à huile, indécise, ailée, vacillante, que l'uniforme lumière de la conscience et de la raison « pure ».

Une lumière vivante. Car la vie se laisserait-elle surprendre par une autre ? Se soumettrait-elle à une autre lumière que celle née de son agonie entre la vie et la mort ? La clarté de la conscience produit l'intemporalité. L'autre lumière, née dans l'agonie, c'est la temporalité qui se consume et, pour cela, peut donner un certain sentiment de mort surmontée : de mort consumée, elle aussi, en même temps que la vie. Une lumière, un feu où se consumeraient ensemble la vie et la mort. Car la mort n'est pas le contraire, la négation de la vie dans son intégrité.

En termes d'être, le néant était impensable. Le néant comme tel apparut, non dans la philosophie mais dans la religion, comme fond ultime d'où était sortie la réalité entière par un acte créateur. En fait, ce néant ne put réussir à faire partie de la philosophie qui s'occupait des choses créées, des choses qui sont, qui se trouvent à l'intérieur de l'être ou sous son empire. Seul l'homme pouvait être affecté par ce néant. Mais il l'affecta peu en tant qu'entité pensable et définissable ; il devait l'affecter dans sa vie, dans son agonie de créature perdue dans les ténèbres.

Pour le chrétien, la sortie des ténèbres s'ouvre sur un chemin déjà découvert et tracé. Il en ira autrement à partir de Luther, dont la religion réintègre l'homme aux ténèbres premières de l'être, à la nudité de la solitude face à Dieu ; un Dieu qui a jugé du fond de ses abîmes insondables, presque comme le Dieu inconnu.

À partir de ce moment là, commença à surgir le néant. Le néant qui ne peut même pas être une idée, parce qu'il ne peut être pensé par rapport à être, à l'Être. Le néant va s'ouvrir peu à peu un chemin dans la pensée et l'esprit de l'homme comme sentiment originaire. Autrement dit : dans les enfers de l'être.

Dans les enfers, dans les entrailles. Car les « entrailles » sont la métaphore qui – plus fidèlement et plus largement que le terme psychologique et moderne de « subconscience » – rend compte de l'originaire, sentiment irréductible premier, de l'homme dans sa vie, dans sa condition d'être vivant. De la mécanique de l'horloge qui mesure et éprouve le temps, de la vibration solitaire, muette et qui sort de son silence dans le cri, dans les pleurs ; qui se paralyse dans l'angoisse et qui s'enferme hermétiquement dans de tels états, si propres à l'homme moderne, d'où sort sa si fréquente pseudo-liberté. C'est dans ces entrailles, dans leur sentiment irréductible qu'apparaît le sentiment du néant ; le néant qui ne peut être idée, car il est ce qui dévore, ce qui dévore le plus : ce qui est « autre » et menace ce que l'homme possède d'être ; une pure palpitation dans les ténèbres.

Il fit son apparition chez les mystiques comme la plus grande résistance à vaincre. Saint Jean de la Croix s'y enfonce comme dans le désert de son être propre qui le sépare de l'ami divin. Miguel de Molinos, fondateur du « quiétisme » espagnol, l'accepte comme Dieu lui-même. Sans doute pour cela : parce qu'il est la plus grande résistance, la dernière menace. Et cette menace, si elle est la dernière, ne peut venir que de Dieu lui-même. Il s'agit presque d'une inversion du divin et du diabolique, selon l'orthodoxie catholique : le démon y est l'agent du néant, de la négation totale, radicale. *Non serviam*, ne fut-ce pas là le cri du néant vaincu par Dieu dans son acte créateur, la résistance non entièrement vaincue face à l'amour qui crée, qui engendre l'être ?

Le sens de la résistance a subi des altérations dans l'histoire. Du fait du Dieu révélé, la résistance à l'appétence d'être de l'homme fut éprouvée comme engendrée par le Mal. Et le mal était le vide, le néant dévorateur. Dieu était le chemin « naturel » de l'être par où passait « naturellement » l'appétence d'être de l'homme. À partir de Luther, le rapport s'inversa, y compris pour certains catholiques comme Miguel de Molinos, le mystique quiétiste. L'obstacle à l'être propre de l'homme est le néant, et le néant est Dieu, il y conduit ; se laisser tomber, s'enfoncer dans le néant, c'est s'enfoncer dans les profondeurs secrètes du divin. Le démon ne se tient plus à l'affût dans le néant, mais dans l'être ; l'être est la tentation.

En sorte que l'enfer en demeure apaisé, annulé. Acceptés le néant, l'abandon absolu, l'absolu renoncement aux prétentions d'être propres à l'homme, l'enfer s'annule, manque d'être. Curieusement, cette inversion du sens du néant eut lieu au XVIIe siècle, au moment même où l'homme occidental se lançait dans son aventure d'être, d'exister comme individu.

S'abandonner au néant, c'est sortir de l'enfer de la temporalité ; se perdre dans la nuit des temps, laissant l'histoire, la conscience et la responsabilité qui vont de pair avec toutes les prétentions d'être. Le retour, éternel parce que définitif.

Cette acceptation quiétiste du néant, révèle une interchangeabilité entre le divin et le diabolique pour l'homme – non pas en soi –, vue à travers la détermination humaine d'être. Car, lorsque l'homme se décide à être, il se sent être et il sent en même temps la résistance qui s'oppose à lui. S'il la sent venir de Dieu, comme c'est le cas à partir de Luther, il peut décider d'anihiler son être en Dieu. Et dans cette anihilation, il trouve le néant ; le néant auquel il lui faut aveuglément livrer son être, sans que l'espoir l'habite. Le sonnet au Christ crucifié d'un auteur anonyme espagnol, écrit au XVIIe siècle, exprime cette acceptation totale de la divinité qui abandonne l'espoir et même triomphe de lui[1]. Dieu n'est ni une source de promesse,

[1] *À t'aimer dieu il ne me pousse pas*
le paradis que tu m'as annoncé.
ni ne me pousse l'enfer redouté
à cesser de t'offenser pour cela

Ce qui me pousse c'est de te voir toi
tout humilié avec ton corps blessé
ce qui me pousse c'est te voir cloué
couvert d'affronts et mort sur une croix

ni une menace de damnation : il est le tout sans frontières qui inclut le néant ; le néant de l'âme, par l'amour.

L'autre alternative, c'est de persister dans le désir d'être ; de lutter avec Dieu ou de simplement s'affirmer dans la création « à son image et ressemblance ». Alors, le néant sera éprouvé comme la pire des menaces, l'inimaginable, comme chez Unamuno qui apostrophe Dieu, le Dieu non-existant, « Car, Seigneur, si Tu existais, j'existerais vraiment moi aussi. »

Et sans plus aucune référence à la divinité, dans une pensée aujourd'hui répandue, le néant apparaît comme ce qui cerne le désir d'être, l'inexorable exigence d'exister dont il ne triomphe pas, qui ne triomphe pas de lui. Le temps est la seule victoire de l'existant.

C'est la création, l'acte de créer sans trêve qui porte celui-là qui veut être, non pas nécessairement contre, mais face au divin insondable : la création humaine qui, depuis lors, prend conscience de ses profondeurs également insondables. De cette foi va surgir le romantisme : le romantisme philosophique et tous les autres. D'où cette allure luciférienne de la création romantique que seule la pensée philosophique pourra éluder.

Là, en effet, le néant, le vide redeviennent diaboliques, mais positivement maintenant, car tel est le fondement de la création. Plus elle se fera près du néant, plus l'œuvre humaine sera une authentique création. Et aucun autre credo en vigueur jusqu'à aujourd'hui n'épuisera ni ne supplantera ce romantisme de la création. L'œuvre humaine

Cet amour que j'éprouve il est si vif
que sans nul paradis t'adorerais
et que sans nul enfer je te craindrais

Aucun besoin pour t'aimer de motif
comme j'espère en toi j'espérerais
et comme je t'aime je t'aimerais

N.d.T.

prétend être créatrice ; autant prendre appui sur le néant, et même l'entraîner avec soi, si possible l'assimiler. Les tentatives sont nombreuses, inutile de les énumérer, car elles procèdent toutes de cette même racine du désir de créer qui porte le projet d'être de l'homme.

Le néant montre ainsi qu'il est « vivant » en changeant de statut, selon les changements du projet d'être de l'homme ; selon que l'homme prétendra être ou non et selon ce qu'il prétendra et comment il prétendra être. Il est l'ombre de Dieu ; la résistance divine. L'ombre de Dieu qui peut être simplement son ombre – son refuge – ou son vide dans les ténèbres adverses.

Le néant ne peut être configuré comme l'être, ni articulé ; être divisé en genres et espèces, être le contenu d'une idée ou d'une définition. Mais il n'apparaît pas comme fixe ; il bouge, il se module ; il change de signe ; il est ambigu, mouvant, il entoure l'être humain ou le pénètre ; il se glisse par quelque ouverture de son âme. Il ressemble au possible, à l'ombre et au silence. Jamais il n'est le même.

Il n'est pas le même, il n'a pas d'être, mais il est actif, il est ombre de la vie aussi. L'une de ses fonctions est de réduire : réduire en poussière, à rien, les événements et, surtout, les projets. C'est pourquoi il est la menace majeure pour l'homme en tant qu'il est un être de projet. Il est ce avec quoi doit compter tout projet. Le mystique, même non quiétiste, le sait ; le poète pas toujours ; mais il s'en doute toujours.

Son action est vivante. On pourrait dire qu'il est la vie sans organisation, sans consistance[1]. La vie qui a une organisation est déjà de l'être, bien que la vie soit toujours plus que son organisation ; aussi, est-elle toujours plus chez l'homme que chez les êtres où elle n'est qu'organisation.

[1] « Consistance » est le terme par lequel la philosophie d'Ortega désigne ce qu'on considérait comme « essence »

Le néant montre que l'homme ne se réduit pas à être, être à la manière des choses, des objets. C'est pourquoi, chez l'homme, au fur et à mesure que grandit l'être, grandit le néant. Alors, le néant fonctionne à la manière du possible. Le néant fait naître.

Le néant est inertie. Il invite à être et ne le tolère pas : il est la suprême résistance. C'est pourquoi il engendre l'enfer, cet espace inférieur où la vie n'a pas d'organisation. Y céder, c'est s'enfoncer dans la folie, dans cette folie qui précède toute aliénation.

Car la folie c'est s'aliéner, devenir « autre », mais pas complètement : ce serait, même inattendu, un changement anormal. C'est devenir ce qu'on n'est pas sans y parvenir. Pareil changement partiel de personnalité doit être précédé d'un effondrement de ce qui est organisation, être dans la vie humaine. Et si la chose se produit sans la destruction totale, c'est l'enfer dans lequel celui qui va être « fou » – devenir « autre » – gémit, parfois toute sa vie, sans parvenir à ce point qu'on désigne par le mot *folie*, où se produit le complet changement de personnalité. Autrefois, on appelait la folie le « mal sacré ».

L'homme, en coupant tous ses liens avec Dieu, s'est retrouvé en simple projet d'être ; ce qu'on appelle « existence ». Chez Heidegger et de façon encore plus extrême, chez Sartre, qui pousse à bout la situation, le néant est la solitude totale.

Le problème qui se pose est de savoir si l'homme peut vraiment être entièrement, absolument seul. Près de lui, il y a « l'autre », l'autre ombre de lui-même, comme Unamuno l'a mis en lumière dans sa tragédie *L'autre*, l'une des rares tragédies modernes réussies. Qui est « l'autre » ? Le frère invisible ou perdu, celui qui me ferait être vraiment s'il partageait son existence avec moi, si nous devenions un être unique à qui ne pourrait plus être posée la terrible question : « Qu'as-tu fait de ton frère ? ». Les autres qui sont l'enfer dans la tragédie de Sartre. Dans les deux cas, ce quelqu'un irréductible, énigmatique, réplique et miroir de notre propre énigme. La résistance non de rien, mais de ce qui est le plus loin du néant, non pas le quelque chose, mais le *quelqu'un*. Le quelqu'un qu'on est, et qui trouve en l'autre miroir et résistance, éprouve l'absence de Quelqu'un, sans plus. Être seul, c'est l'être par rapport à ce quelqu'un, dessiné par l'absence, par le manque.

Au-delà de « l'autre », s'étend le désert de l'absence d'un quelqu'un. Cette absence, ce vide sans limites, l'homme d'aujourd'hui l'appelle : le néant. Le néant ; le silence où s'enfonce sa parole, toutes les paroles des uns et des autres, noyées, transformées en rumeur ; l'inanité de toute action. Et de cette inanité du présent, surgit comme unique réalité, non périssable au sein du néant, ce qui est toujours apparu comme l'image du périssable : le passé, l'histoire. Entonner aujourd'hui l'élégie du passé, les lamentations de l'oubli, aurait moins que jamais un sens. Ce qui est menacé par l'oubli, surnage dans la mémoire la plus éveillée, la plus minutieuse que nous ayons jamais connue ; du passé sous toutes ses formes, du passé immédiat et ces temps lointains que les époques de maturité n'imaginaient même pas, se nourrit l'attention de l'homme d'aujourd'hui, comme s'il y trouvait une manière de résister au néant. Se souvenir, faire l'histoire, deviennent un contre-oubli.

C'est comme si l'homme d'aujourd'hui se livrait à un corps à corps avec le néant ; comme s'il en était devenu l'intime plus qu'aucun homme. Le néant a perdu son caractère de fin dernière.

Bien qu'il n'ait jamais été dans le monde de la croyance au divin une fin dernière ; entre lui et la vie présente, se dressait l'éternité de l'enfer et du paradis. L'effondrement de l'éternité l'a donc fait apparaître comme quelque chose d'immédiat, qui entoure l'être humain, l'homme, sans plus.

En lui, il y a quelque chose de l'enfer et du paradis, un paradis instantané qui sombre et fait apparaître l'enfer. Quelque chose de l'éternité plus encore, car lorsqu'on l'éprouve, il est éternel. Il est, en effet, comme une extase du négatif où le temps sombre lui aussi. La menace du néant, c'est d'absorber le temps, de le réduire à un simple et pesant passage. Et l'homme s'accroche alors à l'incident sans importance, à l'événement sans plus, et se sent même sauvé quand il peut établir un « fait ». Faits, choses, quantités, sont les défenses qu'inconsciemment l'homme dresse face à ce vide que ce qu'il sent se révèle. Il y a aussi la forme de réaction « puritaine », celle qui édifie la conscience contre le sentiment originaire et se perd dans un labyrinthe de devoirs. C'est la forme la plus raffinée de réaction, car entre le geste de défense qui se retranche dans les faits et les devoirs de la conscience, il y a les « occupations », le faire qui peut aller jusqu'à l'œuvre d'art. L'œuvre d'art qui ne suppose pas le néant dont toute création doit être issue – ce silence de l'âme qui précède toute œuvre – mais l'inanité de son destin : être née sans nécessité, n'être adressée à personne ; ne pas être, ni ne pouvoir être offerte.

Ce qui caractérise les productions d'une époque aussi active que la nôtre, qui se livre à l'activité la plus frénétique, c'est qu'elles ne peuvent être consommées par personne comme des fruits qui engendrent l'inanition. Cette inanition, cette faim qui se répandent dans notre monde qui n'a jamais autant produit de choses, d'œuvres d'art, de nourriture.

Le fait que tout arrive comme si cela n'arrivait pas ; que la parole s'efface sans s'être faite chair, nourriture de l'âme. Le fait que tout soit néant, pour l'homme d'aujourd'hui, qu'il croie ou non en lui ; le fait qu'il s'y voie soumis, sans qu'il y croie, tout cela transforme le néant en une sorte de dieu inverse, comme s'il était en train de prendre peu à peu la place réservée au démon dans les siècles où triomphait la foi chrétienne. Il annonce l'enfer, avec la minute de gloire de la rébellion, d'où s'abîme celui qui en jouit.

Car le néant ne peut se réaliser dans la vie humaine, ni dans la conscience, ni dans l'âme, et moins encore dans ces entrailles où, éternelle, subsiste la plainte – *e pur si muove* –, face à tout décret de la conscience. Le néant est l'ombre de la conscience totalement détachée de toute chose et de ce qui la porte : ses profondeurs. La prétention de ne vivre que selon la conscience a fait apparaître son vide, quand elle se détache et, en même temps, se ferme. Car vivre selon la conscience détruit la vie, les véritables raisons, les choses telles qu'elles sont vécues. « Inconsciemment », la conscience a dit à l'homme : « non, ce n'est rien ». Et tout, tout objet de foi, même immédiate, s'est peu à peu réduit à rien.

Inversement, les choses qui ne sont rien, sont quelque chose quand on les subit. Même le vide, même l'absence prennent un caractère positif, ressemblent à la présence au point de se transformer en sa promesse. Le vide de l'être éveilla dans l'esprit grec l'idée de l'être, le vide des choses et celui des dieux. Face aux dieux de la Grèce, l'homme plus que jamais aurait pu avoir éprouvé le néant, si le sentiment du néant venait du dehors.

Mais c'est du dedans que sourd le néant, de l'intérieur le plus profond de l'homme, de son enfer irréductible. Il sourd sans cesse, en un flux lent et implacable, parce qu'il réunit sans les confondre les contraires. Il cède et il est implacable ; il est la négation de l'être et, pour celui qui se laisse fasciner par lui, il finit par devenir l'être tout entier dans l'anéantissement.

L'harmonie des contraires est l'unité dans sa plénitude, le tout où le néant isole chaque contraire de l'autre, le laissant sans consistance, sans repère. C'est ainsi qu'une fois qu'on a commencé à y voir quelque chose, ce quelque chose se transforme en son contraire ; mais toujours négativement. Il ôte à chaque contraire sa positivité et le maintient dans ce qu'il a de négatif. C'est pourquoi nous vivons à une époque « anti », où ne prospère et ne se développe que ce qui ne s'affirme qu'à nier autre chose et en tant qu'il la nie.

L'harmonie des contraires, ce sont les noces où non seulement se manifeste la positivité de chaque contraire, mais dont surgit quelque chose de nouveau qui n'existait pas ; l'harmonie est plus riche que la dissonance qui la précède. Elle ne soustrait pas mais ajoute quelque chose d'imprévisible ; c'est l'incessant miracle de la vie qui donne à rêver, à désirer un miracle total. L'art a répondu à l'appel de cette nostalgie que la réalisation d'une harmonie inattendue faisait éprouver à l'homme. En même temps qu'il ne cesse d'être fasciné, depuis longtemps, – dans ce qu'il a de plus représentatif – par la dissonance sans solution, par les contraires qui montrent, d'une part, leur irréductibilité, et de l'autre la négation, également imprévisible, qui naît de leur tenace dissonance. Le miracle de l'harmonie trouve son équivalent dans la négation inattendue, dans le vide qui, diaboliquement, croît dans l'irréductible dissonance. C'est une autre des formes d'« action » du néant.

Dans tout mouvement créateur – et l'harmonie des contraires est l'instant nécessaire qui produit au moins certains d'entre eux – le geste d'engendrer a la positivité du négatif ; du négatif est né quelque chose de positif. Dans l'irrémédiable dissonance au cœur du néant, se produit le contraire : le négatif surgit de façon positive ; c'est la positivité du négatif.

Ce qu'on peut voir clairement, par exemple, dans la musique atonale, dans certaines époques de la peinture de Picasso. C'est l'aventure de l'art moderne.

Et tout semble indiquer que lorsque l'homme vient à bout de toute résistance dans son esprit, dans son âme, le néant se révèle à lui, non sous la forme du contraire de l'être, de l'ombre de l'être, mais comme quelque chose de sans limites, doué d'activité et qui, étant la négation de tout, apparaît de manière positive. Quelque chose d'indéterminé, d'ambigu, de menaçant, et qui, une fois nommé, semble reculer. Car c'est le contraire de ce que pensent ceux qui ne l'ont pas éprouvé. Le néant est ce type de « choses » qui, une fois nommées, procurent un soulagement, comme ce fut le cas avec les dieux démoniaques, insatiables dévorateurs de l'homme ; pour épouvantables qu'ils aient été, il valait mieux connaître leur seul nom et leur apparence que les ignorer. Le néant se comporte comme le sacré à l'origine de notre histoire.

Le fond sacré d'où l'homme s'était lentement éveillé comme du sommeil premier réapparaît à présent dans le néant. Vivre selon la conscience a fait le vide autour de l'homme, a tout réduit à des idées fondées sur le doute[1]. Et, parmi les idées apparues dans la conscience, le sujet, le seul être, qui s'affirme lui-même ; qui se donne l'être à lui-même en un effort sans trêve. Vivre selon la conscience a conduit à vivre selon l'esprit. L'« esprit » est liberté, acte créateur. L'homme peut-il totalement s'y établir ? Quand il s'y est efforcé, une résistance lui est apparue ; une résistance qui n'est pas l'être, puisque le sujet pensant ne connaît d'autre être que lui-même. Et la résistance qui ne peut en aucun cas prendre le nom d'être, c'est le néant – le rien. Mais qui est tout ; qui est le fond innommé, qui n'est pas idée mais sentir. Sentir... car l'homme n'est pas seulement « esprit », une chose identique à elle-même qui n'a pas besoin de prendre appui

[1] « Les croyances sont la réalité même ; les idées naissent du doute », dit Ortega.

sur une autre... L'esprit est liberté ; actualité libre de toute passivité. Et le sentir se présente à lui comme recueillant sous une forme infernale le vide créé par sa conscience.

Le néant est cet irréductible que rencontre la liberté humaine quand elle prétend être absolue Et la prétention de quelque chose d'absolu peut faire passer cet absolu dans ce qui lui résiste, d'où une transformation de l'absolu de l'être en celui du non-être. Celui qui prétend être absolument, finit par éprouver son néant au cœur d'une résistance sans limites. C'est le sacré, qui réapparaît sous forme d'obstacle suprême. Le sacré avec tout ce qui le caractérise : son aspect hermétique, ambigu, actif, incoercible. Et, comme tout ce qui s'oppose à l'homme, il semble contenir une promesse. Fascination du serpent qui ne prononce pas ses paroles ni aucune autre mais qui insinue ce qui est au-delà de toute formulation, de toute parole, car tel est le secret de la fascination : insinuer ce qui ne pourrait être dit, et ainsi produire un plein qui paralyse l'esprit. Le « plein » que produit le néant dans celui qui l'affronte. Plein qui ne peut ni se concrétiser, ni s'articuler, qui interdit toute porosité, tout vide grâce auxquels s'articule la réalité – l'être. Le vide, la négativité qui participent à l'être et lui sont utiles.

Le néant semble être l'ombre d'un tout qui ne peut être discerné, le vide d'un plein si compact qu'il est son équivalent, le refus muet, informulé, de toute révélation. Il est le « pur » sacré, sans rien qui indique qu'il pourra être dévoilé.

Le « pur sacré », l'absolue mutité qui correspond à l'ignorance et à l'oubli de la condition humaine : celle d'être libre, actif, mais en souffrant. Le projet d'être, de vivre comme acte pur a suscité le néant. Pour cette vie-là il n'y aurait pas de « choses » ; de choses, de circonstances, en quoi s'incarnerait cette résistance que la vie humaine trouve sur son chemin et qui lui est nécessaire. Le néant est cette résistance suscitée, libérée de toute incarnation, dans sa totalité.

Car ce projet de vivre sur le mode de « l'acte pur » – d'une vie toute entière actualité – satisfait la soif de déification ; mais, quand le désir, prolongé, conservé comme projet, est devenu projet, il finit par tomber dans le mimétisme de la vie divine. Le mimétisme, issu de la fascination ; fascinée, la vie mimétique s'est fermée à la liberté.

Fermé à la liberté, l'homme condamné à être libre découvre que toutes les choses ne sont rien. Pour la vie humaine, la manière première, originaire de s'« ouvrir » aux choses, aux circonstances qui l'entourent, c'est de les subir. Les choses qui ne sont rien sont quelque chose quand on les subit. Et l'être lui-même, le sujet – anéanti dans l'épreuve du néant – surgit quand il est fidèle à sa double condition qui fait de lui en même temps le captif des circonstances et de sa propre liberté : « Nous sommes nécessairement libres »[1].

[1] Ortega y Gasset.

II

LE COMMERCE AVEC LE DIVIN : LA PIÉTÉ

SYNOPSIS DE LA PIÉTÉ

L'histoire de la pensée recouvre un processus qui s'est développé assez lentement dans les couches les plus profondes de la conscience ; là où, précisément, se tient la conscience qui, comme toute surface, recouvre aussi les croyances et quelque chose de plus profond encore que les croyances elles-mêmes, les formes intimes de la vie humaine ; les situations qui définissent l'être humain non plus face à l'humain, mais face à toute la réalité qui l'entoure. Car la réalité est non seulement ce que la pensée a pu saisir et définir mais ce qui demeure indéfinissable et imperceptible, ce qui entoure la conscience, la cernant comme une île de lumière au milieu des ténèbres.

Ortega y Gasset dans l'un de ses essais les plus lumineux, *Ni vitalisme ni rationalisme*, montre de façon admirable à quelles ultimes conséquences avaient conduit les excès du rationalisme européen : à l'invasion généralisée de la raison. Or l'Européen individualiste sans même le savoir – individualiste de cœur –, entendait par raison sa propre raison. Car l'une des infirmités de l'homme moderne, c'est d'avoir perdu de vue l'unité ultime de l'univers, où il ne voit que des choses inanimées, une matière informe qui, grâce à sa raison, arrivent à avoir un ordre et un sens.

C'est qu'à partir de la pensée cartésienne, la conscience avait gagné en clarté et précision et, en s'élargissant, elle avait absorbé l'homme tout entier. Or, ce qui lui échappait, ce n'était pas des choses, mais rien de moins que la réalité, la réalité obscure et multiple. En réduisant la connaissance à la seule raison, on avait aussi réduit cette chose sacrée qu'est le contact premier de l'homme avec la réalité à une modalité unique : celle de la conscience. Dans sa clarté lunaire, la conscience demeurait isolée jusque dans le corps lui-même où, on ne sait par quelle obscure contingence, elle en venait à se trouver logée.

L'homme devenait le simple support de la connaissance rationnelle, avec tout ce que cela a d'extraordinaire, mais la réalité environnante se rétrécissait peu à peu à son rythme ; à mesure que le « sujet » se développait, s'arrogeant, semblait-il, les fonctions qui étaient celles de l'âme auparavant, la réalité s'atrophiait.

Pourtant, ce rétrécissement de la réalité n'avait pas lieu de manière uniforme mais d'une manière qui a modifié essentiellement l'insertion de l'homme en tant que créature vivante dans l'univers – le fondement métaphysique, qui est resté invisible ou n'apparaît que partiellement[1].

Le problème est d'une telle gravité que la question saute aux yeux : est-il possible que ce qui est métaphysique subisse des changements ? La réponse de Hegel est affirmative, l'histoire, déploiement dans le monde de l'Esprit absolu, étant, pour lui, justement cela : des changements, des mutations qui ont eu lieu dans l'ordre métaphysique. La pensée grecque et médiévale sauvent l'être véritable du temps et du mouvement ; l'histoire, par conséquent, n'*était* pas véritablement. La science historique n'a donc pas pu se constituer comme savoir ; jamais elle n'aurait pu y parvenir à partir de cette pensée qui sauve l'être – cette pure identité – du temps. L'originalité de la pensée idéaliste allemande, la nouvelle révélation qu'elle apporta, c'est que l'histoire *est*, et, qu'en conséquence le mouvement a lieu à l'intérieur de

[1] La « raison vitale » d'Ortega y Gasset – « Thèse métaphysique à propos de… » – révèle le fondement métaphysique de la vie humaine.

l'être lui-même, lequel est essentiellement *passion.* L'Esprit absolu a les caractères de la vie ; découverte enivrante pour la conscience moderne. Dans le chapitre premier des *Leçons de philosophie de l'histoire* de Hegel, introduction à la possibilité d'une histoire, sont décrits et fixés ces aspects qui peuvent se résumer en un seul : l'Esprit renaît, il croît en ressuscitant.

L'inspiration chrétienne de cette pensée est indéniable. Car cela faisait de nombreux siècles déjà que le christianisme nous avait donné un Dieu qui souffre et qui meurt ; qui agonise et ressuscite, un Dieu de l'amour, dont le mystère suprême est une Passion ; la Passion divine qui sauve en elle toutes les passions qui accablent et grandissent la condition humaine. La morale chrétienne allait être – et elle l'a été plus encore dans la vie des saints que dans la doctrine officielle de l'Église –, une morale de la passion et non de l'impassibilité, comme elle l'était chez le sage antique et chez le philosophe grec. Saint Augustin, chez qui le christianisme s'éclaire et se révèle intellectuellement et historiquement, apparaît dans l'iconographie pieuse offrant son cœur enveloppé de flammes en une attitude suprêmement éloquente.

Que l'esprit souffre, cela signifie qu'il y a histoire, non pas au sens du simple événement, mais de l'être véritable. Et cet être véritable, ne pourrait-on pas le comprendre aussi au sens de cet invisible – de cet horizon si l'on veut – qu'on ne voit pas et qui fait voir, espèce de limite idéale qui, pour n'être pas réelle, permet à l'homme de découvrir la réalité ? Or, l'horizon est le mode de visibilité de la réalité. Il s'ensuit que la réalité se présente sous des formes plus intimes. La réduction de la réalité à un horizon est peut-être le propre de l'idéalisme, de tout idéalisme, et plus particulièrement de l'idéalisme allemand.

L'horizon est une unité et, comme toute unité véritable, il est invisible. Et dans son aspect visible, la multiplicité des choses réelles. Or, ce mode d'apparition de la réalité correspond pleinement à la pensée et fut découvert par la philosophie en Grèce. Auparavant, à proprement parler, on ne voyait pas ou on ne savait rien de l'acte de voir et de ce qu'il implique. L'acte de voir est par essence impassible et, par essence également, « actuel ». L'aspiration humaine qui a conservé sa tension à l'effort de la philosophie, à l'« ascétisme » qu'implique cet acte de voir, a atteint sa totale plénitude avec l'idéalisme allemand. Qui réduit la réalité entière à un horizon unique, visible – au « savoir absolu ». Le savoir absolu contient en lui, résorbés, assimilés, les savoirs particuliers, les sciences qui finissent par faire partie du savoir unique, des fragments de l'horizon unique, au statut à présent bien manifeste, où tout est visible et actuel.

Les conséquences de la formulation de ce « savoir absolu » et de sa prétention subséquente sont incalculables. Bergson dit qu'en découvrant l'acte de voir, l'homme a en même temps découvert la transformation qui se produisait dans sa vie, dans son être au monde. L'acte de penser suppose une exigence qui lui est propre. Ce n'est pas pour rien qu'il fut éprouvé comme rédemption de la vie, un vivre hors de la vie. Quand on voit intellectuellement on découvre une présence pure, transparente, et la pensée annule le temps parce qu'elle offre une coïncidence parfaite, celle de l'acte de voir avec l'objet vu ; une simultanéité qui a fait pendant longtemps de la contemplation l'image de la vie parfaite.

La vie est mouvement, mais l'homme a éprouvé une certaine horreur de ce mouvement qui est vivre, de ce démenti que la multiplicité oppose à chaque acte de pensée et à cette unité que la vie présuppose, qu'elle cherche et qu'elle poursuit. Quand on pense, un objet ou un rapport apparaît, se révèle, objectivement et venant en même temps de l'intérieur de l'homme ; dedans et à la fois dehors. C'est sans doute cette coïncidence qui a donné à l'acte de penser son immense prestige, son attrait souvent inexpliqué ; ce « présupposé » du sentir par delà toutes les louanges répandues sur la noblesse de la pensée.

L'idéalisme allemand est sans doute né de la frénésie de cette manière de sentir qui prétend s'étendre à toute la vie. Ce désir que les philosophes néo-platoniciens portèrent aussi à son point le plus extrême sous le nom de « vie contemplative », « vie des anges », « vie sans corps dans le corps », comme disait Plotin.

Pour Bergson, une simplicité féconde semble être la caractéristique de la philosophie. La formulation du savoir absolu contient toute la philosophie de Hegel, mais aussi quelque chose de plus, quelque chose qui suppose la possibilité de transformer tout un monde.

Transformer le monde, ce n'est rien d'autre que modifier cette chose ultime pour laquelle nous n'avons pas de nom, l'insertion de l'homme dans l'univers, sa place par rapport à toutes les espèces de la réalité, de ce qui est et de ce qui n'est pas. Pour le « savoir absolu », tout est « être », comme pour tout idéalisme et tout rationalisme. Dans sa critique de l'idéalisme, Ortega le faisait bien remarquer, en opposant « ce qu'il y a » à ce qui est. Ce qui peut vouloir dire que dans ce « qu'il y a » – qui est hors de l'être ou n'est pas parvenu à être –, existent différents types de réalité. « L'être se dit de multiples manières » a dit Aristote, et aujourd'hui nous devrions dire que la réalité – ce qui n'est pas dans l'être – a de multiples manières d'entrer en contact avec l'homme, car nous ne pouvons dire qu'elle se dit de multiples manières, puisque dire ne se réfère qu'à l'être. D'une certaine façon, on ne peut dire que ce qui est.

Malgré la découverte de l'être et de la pensée, la vie humaine pendant tous ces siècles était restée ancrée de différentes manières dans l'immense réalité. L'acte de penser est actualité et peut à peine comprendre le passé, il capte l'être et laisse en dehors ce qui n'est qu'à moitié, ce qui est et n'est pas, ce qui ne peut se soumettre au principe de contradiction. La pensée unifie tout ce qu'elle éclaire ; quand elle révèle, elle ne le fait jamais en projetant sa lumière sur un seul objet mais en montrant ses relations ; c'est un morceau entier de la réalité et son organisation particulière qu'elle donne à voir. D'où l'existence de différents savoirs, la constitution des sciences... Ce qui veut dire que cela qu'il y a et qui n'est pas, en tant qu'il affecte de quelque façon notre vie, n'aura pas de continuité à nos yeux. Ce monde – celui de la réalité sans être – est celui de la qualité simple et le terme même de qualité semble exagérément rationaliste pour suggérer ce statut de ce que nous ne pouvons absolument pas nommer. La qualité est toujours un saut ; toute qualité semble être entourée d'un abîme, émerger en nous surprenant de son mystère. La qualité est pure existence qui n'admet pas d'être confondue à une autre. La raison, naturellement, a toujours voulu réduire la qualité au mesurable, au continu. La raison, par nature, tend à annuler tout abîme.

Ainsi, la situation de l'homme moderne, post-cartésien et plus encore post-hégelien, devient pour nous un peu plus claire : croyant en la raison comme seul moyen d'entrer en contact avec la réalité – raison discursive ou intuition intellectuelle – il se voit dans la vie réelle entouré de qualités, de moitiés d'être – la qualité est une moitié d'être puisqu'elle ne peut être séparément – irréductibles aux raisons ; il se voit menacé par des choses qui n'en sont pas, qui se donnent et qui apparaissent sans rapports entre elles ; en somme, par ce monde du monstrueux que l'art parvenait de quelque façon à saisir. Le monde qu'on avait appelé l'imagination. L'art, à l'intérieur du « savoir absolu » ; la poésie avait été également résorbée, elle était un moment du processus que la raison pouvait parfaitement absorber. La raison de Hegel est l'esprit absolu, autrement dit à la fois sujet et objet, en somme le divin qui se réalise dans l'histoire.

Mais l'homme concret n'a jamais réussi à vivre à partir de ce savoir, à introniser parfaitement l'esprit en lui ; à être cet esprit sujet et objet à la fois. Il se sentait donc de plus en plus perdu, naufragé[1] dans une réalité étrangère, irréductible, devant laquelle il était désarmé, car il est dans la vie humaine quelque chose d'imperméable à tout rêve de la raison : ce fond ultime du vivre humain qu'on appelle les entrailles et qui est le siège de la souffrance. La souffrance, on ne peut la tromper que passagèrement.

Et ce n'est que passagèrement que l'on peut tenir en suspens ce fond ultime de la vie qu'est l'espoir. Espoir, envie, faim. Et souffrance. Si l'intellect est vie en acte, pur actualité, impassibilité, cet autre de la vie humaine est le contraire : il est passivité, manière de souffrir de toutes les façons, de sentir l'instant qui goutte à goutte passe, de sentir cet écoulement sans appel qu'est la vie, de souffrir sans trêve du simple fait d'être vivant, que la raison ne peut réduire. De sentir la multiplicité, la discordance, l'hétérogénéité en soi-même, – si tant est que « même » signifie quelque chose à ce niveau de la vie –, de sentir ce qui ne peut se dire, d'être condamné au silence. La raison pourrait-elle parler au nom de tout cela ? À d'autres époques elle y est parvenue en portant son pouvoir d'unification au-delà d'elle-même avec une générosité qui frisait presque la trahison. Mais en ces temps du prétendu savoir absolu, tout cela se trouvait simplement absorbé, annulé, résorbé. Telle était cette prétention invérifiable aux yeux de la vie quotidienne.

[1] La situation de « naufragé » est propre de la vie humaine et c'est en elle que naît la nécessité de la pensée, selon Ortega.

Et pas seulement les moitiés d'être et le temps, mais aussi la mort qui, sans être vie, se produit dans la vie ; la mort et les morts, c'est-à-dire tout ce qui d'une manière ou d'une autre se situe sur un autre plan que celui de la vie lucide de la conscience ; ce qu'on ne sait pas, ce qui est « autre ». La vie humaine, aspiration inextinguible à l'unité, est cernée d'altérité, aux lisières de ce qui est « autre ». Et cette chose identique que l'homme croit être aux moments où l'intelligence l'arrache à la vie par son caractère simultané, actuel, doit s'arranger avec ce qui est « autre ». Nous ne sommes pas seulement sujet de la connaissance, un point d'identité entouré de ce qui en est privé et de ce qui en a joui pour mystérieusement disparaître, mais actualité assaillie par le temps ; impassibilité qui doit répondre de quelque chose qui vit en-dessous d'elle et qui est une continuelle, une interminable souffrance.

Ainsi, finissait par devenir impossible l'acte de vivre idéaliste, la « réalisation » vitale de l'esprit absolu, du savoir absolu et de l'idée de l'homme comme sujet pur de la connaissance, ce qui ne veut certainement pas dire que ce dernier, le sujet pur de la connaissance, n'existe pas d'une certaine manière. Il existe sans nul doute, mais pas seul. Et le fait qu'il n'existe pas dans un état de pureté parfaite, de parfait isolement, le fait qu'il doive prendre part à tout ce qui dans l'être humain est passivité, souffrance et dégradation, le fait qu'il se dresse au sein de cette incessante aliénation qu'est vivre, voilà la réalité, la simple réalité de la vie humaine.

L'idéalisme n'a donc pas pénétré l'esprit de l'homme occidental. Il n'y a aucun doute là-dessus. L'idée qui était la sienne n'a eu la capacité de susciter nulle certitude, et il ne put même pas – ce qui semblait plus facile – être une inspiration. Elle en fut sans doute une, mais l'inspiration idéaliste qui va de conserve avec l'inspiration romantique, se replie et bat en retraite face à l'invasion de la philosophie opposée. Elle n'a pas eu, comme aux origines de notre culture occidentale, la force de propagation de la foi chrétienne qui, née hors de l'espace de la raison philosophique – de ses écoles –, sut d'abord s'infiltrer, pour ensuite gagner irrésistiblement l'esprit de l'homme abandonné. Mais elle réussit à pénétrer plus que la simple pauvreté, plus que la désolation, la déréliction, quand la philosophie elle-même vint s'associer à elle. Raison et foi qui étaient apparues comme distantes et apparemment antagonistes, arrivèrent à s'unir en une harmonie presque parfaite.

L'idéalisme allemand portait, sans doute, une foi, il l'avait « absorbée », l'unité était déjà forgée. Et, cependant, il ne put réaliser ce que la pensée grecque et la foi chrétienne, dans leur discordance, avaient réalisé. Au contraire, face à l'idéalisme et contre lui, surgirent avec une force bien supérieure pour ce qui est de la création de nouvelles croyances, différentes philosophies : positivisme, matérialisme historique et sensualiste. Et comme un précipité ultime, un résidu actif des unes et des autres, le pragmatisme qui réduit la réalité à des faits, sans plus, et l'être humain à ce mécanisme affronté à d'autres mécanismes, une chose face à des choses. À la pure unité de l'horizon où tout est visible et actuel s'oppose furieusement, pure et nue, la multiplicité déjà rongée de la naïve aspiration à l'unité primaire. À l'homme comme sujet pur de la connaissance, siège de l'esprit absolu, l'homme organisme, un ensemble de ressorts, finalement une « chose », édifiée sur les ruines du désir, de la soif, de l'espoir originaires.

QU'EST-CE QUE LA PIÉTÉ

Dans un bref dialogue platonicien, l'*Euthyphron*, Socrate pose l'une de ces questions qu'il fait porter sur les choses les plus quotidiennes, dont ceux qui les vivaient ne s'étaient jamais préoccupés. Qu'est-ce que la piété ? se demande-t-il ici, orientant la recherche vers quelque chose d'à la fois quotidien et secret. Plus que partout ailleurs apparaît ce qui caractérise Socrate, car nous voyons clairement ce qu'il cherchait et ce à quoi il consacra sa vie : transformer le pur et simple acte de vivre, la vie qui nous a été donnée et que nous supportons passivement, en ce que l'on a appelé expérience. Une expérience qui constitue ce premier niveau, le plus humble, de la connaissance « des choses de la vie » et hors de laquelle aucun Ancien n'aurait osé se donner le nom de philosophe.

Mais, malgré tout, l'interrogation sur la piété dans un dialogue platonicien ne laisse pas de nous paraître étrange. Il y a longtemps que la pensée philosophique n'a plus rien à voir avec elle et qu'elle a même laissé à un type de pensée dérivée et quelque peu décadente – les « idéologies » – le soin d'achever sa liquidation. Liquidation qui n'en est une que du point de vue de l'efficacité, de la validité ou de l'objectivité. La piété, tout ce monde immense désigné par ce nom, continue à vivre et à exister, mais elle ne trouve nulle part où s'intégrer dans l'édifice du plus haut des savoirs, de celui qui donne un rang et une place, un lieu qui permette aux réalités de se manifester et d'agir. La piété vit incognito depuis longtemps. Sous l'une de ses formes, la « sympathie », elle a été remise en lumière par le philosophe Max Scheler d'une manière qui montre que la chose a été particulièrement difficile. C'est pourquoi l'interrogation philosophique sur la piété produit aujourd'hui un certain étonnement.

Cet étonnement est lié au sentiment de ce que nous sommes devant un conflit très profond. Et c'est le cas : outre l'*Apologie*, l'*Euthyphron* constitue avec le *Criton* et le *Phédon,* l'apologie du maître, condamné à mort en vertu d'une accusation d'impiété. Assez peu commenté, ce bref dialogue formule, donc, la plus dramatique des questions que Socrate ait pu adresser à ses concitoyens. Ce faisant, il nous apparaît comme un homme non seulement pieux mais qui va plus loin que la simple pratique de cette vertu en se livrant à la recherche de son essence, c'est-à-dire en la soumettant à une connaissance.

Et c'est cela, justement, qui irrita le plus les concitoyens de Socrate : le fait qu'il ait prétendu transformer en connaissance cela dont la vie se déroulait dans l'ombre, qui refusait de se laisser éclairer par la lumière de l'intelligence. Nous sentons encore la sourde irritation dont Anytos et Mélétos se firent les grossiers interprètes ; irritation sourde à travers laquelle se manifestent toujours toutes ces choses qui vivent dans l'ombre et dont on ne sait pas bien si, une fois éclairées, elles résistent ou se laissent emporter par le ressentiment de n'avoir pas été libérées plus tôt. La vérité fut éprouvée en Grèce comme libération suprême et c'est dans la philosophie de Platon qu'un tel sens prend un caractère de révélation sacrée. Dans l'*Allégorie de la caverne* nous voyons justement la rébellion de l'homme qui ne veut pas être libéré. Et dans cette obscurité de la « caverne », mêlée aux ombres adverses, vivait la piété. Est-il possible qu'elle aussi s'émeuve devant la lumière ? Aujourd'hui, nous qui venons d'un mouvement opposé, nous nous sentons contraints d'envisager ce conflit. Nous sommes passés par un instant où la piété, dédaignée par la lumière, ignorée par l'intelligence, a été noyée dans l'ombre. Et a connu le sort de tout ce que la conscience a dédaigné : elle s'est rebellée contre elle et rien n'est plus grave qu'une piété pleine de rancœur, qu'une piété servant de véhicule au ressentiment ; de véhicule et de masque.

C'est ainsi qu'aujourd'hui il n'est pas facile de comprendre, à partir de ce qu'a fini par devenir la philosophie à l'époque moderne, ce qui a conduit la pensée à s'interroger sur la piété. Il se trouve qu'elle le fait, d'abord, pour en montrer l'irrationalité, pour en révéler l'absence de fondement, le non-être. Mais voici que la conclusion à laquelle elle arrive dans le dialogue, au fil d'une dialectique assez simple, est au contraire une affirmation de la piété. Le plus voltairien des lecteurs ne pourrait percevoir aucune trace d'ironie sur l'essence de cette vertu. Et ce dont nous devons d'abord nous étonner, c'est que la piété préoccupe ce type de savoir qu'on appelle philosophique.

La première définition proposée est celle de la piété comme vertu qui conduit à un commerce convenable avec les dieux, pour finir par conclure qu'elle est ce qui traite du juste et de l'injuste.

Bien entendu, il s'agit, comme dans le *Criton*, d'une apologie du maître, condamné à mort en vertu d'une accusation d'impiété. Dans ce dialogue, au contraire, on le présente non seulement comme rempli de piété mais la possédant par delà la simple pratique et les discours rhétoriques des sophistes ; occupé à rechercher son essence même. Il s'agit, donc, d'une connaissance. Être pieux ou saint dépend aussi d'un savoir adéquat, comme toute autre vertu.

La réponse de Platon est parfaite et dépasse l'accusation, la laissant au niveau intellectuel et moral inconsistant qui est le sien. Et, cependant, les « ragots » qui ont finalement conduit à la mort et à l'immortalité du maître, ont eu cette vertu de poser quelque chose comme une pierre de touche, un problème essentiel qui se posera toujours à la philosophie et, par conséquent, au meilleur des philosophes. La philosophie ne détruirait-elle pas la piété ?

Mais qu'est-ce que la piété ? Dans le dialogue *Euthyphron,* malgré la quête dialectique dont elle fait l'objet, nous restons (peut-être à cause de son inexistence pour nous aujourd'hui) insatisfaits. À partir de cette absence actuelle, nous pourrions finir par dire que « la piété consiste à avoir un commerce adéquat avec ce qui est autre ». Pensons-y un instant : quand nous parlons de piété, nous nous référons toujours au commerce que nous avons avec quelque chose ou quelqu'un qui ne se trouve pas au même niveau vital ; un dieu, un animal, une plante, un être humain malade ou monstrueux, quelque chose d'invisible ou de sans nom, quelque chose qui est et n'est pas. Autrement dit, une réalité qui appartient à une autre région, à un autre niveau d'être que celui qui est le nôtre, à nous les êtres humains, ou une réalité qui est aux limites ou au-delà des limites de l'être.

Quand Socrate se pose cette question, la philosophie avait déjà découvert et posé l'idée de l'être. Parménide avait vaincu ; ce sont Platon et Aristote qui vont établir la spécificité de cet être unique grâce à la théorie des idées, grâce à la distinction entre substance, essence et qualités, accident ; grâce à *la théorie de la définition*. « L'être se dit de multiples manières », dit Aristote, portant ainsi l'unité de l'être parménidien à son extrême déploiement : il était impossible d'aller au-delà de cette spécification. Mais toutes ces formes de l'être ne le sont que de l'être, et elles *se disent. Dire* et *être* se trouvent à cet horizon du *logos* en parfaite corrélation : ce qui se dit véritablement c'est l'être. Quand surgit l'interrogation sur la piété, la théorie des idées n'est même pas formulée. C'est précisément dans cette première saisie des essences que la question se pose. Aurait-elle pu se poser plus tard, une fois délimité et révélé tout le territoire de l'être, de ce qui se dit par le *logos ?* En somme, la piété qui consiste à être capable d'avoir un commerce adéquat avec ce qui est « autre », est-elle dans la logique de l'espace du *logos*, – nous demandons-nous aujourd'hui. L'accusation d'Anytos et de Mélétos, si elle n'avait pas été inspirée par la plus impie des attitudes, aurait pu avoir relevé d'une crainte sérieuse, la crainte de voir ce qui est « autre », toutes les espèces de ce qui est « autre », détruits devant et par l'Un.

La philosophie, dès son origine et, de manière évidente, à partir de la pensée victorieuse de Parménide, est une déclaration et une affirmation de l'unité. Une doctrine de l'unité, déjà impliquée dans l'interrogation première sur les choses – les choses dans leur totalité –, car *toutes les choses* y sont désormais unifiées dans l'être. Mais l'unité – et l'être – furent conçus de manière différente par Parménide et par Héraclite. La forme la plus pure de l'unité triompha, comme cela se passe sans doute chaque fois que s'affrontent deux versions d'une même idée, car l'homme adhère souvent à une idée en la poussant à l'extrême, en la portant à ses ultimes conséquences. C'est dans l'extrémisme que semble résider, jusqu'à maintenant, la capacité d'engendrer des croyances, la capacité d'inspiration.

Parménide oppose l'unité d'identité à l'unité d'harmonie des contraires d'Héraclite. Dans l'identité semble résider, pour l'homme, une force d'attraction supérieure à toute autre, comme si, parce qu'elle est irréalisable dans la vie, toute vie, même à son insu, tendait vers elle. Et il se trouve, en outre, qu'on allait finir plus tard, à partir de l'identité, par penser le *sujet*, le support unitaire, égal à lui-même, que l'unité d'harmonie n'aurait pas autorisé. Ce qui a un rapport avec l'intime appétence d'être éprouvée par l'homme. Lorsque Plotin, dans la quatrième *Ennéade* expose les preuves de l'immortalité de l'âme, ce qu'il démontre, en réalité, c'est l'existence du sujet. Raisonnement qui pourrait très bien servir à présenter le sujet pur ou le sujet transcendantal de l'idéalisme allemand… C'est précisément l'idée d'âme-harmonie qu'il rejette avec la plus grande force dialectique : qui de l'arc et de la corde produit l'harmonie ? Il y faut un musicien, c'est-à-dire quelqu'un, même si dans la pensée de Plotin la personne humaine n'apparaît pas, puisqu'elle est issue de l'inspiration chrétienne.

Il semblerait que cette unité d'identité imposée par Parménide en se développant à travers toute l'histoire de la philosophie annule peu à peu les réalités particulières qui ne peuvent accéder à l'identité. Si l'être identique à lui-même a fini par se présenter comme sujet créateur de l'objet premier, et sujet absolu ensuite, c'est parce que dès le premier moment de sa formulation il agit de la sorte : il réduit, et ce qui ne peut être réduit est banni, sans possibilité d'être reconnu.

Nous trouvons dans le court dialogue *Euthyphron* quelque chose qui montre tout particulièrement ce que nous indiquons. La piété est d'abord définie comme un commerce adéquat avec les dieux, pour finir par être reconnue comme une vertu, c'est-à-dire *une manière d'être de l'homme* juste. Une conversion typique de la doctrine de l'être s'est produite et elle est peut-être plus évidente ici que pour d'autres problèmes : ce qui était commerce, relation, sentiment, soumission, peut-être, de l'homme vis-à-vis de réalités d'un autre niveau – de réalités *autres* – est devenu *être* de l'homme. N'y avait-il pas de quoi effrayer les non philosophes tout comme les philosophes eux-mêmes ?

L'accusation d'impiété avait pesé sur les philosophes dès le début de leur essor dans la vie sociale. Comme on le sait, Anaxagore fut sauvé de la mort par Périclès, son disciple loyal. Aspasia, adepte de sa philosophie, fut aussi victime de la même accusation qui devait coûter la vie à Socrate et lui apporter l'immortalité. Il faut croire que de telles accusations, débarrassées de la bassesse qui les accompagne souvent, doivent avoir, sinon une raison, du moins quelque motif profond ; quelque chose, toute une manière de vivre, se sent menacé et réagit de cette sombre manière, comme ce qui se sent désarmé pour combattre à la lumière de la raison. Car c'est une des choses les plus tristes que la raison ne trouve face à elle que la violence, et que ce soit elle-même qui doive se corriger, dans l'absence de quelque chose qui pourrait la persuader.

Conversion à l'être ; réduction à l'unité. Si cet événement est grave par rapport à toutes choses, il va l'être beaucoup plus pour ce qui est du commerce avec les dieux, lesquels ont été, jusqu'à la naissance de la philosophie, les maîtres du monde. Du commerce avec les dieux les hommes ont tout attendu et tout craint et, en Grèce, particulièrement, la vie des dieux, leurs allées et venues, leurs histoires, étaient la vie, plus que celle des hommes, quelque peu précaire, toujours écrasée, en proie au besoin et esclave de la pénurie. Les dieux grecs finirent par avoir certains caractères humains, mais, pour cela même, ils devenaient plus humiliants pour l'homme qui devait les voir comme des sortes d'usurpateurs. Entre dieux et hommes il y avait une parenté envieuse. Don Miguel de Unamuno dit que « l'envie est une forme de parenté ». Peut-être l'envie est-elle la forme sacrée de la parenté, quand les êtres ne sont pas encore définis et que, par conséquent l'être « de l'un » se mélange à « l'autre » ; entre eux, les parents se sentent dépouillés, chacun se retrouve dans « l'autre » plus qu'en lui-même.

Parce qu'en réalité, soi-même n'existe pas… C'est ce qui se produisait entre les simples mortels et les dieux immortels de la Grèce… « mortels, immortels… des uns naissent les autres » avait dit Héraclite. Mais la philosophie allait rompre cette naissance de l'un à partir de l'autre, cette envie mutuelle, cet acte de s'engendrer et de se détruire ; elle allait constituer avec l'idée de l'« être » la stabilité de l'être humain… Et les dieux, par l'intermédiaire de leurs craintifs serviteurs, se plaignaient. Tel pourrait être l'arrière-plan de l'accusation d'impiété contre Socrate que Mélétos et Anytos, aveuglés par une envie purement humaine, ne purent pas voir.

Mais que se cache-t-il derrière la définition de la piété que nous proposons : « La piété, c'est savoir avoir commerce avec l'autre » ? Car avoir commerce avec l'autre, c'est simplement avoir commerce avec la réalité. La réalité est la « contre-volonté » a dit Ortega y Gasset, c'est-à-dire ce qui m'entoure et me résiste. La pensée philosophique l'a su parfaitement dès ses origines mêmes, dès cette question où le philosophe a conservé son étonnement d'enfant et qui montre à quel point l'être appelé homme se sent étranger, plus étranger que toute autre chose.

Nous nous voyons à présent transportés à une époque lointaine où l'homme qui n'osait pas encore s'interroger sur ce qui l'entourait, trouvait la réponse avant la question, autrement dit, la réalité confuse et sans mesure. Époque de pur désordre, où tout commerce était hasardeux et redoutable, commerce avec le pur « autre », car « l'un » n'était présent que de manière voilée, fascinant, agissant déjà, mais sans se manifester. Lorsqu'en Grèce apparaissent les divinités olympiques, cette époque a déjà été surmontée, puisqu'elles sont les premières apparitions apaisantes au milieu de leur agitation ; les visages par lesquels l'homme se sent regardé et qu'il peut à son tour regarder. L'envie, première forme de parenté, apparaît quand il y a des visages, des êtres en formation, une unité en développement ; quand « l'un » commence à devenir manifeste. Car l'unité est ce qui provoque l'envie chez celui qui ne la perçoit pas encore dans sa confuse dispersion.

Avant que les dieux ne se révèlent aux hommes, la réalité était organisée d'une autre manière, c'est-à-dire qu'elle ne l'était pas encore, et, face à son immensité, l'homme étranger et égaré, s'orientait en fonction de quelques actes spécifiques, des actes sacrés, « un commerce avec ce qui est autre », dans lesquels se manifeste ce que nous appelons piété.

LA FORME PREMIÈRE DE LA PIÉTÉ

Toute véritable religion conserve comme centre un mystère où subsiste le mystère premier, et un mode d'action humain adéquat qui reproduit ces actes sacrés.

Le caractère de la religion primitive de la Grèce ne diffère pas de celles qui nous sont connues. L'originalité de la religion grecque réside plus particulièrement dans la configuration poétique des dieux de l'Olympe. C'est par la poésie qui donne forme aux dieux et qui explique le monde que la Grèce se différencie, bien avant qu'apparaisse la philosophie, des autres cultures antiques. Le pacte qui est associé à ces dieux est clairement visible si nous reconnaissons l'analogie profonde entre la religion primitive grecque et les religions les plus anciennes du monde. Une analogie qui repose sur le fait qu'elles sont avant tout des formes de culte. Un culte, beaucoup plus qu'une révélation. Il semblerait que la révélation (nous utilisons ici le terme au sens générique) ait été précédée d'une longue période durant laquelle l'homme s'est adressé à cette réalité mystérieuse sous la forme sacrée par excellence : celle du sacrifice. Là où il y a des dieux le sacrifice continuera à exister et les religions modernes qui ont dilué Dieu dans « le divin » n'ont fait qu'ôter ses limites au sacrifice, le dissoudre dans une angoisse indéfinissable. Car l'angoisse est un mal sacré, comme l'envie, mais plus antérieur encore.

Le sacrifice est précédé par l'angoisse. L'homme conserve en lui – c'est pourquoi il a une histoire – les différentes strates de son esprit, et la possibilité de régression à des stades primitifs est toujours présente. La conscience et la pensée en se développant n'ont pu effacer les traces de la situation originaire de l'homme au cœur de la réalité immense et sans nom ; autrement dit, elles n'ont pu transformer l'être humain de créature métaphysique en créature simplement naturelle ou rationnelle. Et l'angoisse primitive renaît chaque fois que la conscience décline ou a trop de prétentions.

Devant cette réalité première et indéchiffrable, qui ne s'est donnée elle-même que comme immensité et comme énigme, l'homme crie en offrant toutes ses prémices ; il offre ce qu'il a de mieux. Plutôt qu'à lui, sa vie appartiendra à la déité inconnue qui, comme elle ne demande rien, ne se satisfait de rien. La première parole n'a pas encore été entendue. Le monde sacré est la réalité nue, hermétique, non révélée. Dans cette immensité, l'homme cherche à s'orienter à travers ces actes sacrés. La première chose qui lui vient, ce n'est pas de penser mais de faire. Faire a quelque chose de plus passif que penser ; l'acte sacré est un acte passif, comme on le voit dans toute l'ambiguïté du sacrifice, seul acte suprême qu'un homme ou une race a le droit d'accomplir et qui, parce qu'il est une offrande, est une réponse à la pression exercée par la réalité sans limites.

Car le sacrifice est un pacte, comme tout rite. Pacte où quelque chose est offert en échange du reste. Sans aucune doute, celui qui vient faire un don propre à être consommé, le fait parce qu'il a senti une terrible violence ; parce qu'il a senti l'appel dans son angoisse, parce qu'il s'est senti sur le point d'être totalement dévoré. Il croit que l'offrande va apaiser cette fureur qui le menace. Et lui-même cherche à son tour à s'alimenter. Ainsi, le rapport premier que nous voyons entre l'homme et la réalité est celui de s'alimenter et de servir d'aliment. S'offrir pour se racheter. Repousser par l'offrande le péril d'être dévoré, afin d'obtenir sa première portion d'être.

Si nous nous souvenons des fêtes que nous connaissons de la religion grecque primitive, nous pouvons distinguer trois types de cultes : ceux qui s'adressent aux divinités, ceux qui s'adressent aux morts et ceux où se fait sentir le cycle de ce qui sera ensuite l'ordre de la nature : naissance et mort du printemps et des récoltes.

Tous se présentent comme la régulation de quelque chose, comme la réduction à une limite et à une règle d'un rapport au début illimité. Sacrifice face aux dieux, communauté passagère avec les morts et révélation du cycle de la nature visible plus que partout ailleurs dans les céréales. Tous trois devaient engendrer une libération et une grande confiance. Libération, confiance enl'ordre des forces qui font naître et renaître les fruits de la terre, et l'espoir. Espoir non révélé, en lutte encore avec l'angoisse et qui pointe timidement au-dessus d'elle, surnageant comme un pressentiment, comme quelque chose qui n'a aucun sol ferme sur lequel s'appuyer.

LE SAVOIR ET LA PIÉTÉ

Le savoir correspondant à la réalité, qui se manifeste dans le sacrifice, est sans doute l'inspiration. Savoir reçu, mais sans la netteté du savoir révélé. Dans l'inspiration il y a aussi troc, comme dans le sacrifice, échange dans lequel l'homme reçoit quelque chose de supérieur, qui ne lui appartient peut-être pas, un don ; don qui accroît le mystère de sa provenance, car il est un aperçu, rien de plus, de tout un territoire qui doit exister et dont il est une apparition isolée. Pour l'élu, le savoir se présente comme un cadeau, une charge, parfois, presque un stigmate, un signe. Un savoir démesuré que l'être humain devra utiliser avec d'infinies précautions. Car l'inspiration – chose bien oubliée à l'époque moderne – doit emporter à l'instant où elle est reçue, mais exige ensuite une fine maîtrise, une capacité à la pratiquer, comme c'est le cas pour tout ce qui, tout en nous habitant, ne nous appartient pas. C'est ainsi que le savoir donné par l'inspiration appartient entièrement au monde de la piété, est reçu de quelque chose d'autre, est en lui-même éprouvé comme distinct de celui qui le reçoit ; c'est un hôte qu'il faut savoir accueillir et bien traiter pour qu'il ne disparaisse pas en laissant quelque chose de pire encore que son absence. Car toute inspiration lumineuse a son danger dans une inspiration contraire.

C'est ainsi que la poésie est le savoir premier issu de ce savoir pieux et inspiré. Elle gardera toujours la trace de son origine inspirée, de ce qui vient d'ailleurs, qui vient et s'enfuit, clarté qui lorsqu'elle apparaît rappelle à l'homme ce qu'il ne savait pas, mémoire inattendue et soudaine qui, pour un instant, le libère de ce sentiment de ne pas se souvenir d'une chose qui est pourtant ce qui importe le plus.

La poésie est création, la première création humaine, tout en étant une parole inspirée, reçue et encore passive. D'où le caractère sacré du poète, caractère ineffaçable dans toutes ses manifestations à quelque époque que ce soit. Le poète ne réussit à savoir ni ce qu'il dit, ni même surtout quand il va le dire ; habité par un savoir inspiré, rien d'étonnant à ce qu'il se perçoive et soit perçu d'abord comme habité par un dieu qui se manifeste en lui. Le poète originaire est un oracle.

Mais l'oracle ne parle pas chaque fois qu'on en a besoin, et on ne comprend pas non plus ce qu'il dit. D'ailleurs, qui se trouve dans l'oracle ? Qui est celui qui parle ? L'inspiration est un savoir qui révèle l'angoisse du monde de ce qui est *autre* : angoisse de la discontinuité, angoisse des multiples instants séparés par des abîmes de vide et de silence. L'homme n'a pas pu encore éprouver le temps, son temps propre, le rythme de sa vie. Il n'est pas étonnant que les philosophes appelés pythagoriciens, qui semblent être les intermédiaires entre l'inspiration et le savoir philosophique, aient découvert le rythme, le nombre et la musique. Car rythme, nombre et musique sont le passage de ce monde « autre » au temps où l'homme va commencer à vivre dans une certaine continuité.

Discontinuité du savoir de l'inspiration. Discontinuité d'apparitions des forces divines. Les dieux, quand ils acceptent de se montrer, de présenter un visage, une forme douée de qualités particulières, quand ils acceptent d'être nommés, font naître alors une certaine continuité, laquelle permet l'invocation, l'appel qui fait descendre l'inspiration et la force. C'est là, déjà, une annonce de l'être. Une étape vers l'unité. C'est la conscience poétique qui révèle d'abord ce monde hermétique et sacré, qui établit les termes du pacte. Pacte arbitraire, car il ne procède pas, comme pour le peuple d'Israël, d'une révélation. Les cosmologies oseront lever le voile, entrevoir les secrets de la formation des choses, de l'engendrement de la réalité, de ce monde énigmatique tel que l'homme le voit et le subit. À l'homme qui ose observer sa genèse, il donne la raison de son angoisse et de sa souffrance. C'est le premier savoir qui profite du calme relatif issu des sacrifices apaisants. Car les cosmogonies sont une poésie humaine créée par l'homme pour se représenter sous forme d'unité non seulement ce qu'il voit mais aussi sa genèse mystérieuse, son histoire. Et, dans cette histoire, l'instant où il fait irruption, comme cette créature qui toujours naît d'une scission. Face à la piété première, la poésie joue le rôle que jouera plus tard la philosophie ; elle est une révélation. Confuse, nébuleuse, pleine de mystère elle est, par conséquent, non pas l'adversaire mais l'alliée de la piété.

La continuité surgit et la poésie surgit aussi comme le fera plus tard la philosophie. C'est Homère qui présente les dieux avec leur nom et leur histoire. C'est la lumière d'Apollon qui promet que tout va être révélé, qui promet le savoir sans presque plus de sacrifice. La piété divine, la réponse de la réalité impérissable, fut donnée en Grèce par la lumière d'Apollon. Elle allait être un signe. La piété suprême allait devenir pour les Grecs l'intelligence. Voilà pourquoi, devant l'homme qui s'élance vers le savoir, les anciens, ceux qui sont rétifs à l'espoir, s'effraient et craignent la vengeance du monde sans nom. Ils ne se sont pas rendu compte qu'il s'agit là d'une nouvelle forme de piété, celle qui va voir le jour avec la pensée. Ils ne voient pas que Socrate, comme Anaxagore, sert un dieu. Que le vieux sorcier ne mentait pas quand il parlait du *daimon* qu'il portait en lui, et que son intelligence – il le disait clairement, – répondait à une inspiration.

Mais peut-être était-ce cette profonde vérité qui suscitait la peur, car rien n'effraie tant la vieille piété que la piété nouvelle. Et il semble inévitable que celui qui représente cette dernière périsse aux mains des sectateurs de l'ancienne. La piété donne la mort à la piété qui lui succède. Et dans ce crime perpétré dans le domaine du sacré s'affirme – par le sacrifice – la naissance de la piété nouvelle.

Mais, une piété fondée sur l'être serait-elle possible ? D'une part, tout ce qui de l'être peut exister s'efface dans l'unité et, de l'autre, ce qui ne peut accéder à l'être mais possède, en quelque façon, une réalité, est condamné à l'ombre. Dieux, divinités opposées à Apollon doivent se soumettre à lui, doivent être dissoutes dans sa lumière. Une fois découvert l'un, l'être, comment sera-t-il possible de continuer à frayer avec ce qui ne peut être un, avec ce qui persiste à être autre ? Le problème va s'introduire dans la philosophie elle-même et va jusqu'à la diviser. N'y aura-t-il pas une réponse implacable et dogmatique chez le Platon qui écrit *La République*, une conscience très aiguë du problème chez le philosophe du *Parménide* qui pense l'être et l'unité, et dans cette nouvelle piété qui, chez le Platon qui recueille les mythes et même les paroles de la prêtresse Diotime du *Banquet,* cherche à absorber les récits de l'ancienne piété ?

Chez Aristote, la piété se retire dès que possible. C'est la pensée de l'être, c'est-à-dire, la révélation du monde hermétique de la *physis,* qui a lieu sans aucun pacte et sans crainte. Le « Moteur immobile » allait absorber – nous allions dire hégeliennement – les dieux, allait révéler la *physis* et la pensée de l'actualité pure où le temps de la mort n'existe pas. À travers lui toute relation s'est transformée en être. L'être est tout.

La nouvelle piété de Socrate va trouver sa voie et la solution du conflit entre l'ancienne piété et la philosophie de l'être dans une école philosophique qui naît en même temps que d'autres, comme si toutes ces écoles représentaient une tentative pour résoudre le problème de ce double conflit. Il s'agit du stoïcisme qui naît entre l'épicurisme et le cynisme. C'est lui qui découvre la bonne voie. Le cynisme, désespéré, hésite devant la piété, se laisse dévorer par elle. Épicure répond par un calcul excessif et timoré. Seul le stoïcisme va produire ce mélange de paix profonde et d'enthousiasme propre aux véritables solutions des grands conflits. Sa durée, sa capacité, jusqu'ici indéfinie, de renaissance en témoigne aussi. Plus même : sa capacité de rester anonyme, de se diffuser par des voies infra-historiques et de se prolonger sans nom et sans presque aucune tradition écrite ; nous faisons ici allusion aux vénérables cultures analphabètes, limite extrême de la piété de l'intelligence qui réussit à descendre, comme une forme de la poésie et de la grâce, vers ceux qui ne peuvent se fatiguer à la poursuivre.

Le stoïcisme va être ainsi la solution classique et durable à la piété fondée sur l'être, et, par conséquent, à quelque chose qui semblait impossible : la persistance du monde sacré dans le monde de l'être et de la pensée. Il conservera l'inévitable « sacrifice » sous une forme subtile, presque imperceptible. La raison sera soumise à l'« inspiration » et sera accompagnée du nombre et de l'harmonie. Sa manière de dominer sera la persuasion et c'est d'elle que naîtront les savoirs et les arts, ces formes du pacte avec ce qui est « autre » qui feront de l'intelligence ce qui construit, ce qui conserve. En naîtront la diplomatie romaine, la stratégie intellectuelle et même la politesse et le protocole, ces formes subtiles de commerce avec ce qui est « autre » à l'intérieur de ce qui est humain sans plus.

La solution du conflit aurait été totale et unique si elle avait été fondée sur la philosophie, doctrine de l'*unité* pure. Mais le stoïcisme est la doctrine de l'unité-harmonie d'Héraclite, que Plotin rejette dans sa défense de l'immortalité de l'âme. Solution durable, classique, le stoïcisme apparaît comme la seule philosophie qui porte en elle la piété désormais humanisée jusqu'à cette forme ultime qu'est la tolérance. Il est curieux que le stoïcisme ait eu une organisation musicale plus qu'architectonique. Et que, plus que le stoïcisme, ce soit le pythagorisme en s'y prolongeant, qui ait trouvé la solution du tragique conflit entre la connaissance de l'un, l'idée de l'être et la multiplicité de ce qui sera toujours autre.

LA TRAGÉDIE, OFFICE DE LA PIÉTÉ

La piété est agissante, elle cherche toujours à être efficace. C'est une connaissance qui conduit à l'action, qui pousse à l'action, quand c'est l'action qui ne la précède pas.

Pour un homme élevé dans une culture rationaliste, il est difficile de comprendre qu'un mode d'action précède le mode de connaissance qui lui correspond. L'agir est suivi par le connaître. Mais, en fait, quand le connaître est radical, quand il naît d'un état radical de la condition humaine, il procède du sentir, il conduit à l'action. C'est ainsi que le premier mode de connaissance peut être une action, un mode de conduite.

La piété est action parce qu'elle est sentir, sentir ce qui est « autre » comme tel, sans le schématiser dans une abstraction – la forme pure à travers laquelle se présentent les différents niveaux de la réalité, les différents types de réalité auxquels l'homme doit s'affronter. Et cet affrontement est en l'occurrence un rapport ; un rapport soumis à un ordre, une norme.

Car l'homme n'a pas commencé son histoire – si l'on peut parler de commencement – en exprimant ce qu'il sent, chose qui se fera beaucoup plus tard, quand il pourra opposer l'expression aux « choses comme elles sont » ou aux idées, à l'ordre établi. L'activité première, parce qu'urgente, inévitable – et nécessaire entre toutes et par conséquent spontanée – est celle qui, justement, tend à fonder un ordre ; l'action qui tend à fonder un ordre, sans avoir conscience de le fonder, mais en croyant en toute naïveté le capter, l'appréhender. Une naïveté par manque d'expérience et, plus encore, parce que la source originaire en est un affect.

La disqualification rationaliste du sentir l'a confiné à la simple subjectivité en le disqualifiant comme processus qui crée ou capte l'objectivité. L'« esthétique transcendantale » de Kant est une restauration qui découvre que le sentiment de l'espace et du temps sont des formes. Le sujet y est très peu actif et, cependant, elles sont des actes.

Chez Hegel le sentir réapparaît dans toute sa pauvre condition de contenu de la subjectivité que l'objectivité doit brûler ; sacrifice et nourriture offerts à son « incarnation » terrestre. Le sentir est disqualifié en sentiment ou passion, en matière finalement, en aliment de l'esprit.

Il n'est pas étonnant qu'à l'origine de la pensée de Hegel – et même si nous ne devons pas y voir la cause directe – apparaisse ce vide laissé par la piété. Tout sentir était dévalué en sentiment, affection du sujet confiné en lui-même, marées d'une mer intérieure qui n'obéissent qu'à sa propre agitation.

La piété se manifeste sous forme d'un langage sacré, qui est action. Action qui, avec une innocente sagesse, établit – révèle – un ordre sans nulle prétention de le créer. Sagesse innocente parce qu'elle s'ignore elle-même, absorbée dans son activité. Ses formes d'action, ses actes, résident dans une forme quelque peu rigide : un rite, un office.

Le langage de la piété est encore tout imprégné du langage dans sa forme originaire. Celle-ci pourrait nous servir de fil conducteur pour nous amener à nous remémorer et à comprendre ce qu'a dû être le langage, la fonction du langage originellement.

Le langage doit avoir une origine objective. Si l'on entend, cependant, par objectivité non pas l'objectivité typiquement intellectuelle qui nous est si familière en Occident – objectivité érigée, construite selon la raison ; ordre rationnel, en somme, obtenu par la transformation de la réalité en idée. Le langage usuel, à mesure que se développe l'objectivité, devient un mode de communication, d'énonciation directe et personnelle. Quand Fichte dit « le je pense accompagne chacune de mes représentations », il ne fait que manifester la situation de l'homme rationaliste.

Néanmoins, même dans le langage actuel, persistent des formes d'expression, tout spécialement dans les strates les plus profondes de la société, l'enfance et la poésie. Chaque fois qu'on joue spontanément avec le langage. Ce sont des refrains, des mots répétés dans le même ordre et sur le même ton, car le sens dépend en grande partie de la tonalité et des inflexions de la voix. Tonalité et mot ont été saisis ensemble, sont nés ensemble ; il a dû falloir attendre longtemps avant que le langage prenne la tonalité uniforme du nôtre, que seules interrompent les exclamations et les expressions issues d'une émotion personnelle ; l'émotion était, au début, contenue dans la phrase avec sa tonalité et les inflexions qui lui correspondent. C'était l'occasion qui faisait naître la phrase avec sa cadence toujours répétée. L'homme non encore rationaliste ou rationalisé a dû être – comme il continue à l'être en d'autres lieux où n'a pas pénétrée notre civilisation – extrêmement taciturne. Le besoin de parler continuellement est l'un des luxes – des gaspillages – des gens civilisés. C'est la vie urbaine qui libère ce bavardage continuel ; c'est le citadin et non l'homme de la tribu, de la fratrie ou de la communauté, qui éprouve l'envie et l'obligation de parler sans trêve sur *omnia res*.

Car, au début, il ne s'agit pas d'exprimer des opinions ni des émotions personnelles, mais d'accomplir une action efficace : conjuration, invocation, office ; manières de provoquer l'apparition de *quelque chose*, événement, situation, déclenchement d'un conflit.

En tant que saisie de ce quelque chose, le langage a la fonction d'un charme magique : il le fixe ou le fait disparaître, il l'efface ou le fait perdurer, il le fait exister ou tente de le rendre au fond obscur d'où il est sorti. Car l'horizon ne s'est pas encore manifesté et les êtres et les événements, les « apparitions », de créatures réelles même, doivent se présenter comme venant d'un fond obscur, d'un *apeiron* encore sans nom. La situation devait être très semblable à la vie dans des territoires où les nuits sont longues et où le jour offre à peine le bonheur de voir. La lumière était là, sans doute, mais l'homme ne pouvait s'en rendre maître, s'y mouvoir, car elle n'habitait pas son âme, comme c'est le cas dans les névroses, dans les états d'angoisse persistante ou sous l'empire de la terreur.

Il n'y a pas de charme sans rythme, car le rythme est la plus universelle des lois, véritable *a priori* qui fonde l'ordre et même l'existence de chaque chose. Entrer dans un rythme commun est la forme première de la communication, chose que ceux qui veulent mener les hommes n'oublient évidemment pas. Que de discours qui ont enflammé les foules se seraient dissipés sans produire le moindre effet s'ils n'avaient été portés par un rythme élémentaire, invocation à l'obscur sommeil du fond. Les tambours magiques qui évoquent les morts et les « dieux » dans certaines religions primitives le font sur un certain rythme, différent selon le personnage invoqué. Le rythme est rite.

Ce n'est qu'aux époques rationalistes ou rationalisées que l'initiative de la parole revient à l'individu ; la libre expression a été lentement conquise. Cette liberté d'expression que l'homme occidental lutte pour conserver encore aujourd'hui, a représenté une conquête plus grande encore comme simple fait que comme droit, comme possibilité de parler hors de formules imposées, en créant sa propre expression.

En s'exprimant librement, l'individu se découvre et se confronte aux autres : il parle depuis sa solitude ou son isolement, pour son propre compte, ce qui le rend seul responsable. C'est la condition fondamentale d'un ordre « profane » ou simplement humain. Ordre qui ne s'offre jamais complètement, car, à mesure que l'ordre sacré s'est retiré, la société a occupé son vide. Et de la société nous viennent non seulement les formules de politesse, mais aussi les clichés qu'il faut répéter d'une manière rituelle si l'on ne veut pas rester en marge. Lieux communs, « idées » à la mode et même les problèmes qu'on nous livre déjà posés... Pour être membre d'une société sans éprouver trop d'inquiétudes, il faut s'adapter à ses lieux communs et à ses rites ; à son rythme aussi.

Mais le poids de la société, dans un monde où la « libre expression » a été conquise, n'est pas éprouvé par l'individu de la même façon que les restrictions imposées par l'ordre sacré dans une société non encore rationaliste. Car cet ordre que nous appelons « sacré » ne peut être senti comme imposé, puisque la « libre expression » n'est pas encore née. La poésie – épique et tragique – est le passage à l'expression individuelle atteinte dans la poésie elle-même, avec le lyrisme qui est toujours rite et office, mais de ce qu'éprouve quelqu'un qui a conscience de sa solitude.

L'origine de la poésie tragique, son noyau – sa cellule première, si l'on peut dire – survit dans certains jeux d'enfants dont l'enchantement est dans les refrains et les phrases toutes faites par lesquels les gens du peuple expriment ce qu'ils sentent, et qui sont une manière de réagir à un événement et même de le communiquer aux autres. Il ne s'agit pas d'opinions mais de façons de sentir qui, en même temps, saisissent une situation : façons de sentir qui s'objectivent, et ne le font que par le nombre et le rythme.

Si ceux qui considèrent que le sentir s'exprime de manière irrationnelle parce que tout sentir est irrationnel, prenaient en compte ces humbles expressions et formules ils remarqueraient vite que « l'irrationalité » tend spontanément à s'ordonner. L'enfant manifeste sa joie et sa surprise par un refrain chanté et dansé, son expectative par une devinette. Et même le sentiment qui nécessite le plus d'être exprimé, l'amour, n'atteint sa « libre expression » que chez des personnes à l'individualité très affirmée. La servante semi analphabète qui demande à un écrivain public de lui écrire une lettre d'amour ou qui la copie dans un manuel, ne le fait pas seulement parce qu'il lui est difficile de former les lettres, mais parce qu'elle trouve dans les expressions toutes faites, rituelles, l'expression parfaite de ce qu'elle sent, beaucoup plus que dans ce qu'elle pourrait dire ; l'expression de son amour est plus authentique quand elle répète les formules que quand elle se risque à les inventer.

Les « raisons du cœur que la raison ne connaît pas », s'expriment rituellement dans des gestes, des actes, des paroles, selon le nombre et anonymement, car quand elles se réalisent elles finissent par en être. C'est pourquoi, la « raison » les dédaigne et, pour une part, ne les connaît pas. L'expression la plus pure, la plus heureuse, la plus libre des affects, se réalise à travers la musique qui est mathématique.

La tragédie grecque représente la maturité de ce mode d'expression : conjuration, invocation, sentences, répétées depuis des temps immémoriaux, langage de la piété ; genre classique du monde archaïque. Office de la piété, du sentir qui est faire et connaître ; expression et fixation d'un ordre qui donne un sens aux événements indicibles ; une forme de liturgie.

La représentation tragique ne pouvait avoir un caractère « esthétique ». Il s'agissait de l'office religieux d'une religion que nous, Occidentaux, qui avons connu la tragédie grecque comme un texte « littéraire » avons du mal à reconnaître ; car il est étonnant qu'un office religieux prenne une valeur indépendante, comme poésie valable pour tous les temps. Et du fait de la séparation de ce qui avait été la théologie de cette religion : la philosophie grecque, tout spécialement celle de Platon. Dans la culture grecque, n'a pas réussi à se produire l'unité indissoluble entre théologie et mystère – un office – qui s'est produite dans le christianisme. Il est également difficile d'assimiler, sans autre forme de procès, la tragédie aux rites de la religion grecque primitive – à ceux qui étaient toujours pratiqués à l'ombre protectrice de la *polis* ; c'est un rite *sui generis* qui ne se renouvellera peut-être jamais plus avec une telle pureté et une telle splendeur.

La différence entre la tragédie et les rites sacrificiels réside d'abord dans le fait que les occasions et l'argument du sacrifice étaient déjà fixés et codifiés : arrivée du printemps et de l'hiver ; jours voués aux morts, naissance et mort ; commémoration d'événements glorieux. Tandis que la tragédie avait pour motif les situations les plus extrêmes de la vie humaine dont la codification n'est pas possible.

La situation tragique renvoyait-elle à quelque chose qui n'était le fait que de créatures exceptionnelles, de véritables « élus » ? Au début, oui ; le protagoniste était une entité plus qu'un individu : une lignée. Et il était nécessaire qu'il le soit, car à ce stade religieux le mal est une impureté presque physique qui s'hérite et se répand ; non pas faute individuelle, chose de la conscience que la conscience elle-même résorbe, mais tache et maléfice qu'il faut purifier et conjurer.

Or la conjuration, la tache et l'acte issu du maléfice, apparaissent aussi comme faute. Le rite a une fonction de connaissance. Connaissance née de la piété qui consiste à savoir frayer avec ce qui est « autre », et dans ce qui est « autre », il y a ce qui paralyse les hommes d'épouvante. Cela, il faut d'abord le fixer et le conjurer, ensuite le réduire. Et cette réduction est déjà connaissance.

Or, la connaissance apportée par la tragédie est simplement la connaissance de l'homme. La résorption de tout destin, de toute faute également, pour monstrueuse qu'elle soit, dans la condition humaine. En sorte que sa conclusion sera toujours la même, comme si elle disait : « malgré tout ce qui est arrivé, pour monstrueux qu'ait été son crime, c'est un homme ». Exorcisme miséricordieux qui réintègre le coupable dans l'humaine condition ; qui fait entrer « l'autre » dans l'un, qui manifeste aussi l'extension de l'un – le genre humain –, ses entrailles.

Il s'ensuit, finalement, que nul ne sera plus coupable qu'un autre. Créon n'est finalement pas un plus grand pécheur qu'Antigone qui est la pureté même sacrifiée. Car tous paient et tous ont été dans l'erreur. Comme c'est le cas dans certains jeux d'enfants où tous à la fin doivent avoir un gage, car d'une part aucun n'a conduit parfaitement son jeu, et de l'autre, nul n'a cessé de s'y efforcer.

Le moment décisif de la tragédie – la reconnaissance ou identification du personnage avec l'homme qui a commis la faute – libère un processus identique chez le spectateur ; il se voit et s'éprouve lui-même dans sa vérité ; il sort du mensonge dans lequel il se représente lui-même et entre ainsi dans l'ordre de la piété qui, sans détruire les différences, crée un équilibre. L'action de la piété est, semble-t-il, pareille à celle de l'eau : elle dissout, propage, emporte.

Un tel ordre ne pouvait être établi par la raison ni même par la conscience découverte par la philosophie. Car il s'agit d'un ordre constitué de raisons secrètes, subtiles, paradoxales ; de raisons du cœur que seul le délire permet de connaître.

La tragédie crée ordre et équilibre parce qu'elle conjure en même temps qu'elle les révèle les multiples *daimon* qui assaillent le cœur humain. Le *daimon* n'est que le signe de la situation dans laquelle se trouve spontanément toute vie humaine, tout homme : être hors de soi, aliéné. Et l'aliéné délire ; celui qui est absorbé en lui-même délire aussi parce que le délire est la source première d'où jaillit l'expression ; le délire de qui est assailli de monstres et ne peut les repousser sans les laisser eux aussi délirer ; délire de celui qui, plongé dans la solitude se demande s'il n'est pas un monstre. Dans le délire, le sujet n'est pas identique, ni non plus *lui-même*, parce que dans cette passion originaire qu'est la vie humaine, le je, le tu et le il – il y a aussi le « cela » – ne se sont pas différenciés parce que l'homme, le protagoniste, est aliéné, ne s'est pas encore « reconnu ». La tragédie classique est le genre où un long délire de siècles atteint sa maturité et sa clarté ultime ; c'est pourquoi le protagoniste, avant d'être un homme, est une lignée ; un délire immémorial, première forme de mémoire intime, autobiographique. L'office de la passion de l'homme qui, entre conjurations, invocations et pleurs, aide l'homme à naître, à conquérir sa solitude particulière ; cette solitude où l'on est vu et jugé, où l'on est en même temps que l'autre, que les autres, et en relation avec eux. Car seul est attentif à son jeu celui qui est attentif au jeu des autres, au jeu total. L'archaïque jeu d'enfant, comporte une énigme : « chacun est attentif à son jeu et celui qui ne le sera pas aura un gage »... Et tout le monde devra finalement avoir un gage, parce que nul ne comprend que dans le jeu de chacun tout entre en jeu ; les autres et soi : l'univers.

C'est ce que la tragédie, rite de la vie grecque, faisait sentir en même temps, en un instant, aux mille spectateurs réunis ; office de la piété dans son art de frayer avec ce qui est « autre », avec soi-même, quand on devient autre ou quand on n'a pas encore cessé de l'être.

Or, avoir un gage est la condition pour que le jeu de chacun entre dans le jeu de l'univers, le jeu de tous. Et même jouer ainsi, et le faire bien, suppose qu'on ait un gage. Car avoir un gage est l'inévitable sacrifice qui libère de la charge héritée et de la charge générique. On a un gage pour être fils et pour être simplement homme et ce n'est qu'alors que s'ouvre le chemin de la vie individuelle ; ce n'est qu'à partir de ce moment qu'on peut prétendre être soi-même. Quand on est attentif au jeu total, comme Antigone, se clôt le processus tragique. Le juste qui a un gage ouvre la voie de la liberté.

Pour lors, la piété a accompli son office. Le conflit tragique a été liquidé ; la conscience est née et avec elle une solitude inédite. Alors commence la véritable histoire de la liberté et de la pensée.

III

LES PROCESSUS DU DIVIN

DE LA PAGANISATION

La mort dans l'histoire se produit de différentes manières, comme dans la vie personnelle, mais elle a l'avantage d'être visible, alors que dans la mort de la personne, ce qui nous intéresse le plus est soustrait à nos yeux. Bien qu'il existe une histoire non racontée de la mort de quelqu'un, qui est l'écoulement qui se produit dans la vie de ceux qui étaient ses proches, la mémoire de celui qui est mort ne passe pas par ce processus simple qui va de la vive, de l'insupportable douleur à l'oubli. Toute mort laisse un héritage : ce qui s'est passé dans la vie de celui qui est parti et qui apparaissait aux yeux de ceux qui l'aimaient sous des formes différentes comme quelque chose de sûr – une « chose », presque –, à la disparition du support personnel, passe dans les vies de ceux qui le pleurent. Suivi par l'apparition de quelque chose du défunt chez ses descendants, qui touche au plus intime et substantiel de la vie, quelque chose qui nous conduit à sentir dans la personne vivante, quelque chose comme une substance. Et les qualités morales ou intellectuelles, le « style », qui apparaissent chez ceux qui l'ont aimé ; incorporés, transformés, parfois.

Toute mort est suivie d'une lente résurrection qui commence après le vide irrémédiable laissé par la mort. Résurrection qui, à partir de la vie de la personne disparue, est une survivance partielle et même grotesque mêlée de destruction. Histoire fascinante qu'aucun romancier n'a explorée, comme si la seule mémoire superficielle des événements de la vie de celui qui n'est plus était son héritage.

Dans l'histoire, la mort a pris le nom de « décadence » et son processus n'a été suivi que du point de vue de la désintégration, de la chute du protagoniste, dans le sens linéaire d'une seule dimension, comme s'il s'agissait d'un simple affaiblissement, d'une perte de pouvoir, et rien de plus.

La fascination exercée par l'Empire romain a sans doute créé cette image simplifiée de la « décadence ». Car ce qui est visible et incroyable, aux yeux de ses membres stupéfaits, c'est l'événement de sa chute, de l'écroulement de son pouvoir triomphant. Et, comme chaque fois qu'un ensemble se forme, il est tenu comme quelque chose de si « naturel » que sa désintégration produit un étonnement sans bornes qui réclame des explications, elles aussi sans bornes.

Or, le processus de la mort de l'Empire romain, se confond, en réalité, avec la vie, non seulement des pays reconnus comme ses membres directs, mais avec ce que nous appelons aujourd'hui « culture occidentale ». Un abîme s'est ouvert un jour, plus profond encore que celui de l'extinction du pouvoir impérial. Ce fut lorsque les dieux entrèrent dans la lumière du Dieu nouveau et unique, et commencèrent à tomber dans une lente agonie. Et sous l'agonie des dieux, un processus humain avait lieu, une scission inconciliable en deux groupes : d'une part, les adeptes de la nouvelle religion tournés vers le futur et qui vivaient en fonction de lui ; de l'autre, les sectateurs du passé, fidèles à la mémoire des anciens dieux, et qui vivaient dans et à partir de leur mort. Car, parmi toutes les formes que peut prendre la vie humaine, il en est une qui consiste à vivre une mort : à vivre un processus de disparition.

Le moment de la mort d'une entité historique est marqué par l'apparition non équivoque de cette scission autour de ce qu'il y a de plus important dans sa culture et dans sa vie, de ce qui la nourrit, le noyau de ses croyances premières dont sont issues les créations de sa pensée, ou autour desquelles elles se sont organisées, et qui se transforme en *passé* pour certains. Les dieux devenus du passé. Auparavant, il y avait bien toujours eu – et dans n'importe quelle culture – des gens à la piété tiède, dont l'âme n'était pas beaucoup préoccupée des dieux, mais jamais ils ne les considéraient comme « le passé ». C'est ce qui marque indubitablement la mort de quelque chose ou de quelqu'un : un jour, soudain, il devient pour nous du passé et la seule manière de vivre avec lui est de s'en souvenir.

Il y a ceux qui s'attachent à ce passé de deux manières : celle qui ne relève que d'une *élite* réduite, consciente et méprisante face à « ce qui vient » ; et celle qui relève des autres, de ceux que ne touche pas l'histoire et pour qui les dieux et tout ce qui a trait à la vie historique sur le point de s'éteindre sont des choses aussi naturelles que la nature ; les gens qui vivent d'habitudes. Pour eux que le futur n'a jamais concerné, le passé demeure présent. C'est la mort qui fait apparaître le passé ; chaque fois que nous éprouvons quelque chose, ne serait-ce qu'un simple instant, comme passé, c'est que la mort s'est subtilement interposée, a créé l'abîme de la discontinuité. Car dans l'ordre du temps, l'apparition de la discontinuité est l'actualisation constante de la mort ; de la disparition continuelle de tout.

La vie en fonction du futur, dans son attente, rend plus intense encore l'apparition du passé, puisqu'elle le détruit violemment ; la vision du futur précipite la mort. Et la pensée qui définit ce qui va être, décrète, en même temps, la mort de ce qui a été ; sentence sans appel que les hommes d'action et quelques philosophies ont appliquée dans sa violence la plus extrême.

Ce qu'on appelle peuple est le réceptacle du passé dans un perpétuel présent ; le dépositaire de la continuité. Quelque chose comme l'espace, comme le lieu et la matière sur lesquels le temps n'a presque pas de prise ; le lieu où vient retomber ce qui, un jour, a été le produit le plus avancé, la création ou la croyance d'une minorité audacieuse.

Mais, si passif que soit le peuple, si exacte que soit la métaphore de l'espace-matière, son rôle dans l'histoire n'est pas purement inerte. Car la matière elle-même peut s'enflammer, peut passer et passe par différents états dans lesquels sa passivité se trouve modifiée et en arrive même au point d'être rachetée. Aussi le peuple, à partir de son « éternel présent », participe-t-il aux moments de création et se trouve comme pris d'enthousiasme. Il n'en perd pas pour autant son statut spatial, car il devient comme ce vaste espace indispensable à la manifestation de la gloire ; cet écho, ce mouvement si semblable aux ondes marines ; cette réponse qui semble provenir de quelque chose de si proche de la nature même… ou de Dieu.

Tant que dure cette symbiose entre le peuple et la minorité créatrice ou directrice, on vit à partir du présent vers le futur. Quand l'abîme fait irruption, cet instant où les croyances fondamentales deviennent du passé, la symbiose entre le peuple et la minorité prend fin. Alors, replié sur son présent, le peuple est le réceptacle du passé.

L'unité d'une société s'inscrit dans l'unité du temps ; la plénitude d'une vie personnelle ou d'une vie historique entraîne l'absorption du passé qui apparaît comme sans poids. Le passé alors ne pèse pas, tandis que le futur s'ouvre à une perspective illimitée et indéterminée, comme si le temps n'avait qu'à passer, continuer à s'écouler. Plus que du futur, il s'agit de l'avenir, car tout semble assuré et, cependant, tout coule.[1] Les trois dimensions du temps :

[1] Le véritable sentiment de sécurité vitale ne se rapporte à rien de statique. L'image qui lui convient le mieux est celle d'une marche sur les eaux en mouvement.

passé, présent, avenir, sont confondues et aucune d'elles ne surpasse les autres. On ne vit pas que de l'avenir, ni du passé ; non plus que dans l'extase du présent, mais dans un flux où insensiblement tout passe et demeure. C'est la rupture de cet écoulement du temps qui, avant toute chose, signale ainsi que la « décadence » ou la mort s'insinuent. Et la société, en se désintégrant, se trouve scindée en groupes qui vivent du futur, prévoyant des temps gros d'événements décisifs, qui sont dans l'attente... et en groupes qui ne veulent rien savoir et se limitent à l'événement quotidien – c'est le propre des *élites* qui sont toujours actives, et de ceux qui, insensiblement, se trouvent associés à un passé.

Mais avant de retomber dans le « passé », il y a un instant de passage qui est l'*encore*... la durée, la résonance de ce temps écoulé qui paraît s'immobiliser avant de stagner. Car c'est le temps, les différentes façons dont le temps est senti et vécu, qui marque les différentes situations de la vie humaine et de la vie historique, jusqu'à cette situation limite : la mort, dans laquelle, d'un coup, tout devient passé.

Pour revenir à l'Empire romain et à sa « décadence », on pourrait dire que cette dernière s'est produite à l'instant où le divin, par rapport auquel la vie de l'homme s'était réglée jusqu'alors, s'est scindé en deux dimensions du temps : le temps correspondant au Dieu créateur du futur imprévisible, et le passé des dieux.

ÉTAPES DE LA PAGANISATION

Tout ce qui sombre dans la vie, sombre dans le temps, dans un abîme temporel. Et avant qu'une vie devienne du passé, se produit une résurgence, un dernier éclat ; un réveil, un retour. Dans la paganisation, ce moment apparaît avec une parfaite netteté ; son protagoniste est l'empereur Julien appelé l'Apostat, parce qu'il se retourna vers le passé. Ce n'est qu'après lui, après cette période, qu'on peut vraiment dire que les dieux sont morts.

Mais comment les dieux peuvent-ils mourir ? Meurent-ils un jour définitivement ?

Les dieux qui ont cessé de présider à la vie d'une culture, les dieux destitués, en survivant dans les croyances populaires, ne peuvent plus être les mêmes ; quelque chose de leur présence et de ce qu'ils sont s'est volatilisé, il ne doit en rester que quelque chose comme un résidu. Et, dans le cas d'un polythéisme comme le polythéisme païen, tous les dieux n'ont pas dû survivre de la même manière. Ceux qui demeurèrent, ceux qui présidaient de leur demeure céleste à la vie de la cité, furent-ils les dieux de la cité ou, au contraire, ces autres dieux nés de la végétation, de la vie la plus simple ; ceux du vin, du blé qui, eux aussi, présidaient à la souffrance, aux passions, à la passion ? Quel fut le processus de la lente agonie des dieux païens qui les conduisit à n'être plus que cette simple borne limite des champs ; ce jalon, cette pierre qui sépare et divise ce qui sépare et divise le plus les hommes : la propriété ? Quel précipité nous reste de la chute des dieux ?

Quand les dieux déchoient, la première chose qui doit se produire, c'est la perte ou l'évaporation de la part la plus céleste et divine de ce qu'ils sont. Le divin est apparu lentement par le biais de la poésie et de la philosophie. Ce n'est que par la parole humaine dans sa splendeur la plus haute, et par un effort d'abstraction, que le divin s'est peu à peu libéré de ses premières manifestations. Mais, avant d'être divins, les dieux n'étaient pas humains. Car l'humain a émergé parallèlement au divin et sous son empire. L'homme a accédé à sa condition humaine, en se libérant tandis que se manifestait le divin, par le travail de la pensée philosophique, à partir de la poésie, en effet, et même si elle était en lutte contre elle. Les dieux ne pouvaient être à l'image de l'homme qu'à un stade culturel très avancé, où l'homme s'était déjà risqué à se montrer, à croire en sa propre existence. Ce qui se produisit, autant que nous le sachions, avec la poésie homérique, témoignage du fait que l'homme recueillait ses propres actions comme non indignes des dieux et même capables de rivaliser avec eux. Cet orgueil initial fut le fondement premier qui lui permit de se manifester, de rechercher sa propre définition et de s'interroger plus tard sur ce que sont les choses, les choses naturelles et, dans sa tentative d'explication, d'arriver à libérer le divin qui les animait et les faisait être.

Il est difficile de savoir, de préciser ce que furent d'abord les dieux, avant qu'Homère leur donne leur forme poétique si légère et transparente. Mais, il n'est pas douteux que, quand sonna l'heure de leur retraite, quand ils furent destitués, ils ne revinrent pas à ce stade originaire, mais plutôt à un stade opposé.

De quoi les dieux peuvent-ils naître ? Ce serait une grave erreur de poser ainsi le problème. Les dieux ne naissent pas, ne se manifestent pas un jour mais sont déjà là ; ils y ont toujours été ; c'est leur forme qui leur vient de l'homme. Leur présence obscure préexistait à leur image, qui est ce que l'homme grec, si doué pour l'expression, si avide de formes, parvint à leur donner. La présence du sacré préexiste à toute invention, à toute manifestation du divin. Préexiste et persiste toujours ; c'est une présence de la réalité de la vie même. Et l'action humaine consiste à chercher un lieu où la loger, lui donner une forme, un nom, afin d'offrir aux dieux une demeure et permettre ainsi à l'homme de conquérir lui aussi la sienne ; sa propre demeure humaine, son « espace vital ».

La présence du sacré, d'où sont issues les formes appelées dieux, ne se manifeste pas tel ou tel jour ; elle est consubstantielle à la vie humaine. L'effort poétique grec fut de lui donner une définition. Définir les dieux, c'est les inventer comme dieux, mais ce n'est pas inventer l'obscure matrice de la vie d'où ces dieux naquirent à la lumière. Ils ne sont divins que dans la lumière ; auparavant ils étaient cela auquel le seul nom de « sacré » semble donner un peu de clarté. Car le sacré est obscur, ambigu, ambivalent, lié à un lieu. Le sacré n'est maître ni de l'espace ni du temps ; il est le fond obscur de la vie : secret, inaccessible. L'arcane.

Tout ce qui entoure l'homme, et lui avec, est arcane. L'homme est cette créature pour laquelle la réalité se présente comme inaccessible. Mais il a toujours éprouvé le besoin inéluctable de rendre clair cet arcane, d'ouvrir un chemin, d'y accéder et qu'il lui soit manifesté. Les dieux sont la forme de cette manifestation où le mystère se révèle ; tout dieu, par le simple fait d'apparaître, d'avoir un visage et un nom, de se manifester, est déjà bénéfique. L'arcane est devenu mystère. Un mystère est quelque chose de déjà accessible ; c'est la forme sous laquelle un secret, sans cesser de l'être, se manifeste.

Quand les dieux apparaissent, c'est leur forme qui advient ; c'est elle la nouveauté. Or la forme n'est pas seulement beauté, mais capacité d'une fonction. C'est la fonction divine qui est assurée et libérée dans la forme ; qui y trouve sa garantie. En leur donnant leur forme, le poète a collaboré avec les dieux mêmes, comme collabore quiconque sert une révélation.

Antérieure à la fonction propre de chacun des dieux – sa référence à la vie humaine –, il y a une fonction générique, qui leur est propre à tous : une fonction exemplaire qui est leur seule présence. En se manifestant ils conduisent les hommes à faire de même, à sortir de ce labyrinthe qu'est la vie qui précède la culture. La présence des dieux attire les hommes vers la lumière.

Chaque dieu ouvre un chemin dans l'arcane initial, dans le « plein » qu'est originellement la réalité qui entoure l'homme. Ce n'est pas le vide qui se peuple de dieux mais, au contraire, c'est le plein de la plénitude secrète, qui s'ouvre, qui devient accessible à travers les dieux. Ils ouvrent un chemin et la vie humaine peut prendre son essor, en trouvant une faille qui est aussi une direction, un chemin dans l'espace devenu libre, où il est possible de passer, d'aller quelque part. Passer, c'est justement vivre ; avoir où aller et pouvoir le faire.

Mais, originairement, quand il n'y avait pas encore de dieux, le passage n'était pas possible. L'homme sans dieux est cerné et perdu également dans un milieu plein, hermétique, inaccessible ; sans chemin.

Quand les dieux régnaient, quand ils régnaient en Grèce et, plus tard, sur la plénitude de la République romaine, ils présidaient aux événements de l'âme et, surtout, de l'âme de la cité, de la vie en commun. Le chemin – ouvert par eux –, avait conduit à la loi. La loi (espace commun où l'on est avec les autres), l'espace de tous, la demeure invisible qui protège la cité, où vivent les différences. Car une cité, ce n'est plus la communauté d'une tribu, d'un groupe, mais la coexistence de différents groupes ; c'est une égalité, une homogénéité abstraite, à la différence de l'homogénéité de ceux qui sont du même sang. La loi s'érige sur une communauté qui transcende les liens du sang.

Parmi les dieux, l'un d'entre eux, le plus abstrait, celui doué de la plus vaste extension, a rendu possible la grandeur d'une cité qui ose réclamer pour elle tout le monde connu. Comment aurait pu surgir cette maîtrise de l'espace s'il n'y avait pas eu de dieux de l'espace et de la lumière, des dieux abstraits ? Tout accroissement d'un État – comme en Égypte, en Grèce – s'est fait dans la compagnie et sous la présidence d'un dieu lumineux qui lui a ouvert la voie, qui lui a permis de s'élever au-dessus des peuples qui n'avaient pas cette liberté, qui demeuraient encore dans cet État hermétique, où toute unification est impossible. Dans toute culture, tout pouvoir conquérant, unificateur, a été guidé par un dieu universel.

À la plénitude du temps où se confondent passé et avenir, et qui se fait sentir dans le présent d'où jaillit, sans violence ce qu'on pourrait appeler un temps intégral, correspond dans les différentes cultures l'universalité. Rare équilibre entre le concret et l'abstrait ; entre la vie encore sans chemin et celle qui est demeurée seule ; entre l'âme où la conscience qui ne s'est pas encore éveillée et la conscience solitaire flottant dans le vide. La vie la plus concrète, dans sa plus humble particularité, est pénétrée d'un sens universel et le plus petit accident quotidien est lié au grand événement universel. L'action humaine semble établie pour toujours, et l'homme comme tel a sa place dans le monde.

Voici l'heure de l'humain ; le temps et l'espace ont été élargis à la mesure de l'homme et ne se sont pas dilatés au-delà de ce que le regard peut entrevoir. L'espace que l'âme humaine peut emplir de son souffle n'est pas devenu froid, il est toujours et plus que jamais un espace vital » habité par l'homme qui sent, alors, que le monde a été créé, fait pour qu'il le domine.

Sous l'Empire romain, cette universalité, cette domination par l'homme de l'espace vital – de l'espace-temps –, parvint à son degré extrême. Dans une ivresse d'universalité, l'égalité entre tous les hommes finit par être découverte. Le stoïcisme fut l'« idéologie » de ce sentiment. Un sentiment, en même temps qu'une idée, une manière pour l'homme de se sentir habitant de la planète. Zielinski dans son étude sur *Trois morales de l'Antiquité* présente la morale stoïcienne comme la dernière du monde antique, la plus abstraite, la plus détachée, déjà, des liens les plus anciens : la terreur et la grâce divines ; une morale laïque, rationaliste. Or, à ce moment-là, le stoïcien devait sentir la plénitude de cette vie dans un espace-temps fluide et universel. Sa morale n'était pas seulement la conséquence de la prédominance de la raison sur les croyances religieuses, mais l'expression d'une manière de sentir, de se sentir occuper une place unique dans un monde historique qui, à l'image du cosmos physique, était également *un*. L'unité du monde, pour ce citoyen de l'Empire romain, n'était pas une idée mais, comme nous dirions aujourd'hui, un « vécu ».

C'est ce « vécu » qui, au moment où passé et avenir se scindent et qu'apparaît la mort, s'annule peu à peu. Vivre dans un univers commun suppose de vivre dans un temps commun, dans la communauté d'une espérance, d'une réalité, de partager l'heure présente et d'habiter, en somme, le même espace vital, peuplé des mêmes intérêts et des mêmes mutations. La mort des dieux réduisit cet espace vital commun et parvint même à le fragmenter en différents espaces hostiles entre eux.

L'avenir se présentait sans issue possible ; le moment était arrivé de vivre sur la défensive, face à l'ennemi indomptable ; Rome, stupéfaite, se défendait. L'ennemi qui était apparu comme pour ratifier la prophétie que semblait porter le christianisme, par delà les chrétiens eux-mêmes, était quelque chose d'« autre », non réductible au pouvoir romain ; comme le Christ avait été irréductible au Panthéon des dieux. Si l'Empire romain avait fonctionné « comme un vaste système d'assimilation », la nouvelle foi et la pression répétée des « barbares » ne se laissaient pas assimiler, n'acceptaient ni la tolérance ni la concorde proposée par l'universalisme ; ils étaient l'irréductible.

En embrassant la nouvelle foi, l'Empire romain s'ouvrait à l'avenir. Une prodigieuse, une inégalée capacité de se dépasser soi-même, de se nier pour se prolonger se manisfestait là. La victoire aurait été complète si l'« autre » indomptable, qui ne pouvait être ni vaincu ni absorbé, n'avait fait irruption aveuglément au milieu d'une aussi subtile sagesse. Face à cette invasion incompréhensible, l'Empire romain se ruralisa.

La paganisation se serait-elle produite sans l'invasion des barbares ? Quel aurait été le processus par lequel les anciens dieux abandonnés du pouvoir, destitués de leur fonction civile, se seraient peu à peu dissous dans la vie, en survivant sous le dieu triomphant ? Leur mort aurait été peut-être plus effective. Car, face à l'avalanche, face à la mort violente issue du triomphe des barbares, ce qui restait de l'Empire dans le peuple, qui était sa base et son soutien, demeura attaché à ses anciens dieux, sans qu'il y eut le temps nécessaire pour que leur parvienne, des hauteurs du pouvoir et des minorités dirigeantes de la société, les vérités de la nouvelle foi, la nouvelle structure animique correspondant à la nouvelle religion. Un processus unique dans l'histoire fut ainsi manqué : l'évolution d'une culture ; sa conversion.

Ruiné sous le joug des barbares, soumis pour la première fois, le peuple romain se « paganisa ».

LA PAGANISATION

À quoi se réduisirent les dieux destitués, privés de leur fonction historique ? Dans cette unité de forme et d'énergie du dieu païen, la forme était l'inaltérable, comme en toute chose. Mais la forme qui était apparue en vertu d'une fonction et qui la supposait, en en étant vidée, allait devenir énigmatique. Ainsi, ils se rapprochèrent de la Sphinge, prototype d'une forme dont la fonction s'est perdue ; une forme survivante à son sens.

Rejetés de l'histoire, il restait aux dieux l'espace de l'intimité. Mais l'intimité avec les dieux païens était quelque peu étrange, car comment auraient-ils pu trouver un refuge dans le cœur de ceux qui ignoraient en avoir une ? L'homme païen n'avait pas proprement d'intimité. Il vivait entièrement voué à sa cité, à sa fonction... L'intimité était le don apporté par le christianisme quand il ouvrit à l'intérieur de l'homme une perspective infinie... Sans intimité où entrer et sans extériorité vivante qui les adopte, les dieux restèrent dans ce dont on crut plus tard qu'ils faisaient partie : dans cette zone des forces immédiates de la nature. Ainsi, lorsqu'il fut question d'eux, lorsque nous nous sommes demandé, il n'y a pas si longtemps, ce qu'étaient les dieux, nous avons répondu qu'ils étaient ce qu'ils étaient avant d'être des dieux, quand ils erraient, destitués de leur fonction, en quête d'un lieu. Ni le vécu historique, ni le cœur de l'homme ; entre l'un et l'autre leur présence était pure extériorité d'une pure imagination et, plutôt qu'ils ne les faisaient communiquer, ils s'interposaient entre l'homme et la confuse réalité. Leur forme n'était plus une définition et les suivre ne supposait pas un mode de vie. Sans lieu ni espace vital, leurs visages devaient apparaître comme éveillant dans l'esprit des gens une vague récrimination, un reproche. Le culte qu'on leur rendait devait être plutôt comme un apaisement de leur rancœur ; quelque chose comme ce qu'on offre à un amant dont l'emprise a disparu. On craint d'éveiller sa colère et il ne faut pas cesser d'apaiser sa méfiance.

Méfiance que l'homme devait aussi éprouver dans sa nouvelle situation. À qui se fier ? Des dieux vaincus ne peuvent inspirer confiance ; des dieux doublement vaincus par un autre Dieu et par un autre peuple qui a fait tomber l'Empire qui leur avait donné vie. Ils avaient montré leur inefficacité, leur inanité.

C'est le moment où le divin devient négatif, moment suprême de négativité dans la vie humaine, où nulle action ne semble douée de sens. La communauté s'est dissoute ; on vit sur la défensive et ce qui semble régner partout, c'est la méfiance.

Une vaste, une profonde défiance se fit jour. Tout homme qui n'était pas lié au terroir, à la famille, était un être d'ailleurs, un étranger. Les dieux en venaient à être un secret incommunicable, un poids, quelque chose qui préoccupait et donnait un vague remords. Rien d'autre.

Vivre, c'était suivre l'habitude héritée, transformée en geste pétrifié et vide de toute signification. L'inspiration était devenue impossible et seules les raisons étaient utiles. C'était la vie dans la défiance ; la vie rurale.

Et très vite s'installa la négligence du culte, l'économie sur la plus modeste des dépenses qui ne rapportaient rien. Un athéisme dévastateur tomba sur la vie des campagnes, qui persistera dans notre monde occidental dans la mesure où ne l'aura pas pénétré le christianisme. Ruralisme, provincialisme qui, à l'occasion de toutes nos « crises », apparaît dans son impiété.

Les anciens dieux, les dieux destitués, agissent à la manière d'une résistance qui pousse la vie humaine à se réfugier dans l'impénétrabilité et l'incrédulité. Tel sera le fond d'incrédulité de la vie rurale méditerranéenne, toujours persistant. Présent chez quelques esprits « cultivés », il sera la cause du « réalisme », du « regarder les choses comme elles sont », de la défiance comme règle persistante de conduite.

La mort des dieux qui ne suppose pas de conversion chez les croyants, entraîne cette attitude négative dans la vie qui colore tout et qui fait apparaître la réalité sous sa forme la plus nue, la plus inhumaine. Car elle entraîne en même temps la mort de l'âme. Et les « païens » seront ceux qui oublieront le plus vite leurs dieux, ceux qui, des siècles plus tard, quand leurs statues réapparaîtront à la lumière, les traiteront avec la plus impénétrable indifférence, ceux qui jamais plus ne voudront les reconnaître. Quelque chose de positif survivra : la communauté avec la nature. Comme si cela seul avait été l'héritage irremplaçable des dieux païens, de la multiplicité de leurs visages et de leurs fonctions. Pour l'homme païen, la nature ne redeviendra pas cet hermétique et inaccessible espace ; la familiarité avec elle lui restera comme un legs permanent. Une nature où il se sent le maître, où il peut se mouvoir dans n'importe quel sens, dont il peut disposer. Une nature qui ne lui oppose ni résistance, ni même la barrière de la peur, tel a été le service rendu par ces dieux. C'est pourquoi, sous la figure de la *Madonna* ou d'un « Saint », ils garderont les chemins qui traversent les champs et les croisements, depuis un autel où des fleurs continueront à leur être offertes. Et même quelque chose de plus survivra : le rire. Ces dieux vaincus apparaîtront dans ce rire qui va accompagner la vie jusqu'à la mort ; dans ce rire opposé à tout malheur et qui va dissiper, plutôt que l'examen de conscience, l'angoisse naissante ; ce rire par lequel Dionysos répond à toute souffrance. Et cette continuité qui franchit l'abîme de la mort, fait pousser le liseron sur la sépulture et tomber l'oubli du vin sur tout début d'inquiétude. Résistance, finalement, que la vie tout court, la vitalité au cœur de la nature ouverte et sans mystère, oppose à l'autre vie : la vie historique.

Dionysos fera valoir sa présence gouailleuse. Et le grotesque fera irruption dans la piété médiévale, se déguisera parfois en diable pour effrayer, en trompant ainsi son impuissance. Son royaume sera celui de la gouaille, de la farce, de la mascarade dansante entre la vie et la mort. La gouaille où l'âme paysanne va se réfugier pour n'entrer ni dans la foi nouvelle, ni dans la nouvelle histoire ; pour ne pas « s'engager » de nouveau.

La paganisation rend impossible l'apparition de l'angoisse, car elle ne laisse pas l'homme seul face à son incertitude ; elle lui offre une certitude naturelle et une résistance athée à se laisser entraîner par le divin dans son dernier avatar. C'est la résistance qui va préserver de l'histoire et de ses labyrinthes le « païen », l'homme attaché à la terre ; résistance qui se présentera aussi bien comme défiance que comme sagesse dans les moments de crise historique.

Les gens de la campagne vivront ainsi protégés par cette négativité de ce qui, un jour, leur avait ouvert la nature, et qui maintenant les y enferme. Leur vie aura été définie pour toujours et c'est pourquoi elle aura un côté très proche de l'athéisme. Car l'homme le plus athée est celui qui croit désormais à son être et offre à la divinité qui ne cesse de l'appeler la résistance de sa « nature », définie une fois pour toutes.

Paradoxalement, pourtant, c'est dans cet athéisme que se dissimule l'ancienne piété. Le lieu où l'homme se dissimule est l'espace conquis par les anciens dieux, leur legs, qu'il conserve jalousement. Le souffle du divin pétrifié, devenu *mode d'être*, matière presque, puisque, comme elle, il ne lui reste plus que son inerte résistance. Telle nous apparaît, étrangement, la paganisation, fond ultime, substrat « matériel » de la vieille culture de la Méditerranée. Son âme invariable. Les dieux devenus des ancêtres.

Autre chose, à n'en pas douter, est resté des dieux. Mais c'est une autre histoire ; l'histoire d'un processus inverse où, loin de se pétrifier, le don des dieux a suivi un chemin opposé : non pas celui de la stabilité, car dans le cheminement de l'homme sur la terre il semble qu'il n'y en ait pas. Ce qui ne se matérialise pas, c'est ce qui a été assumé, libre de sa forme, pure inspiration. La réussite ultime de l'effort humain pour aider le divin à se révéler, cette lumière conquise et qui, inextinguible, ne cessera de jeter son éclat, serait une autre histoire que, plus que partout ailleurs, il faudrait découvrir dans l'histoire de cette activité née de la collaboration la plus étroite entre l'homme et les dieux anciens : dans l'art.

LES RUINES

Tant qu'on a considéré l'histoire comme une suite de faits, l'immense réalité de son champ demeurait presque inaccessible. Seule la poésie – mythe, légende, épopée – de façon ambiguë, sur le mode poétique, nous transmettait son sens. Et plus tard le roman, le genre littéraire qui reflète le mieux l'ambiguïté humaine. Car, rien de plus hermétique et inaccessible pour la connaissance humaine que la réalité humaine elle aussi.

Or l'histoire, dans ses moments les plus exceptionnels, a été plus que tout autre chose une « vision ». La vision est une forme de connaissance où l'inaccessibilité de l'humain se manifeste le plus adéquatement et qui, plus que connaissance objective, est expression. On pourrait découvrir dans la « vision » ce qu'a de particulier la connaissance que l'homme réussit à avoir de sa propre réalité : une sorte de révélation qu'il subit en même temps qu'il crée. Une connaissance poétique au fond, même si elle est fondée sur la discipline la plus stricte, sur les méthodes de recherche les plus rigoureuses.

Le statut de la connaissance objective pure a été défini par Aristote comme « savoir désintéressé » – « le plus noble ». Ortega y Gasset a fait, il y a longtemps, la critique de ce désintéressement, dans les leçons qui, sans doute, allaient être les prolégomènes à sa « Raison vitale », en montrant que la pensée surgit face à la nécessité. Or, ce pur savoir était non seulement désintéressé, mais *impassible*. L'intelligence, acte pur, selon Aristote, saisit avec impassibilité l'objet qu'elle a en face d'elle –

ou à l'intérieur d'elle-même. Et cette impassibilité de l'intelligence se reflète aussi dans l'ordre affectif ; la non-passivité de l'intelligence conduit l'âme à l'impassibilité, en la libérant de la souffrance, des passions. Mais est-il donc possible à l'homme de ne rien éprouver dans la connaissance des choses qui lui arrivent, lui sont arrivées ou peuvent lui arriver ? Dilthey a appelé « compréhension » le savoir propre aux sciences de l'esprit, autrement dit, des choses réalisées par l'homme. Et l'histoire, l'activité la plus humaine de l'homme, comment pourrait-elle être connue de manière objective, désintéressée, impassible ? Ne s'agirait-il pas alors d'une connaissance non nécessaire et du même coup impossible ?

C'est ainsi qu'avant toute méthode, il faudra que la connaissance parte d'une attitude qui rappelle d'une certaine façon celle du spectateur de la tragédie. *Nachleben* – dit Dilthey : revivre la vie d'un autre ; l'histoire est ce qui est passé. Mais le passage de l'histoire n'est pas totalement passé, car ce n'est que dans ce qui est déjà passé, ce que je vois passer et ce qui se passe pour moi, qu'il prend son sens plein. Et certaines des choses qui sont passées, ne continuent-elles pas à passer pour moi, comme c'est le cas pour les conflits essentiels de la tragédie ? Œdipe, Antigone, sont-ils vraiment du passé ? Parmi tant de choses qui passent, il en est quelques-unes qui sont le support d'une intrigue, d'une « passion » qui fait qu'elles sont toujours en train de passer, sans en finir de passer.

L'histoire, celle qui est proprement historique et celle qui est personnelle, celle de chaque homme, ne peut être ni n'a jamais été le récit des événements dans le cours du temps qui emporte tout. Ce qui fait qu'une vie est vraiment *une*, c'est quelque chose qui est en train de lui arriver maintenant et toujours et dont dépendent en réalité les différents événements, même ceux apparemment issus du hasard. Comme si toute une vie ne consistait qu'à épuiser, à différents niveaux, cette seule intrigue, cette « passion » ; épuiser ou dissoudre, selon que celui qui la vivra aura ou non un sentiment tragique de la vie. Et que ce sera ce qui occupera sa vie entière, à l'insu du protagoniste.

La tentation de trouver dans l'histoire un point commun avec la vie personnelle est irrésistible. Car il en dépend que l'histoire soit un cauchemar uniquement subi, ou une tragédie dont on espère que surgira la liberté. Sinon, la « légitimité » de la connaissance historique, de ce travail d'enquête sur les événements passés, serait un tant soit peu vaine. « L'histoire domine la vie » a-t-on dit ; mais pourquoi ? Les situations historiques, comme celles d'une vie personnelle, ne peuvent jamais être identiques et, loin de là, sont même souvent impossibles à reconnaître. La valeur pratique de ce qu'on appelle « expérience » est presque annulée par la diversité infinie des situations qui, loin de se répéter ou de se ressembler, ce qui permettrait de les reconnaître, se dissimulent sous de nouveaux masques.

La légitimité de la connaissance historique – le besoin profond qui justifie son immense effort et lui évite d'être la satisfaction d'un besoin banal – réside dans cela seul que la vie humaine est ainsi faite qu'elle a besoin de tirer son sens de l'histoire, des choses passées ; de transformer l'événement en liberté. Ainsi, la connaissance historique, en naissant poétiquement du sujet même qui l'engendre, sera réabsorbée par lui, sera la récupération de son passé, quelque chose comme l'évanouissement d'une erreur – de cette erreur qui provient de la croyance au temps successif. En effet, le temps de la vie n'est pas celui qui s'enfouit dans le sable des horloges, ni celui qui pâlit dans la mémoire, mais celui qui contient ce trésor : les racines de notre propre vie actuelle. Car la vie n'est pas faite de moments : les moments ne font que consumer une ultime intrigue qui a besoin d'être déchiffrée.

C'est ainsi que le geste de celui qui se penche sur les choses passées pour les mettre en lumière, à la vue de tous, est le geste d'un protagoniste de tragédie, de quelqu'un tiré de son sommeil par l'évidence du mal inexplicable. La question sur ce qui s'est passé n'a jamais eu la même tonalité que cette autre, fondatrice de la connaissance objective, sur « l'être des choses », « des choses de la nature »... Car, ce qui s'est passé dans l'histoire, c'est ce que quelqu'un a fait, ce que j'ai fait ou qu'on m'a fait ; au plus profond de l'esprit de celui qui, même avec une apparente impassibilité, formule la question, cette dernière résonnera presque comme celle du protagoniste de la plus haute tragédie, Œdipe le coupable-innocent : qu'ai-je fait ? Ou si le sens de sa propre faute ne lui apparaît pas : que m'a-t-on fait ? Question tragique que sent poindre dans sa conscience angoissée celui qui arrive à l'« âge de raison ».

Moment d'angoisse que celui de la question sur le passé ; du passé dont quelqu'un est la cause, d'autres ou moi-même. Angoisse venue de ce que l'espoir – ce fond ultime de la vie humaine – se trouve suspendu devant l'énigme du passé, devant sa trace dans un présent hostile qui ne nous est arrivé que comme un moment, gros de conséquences, d'un temps ignoré. Dans la vie personnelle, comprendre clairement sa propre faute, entraîne une libération maximale ; en se sentant responsable, la personne s'affirme dans sa plénitude. Et court le risque pour cela de prendre sur soi la faute qui n'est pas la sienne. Dans la connaissance du passé historique, ce n'est pas ce que j'ai fait que je découvre, mais ce qui a été fait, avec cette impersonnalité qui l'apparente à la nature et qu'on a appelée « destin ». Tel est justement le domaine de la tragédie, de l'antique tragédie grecque, qui ressemble plus à l'histoire d'aujourd'hui que la vie strictement personnelle. Si la créature humaine était une personne solitaire, le sujet, sans plus, de sa propre vie, elle ne serait pas tragique, car le tragique lui vient de l'engagement de sa propre liberté dans un tissu d'événements, dans une situation ; dans le fait d'être innocente de ce qu'il lui faut inexorablement supporter et vaincre. Et ce qui se joue là, ce n'est pas tant le bonheur ou la paix, que la condition humaine elle-même, que le fait de sauver l'espoir de la fatalité.

L'espoir sauvé de la fatalité, c'est la liberté véritable, réalisée, vivante. C'est l'espoir éprouvé maintenant dans la conscience et en passe de trouver sa raison. Seul l'espoir qui survit face à l'énigme et s'affirme en la déchiffrant, emplit la conscience et l'informe ; il sauve aussi la conscience de son antagonisme avec la vie, en faisant de sa froide clarté une lumière vivante.

Inexorable le passé nous cerne, parce qu'il a été et que nous ne l'avons pas fait, parce qu'il s'est fait de manière plurielle et que nous n'y accédons plus. Ce qui est historique est donc la dimension par laquelle la vie humaine est tragique, constitutivement tragique. Être une personne, c'est sauver l'espoir en triomphant de la tragédie, en la détruisant. La personne, la liberté doivent s'affirmer face à l'histoire, lieu de la fatalité.

Or, la contemplation, la vision de l'histoire elle-même, apporte parfois la libération. Car ce qui est proprement historique ce ne sont ni les faits ressuscités avec toutes leurs composantes – un fantôme de leur réalité –, ni non plus la vision arbitraire qui élude les faits, mais la vision des faits en tant qu'ils survivent, le sens qui survit en s'y incarnant. Non pas les événements tels qu'ils furent, mais ce qui en est resté : leurs ruines.

Les ruines sont la part la plus vivante de l'histoire, car seul vit historiquement ce qui a survécu à la destruction, ce qui est resté en ruines.

Aussi les ruines pourraient-elles constituer le point de contact entre la vie personnelle – entre l'histoire personnelle – et l'histoire. Une personne est ce qui, dans sa vie, a survécu à la destruction de tout, et qui, de cette vie même, laisse encore deviner un sens supérieur qui donne aux faits une signification et une forme à travers une image, l'affirmation d'une liberté impérissable malgré la contrainte des circonstances, la servitude des situations.

La contemplation des ruines a toujours produit une fascination particulière qui, si tant est que s'y trouve quelque secret de la vie, n'est explicable que par la tragédie qu'est la vie humaine et ce qui l'habite en son fond ; par quelque rêve de liberté captif de la conscience et qui ne se risque à affleurer que dans la contemplation de quelque chose qui le représente objectivement, un rêve qui, comme tous ceux qui renvoient à notre secret – à notre secret humain –, a besoin de la *catharsis* de la contemplation. Et les ruines produisent une fascination venue de ce qu'elles sont quelque chose d'étrange : une tragédie, mais sans auteur. Une tragédie dont l'auteur est simplement le temps ; nul ne l'a faite, elle s'est faite.

Les ruines nous offrent l'image de notre secret espoir de voir s'identifier notre vie personnelle et la vie historique… Un édifice dégradé n'est qu'une ruine, sans plus. Quelque chose entre dans la catégorie de ruine quand son écroulement matériel sert de support à un sens triomphant qui s'en dégage ; survivance, non plus de ce qui a été, mais de ce qui n'a pas réussi à être. À travers les ruines s'offre à nous la perspective du temps, d'un temps concret, vécu, qui se prolonge jusqu'à nous et se poursuit encore. La vie des ruines est indéfinie et plus qu'aucun autre spectacle éveille dans l'âme de qui les contemple l'impression d'une infinité inscrite dans le temps ; un temps qui est le cours d'une tragédie se créant elle-même. Temps d'un passé qui continue à être, qui s'actualise comme passé et qui montre, à la fois, un futur qui n'a jamais été ; un temps effondré dans l'hier et qui le transcende, qui ne peut devenir sensible que si nous en faisons l'épreuve. Et nous faisons l'épreuve même du futur qui jamais ne fut présent.

Or, dans la contemplation des ruines, la « fable », l'argument, si décisifs dans la tragédie existent à peine. L'événement historique, dont le souvenir est associé à la présence, ne comble pas la passion du spectateur. Le rapport entre l'événement historique et le simple « passage », dont les ruines sont les témoins sensibles, diffère du rapport entre la fable tragique et le passage visible aussi dans toute tragédie. Là, l'écoulement pur est presque rempli et l'émotion semble surgir entièrement de la fable elle-même : le mystère du passage, de l'écoulement de la vie, est comme dilué et l'émotion qu'il produit forme comme l'enveloppe de l'émotion concrète ; elle demeure imperceptible, à la manière d'un horizon.

Car, dans ce « comprendre en subissant » qu'est la tragédie classique, il y a aussi un horizon qui n'est pas le seul privilège de la connaissance par vision objective ; la simple compassion face à la fable tragique n'affecte pas les épisodes de la vie quotidienne, sauf dans les cas exceptionnels où il y aurait quelqu'un – un auteur inconnu – dont la conscience les mettrait en perspective. L'auteur de la tragédie, le poète, a mené la fable vers un horizon qui devient perceptible, qui enveloppe le spectateur et le conduit de l'étroitesse de son monde privé à un lieu où toutes les choses humaines lui sont propres ; où rien n'est étranger ; qui le situe dans le vaste horizon de la vie réelle et possible, de la vie entière, rêve et délire compris ; qui en fait, par moments, non pas le sujet de sa petite vie particulière, mais le sujet de la vie humaine, tout court… D'où l'ouverture d'esprit, cet élargissement qu'entraîne l'épreuve de la tragédie, et la purification qui ne vient que d'avoir assumé, par une sympathie qui frôle la vision, non seulement l'épreuve du protagoniste, mais toute épreuve possible.

Dans la contemplation des ruines, l'argument est réduit au minimum et laisse voir l'horizon dans toute son ampleur, l'écoulement des choses de la vie ; c'est l'un de leurs seuls privilèges, qui explique la fascination qu'elles exercent. Les choses dégradées montrent aussi le passage du temps et quelque chose de plus dans le cas d'un objet usé par l'homme : la trace, toujours mystérieuse, d'une vie humaine laissée dans sa matière. Une brosse usée, une vieille chaussure, un costume fripé, entrent presque dans la catégorie des ruines. Car une ruine n'est que le reste d'une chose humaine qui, vaincue, a triomphé ensuite du passage du temps.

Ce qui est en ruine, l'est du fait de l'« écoulement du temps ». Mais qu'est-ce que ce quelque chose en ruine ? Quelque chose, mais quoi ? Quelque chose qui ne fut jamais entièrement visible ; la ruine garde la trace de quelque chose qui, même quand l'édifice était intact, n'apparaissait pas dans toute sa plénitude. Parmi toutes les ruines, celles qui émeuvent le plus sont celles des temples. C'est que, de tout ce que l'homme a construit, le temple est ce qui dépasse le plus sa forme, aussi parfaite, aussi adéquate soit-elle. Tout temple, aussi grande que soit sa beauté, a quelque chose d'une tentative avortée, et quand il est en ruines, il semble être un temple plus parfait, plus authentique : il semble répondre adéquatement à sa fonction. Un temple en ruines est le temple parfait et, en même, temps, la ruine parfaite. Plus encore : toute ruine a quelque chose d'un temple ; elle est alors un espace sacré. Espace sacré, parce que s'y incarne le lien inexorable de la vie et de la mort ; l'écroulement de ce que l'homme a orgueilleusement construit, désormais vaincu, et la survivance de ce qu'il n'a pu atteindre dans la construction : la réalité durable de la défaite ; la victoire de l'échec.

De toute ruine émane quelque chose de divin, quelque chose qui sourd des entrailles mêmes de la vie humaine ;

quelque chose qui naît de la vie humaine elle-même quand elle se déploie dans toute sa plénitude sans qu'elle soit venue éclore comme un don descendu du ciel ; quelque chose de conquis parce qu'on est allé au bout de l'espoir, à son extrême limite, qu'on a supporté son échec et même sa mort ; quelque chose qui demeure dans tout ce qui passe.

Il n'y a pas de ruines sans vie végétale ; sans lierre, mousse ou sisymbre poussant dans les fissures de la pierre, associés au lézard, comme un délire de la vie qui naît de la mort. La ruine parfaitement conservée, isolée de la vie, prend un aspect monstrueux ; elle a perdu toute signification et ne révèle que l'incurie ou quelque chose de pire ; elle ressemble aux restes d'un crime ; quand la ruine apparaît, apparaît son auteur et on lui cherche un nom : « cela a été construit par… ». Seul l'abandon, la vie végétale qui pousse avec la pierre et de la terre tout autour, en l'enserrant, en l'invitant à s'y enfouir dans l'oubli de son affaissement, fait de la ruine ce qu'elle doit être : un espace sacré.

Espace sacré où le temps s'écoule sur un autre rythme que celui qui a cours un peu plus loin, à quelques mètres seulement, là où règne l'agitation de l'actualité. La présence de la mort-vie définit tout : les pins, les cyprès, un buisson, prennent la valeur de symboles d'une vie pure, issue de la mort dans sa force nue et transformatrice. L'histoire s'est enfouie dans la nature et lui sert même de nourriture comme dans un sacrifice rituel. Le défi que tout œuvre humaine lance à ce qui a été créé par la main de Dieu a disparu et l'œuvre humaine a accepté de faire partie de la nature, de son ordre énigmatique… Toute construction a été dévastatrice ; toute œuvre que la main de l'homme a édifié crée un vide dans la plénitude de la nature ; en se dressant sur la terre, elle l'humilie par la prétention d'un ordre étranger, orgueilleux ; c'est une véritable dépossession.

Parce qu'elles le savaient bien, toutes les vieilles religions offraient des sacrifices apaisants au lieu exproprié, et plus même : une vie humaine restait parfois prise dans les fondations, jetée en pâture aux « maîtres du lieu ». La végétation qui pousse entre les ruines avec une force irrésistible, est la pacifique revanche de la terre humiliée. Destruction de l'humain où s'est libéré l'espoir, tandis que ce qui est matériel, l'« œuvre », retourne à la vie élémentaire de la terre. L'humain a été anéanti et de sa disparition est né l'espoir devenu liberté : un souffle divin, à la fois agent et captif de l'œuvre. Et l'apaisement de la nature à travers la vie qui trouve son aliment dans ce qui, un jour, a été son ennemi.

Ainsi, les ruines deviennent l'image achevée du rêve logé au plus profond de la vie humaine, au fond de tout homme : au bout de ses souffrances quelque chose de lui reviendra à la terre poursuivre sans fin le cycle de la vie et de la mort et quelque chose s'échappera en se libérant et en demeurant en même temps, car telle est la condition du divin.

POUR UNE HISTOIRE DE L'AMOUR

L'une des carences de notre époque est celle qui a trait à l'amour. Non qu'il n'existe pas, mais son existence ne trouve ni lieu ni accueil dans l'esprit même et jusque dans l'âme même de celui qu'il visite... Dans l'espace illimité que l'esprit d'aujourd'hui ouvre apparemment à toute réalité, l'amour se heurte à des obstacles, à des barrières innombrables. Il doit se justifier, donner d'interminables raisons, et se résigner enfin à être confondu avec la foule des sentiments et des instincts, s'il refuse le lieu obscur de la « libido », ou d'être traité comme une maladie secrète, dont il faudrait se libérer. La liberté, toutes les libertés semblent ne lui avoir servi à rien. La liberté de conscience moins qu'une autre, car à mesure que l'homme a cru que son être consistait à être une conscience et rien d'autre, l'amour a fini par se trouver sans « espace vital » où évoluer, comme un oiseau asphyxié dans le vide d'une liberté négative.

La liberté a fini par prendre un signe négatif, a fini par devenir, elle aussi, négativité, comme si en ayant fait de la liberté l'*a priori* de la vie, l'amour avait été le premier à l'abandonner et l'homme s'était retrouvé avec une liberté vide, le creux de son être possible. Comme si la liberté n'était que cette possibilité, l'être possible qui ne peut se réaliser, privé qu'il est de la force d'engendrement de l'amour. « Au commencement était le Verbe », l'amour, la lumière de la vie, la parole incarnée, un futur qui se réalisait sans fin. Sous cette lumière, la vie humaine découvrait l'espace infini d'une liberté réelle, la liberté que l'amour accorde à ses esclaves.

Vivre cet aspect négatif de la liberté semble être le destin au bout duquel doit aller l'homme de notre époque : épuiser cette difficile expérience. Et rien de plus difficile à déchiffrer que la négation, que ce qui a lieu dans la négation, dans l'ombre et le vide. La vie dans la négation est celle qui se vit dans l'absence d'amour. Quand l'amour – inspiration, souffle divin en l'homme – se retire, il semble que rien n'ait été perdu sur le moment, et certaines choses semblent même émerger avec plus de force et de clarté ; les droits de l'homme devenu indépendant, toutes les énergies absorbées par l'amour se trouvent libres, circulent pour leur propre compte. Et comme chaque fois que se produit une désintégration, surgit une soudaine liberté – une pseudo liberté en fait –, qui s'épuise très vite.

C'est ainsi que se produit quelque chose de particulièrement étrange, qui rend l'affaire plus inextricable encore. Depuis le romantisme avec qui l'amour monta impétueusement à la surface de la vie, l'amour n'a cessé d'avoir ses serviteurs, ses défenseurs. Ce sont, avant tout, les poètes, chose qui rappelle un peu la situation antique, quand ils étaient seuls à le défendre en marge de la cité et presque de la loi. Si ce n'est qu'aujourd'hui nul n'ose édicter, même comme éventualité, aucune loi à son encontre, aucune cité ne lui ferme ses portes ; bien au contraire, plutôt, tout semble aplani, à commencer par les lois... Mais, en réalité, les portes sont ouvertes à ses succédanés, à tout ce qui le supplante. Et la révolte des poètes, ses serviteurs irréductibles, tombe donc dans une espèce de vide ; à leurs délires ne s'oppose aucune résistance, signe le plus clair de la pseudo liberté dont nous jouissons ; rien ne s'oppose à eux, rien ne résiste, aucune loi ne se dresse contre eux.

C'est que toutes les forces opposées à ce qui un jour a répondu au nom d'« humanisme », ont pris son visage, sa forme, et même son nom. À une légère différence près : l'humanisme d'aujourd'hui est l'exaltation d'une certaine idée de l'homme qui ne se présente même pas comme une idée, mais comme une simple réalité : renoncement de l'homme à lui-même, à ce qu'il a d'illimité ; acceptation de soi comme simple réalité psychobiologique et transformation en chose, une chose qui a certains besoins, tous justifiés et justifiables. L'homme se retrouve de nouveau enchaîné au besoin, mais à présent par sa propre décision et au nom de la liberté : il a renoncé à l'amour au profit de l'exercice d'une fonction organique ; il a changé ses passions contre des complexes, car il refuse d'accepter l'héritage divin, croyant se libérer, par là, de la souffrance, de la passion que tout le divin subit parmi nous et en nous.

L'homme moderne a tenté de se libérer du divin de deux manières. La première est la tentative qui marque l'idéalisme, tous les idéalismes et, plus encore, celui qui prétend s'immerger dans la création en la voyant dans l'histoire, et l'individu comme moment de cet événement divin. C'est se libérer du divin, parce que dans la vie de chaque homme le divin ne serait rien et serait tout. En tant que sujet de la connaissance, l'homme, sujet pur, est divin, et plus encore s'il a devant lui l'horizon total du « savoir absolu ». En tant qu'agent de l'histoire, il est divin parce qu'il réalise lui-même un processus divin et n'a, donc, aucun droit à réclamer. Ni quand il connaît ni quand il agit, l'« idéaliste » n'a le droit ni la possibilité de se plaindre, de s'adresser à « quelqu'un ». Il n'a personne au-delà de lui-même ; le divin n'est pas dans l'au-delà, il n'est plus dans une forme inconnue ; il y a là la prétention d'en finir avec le Dieu inconnu, avec l'inconnu de Dieu, car tout, l'histoire, est le centre de tout, est justement révélation. Or, accepter vraiment le divin, c'est accepter le mystère ultime, l'inaccessibilité de Dieu, le *Deus absconditus* qui subsiste au sein du Dieu révélé. L'homme refuse de subir Dieu et le divin qu'il porte en lui.

L'autre manière dont s'est concrétisée la soif de libération du divin est naturellement le contraire de l'idéalisme : c'est croire que toute la réalité, y compris la vie humaine, est un tissu de faits ; de faits soumis à des causes qu'on appelle des raisons en revenant ainsi au sens premier de la *ratio* latine : des comptes ; pour cet homme, positiviste sans le savoir, quand il n'est que croyant et non philosophe, chercher et donner des raisons, c'est faire des comptes. Or, le divin c'est l'incalculable, ce que peut détruire tout calcul et ce qui introduit dans tout compte aussi juste soit-il un nombre absurde. Car il transcende les faits dans un éternel processus. Dans ce processus comme péripéties du divin se détache l'homme. L'individu qui oppose ainsi une résistance au divin, car il n'y est pas asservi pour autant, mais qui est entraîné dans certaines manifestations où sa vie, sans cesser de lui appartenir, lui échappe momentanément, pour ensuite être véritablement sienne, au cours de certains processus dans lesquels il est nécessaire de se perdre pour se gagner.[1]

Cet interminable jeu consistant à donner la raison des faits, comprend aussi les manifestations de l'amour, l'amour devenu un fait, ramené à un accident soumis au jugement et à l'explication, c'est-à-dire, dénaturé dans son essence, qui transcende tout ; privé de sa force et de sa vertu, il ne sert de rien à l'amour d'apparaître sous la forme d'une passion enflammée : c'est comme si quel-

[1] Référence aux vers de la strophe 20 du *Cantique spirituel* de Jean de la Croix : « Si donc en nos pâtures/nul ne peut plus me voir ni me trouver/vous me direz perdue/car d'amour emportée/j'ai voulu me perdre et me suis gagnée ». (N.d.T)

qu'un, soigneusement, pratiquait une analyse et extrayait ce qu'il y a en lui de divin et d'irrésistible pour n'en faire qu'un incident et rien d'autre dans l'exercice d'une prérogative humaine. Dans un épisode de la nécessité et de la justice.

L'amour, quand il n'est pas accepté, se transforme en *némésis*, en justice, il est une implacable nécessité à laquelle on ne peut échapper. Comme la femme jamais adorée devient une parque qui coupe les fils de la vie des hommes. Tel est, sous la forme de l'amour humain, le retrait du divin qui nous condamne, nous enferme dans cette prison de la fatalité historique, d'une histoire transformée en cauchemar de l'éternel retour.

L'absence de l'amour ne réside pas dans le fait qu'il ne puisse effectivement apparaître dans des épisodes, dans des passions, mais dans sa réduction aux étroites limites de la passion individuelle dégradée en fait, en événement rare. Alors, la passion individuelle – personnelle – même en vient à se trouver également réduite à une forme tragique, parce qu'elle se trouve soumise à la justice. L'amour vit, respire, mais il est soumis au procès d'une justice qui est une implacable fatalité, une absence de liberté ; l'amour est jugé par une conscience où il n'a pas de place, par une raison qui lui a été refusée. Il apparaît ainsi comme enterré vivant, il vit mais il est inefficace, privé de force créatrice.

Plus que jamais une némésis semble présider au destin des hommes, elle est le signe qui apparaît à l'horizon quand l'amour n'a pas d'espace pour se dépasser et quand il n'informe pas la vie humaine qui l'a rejeté dans le mouvement de son désir de libération du divin en même temps qu'elle veut l'absorber en elle-même. Alors, l'amour n'a plus d'espace pour se dépasser, lui qui n'a rien à unir, pont sans rive vers laquelle s'élancer. Il ne peut être intermédiaire entre rien ; réalité et irréalité ; être et non être, ce qui est déjà le cas avec le futur sans limites, puisque tout prétend être réel de la même manière. La prétendue divinisation totale de l'homme et de l'histoire produit la même asphyxie qui a dû se produire lorsque, en des temps très reculés, l'homme ne parvenait pas à trouver sa place sous le soleil dans un espace empli de dieux, de demi-dieux, de démons. L'amour alors n'existait pas non plus. Étrangement l'amour, comme la connaissance philosophique, naquit en Grèce, à une époque où les dieux, sans cesser d'avoir une influence, autorisaient l'homme à rechercher son être. Car on pourrait dire que l'amour tout en étant l'*eros* grec, avidité et désir, fut le contraire aussi, un créateur de distances, de limites, de frontières entre l'humain et le divin qui unissait tout en maintenant la distance. Qui donnait un sens à l'épreuve de la vie humaine, à la passion, en la transformant en acte. Un dieu étrange, créateur d'humanité malgré son délire, une divinité ordonnatrice de ce délire premier qu'est toute vie humaine, toute histoire qui commence.

APPARITION HISTORIQUE DE L'AMOUR

Nous voyons la naissance de l'amour en Grèce. Le mythe nous la relate de manière imagée, mais le mythe n'est qu'une version de sa naissance, non sa naissance elle-même. Et, pourtant, la manière qu'a cette chose de se manifester pour la première fois, sa manière de devenir accessible à la conscience, est particulièrement significative.

L'apparition de l'amour n'est rien d'autre que son apparition, à partir du monde environnant, dans la clarté de la conscience. S'en rendre compte suppose de s'arrêter sur l'une des plus étranges conditions de la vie humaine, latente au fond de toutes les interrogations historiques : la raison des événements qui sont propres à « la nature humaine » ne s'est pas toujours manifestée de manière particulière, et parvient à le faire à un moment historiquement déterminé. Tel l'amour qui errait au dehors, aliénant la vie humaine, l'ensorcelant, selon les croyances millénaires et vénérables de tous les peuples. Ce qui un jour a montré son visage et s'est manifesté en prenant forme, avait été auparavant une réalité informe, qui harcèle et aliène. Or ce n'est pas seulement l'amour, mais tous les dieux qui ont été des puissances d'aliénation ; d'où l'adoration dont ils étaient l'objet du seul fait d'être des dieux, c'est-à-dire de se montrer avec visage et forme ; leur grâce et leur miséricorde premières reposent sur le fait de leur apparition.

Entrer dans la conscience et, plus même que dans la conscience, dans la lumière, est un événement glorieux, l'épiphanie liée à toute réalité qui arrive finalement à devenir visible. L'amour y parvient en Grèce ; dans cette Grèce qui tire sa force éternelle du fait que sur son sol les réalités qui forment notre esprit ont connu leur épiphanie. La foi chrétienne n'a pas détruit cette zone d'influence, mais lui a donné ce centre ultime dont elle avait besoin et sans lequel elle ne se serait pas maintenue, parce qu'elle ne parvenait pas, malgré tout, à être une zone d'influence.

C'est dans ce qu'on appelle les cosmogonies que l'amour fait d'abord son apparition. Là, il montre son statut premier ; il est une réalité, une puissance originelle nécessaire à l'établissement d'une zone d'influence, d'un ordre. Les cosmologies sont l'instrument poétique de l'ordre, la manifestation qui annonce et réalise le passage du chaos à l'ordre. Les plus vénérables commencent par : « Au commencement était le chaos ». « Au commencement était la nuit » dit la cosmologie orphique, où l'amour se trouve mystérieusement annoncé.

En Grèce, les genres littéraires, y compris la philosophie, se mettent à apparaître avec une clarté croissante qui se fraye un chemin. L'apparition de chacun d'eux n'est absolument pas le fait du hasard. Les poèmes cosmogoniques atteignent leur clarté la plus haute et, par conséquent, leur déclin chez Hésiode. Dans celles qui suivent, la cosmogonie n'est déjà plus qu'une explication qui prétend être philosophique ou scientifique et qui a perdu sa force d'inspiration. Parce qu'elles sont totalement inspirées et de caractère sacré, les cosmogonies orphiques n'ont pas d'auteur humain : leur auteur est aussi un personnage mythologique. De même que tous les grands médiateurs de tous les cycles religieux, c'est un personnage qui, en même temps qu'il crée, intervient dans la formation du monde. Le premier maître est le dernier architecte, un démiurge en qui se concentrent les attributs de l'ouvrier qui pose la dernière pierre et prononce la première parole.

Peut-être pourrons-nous maintenant entrevoir le caractère essentiel de l'apparition de l'amour en Grèce. C'est là que se révélèrent poétiquement la conscience, le récit du passage du chaos au monde, la métamorphose des puissances vagabondes en forces soumises au cycle ; une conscience poétique et historique de la métamorphose première, dans laquelle le monde naît habitable pour l'homme. Ainsi l'amour apparaît à cet instant de révélation où l'homme découvre que le monde, tel qu'il le voit, que la nature qu'il a trouvée en mouvement selon un cycle immuable, n'ont pas toujours été ainsi, mais qu'ils sont l'œuvre de quelqu'un ou de quelque chose, le résultat d'un travail : l'amour apparaît en même temps que le travail, que l'effort et la passion sont apparus très loin, en un autre temps, dans le temps fabuleux antérieur à celui des hommes. L'amour est une puissance antérieure au monde que nous voyons, il s'est trouvé dans la métamorphose première de la chaîne de métamorphoses visibles et invisibles qui marquent la formation de l'univers. Il semblerait que l'amour ait opéré, dans l'immensité des puissances, la métamorphose nécessaire à la formation d'un monde habitable pour l'homme. Car le chaos, cet état antérieur au monde habité, est un chaos pour l'homme, il est la réalité simplement cosmique, sans nombre ni harmonie, sans espace ni temps, c'est-à-dire sans conditions d'existence humaine : la réalité incommensurable.

De cette apparition, la vie humaine garde une trace durable. Tout semble s'être conservé dans l'homme, et peut-être pour cela peut-il se remémorer l'histoire qui est au-delà de lui-même, même si elle s'offre à lui comme une révélation sacrée (comme l'est la Genèse pour les croyants). L'homme peut comprendre cette révélation, il a la possibilité de la revivre dans la mesure où son être propre conserve la trace des événements premiers.

Mais au moment où l'amour établit sa zone d'influence, dans ce même monde sacré, encore non révélé, antérieur à l'instant où, une fois achevée, l'œuvre prononce la parole, se produit un mouvement inverse, comme si une part des puissances réfractaires était restée insoumise. Dans un monde créé par Dieu à partir du néant, ces puissances se présentent comme rebelles face à la création ; dans un monde ordonné par un démiurge, les puissances obscures sont simplement insoumises. Et, de toutes manières, apparaît l'envie, le mal sacré entre tous, qui face au Dieu absolu crie *non serviam* et qui, chez l'homme, sera l'envie fraternelle, « la première forme de parenté », comme l'appelle Unamuno dans *Abel Sánchez*.

Le monde grec n'est pas le monde de l'envie, dans le sens où l'envie ne fait pas partie du monde sacré. Les restes du chaos, vont être les conflits de la tragédie, dans laquelle l'amour est, au fond, le seul protagoniste. A la racine de la tragédie grecque, de ses nœuds inextricables, se trouve toujours l'amour ; un amour qui n'est pas devenu plus clair, plus ordonné ; qui ne s'est pas adapté à la zone d'influence, qui n'est pas conforme à la nature.

Ainsi la tragédie était le genre littéraire qui devait nécessairement suivre les cosmogonies. C'est aussi un genre sacré, puisqu'il exprime les conflits originaires du monde, antérieurs à l'homme même et que, pourtant, l'homme subit, comme s'il avait entrepris d'habiter le monde avant l'époque humaine. Il y a ainsi une période de coexistence entre les dieux et les hommes, de véritable commerce entre le divin et l'humain. L'amour brille à ce moment là dans toute sa splendeur et magnificence, en révélant son statut médiateur, véritablement générateur. Tout ce que l'amour en est venu à être, toute l'influence qu'il a eue sur la modeste vie humaine, cela avait déjà eu lieu dans le passage du chaos à l'ordre, lorsque les hommes étaient les hôtes des dieux et, parfois, leurs rivaux.

La Terre est restée aux hommes, aux hommes seuls. Alors, l'amour fut une passion. Il est certain, que ce qu'il a en même temps de divin est bien faible. Car la passion a absorbé toute la force de l'amour, et c'est en elle que réside la véritable divinité et son caractère sacré, insondable, furieux. Par contre, le dieu s'est affaibli au point de n'être plus un dieu, mais une déesse chez qui apparaît, plus que le caractère divin de cette puissance, le caractère aimable, c'est-à-dire humain, non de l'amour même mais de son objet. L'Aphrodite de l'époque classique n'est pas la déesse en qui réside l'amour ; l'amour des cosmogonies ne s'y est pas véritablement transporté ; elle est plutôt la manifestation de l'humanisation de l'amour, de son apparition dans le monde humain, désormais profane. Aphrodite offre l'aspect ambigu d'une divinité profane et c'est comme telle qu'elle se manifestera toujours dans tous ses actes. La force de l'amour dans le monde, une fois l'univers créé à la mesure de l'homme, réside dans la fureur de la passion. La passion, est en l'homme cette trace divine qui, de ce fait, est également démoniaque : étrangère à l'homme, hors de sa mesure et, cependant, son être même ; étrangère-intime.

Ici apparaît un autre aspect de l'ambiguïté caractéristique de l'amour, non plus à la fois divin et démoniaque, mais étranger à l'homme et en même temps le plus intime. La fureur qui agite et remue les entrailles, le tréfonds obscur, ces confins de l'humain avec tout ce qui vit et palpite ; et même au-delà : avec la matière, avec le cosmique.

L'apparition de l'amour dans les cosmogonies souligne et définit la pérennité de son statut. Il se situera toujours aux limites de l'humain, mêlé à ce qui ne l'est pas encore ou à ce qui ne le sera jamais, mêlé à ces restes de la matrice originaire à laquelle l'homme s'est arraché pour vivre de sa vie propre comme un être indépendant. Dans la passion, dans la fureur qui s'exprime à travers la tragédie, se manifeste son caractère sacré, ambigu, étrange-intime. Il est une force de possession, comme un dieu, comme une puissance non révélée qui, quand elle se révèle, le fait dans les entrailles humaines elles-mêmes, par delà la parole ; là où se fait le verbe.

En même temps, la figure d'Aphrodite, la déesse, pousse à l'extrême l'ambiguïté de l'amour. Elle montre que lorsque l'amour se révèle entièrement, il se réduit à l'humain, il se banalise fatalement ; que lorsqu'il perd son caractère sacré-non révélé, il se trouve aux limites également, aux limites où l'homme se banalise et où la nature humaine, parce que trop humaine, peut tomber dans l'abjection. Pourtant Aphrodite n'est pas une divinité abjecte mais humaine et, en tant qu'humaine, dépositaire de quelque chose de sacré en quoi le statut du sacré s'est révélé de manière excessive pour, en descendant, s'adapter à la mesure humaine ; elle fait entrevoir, ne fût-ce que de loin, la menace qui pèse sur l'humain quand il se libère de toute limite, dans l'oubli de ses racines, car l'abjection n'est pas autre chose.

Le trait le plus divin de la déesse Aphrodite se manifeste dans son caractère de présent, d'offrande précieuse rejetée par la plus ancienne des puissances : la mer et le plus léger de la mer, l'écume. La fureur divine est grâce, légèreté de ce qui est le plus soumis à la pesanteur ; de ce qui en joue sans lui échapper. L'écume est le jeu. Aphrodite est la divinité de l'amour comme jeu, grâce, présent. Don fragile que l'homme peut aussitôt flétrir de son souffle, et qui est celui qui réclame le plus de pureté, d'innocence. D'où son rapport à un amour enfant. Éros, l'enfant ; Adonis, l'adolescent, est le compagnon d'Aphrodite, son frère ou son amant, parce qu'il révèle ainsi l'innocence inséparable du jeu de l'amour, un jeu presque interdit à l'homme, dans sa gravité. Ambiguïté divine qui offre son présent comme une offrande légère, inaccessible ensuite aux humains, une offrande qui ne peut être appréciée, car elle requiert l'innocence que l'homme sait avoir perdue. Cruauté d'un don qui rappelle le bonheur, celui d'un temps où l'homme existait, mais d'une autre manière ; où il était et n'était pas l'homme qu'il est : un enfant, un adolescent. L'« avant » de l'état d'innocence.

Le jeu est ce qu'il y a de plus profond dans la divinité. Aphrodite avant d'être la déesse du jeu est celle de l'amour ; mais en aucun cas de l'amour-passion. Toutes les approches néo-classiques l'ont ainsi entendu et ont compris l'amour également comme jeu. À commencer par la tentative de faire revivre les dieux classiques, car dans l'Europe chrétienne toute tentative de faire revivre le monde païen de l'Olympe a été essentiellement jeu, divertissement, désir d'oublier l'avenir et de revenir à l'enfance, nostalgie de ce que le monde de l'enfance a de plus clair et visible. Le jeu est la part la plus superficielle et visible du monde sacré.

Jeu, fête. Jeu, fête et aussi tragédie. On sait qu'historiquement il en fut ainsi. L'ivresse entraîne la fureur de la passion et produit aussi le jeu. Dionysos a deux visages.

Le destin de l'amour, son sort, en demeurera tracé pour toujours. Il fait partie des cosmogonies. Ce n'est qu'aux époques historiques qui auront une claire conscience de ce qu'est une cosmogonie – pour peu qu'elles en recèlent une dans leurs croyances ou en éprouvent l'angoisse –, que l'amour vivra dans toute sa splendeur. Et à mesure que la conscience de l'homme diminuera et que son « espace vital » se réduira à ce qui est strictement humain, l'amour déclinera en même temps dans la vie réelle, quotidienne et dans son existence même. L'amour correspond à des moments d'espace vital maximal : il est en rapport direct avec l'horizon.

L'horizon est en intime correspondance avec l'amour qui a été aussi son architecte. L'horizon est sa seconde conquête après celle de sa zone d'influence. L'amour est intervenu dans la création des zones d'influence et il est l'auteur, l'ouvrier de l'horizon. L'horizon est désormais une œuvre humaine et c'est pourquoi il est le problème suprême et premier de la philosophie. La philosophie est un regard humain. Et l'amour qui est dans le mot lui-même désignant l'action de philosopher annonce déjà son rôle décisif. La philosophie est un regard créateur d'horizon ; un regard à l'horizon. C'est pourquoi elle a aussi son moment historique, son irruption non moins violente que celle de l'amour et elle le suit au point d'en recevoir l'héritage. L'héritage de l'amour, de l'amour des cosmogonies, se répartit entre la passion tragique et le regard philosophique. Il semblerait que l'amour se soit scindé : lui, qui a séparé et réuni, subit à son tour une division, qui est la forme première d'engendrement de la vie. Il se divise en un *eros* passionnel, intime, et en un *eros* du regard. La tragédie exprimera le premier. La philosophie sera sa sœur jumelle dans l'héritage de l'amour. Elle sera l'expression même de la vie, d'un *eros* qui ne gémit pas dans les profondeurs, tout entier intronisé dans l'homme et ne conservant de la possession divine qu'une étrange et paradoxale ivresse : la sérénité.

La sérénité est la passion de la philosophie, la passion qui détruit tout pour contempler. Passion du regard qui croit avoir un horizon parce qu'elle l'a édifié. Et qui ne le sait pas, car celui qui s'enivre ne sait jamais qu'il le fait.

Philosophie et tragédie marquent l'entrée de l'amour dans l'orbite humaine parce qu'elles conduisent l'homme à entrer en lui-même, dans la conscience : conscience née de l'épreuve de la tragédie, du regard dans la philosophie. D'où la lutte entre les deux pour le cœur humain. La tragédie met en scène l'épreuve de la passion inextinguible, incessante, inépuisable, qui ne peut espérer de salut que dans sa totale consomption. La philosophie portera en elle, dès le premier instant, le contraire ; l'aspiration suprême à ce qu'elle qualifie dans sa maturité de vertu : l'*apatheia*, l'impassibilité. L'amour, en se scindant, ouvre deux voies à la vacillante créature humaine : l'acceptation absolue de l'épreuve, la passivité qui en arrive à se laisser submerger par la fureur de la passion, et la philosophie, un amour qui semble se déprendre de ce qu'il est : un amour impassible.

Dans ce conflit est en jeu quelque chose d'extrêmement grave pour la vie humaine, une manière de se comporter face à une condition de l'homme en tous lieux et en tous temps : la capacité d'aliénation. La philosophie surgit, avant tout, du désir d'annuler l'aliénation en la transformant en son contraire. La philosophie continue à être une forme de l'amour dans cette exigence de la métamorphose qui change l'aliénation en identité, ce qui sera la grande divergence entre philosophie et poésie qui jusque-là avaient marché de conserve. Tant que dure la période cosmogonique, philosophie et poésie sont unies. Et l'amour est un. Une telle unité semble se poursuivre jusqu'à Platon, dernier représentant de ce monde. Malgré sa condamnation de la poésie, chez lui l'unité de la poésie et de la philosophie est encore possible. Et c'est dans sa conception de l'amour que réside cette unité.

La poésie lyrique entraînera l'amour avec elle, elle absorbera l'amour de la tragédie en le libérant de l'action, de la figuration dramatique ; face à elle, elle sera une abstraction. Elle sera l'aliénation pure. Le pur asservissement à un *eros* vagabond.

La philosophie ne cessera de s'écarter de l'aliénation originelle de la vie au point de chercher à y effacer toute trace d'inspiration. Elle n'y parviendra jamais entièrement et, quand elle s'y obstinera, cela n'aura pour triste résultat que son affaiblissement ou sa décadence. La philosophie, quand elle accède à son existence, trouve une identité inspirée ; l'homme découvre son être et les choses qui sont dans quelque chose qui est au-delà d'elles-mêmes. Quand l'homme et les choses ont un être à part, qui croit se suffire à lui-même, alors ils deviennent de simples faits, et la philosophie disparaît.

À ce point où philosophie et poésie se séparent, emportant chacune pour soi un aspect, un mode de l'*eros*, l'apparition historique de l'amour a pris fin. La révélation de l'amour s'est accomplie ; ce qui suivra, ce seront des attitudes humaines face à elle ; ce seront, au sens le plus respectable du mot, des opinions. L'amour est maintenant entré dans la vie humaine et l'homme également. En même temps, ce n'est pas un hasard, car l'amour est la révélation de la vie humaine. Quand l'homme s'est approprié l'amour qui errait au dehors comme une puissance divine, quand il l'éprouve, qu'il sait qu'il lui appartient, qu'il fait partie de sa condition, de sa nature, il s'est enfin décidé à être homme et à vivre comme tel ; il a trouvé sa place difficile dans le cosmos, place instable qui l'ouvre à l'histoire. Si l'équilibre humain était stable, l'histoire n'existerait pas.

À partir de là l'amour appartiendra à la morale. Il aura, en réalité, une triple existence ; une vie qui s'identifie à la poésie, pure aliénation qui ne veut pas cesser de l'être ; une source d'inspiration pour la pensée qui aspire à être absolue – l'aspiration, l'*eros* de la philosophie –, et cette réalité à laquelle le réduisent les normes de la morale dans la vie de tous les hommes.

Dans la révélation croissante que l'homme reçoit de lui-même, l'amour va trouver son siège dans l'âme (dont il partagera le sort pour toujours). Psyché et Eros sont associés, presque indiscernables à leurs moments de plus haut épanouissement. L'âme est une réalité médiatrice, qui est aussi descendue et a habité l'homme. La croyance à l'âme n'est nullement naïve, primaire. Au contraire, tous les chercheurs sur le monde primitif nous révèlent une grande richesse de croyances qui font partie de ce qu'on a appelé l'animisme ; les âmes résident dans les choses, dans les animaux, dans les arbres ; elles choisissent comme demeures les pierres et les lieux enchantés ; elles vivifient la terre dans ces foyers du sacré – « lieux riches en âmes » – selon un antique document égyptien. À cette époque on croyait encore chez les Égyptiens que seul le pharaon naissait uni à son *kaa* ; le commun des mortels connaissait le malheur suprême d'en être séparé ; ce n'est qu'après la mort que s'opérait l'union : ce n'est qu'après qu'on recevait une âme. L'âme ne fut pas d'abord éprouvée comme propre à l'homme. Ce fut plutôt en sentant qu'il en était privé, qu'il se mit à la chercher.

Âme et amour mesurent les distances de l'univers, passent entre les différents types de réalité, s'y logent et les relient. Mais il faut rappeler que l'âme et l'amour ont existé avant qu'il y ait des « choses », avant qu'il y ait des êtres. Être homme, acquérir une existence humaine, consiste à être pénétré par l'âme, et par l'amour avec elle. Et cette pénétration est souffrance ; souffrance de l'âme qui s'enfonce dans un espace qui semble hermétique. L'homme souffre aussi parce que le pénètrent parfois plusieurs âmes discordantes. Qui, encore aujourd'hui, n'a éprouvé cette torture d'avoir plusieurs âmes ? Ou une seule qu'il ne comprend pas.

L'amour, dans cette tragédie, est un agent d'unité ; il le sera toujours. Dans la tragédie poétique, il sera un agent d'identité, un désir d'unité, même si elle demeure impossible. L'amour sera un agent de fixation de l'âme, de chaque âme individuelle ; aux époques de maturité historique on appelait cette souffrance transcendante vocation. Emportés par l'amour, les hommes parcourront ce long chemin dont l'aboutissement est, pour chacun, d'atteindre sa propre unité, d'arriver à être vraiment *lui-même.* L'amour engendre toujours.

Dans la vie humaine apparaît la tyrannie d'une double nécessité d'engendrement : l'injonction élémentaire de l'espèce qui englobe tous les individus dans une nécessité sacrée et celle qui provient de celui que chacun aspire à être, perfection ultime de l'individu. Le fait qu'entre ces deux aspirations ou fonctions de l'amour, la première se soit fait sentir en tous temps et en toutes époques, a suggéré l'idée que l'amour a toujours existé de la même manière, qu'il n'a pas d'histoire. Et c'est aussi l'un des facteurs qui ont contribué le plus fortement à établir la croyance en la « nature humaine », surtout quand elle a été conçue comme un répertoire de nécessités invariables. Sans doute y a-t-il là une vérité : l'inexorable est un ensemble de nécessités ; inexorabilité qui, jointe à l'illimitation métaphysique, détermine l'être de l'homme.

L'amour, donc, fonde la chaîne, la loi de la nécessité. Et l'amour crée aussi la notion première de liberté. Nécessité et liberté sont des catégories suprêmes de la vie humaine. L'amour en sera le médiateur. Dans la liberté, il fera sentir le poids de la nécessité et dans la nécessité il introduira la liberté. L'amour est toujours transcendance.

L'AMOUR DANS LA VIE HUMAINE

L'amour pousse toujours au dépassement, il est, en l'homme, l'agent de tout dépassement. C'est ainsi qu'il ouvre au futur – non à l'avenir qui est le lendemain présumé certain, une répétition avec des variations d'aujourd'hui et une réplique d'hier – au futur, à l'éternité, cette ouverture sans limites à un autre espace et à un autre temps, à une autre vie qui nous apparaît comme la véritable vie. Au futur qui entraîne aussi l'histoire.

L'amour nous ouvre au futur, nous obligeant à dépasser tout ce qu'il promet. Son énigmatique promesse disqualifie toute réussite, toute réalisation. L'amour est le plus puissant agent de destruction, car la découverte de l'inadéquation et, parfois, de l'inanité de son objet, libère un vide, un néant atterrant au moment où il est perçu. Il est l'abîme où s'engloutit non seulement ce qui est aimé, mais la vie, la réalité même de celui qui aime. C'est l'amour qui révèle la réalité et l'inanité des choses, qui révèle le non-être et même le néant. Le Dieu créateur a créé le monde du néant par amour. Et tout ce qui porte en soi une bribe de cet amour découvre un jour le vide des choses et le vide qui les habite, car chaque chose et chaque être que nous connaissons aspire à être plus que ce qu'il est réellement. Et celui qui aime s'établit dans cette aspiration, dans cette réalité jamais atteinte, dans cette entéléchie encore sans être et, en l'aimant, il la fait passer du non-être à un type de réalité qui un instant semble totale et qui ensuite se voile et même s'évanouit.

L'amour fait ainsi transiter, aller et venir entre les zones antagonistes de la réalité, il s'y enfonce et révèle leur non-être, leurs enfers. Il révèle l'être et le non-être, parce qu'il aspire à aller au-delà de l'être ; de tout projet. Et défait toute consistance.

Il détruit, c'est pourquoi il donne naissance à la conscience, parce que tel qu'il est, il est la plénitude de la vie de l'âme. Il élève vers l'obscur élan de la vie cette avidité qu'est la vie en son fond élémentaire, il la conduit vers l'âme et l'âme vers la raison. Or, en révélant l'inanité de tout ce sur quoi il se fixe, il montre aussi à l'âme ses limites et l'ouvre à la conscience, lui fait engendrer la conscience. La conscience s'élargit après une désillusion amoureuse, comme l'âme elle-même s'était dilatée dans sa propre illusion. Si nous naissions dans l'amour et y vivions toujours, nous n'aurions pas de conscience.

Mais il n'y a d'illusion dans l'amour, quand elle existe, qui n'obéisse à la nécessité de son essence même. Car, en découvrant la réalité, au double sens – double et unique – de l'objet aimé et de celui qui aime, la conscience de celui qui aime ne sait pas situer cette réalité qui le dépasse. S'il n'y avait pas illusion, il n'y aurait pas transcendance, parce que nous resterions toujours enfermés dans les mêmes limites. Et l'illusion, par ailleurs, n'en est pas une, car ce qu'on a aimé, ce que vraiment on aimait quand on l'aimait, est vérité ; c'est la vérité, même si elle n'est pas entièrement réalisée et sauvée. C'est la vérité qui est espoir dans le futur.

Et si l'amour révèle le non-être dans la vie, il révèle le côté négatif de ce qu'il y a de plus vivant dans la vie – en accord avec son statut intermédiaire qui lui permet de réaliser le contradictoire –, c'est lui qui rend la mort vivante, en la changeant de sens. Mais ici, il rencontre l'espoir et le sert, au moment le plus difficile, celui où l'espoir se trouve suspendu quand il est sans raison.

La raison de l'espoir ne s'enracinerait pas dans l'âme si l'amour n'avait pas préparé le terrain, avec cette soumission, justement, cette offrande de la personne que l'amour réalise à l'instant de son accomplissement. Car l'amour qui unifie la personne, qui est l'agent de son unité, la conduit à s'abandonner ; il exige, en réalité, que, de l'être même, soit fait une offrande, ce qu'il est si difficile de nommer aujourd'hui : un sacrifice ; le seul et véritable sacrifice. Et cette soumission qu'il y a au centre même du sacrifice anticipe la mort. Ainsi, celui qui aime véritablement, meurt déjà en vie. Apprend à mourir. C'est un véritable apprentissage pour la mort. Et si la philosophie, une certaine sorte de philosophie, a pu faire de ses partisans des hommes « mûrs pour la mort », c'était grâce à l'amour qu'elle comportait, un amour spécifique qui est à l'origine de l'attitude humaine qui pousse à choisir cette philosophie, et sans laquelle nulle dialectique n'aurait jamais été convaincante.

Car les idées ne feront jamais changer profondément l'être humain si elles ne sont pas la manifestation de son désir ; si elles ne correspondent pas à la situation où il se trouve, elles deviendront au contraire pour lui un obstacle, lettre morte ou simples manies obsessionnelles.

L'amour apparaîtra aux yeux du monde, à l'époque moderne, comme amour-passion. Mais cette passion, ces passions, quand elles se produisent réellement, seront, ont toujours été, les épisodes de sa grande histoire semi-clandestine. Les pauses nécessaires pour que l'amour puisse produire son fruit ultime, pour qu'il puisse agir comme instrument de consomption, comme feu purificateur et comme connaissance. Une connaissance presque toujours inexprimable de façon directe et qui, pour cela, se trouve enfouie sous la pensée la plus objective, sous les œuvres d'art apparemment les plus froides. L'amour qui s'exprime directement, qui s'enflamme en un jour, ne vaut rien. L'action de l'amour, son statut d'agent du divin en l'homme, se reconnaît, surtout, à cet affinement de l'être qui le subit et le supporte. Et même dans le déplacement du centre de gravité de l'homme. Car, être homme, c'est être fixé, c'est peser, peser sur quelque chose. L'amour obtient non pas une diminution mais une disparition de cette gravité qui, lorsqu'il n'existe pas, est la base de la morale, de ceux qui vivent moralement, moralement seulement. Le centre de gravité de la personne est passé d'abord dans la personne aimée et, quand la passion disparaît, demeure ce mouvement, le plus difficile, d'être hors de soi-même. « Je vis à présent hors de moi-même », disait sainte Thérèse, et il n'y a rien là qui lui soit spécifique. Vivre hors de soi, pour être au-delà de soi-même. Vivre préparé à l'envol, prêt pour n'importe quel départ. C'est le futur inimaginable, l'inaccessible futur de cette promesse de vie véritable que l'amour insinue dans celui qui l'éprouve. Le futur qui inspire, qui console du présent tout en en supprimant la croyance ; qui recueillera tous les rêves et les espoirs d'où jaillit la création, le non prévu. C'est la liberté sans arbitraire. Le futur qui aimante le devenir de l'histoire courant à sa recherche. Ce que nous ne connaissons pas et qui nous pousse à connaître. Ce feu sans fin qui palpite au cœur de toute vie. Ce qui, du vol de sa transcendance, unifie vie et mort, comme simples moments d'un amour qui renaît toujours de lui-même. Le plus secret de l'abîme de la divinité ; l'inaccessible qui descend à toute heure.

L'ENFER TERRESTRE : L'ENVIE

I. L'ENVIE : MAL SACRÉ

LES MAUX SACRÉS

Il existe des maux sacrés, des maux très anciens qui accablent le corps humain. La lèpre, l'épilepsie et quelques autres que la médecine scientifique n'a toujours pas réussi à réduire au concept de maladie, en les soustrayant à ce territoire où l'âme humaine éprouve la malédiction, le stigmate. Ce ne sont pas simplement des maladies, mais des signes, des marques de quelque chose qui semble ne pouvoir devenir visible que de cette horrible manière. Le stigmate semble être parfois la trace, l'effigie d'un objet lointain et aimé qui est venu laisser son empreinte, comme un gage certain de ressemblance, dans l'être où il s'est manifesté, lequel en reste soustrait au commun des mortels. Les maux sacrés sont des stigmates, parce qu'ils désignent et mettent à part l'être qu'ils ont marqué.

Cette marginalisation de celui qui souffre d'un mal sacré le désigne comme quelque chose ou quelqu'un d'un autre monde. La barrière qui le sépare des autres n'est pas une qualité, mais le signe qu'il est possédé par quelque chose d'un « autre monde » qui, comme il ne peut pas entièrement ne pas être visible en celui-ci, se décompose. Comme si, par de tels maux, se manifestait un incessant conflit entre des manières d'être dont aucune n'est capable de triompher dans une même existence ; chez des êtres que quelque chose ou quelqu'un arrache à la vie et qui, parce qu'il ne peut le faire complètement, se borne à leur laisser sa marque.

Pareilles maladies semblent avoir leur réplique dans la vie morale. On peut les reconnaître à divers aspects. Le premier semble être celui du respect qu'elles inspirent, respect qui trace autour d'elles un cercle de silence. Ce vide est le premier mode d'une épreuve exaspérante pour qui la subit. Car elle n'est pas vécue comme une simple épreuve, mais comme une condamnation.

L'envie appartient, sans doute, à cette catégorie de maux. Un cercle de silence s'instaure toujours autour d'elle quand elle apparaît. Elle impose le respect, marque de son empreinte et, comme aucun autre mal, elle éloigne et isole celui qui en souffre. Ce n'est pas exactement une passion et même l'idée de péché semble laisser échapper quelque chose de son essence, car l'avarice ou la colère sont aussi un péché et ils n'apparaissent ni comme des stigmates, ni sous aucune autre des multiples manifestations qui désignent les maux sacrés que, pour le moment, nous circonscrivons dans ce vide, dans ce lourd silence qui se fait autour d'eux. Ils appartiennent au monde sacré. Et le premier effet du sacré, c'est de rendre muets ceux qui le contemplent.

Même si ce mutisme et ce silence ne sont peut-être pas la première réaction qui fut celle des hommes, mais seulement une manière de se défendre contre quelque chose de sacré, quelque chose qui fait craindre ou espérer la contagion ; la contagion, la contamination que le sacré répand dans le monde. En vertu de quoi, tel serait le premier aspect qu'il faudrait retenir pour caractériser ces maux sacrés : le pouvoir contagieux, face auquel, dans certaines situations, la conscience humaine, le savoir ou l'expérience, dressent ce mur de silence et de respect. Le respect n'est finalement rien d'autre que la réaction de défense contre la force contagieuse du sacré. « Respect sacré », c'est-à-dire, respect pour que le sacré ne nous contamine pas, distance qui marque la différence de vie, de plans vitaux ; limite et frontière de notre être avec une autre réalité infiniment active et repoussante en même temps.

SIGNES DU SACRÉ : LA DESTRUCTION

Activité incessante en son foyer central, contagieuse dans son contact avec nous, telle semble être la première manifestation du sacré. Qui n'est pas toujours porteuse de la contagion du mal. Le mal sacré est plutôt comme un stigmate, un mal pour celui en qui il s'inscrit, mais non le signe d'un mal analogue au foyer d'où il irradie. Étrange ambivalence, indétermination essentielle du mal sacré qui semble être un mal d'autant plus terrible que le foyer dont il émane peut très bien ne pas en être un ; comme si le mal résidait essentiellement dans le fait de s'être laissé contaminer, de s'être approché de quelque chose qui devait être respecté, d'avoir été emporté et contaminé par quelque chose d'infiniment actif. C'est pourquoi ces stigmates ne sont de l'ordre ni du portrait, ni de la trace, mais de la contagion, de la contamination.

Ce type de contagion prend la forme capricieuse et arbitraire, la forme informe propre à ce qui n'est pas et qui ne peut sans doute pas « être » : les formes multiples, infinies sous lesquelles se présente la destruction. Tous les maux sacrés, physiques et moraux, apparaissent non sous une forme, une configuration propre, mais comme quelque chose d'insaisissable, de fuyant et sans définition. C'est peut-être ce qui fonde l'une de leurs analogies avec les maladies corporelles, leur caractère irréductible à une forme et leur surprenante virulence. C'est la destruction, la destruction en marche qui ne produit aucune forme, qui n'est pas l'image d'un corps dans un autre corps, n'a aucune configuration ; multiple, force fuyante, intolérable.

Illimitée, capable de se nourrir d'elle-même, la destruction est un processus interminable dont on n'entrevoit pas le terme. Destruction qui se nourrit de soi, comme si elle était la libération d'une source d'énergie cachée qui imiterait ainsi son contraire, la pureté active et créatrice. Telle est l'ambivalence du sacré.

Distinguons donc de la simple destruction et sa limite tracée d'avance – chose hautement rassurante –, cette autre destruction proprement sacrée, sans terme ni fin. Destruction pure qui trouve un aliment en elle-même. Les maladies corporelles qui apparaissent de la sorte sont porteuses de la promesse d'une vie interminable comme si le mal, pour pouvoir persister, s'appliquait à faire durer sa proie. Quelques unes de ce qu'on appelle les passions, comme l'envie, détruisent l'être qui les subit et qui, en même temps, y puise son énergie. L'être consumé par l'envie y trouve son aliment. Une destruction qui s'alimente elle-même, telle semble être la définition première, originelle de l'envie.

Tant que le sacré vit et se manifeste hors de l'homme, on peut lui opposer ce mur de respect qui isole. Respect qui n'est qu'une réaction défensive, laquelle ne dissout ni ne transforme le sacré en cela seul qui le sauve définitivement : le divin. Le respect comme la résignation sont des attitudes défensives, des modes de résistance et rien d'autre, jamais des modes de création, de véritable activité de transformation. Le sacré du monde physique fut transformé, il y a maintenant de nombreux siècles, en divin par la pensée : le sacré des montagnes, fleuves et volcans, de phénomènes épouvantables, divine *physis*, à laquelle correspond la rassurante notion de « nature ». On fait ici allusion, bien sûr, à la pensée d'Aristote.

Mais quand le sacré vit à l'intérieur de l'homme, quand il s'établit en son centre intime et vital, en puissance destructrice de sa vie, quelque chose doit être tenté pour transformer cette force irrésistible en son contraire ; contraire qu'il doit contenir implicitement, selon l'ambivalence du sacré.

Ambivalence du sacré ; d'où sa manifestation sous forme de signes, de stigmates, son pouvoir de contagion. D'où, également, la destruction. Et respect et résignation ne sont rien face à sa progression, car pareille croissance infinie réclame d'être sauvée ; découvrir le contraire, c'est-à-dire, convertir ou se convertir. La conversion de l'envie est-elle possible ?

Dans la vie humaine, la conversion doit toujours être transformation, métamorphose, transfiguration peut-être. C'est-à-dire ascension dans l'échelle des formes, accès à des modes d'être supérieurs.

La conversion, métamorphose de l'envie, n'est-elle pas un processus absolument nécessaire dans cette continuelle construction de soi en quoi semble consister l'humain ?

AVIDITÉ DE CE QUI EST AUTRE

Avidité de ce qui est autre : telle pourrait être la manière la plus amène de désigner l'envie. Et avant l'avidité, qui est le substantif, le sujet, c'est l'expression « ce qui est autre » qui attire l'attention. C'est la référence à « ce qui est autre » qui prend ici une importance particulière, qui prend du relief.

Dans le monde espagnol, c'est don Miguel de Unamuno qui, avec génie, a passé cet autre au crible. Il l'a abordé de deux manières : dans le roman *Abel Sánchez, histoire d'une passion*, et dans un drame quelque peu ignoré par la critique : *L'autre*. Le drame, avec une éloquence épurée, énonce dès son titre l'importance de cet autre, qui est le but, l'objet de l'envie... L'autre, ce qui est autre, substantivé. Et le génie du poète va jusqu'à ne pas donner de noms aux protagonistes du drame, de la tragédie ; en vérité c'est l'autre et c'est le frère. L'envieux et l'envié n'ont pas de nom : ils ne sont peut-être l'un et l'autre que les masques différents d'un seul être divisé.

Tel semble être le tourment définitif de ce mal sacré. Tourment de l'un pour l'autre ; tourment de l'autre qui ne devrait pas être vu de la sorte.

L'avidité de ce qui est autre : telle pourrait être aussi la définition de l'amour. Sans que le tourment de l'envie puisse marquer une différence, car l'amour, à s'en tenir aux plaintes de ceux qui le subissent, est un tourment au plus haut degré et, comme l'envie, un tourment qui se nourrit de lui-même. Amour et envie sont des processus de l'âme humaine dans lesquels la souffrance ne produit aucun amoindrissement ; la souffrance est leur aliment.

La même définition, l'« avidité de ce qui est autre », semble convenir à ce couple de contraires que sont envie et amour. Comme toujours se manifeste l'ambivalence du monde du sacré. Et c'est cette ambivalence qui doit être interprétée.

L'avidité est le propre d'une chose qui a besoin de croître, de croître ou de se transformer, de cesser d'être ce qu'elle est ; une chose qui se trouve à un stade transitoire, une chose qui est un désir d'être. Ce qui peut demeurer en soi-même, ce qui est présence et repos n'éprouve pas d'avidité. L'avidité est l'appel dans ce qui n'a pas encore réussi à être et tend à y parvenir en quelque façon.

C'est ainsi que Platon, à travers une voix sacrée, celle de la prêtresse de Mantinée, fait de l'amour le fils du manque. En ce qu'il comporte de nature avide, de désir, de besoin devenu actif. Or, dans l'amour, l'objet aimé n'est pas éprouvé comme « autre ». Et c'est sans doute dans ce sens de l'autre ou de ce qui est autre que doit se trouver l'abîme qui sépare l'amour de l'envie. Que peut bien signifier l'autre dans l'envie qui l'éloigne tant de son frère l'amour ? Comment l'autre est-il éprouvé dans l'envie ?

Avidité de « ce qui est autre », communauté de l'amour et de l'envie, du moins dans un premier temps, car très vite, dans l'amour, « l'autre » devient l'un. L'envie, par contre, maintient obstinément l'altérité de l'autre, sans lui permettre d'atteindre la pureté de l'un.

Et, l'autre étant maintenu, l'appétit grandit et touche à la frénésie. Le possédé par l'envie ne peut renoncer à cela qui est autre. Sans doute, au plus intime de sa vie, y a-t-il quelque chose qui le lie à cet autre, étranger et plus moi que son propre moi. Ne serait-ce pas que l'envieux se voit lui-même vivre en lui ?

Le monde de la tragédie grecque est celui de la frustration d'êtres dont la dimension générique interdit le développement de l'individualité propre. Drame entre le père, ce père qui représente tous les pères, et le fils, le drame le plus terrible de l'Antiquité. Aucun héros de la tragédie n'accède à la solitude, cette solitude nécessaire à chacun. Car, en fait, l'identité personnelle naît de la solitude, de cette solitude qui est comme un espace vide nécessaire créé par la discontinuité. Il semble qu'il ait été nécessaire d'être passé, comme une étape dans l'histoire, par cette période de la déréliction humaine, de la fin du monde antique, pour qu'ait pu naître l'homme seul : le fils de l'homme véritable.

La persistance générique semble avoir un rapport très étroit avec l'envie dans l'inceste tragique, dans cette forme de parenté tragique où l'un ne peut se détacher de l'autre, où, appelé à être un, il ne trouve pas son unicité et se sent vivre dans l'autre.

Or, la différence entre envie et amour semble résider dans la vision : l'amour voit l'autre comme un ; l'envie, que l'un pourrait être s'il était l'autre.

LA VISION DU SEMBLABLE

Se voir vivre dans l'autre, éprouver l'autre comme une part de soi-même sans pouvoir l'écarter. L'envieux, qui semble vivre hors de lui-même, est un être absorbé en lui-même : *invidere* dit bien, dans sa morphologie, l'intériorité qu'il y a dans ce regard vers l'autre. Regarder et voir l'autre, non pas au dehors, non pas là où il est réellement, mais dans un dedans abyssal, dans un dedans hallucinatoire où il ne trouve pas le secret qui fait qu'on se sent soi-même, confondu à la solitude.

Se voir vivre en l'autre intérieurement. Voir vivre l'autre dans l'espace extérieur, au dehors, ne suscite pas l'envie. Voir objectivement, c'est-à-dire voir chaque chose et chaque être dans l'espace qui lui revient, est le propre de celui qui ne peut éprouver d'envie. Car il ne peut être envieux que de son semblable.

Voir les choses qui ne vivent pas et même celles qui vivent une vie différente de la nôtre, ne semble pas devoir conduire à l'envie. Les choses et les créatures vivantes non humaines apparaissent dans un espace différent de celui où nous voyons – avec beaucoup d'efforts – nos semblables. Pour chacun, voir son semblable semble être la clé de l'envie, et de son être propre. Car dans la vision du semblable est impliquée l'intériorité, l'intérieur qui est notre espace, où nous nous retirons et qui marque notre suprême différence. De quelque façon que nous nous sentions dans ce véritable espace vital, il est en rapport avec la vision du prochain, avec la communauté ; avec la conquête de l'être-individu de l'espèce humaine en solitude et communion.

Voir son semblable c'est voir vivre quelqu'un qui vit comme moi, qui vit la vie à ma manière. Lui seul peut être pris dans cette implication de l'envie, parce que lui seul peut être impliqué dans ma vie. C'est que voir son semblable, c'est ne pas le voir objectivement dans l'espace physique, mais sentir sa vie dans ma vie. Voir adéquatement son semblable est la preuve suprême de la vision.

L'individualisme moderne nous a habitués à croire que nous vivons seuls : mon prochain m'advient dans ma solitude, qui équivaut à mon existence finalement complète ; en en partant je connais, je vois et je sens mon prochain. L'espace vital ou l'intériorité serait libre d'implications ; l'intérieur où l'homme s'absorbe en lui-même, comme le dit Ortega dans *Intériorisation et altération*, est-il un espace libre, un lieu où nous sommes seuls à nous trouver ? Est-ce une retraite vide ? Quelle est la structure de ce lieu où continuellement nous nous retirons ?

Il a été diversement interprété au long de l'histoire de la pensée. L'intériorité comme telle est découverte par le christianisme qui, grâce à saint Augustin, s'incorpore à la pensée et à la croyance communes. Avant le christianisme, en Grèce, c'est l'âme ; après la révélation de saint Augustin, à un autre moment décisif, ce sera la conscience, chez Descartes. Mais la question, selon notre point de vue, n'y correspond pas exactement, car elle a trait non pas à l'espace intérieur, psyché ou conscience, où nous vivons, où nous nous mouvons, où nous sommes, où nous percevons toutes les choses, mais à cette intériorité spécifiquement humaine où se trouve impliquée la vie du semblable.

La vie du semblable n'est pas perçue comme celle du reste des choses et des créatures, elle se déploie sur un autre plan, plus intérieur. Pour voir notre semblable nous descendons en nous-mêmes. Cette descente a des degrés différents. Si pour percevoir et connaître ce qui ne nous est pas semblable, nous opérons un mouvement de sortie, comme si nous voulions parvenir aux lisières de notre être, nous pencher sur nos propres limites, pour voir et percevoir notre prochain, au contraire, nous nous enfonçons en nous-mêmes et de cet intérieur de notre vie, nous le sentons et le percevons. D'où ce caractère particulier de la perception du moi d'autrui qui a toujours un retentissement, provoque une tension, parce que nous nous sentons beaucoup plus concernés. Face au monde extérieur nous croyons vivre dans des limites, nous nous sentons protégés ; face à notre semblable nous nous sentons à découvert, comme immergés dans un milieu homogène dont, à la fois, nous émergeons.

En réalité, toute perception du semblable est secrète, elle a lieu dans un espace qui ne peut se manifester, dans un milieu qui ne coïncide nullement avec le milieu que nous avons convenu d'appeler physique et qui correspond aux sens. Ni non plus avec la conscience. C'est dans un autre milieu, le milieu de l'intériorité, que cette perception a lieu. Nous y sentons dans son unité la personne qui est notre prochain et son lieu d'existence. Et nous la sentons comme on sent toute réalité, par ses limites avec la nôtre, par l'action qu'elle a sur nous. Mais ce qui, en nous, éprouve la réalité de la personne qui nous est semblable, est quelque chose de beaucoup plus profond que la part qui se sent affectée par les choses non vivantes et par les créatures vivantes qui ne sont pas nos semblables ; devant notre semblable nous nous sentons engagés et en danger ; nous nous sentons augmentés ou diminués.

Voir un autre c'est toujours se voir vivre en un autre. Dans la vie humaine on n'est seul que dans les instants où l'on fait, où l'on crée sa solitude. La solitude est une conquête métaphysique, car nul n'est seul, chacun doit arriver à faire la solitude en lui, dans des moments où cela est nécessaire à son développement. Les mystiques parlent de la solitude comme de quelque chose par quoi il faut passer, du point de départ de l'« ascèse », c'est-à-dire de la mort, de cette mort qu'il faut, selon eux, mourir avant l'autre mort pour se voir enfin dans un autre miroir.

La vision de notre prochain est le miroir de notre propre vie ; nous nous voyons en le voyant. Et la vision du semblable est nécessaire, précisément parce que l'homme a besoin de se voir. Il n'existe, semble-t-il, aucun animal qui ait besoin de contempler son image dans un miroir. L'homme cherche à se voir. Et il vit pleinement quand il se voit, non pas dans le miroir mort qui lui renvoie sa propre image, mais quand il se voit vivre dans le vivant miroir de son semblable.

Ce n'est, en fait, qu'en me voyant dans un autre, dans le miroir d'une autre vie semblable à la mienne que j'acquiers la certitude de ma réalité. Croire en sa propre réalité n'est pas une chose qui va de soi, il semble que ce soit une certitude qui me vienne de manière spéculaire, car je ne crois en moi et je ne me sens vraiment vivre que si je me vois dans un autre. Et cette tragique relation engendre à la fois amour et envie. De la solitude, de l'angoisse on ne passe pas à l'existence par un acte solitaire, mais au contraire, de la communauté dans laquelle je suis immergé, je passe à ma propre réalité à travers un autre en qui je me vois, en qui j'éprouve mon être. Toute existence est reçue. Et ce n'est qu'après cette certitude préalable, nécessaire, guettée par l'envie, que peut avoir lieu la conquête de la solitude. Solitude relative à mes semblables, détachement d'eux ; pénétration en quête d'autres espaces où, loin des hommes, je ne suis pas seul, mais devant un miroir au-delà du temps humain, dont quelques êtres ont témoigné.

L'envie, qui est un regard faussé, est un regard jeté dans un miroir qui ne nous renvoie pas l'image nécessaire à notre vie. D'où, l'ambiguïté de l'envie et cette espèce de lien entre l'envieux et celui qu'il envie. Lien qui frôle la complicité, car on sent inévitablement que si l'envié – le miroir – renvoyait à celui qui est possédé par l'envie l'image qu'il attend et qui lui est nécessaire, il l'arracherait à l'enfer où il se trouve. Et peut-être l'envie provient-elle de l'opacité de l'envié qui ne reste pas transparent à l'intérieur mais qui, troublé par quelque passion invisible pour lui, ne renvoie pas le reflet qu'il devrait. Leibniz dit que « l'homme est le miroir conscient de la vie universelle ». Ce miroir conscient, il semble impossible que quelqu'un l'envie pour y trouver l'image limpide et nette qu'il attend de lui-même. Parvenir à être ce miroir conscient est la perfection de l'humain mais non sa réalité quotidienne.

C'est ainsi que l'envie parvient à ses fins en rendant équivoque ce qu'elle envie. Jeu de regards, d'existences qui se voient et se regardent vivre l'une dans l'autre, dans l'espoir de trouver l'image d'eux-mêmes dont ils ont besoin ; ambiguïté très hasardeuse de la participation.

PARTICIPATION ET IDENTITÉ

La vie humaine a besoin de voir pour être vie. « Vivre pour voir » et voir pour vivre. La vision libère la vie, se voir soi-même conduit au suprême degré de la liberté. Pourtant, si la vision que nous avons de nous-même n'est pas directe mais un reflet, à travers notre semblable, nous conquérons notre liberté grâce à l'autre. Nous sommes donc par l'autre et avec lui.

Liberté et identité. Il semblerait que la vie tende vers une fin qui soit la formation de ce qu'on a appelé « sujet » dans le langage philosophique moderne, la formation d'un sujet ; et le sujet est l'identité. Il est de l'essence tragique de la vie d'avoir besoin de l'autre même pour être libre. Sinon, la tragédie serait un jeu ou une équivoque, ou, comme l'ont cru de nombreux esprits modernes, une aberration psychologique. Mais le *logos* du *pathos*, de l'épreuve tragique, répond à une situation essentielle de la vie humaine.

La tragédie n'est que l'expression de la communauté ou de la participation antérieure à la définition de l'individu. Comme des larves, des élans d'être, les personnages de la tragédie s'identifient à leurs passions, à ce qui leur arrive. Ils n'ont rien ni ne sont rien : que ce qui leur arrive et rien de plus. Ils amènent ainsi à se demander si l'homme ne va pas partir en quête de son identité par delà ses passions, par delà les événements de sa vie ; s'il ne va pas partir chercher cette identité pure et libre que lui conférerait son caractère d'être le sujet et non un simple patient de son propre passage. Et ce passage a lieu dans la participation. N'y aurait-il pas là le fondement de l'envie ? Se voir dans le passage toujours équivoque et injuste ? L'envie ne pourrait-elle naître du fait de sentir la vie comme événement et passion, car c'est ainsi que serait également vu autrui – « les autres » ? Dans la passion tout est autre et rien n'est un, car rien ne subsiste. Mais si nous cherchons l'identité de celui qui est au-dessus et au-delà de ce qui pour nous peut se passer et par quoi nous pouvons passer, alors l'envie ne pourra pas surgir. Car l'envie est passion de l'autre, passion de l'identité d'autrui, passion de la liberté d'autrui, dans l'unité et la liberté chancelantes de soi-même.

L'envie, la passion la plus intériorisée, qui court sous ce qui se passe et sous les passions dont elle tire son prétexte. L'envie n'est, ni n'a de sens, que glissée comme une froide épée entre cette quête d'identité et la liberté – au-delà de l'événement et même de la passion, comme face à une promesse suprême quoique indiscernable.

L'envie est sur le chemin de la solitude et si celui qui en souffre y parvenait, elle disparaîtrait. Il n'est pas d'envie dans la solitude, car seul conquiert la solitude celui qui, d'une certaine façon et dans un certain sens, a réussi à rejoindre l'identité qui est quiétude, repos et certitude. Elle surgit en travers du chemin de la solitude, quand celui qui le parcourt a besoin de vivre dans la participation. L'envie transforme le semblable en « autre ». Mais quel sens peut avoir cette torve conversion ? Celui qui souffre d'envie a besoin de devenir un, et il ne le peut, parce qu'il se trouve pris, impliqué dans son semblable, sans pouvoir s'en détacher. L'envie change sa propre vie en l'ombre d'une vie étrangère.

Ombre de l'autre, tel s'éprouve celui qui est envieux. C'est ce que montre très clairement Unamuno dans son extraordinaire récit *Abel Sánchez*. « Ombre d'un rêve », selon Pindare, que reprend Unamuno, ombre de l'autre ou de L'Autre. Comment le semblable peut-il devenir « l'autre » ?

LA RACINE DE LA SOLITUDE

Sommes-nous jamais vraiment seuls ? Isolement, non communication ne sont pas solitude. Pas plus que la détresse commune, seule chose à être partagée dans les temps modernes. Les nombreux laissés pour compte cherchent à s'unir, dans l'attente peut-être de voir apparaître leur Père à tous : « Prolétaires de tous les pays, unissez-vous ! »

Chez Unamuno, chez *Abel Sánchez* – et c'est pourquoi il ne dépasse pas la conception tragique de la vie –, la solitude n'est jamais atteinte. Au fond de sa solitude le protagoniste s'éprouve comme une ombre, ombre d'un rêve, ombre de l'Autre, ce qui apparaît dans le drame *L'autre,* avec une plus grande profondeur religieuse que dans l'œuvre romanesque. Être à demi, il se heurte à sa moitié, à son *alter ego,* toujours à l'affût ; obstacle insurmontable de son suprême désir : l'unicité. L'envie naît du désir d'être individu, d'être unique, face à la promesse suprême d'être réellement un individu. Le semblable est alors l'autre, et sa ressemblance devient le plus grand démenti opposé à sa prétention.

Saint Thomas dit que chaque ange constitue une espèce à lui seul. Alors que, comme nous le voyons, l'homme, en aspirant à être unique, voit de partout son semblable. Ce qui explique ainsi la recherche de tant de souffrance et le martyr subi par tant d'êtres dans leur désir d'unicité, de solitude sans nom, dans leur désir de voir enfin leur visage, de trouver une image d'eux-mêmes qui ait une réalité impossible à confondre.

Dans la Passion divine, il y a un moment suprême où celle-ci semble marquer le pas avant de s'affirmer, suspendue sur l'abîme infini. Jésus est seul face à son destin ; dans une solitude complète face à lui. Un ange lui tend le calice de son inaliénable souffrance. Mystère où l'humain réussit à se libérer totalement de la tragédie qui consiste à être l'ombre de son semblable. L'ange apparaît toujours à ceux qui atteignent la solitude ; il est l'image sacrée de la solitude. Et l'homme qui l'aura senti tout près, même sans le voir, sera libre pour toujours de la menace de l'envie ; de cette torve entrée en soi-même, où le regard se détourne face à l'équivoque miroir.

Passion incomplète que celle de l'homme qui n'aura pas vécu son temps sur le mode humain, loin de tout et sans ombre. Alors il naît à la solitude, quelque peu éternel déjà. Car il ne se verra pas dans son semblable ni ne recevra rien de lui.

Mais il faut aussi se déjuger dans le Jardin des Oliviers, en dévivant son destin, en se repentant de la Passion. Au front de ceux qui appartiennent à un peuple aussi marqué par le mal sacré de l'envie que le peuple espagnol, devrait se lever cette vision de l'instant où la solitude engendre l'homme en son sein maternel. Car seule la solitude guérit l'incessante passion de l'eucharistie manquée.

2. L'ENFER TERRESTRE : L'OMBRE

Ce n'est qu'à partir de la solitude qu'on accède à l'eucharistie ; à la communion encore imparfaite qu'est l'amour, l'amour générique qui nous fait entrer dans la communauté de l'univers, dans la communauté qu'est l'univers vivant. Puisque à partir de cette pure solitude qui fait de l'existence même une offrande, l'univers est vu comme univers et comme tout entier vivant. Un véritable sentiment de l'univers est-il possible, s'il en reste un résidu mort, inerte ? La vision universelle – amoureuse et active – ne s'offre que lorsqu'on sent que tout est vivant et un à la fois ; l'unité est à la fois vivification. Ce n'est qu'à travers la vie que l'homme, dont la « vie est la réalité radicale » [1] où il est immergé, peut participer à la réalité et la voir en même temps ; la sentir et la voir une, vivante.

[1] Ortega y Gasset.

Alors, disparaît même l'effroi, le pressentiment de l'enfer, des multiples enfers, ceux de l'inerte, ceux de la matière dépourvue de forme, ceux du vide, les enfers du cosmos physique, les enfers de la vie : la vie de l'autre qui fascine dans l'envie, de l'un qui échappe dans l'amour… Car l'enfer est une danse dans le non-être, dans le néant qui n'en finit pas d'effacer ce qui vit, ce qui est, ce qu'il y a ; le néant impuissant. Si le néant existait comme l'Être, l'enfer serait la douceur suprême de l'achèvement, à laquelle ont rêvé les Stoïciens, les fatigués de tous les temps et même les mystiques du néant.

L'enfer et l'envie, son centre, son foyer central – le centre de l'enfer qui semble ne pas en avoir –, surgissent de l'impuissance du néant, de l'impuissance du *non serviam* qui ne peut tenir sa fascinante promesse d'en finir avec la réalité ; la promesse dissimulée dans sa fascination changeante, parce qu'ambiguë.

Les enfers de la vie sont multiples et c'est ce que dit la langue courante qui tend à préférer le pluriel au singulier, peut-être parce que l'enfer est un lieu coupé de tout et sans issue. Multiples sont donc les enfers : ils sont la multiplicité irréductible. Mais toujours apparaîssent mises en jeu la vision et la présence implacable de « l'autre ». Dans la vie normale, le néant c'est le mimétisme ; l'orchidée qui imite le papillon ou le papillon qui imite l'orchidée. Du reflet de la lumière dans la goutte d'eau au caméléon qui se change en verte tige végétale, le mimétisme – la vie par rapport à l'autre – ouvre son éventail. Jusqu'à l'animal domestique qui reflète l'âme de son maître, jusqu'à l'homme lui-même en tant que tel, y compris celui que ne tourmente pas l'envie, mimétique, mais de qui ? La vie semble se développer sous forme de reflet, de copie, de mimésis, comme si c'était là une maladie radicale de la vie ou un résidu difficilement éliminable d'une tendance, celle du moindre effort.

Comme si l'effort pour être quelque chose – l'identité de la rose, la pureté du cristal – se frayait un chemin comme une victoire du même en quête d'identité.

Ainsi, près de l'échelle « ascendante » des êtres mimétiques, se présente l'échelle de ceux qui cherchent l'identité. Mais leur réussite ne coïncide pas avec le passage d'un règne à l'autre ; il semble plutôt que chaque règne ait atteint le maximum de perfection possible dans des créatures exemplaires. Le cristal suggère à l'esprit la conquête de l'identité ; parce qu'il est diaphane et parce qu'il est inaltérable ; la rose qui se fane et meurt reste la même, sans être identique ; l'animal change encore plus que la rose, car sa vie est plus longue et son développement plus ample ; l'identité, dans la vie animale, semble être inaccessible. L'homme a dû la découvrir dans l'intelligence, dans la pensée identique à l'être, et il ne put s'empêcher de croire que c'était là son être ou le centre de son être, diaphane, inaltérable, impérissable. La réussite du cristal réapparaît dans « l'acte de l'intelligence », selon Aristote, limpidité, incorruptibilité, quiétude.

Or, celui qui fit cette découverte se rendit compte très vite qu'une telle identité se réalisait sur un autre plan, par delà l'« être » de l'homme. Dans l'un, séparé, absolu, qu'il appela Dieu. La vie serait vie véritable en tant qu'elle s'approcherait de l'un ; en tant que cette identité serait vécue. À partir de cette pensée devenue croyance, seraiton complètement à l'abri du mimétisme ?

Vivre dans l'identité, c'est être à l'abri de l'enfer ; de l'enfer de se voir dans l'autre, de voir l'autre et d'être l'autre qui imite l'un. Mais la vie humaine n'y parvient pas, sans pouvoir renoncer à le chercher. La vie humaine est altérité au double sens où elle est soumise à des changements, à devenir « autre » ou à en éprouver simplement le danger, ce qui suffit bien ; et aussi au sens – en rapport étroit avec le premier – où elle est intimement mêlée aux autres, où elle n'est ni identique à soi-même ni une, où elle est se voir dans l'autre, où elle vit à partir de l'autre au point d'être condamné à subir la fascination de l'autre qui barre tout chemin vers l'un.

La vision humaine n'est pas extérieure à la vie ; il n'y en a pas de vision « objective » et moins encore du prochain, du semblable. Nous le voyons à l'intérieur de nous-mêmes. Et la vision est aussi l'unité de celui qui voit ; plus on est près de s'identifier, plus l'unité de celui qui regarde est grande, mieux on voit. Ce sont les « simples » qui voient clairement. Voir vraiment, seuls les anges doivent pouvoir le faire.

De l'échec de l'identité de la vie humaine, surgit la vision fragmentaire, incomplète, bancale. C'est l'ombre de ce qui nous manque qui interfère ; l'ombre de l'unité qui nous manque et, au-dessous, l'ombre de cette chose déterminée que nous tendons à être sans y parvenir. Ombre qui obscurcit tout et projette l'enfer sur la terre, la dégradant en « matière »... La matière, comme les gens l'appellent, existe-t-elle vraiment ? De la vision physique elle-même, il y a un reflet opaque dans l'âme, car l'image des choses n'est pas celle de la rétine, mais celle qu'accueille et conforme notre âme à partir d'elle.

L'ombre qui se mêle à l'ombre de l'autre. Et même l'image que chacun se crée de lui-même, profilée sur l'ombre de l'unité inaccessible. L'homme projette son non-être dans la vision des choses et de son frère qui devient ainsi « l'autre », « l'autre » manqué de lui-même.

L'ombre projetée, lancée au-dehors par l'avidité de l'être en mouvement, de la soif d'être qui, en suspendant son développement, l'enferme dans un soi-même manqué, dans un enfer. Nul, sauf à travers l'autre, n'est envieux de soi-même.

Le soi-même pourrait-il être vivant sans l'autre ? Amour et envie sont des tentatives de vivre en l'autre, de vivre de l'autre. L'intention est la même, seule les sépare la différence qui va du mimétisme au désir d'être réellement. Celui qui aime s'engendre lui-même à chaque instant.

L'histoire nous montre ceux qui ont aimé vraiment, plongés dans un singulière solitude ; solitude physique, même, retraite au désert qui précède la manifestation des grandes vocations amoureuses. Car l'amour naît de la solitude, au cœur de ses ténèbres, de l'être qui croit en la réussite finale ; il naît d'une foi aveugle. L'envie fuit les ténèbres qui se présentent à toute créature et se fixe sur une image qu'elle projette : une image née dans les ténèbres, une ombre.

LE FUTUR, DIEU INCONNU

On sait que les Athéniens, qui avaient élevé un autel au Dieu inconnu à l'ombre duquel saint Paul leur parla de la résurrection de la chair, lui tournèrent le dos, eux si disposés à écouter toute parole. Ils vivaient sans doute un moment d'extrême lassitude, une lassitude très difficile à surmonter parce qu'elle est déjà inertie. C'est un moment par lequel passent toutes les cultures quand elles se sont lassées de chercher et quand, paradoxalement, elles ne peuvent actualiser le résultat de leurs recherches, car il leur manque le moteur du « besoin de savoir », toujours entraîné par l'espoir. Espoir qui, même sous ses différentes formes, est au fond espoir de dévoiler un secret ou de l'arracher au Dieu inconnu. Lutte dans l'obscurité de la caverne pour découvrir la face du divin – « nature », ordre cosmique –, découverte en Grèce par la pensée. Ou lutte directe avec Dieu, auteur et responsable du destin de la créature humaine, comme dans la plainte de Job ou la lutte de Jacob avec l'Ange. Dans les deux cas on atteint la violence maximale afin qu'une échelle soit jetée entre l'homme et le secret de la divinité. Dans la vie dont témoigne l'Ancien Testament, l'échelle doit être jetée par Dieu lui-même, par sa miséricorde elle-même. Quand la pensée humaine est, comme en Grèce, l'instrument de cette lutte, l'échelle est l'échelle des idées par lesquelles s'élève l'intelligence, pour connaître l'idée même du Bien. Entre ces deux cas il y a la différence qui existe entre « révélation » et dévoilement.

En de tels moments, plus qu'avec le Dieu inconnu, l'homme lutte avec l'inconnu de la divinité. Ce sont les moments de tension maximale de l'entendement humain et de distension de l'âme dans l'espoir.

Le Dieu inconnu est la figure qu'a prise en Grèce l'inconnu de Dieu. Non pas un dieu de plus dont on ignorait le nom, mais cette ultime résistance non encore opposée par le divin à la pensée philosophique. Elle avait dû être suggérée plus encore par la tragédie ; plus que par la théorie et la spéculation sur les choses qui sont ou « l'être des choses », par le sentiment de cette obscure puissance à laquelle étaient soumis hommes et dieux, dont ils étaient jouets et victimes, la justice inintelligible et la logique inaccessible ; une raison qui ne descendait que sous forme de sentence sans appel. Le Dieu inconnu était en même temps la vie que l'idée de Dieu n'avait pas réussi à saisir et la figure du destin. Il était le masque du Dieu vivant.

L'inconnu de Dieu est la forme pure sous laquelle l'homme vit l'absence dans sa solitude ; la forme pure de la solitude humaine. Or, l'homme ne vit cette pure solitude qu'à de rares moments, car la solitude ne se livre que dans la maturité ; elle est le signe et la preuve de la maturité d'une vie.

Elle advient quand la pensée a fait le vide autour d'elle ; quand la conscience s'est substituée à l'âme. Quand les choses réelles ont livré leur image et leur concept ; quand l'homme se permet l'illusion d'avoir vaincu la résistance qu'oppose toute réalité. Alors, quand la pensée a accompli son œuvre – un horizon et des choses intelligibles transformées en concepts –, se produit ce vide. L'homme est seul.

Il est seul parce que la réalité a cessé d'être animée, parce qu'ont cessé son dialogue et sa lutte avec elle, parce qu'il a aussi cessé de l'interroger. Les réponses se sont installées dans son esprit et il prétend en vivre. Et, à vivre de notions, de réponses et d'idées claires, la résistance[1] qui est la marque de la réalité n'est plus éprouvée comme faisant partie de cette réalité des choses où elle avait été saisie. Un retour en arrière s'est produit et l'homme est revenu à une situation analogue à celle où il n'y avait pas encore de choses ; mais d'une façon différente à présent, car s'il n'y a plus de choses, c'est parce qu'elles ont été remplacées par des concepts.

Trois moments pourraient ainsi schématiser la manière dont l'homme éprouve et situe la résistance qui est la marque de la réalité.

I. Il n'y a pas encore de « choses ». L'homme éprouve comme vivant tout ce qui l'entoure. C'est ce qu'on a appelé « animisme » et aussi monde sacré, lequel est ambigu, confus, ambivalent – le bon et le mauvais ne sont pas séparés –, inscrit dans un lieu et parfois dans un moment du temps – apparition d'une force fugitivement bouleversante.

La résistance est concentrée dans des lieux, des situations, dans des forces sans limites. Il n'y a pas de limites qui puissent définir cette résistance, c'est-à-dire la réalité.

II. Les choses ont fait leur apparition. La réalité se présente configurée en choses, c'est l'époque où Thalès s'interroge sur elles, puisqu'elles sont là. Il y a des choses, ce qui veut dire qu'il y a des limites ; une chose c'est quelque chose, un X qui a des limites et qui apparaît au regard humain avec une certaine uniformité. C'est pourquoi il y a choc quand celle-ci est perturbée. Pour que surprenne une différence de comportement, une apparence contradictoire, il faut qu'il y ait d'abord une régularité ; une régularité observée sinon pensée.

[1] Selon Ortega y Gasset, le caractère ultime du réel est la résistance.

À ce moment-là, on sent la « résistance » dans les choses. C'est en elles, donc, que réside la réalité.

Alors surgit le questionnement à propos des choses. Et la pensée commence son cheminement jusqu'à ce qu'elle arrive à découvrir le concept et à établir des concepts adéquats à certaines espèces de choses et même à la totalité des choses, la nature.

III. L'esprit lutte plutôt qu'avec les choses avec les problèmes posés par la pensée à leur sujet ; il va d'un concept à l'autre. La dialectique et la logique ont été découvertes. Les dieux – ceux de la Grèce – ont cessé d'avoir une action, une efficacité, c'est-à-dire d'être la clé de la réalité et du destin humain. L'homme s'en est détaché ; a également fait son apparition, l'éthique.

Alors, advient la solitude, quand s'accomplit la solitude qui a sans doute existé d'abord pour que le questionnement sur les choses puisse avoir lieu. La solitude première, à l'origine de la pensée, est la solitude de l'homme qui se rend compte de l'injustice de son destin et de son « être » ; de ce qu'il n'y a personne pour ce qu'il a besoin de savoir, de ce que personne ne peut jouer son rôle à sa place. Or, la solitude qui se produit quand l'homme a désormais donné sa réponse, quand il a joué son rôle, est une solitude non pas d'aspiration, mais de fait ; le monde environnant s'est déréalisé. L'homme ne peut plus parler qu'avec lui-même ; même la dialogue est soliloque.

Dans cette situation, la *résistance* invincible de la réalité se condense en même temps qu'elle se retire. C'est le moment où, – après la déchéance des dieux –, advient la positivité de l'absence de Dieu, quand le Dieu inconnu ou l'inconnu de la divinité sont fortement éprouvés comme doué de vie propre ; les ténèbres douées de vie.

En tant qu'absence, le vide est un sentiment de l'espace sans limites, d'un espace cosmique et inhumain où l'homme même maître de sa pensée s'éprouve semblable aux choses, roule comme une chose. Sentiment visible dans l'épicurisme et dans toutes les formes de « matérialisme ». Et comme le cœur humain peut difficilement supporter cet espace vide, il se peuple très vite de monstres, de dieux, de cauchemars, d'effrois absurdes et d'absurdes espoirs. Les plus avisés s'efforcent de contenir cette avalanche et de combler le « vide » par le projet grandiose d'*être homme*.

L'homme tend alors à se déifier ou à déifier l'une ou l'autre de ses conditions de vie. Car il transporte la « résistance » en lui-même, il commence à l'éprouver en lui-même. Et il peut se produire que, sans s'en rendre compte, il fasse de son être propre – de l'homme en tant que tel ou de lui-même comme individu – le porteur d'un secret : le secret du Dieu inconnu.

Un espace vide, sans vie, où l'homme tremble dans sa solitude, une résistance, somme de toutes les résistances des réalités que les circonstances physiques, historiques, dissociées, désintégrées toutes deux, lui opposent, semblent être les composantes de cette situation où l'homme, après avoir parcouru un long cycle de connaissance, finit par se trouver.

Telle semble avoir été la situation à la fin du Monde Antique au seuil même de l'apparition du christianisme. Mais pareille situation peut se répéter et, de fait, elle semble se répéter de nos jours.

Dans la crise du Monde Antique, cette situation – présence du Dieu inconnu, vie à l'ombre du Dieu inconnu – s'est produite à l'issue d'une longue et complète étape de pensée sur les choses de la nature. Aujourd'hui, le chemin que l'homme a parcouru est, d'une part, celui de la connaissance scientifique de la nature qui lui a donné un pouvoir sur elle. Et d'autre part, d'un processus métaphysique que nous pourrions appeler de « développement du sujet », de l'homme comme sujet de la connaissance et comme siège suprême de la réalité. Et si l'homme est parvenu à trouver en lui la réalité suprême, n'est-il pas étrange qu'il y trouve en même temps la plus grande résistance ?

Voilà, semble-t-il, ce qui se produit actuellement. Si, selon certaines philosophies, l'homme est « l'existant », c'est qu'en prétendant saisir sa propre réalité, il a trouvé, comme en toute réalité, une résistance plus inquiétante encore, puisqu'il la trouve à l'intérieur de lui-même.

Car là où se tient la réalité apparaît la plus grande résistance. Or, la configuration dans laquelle apparaît, est éprouvée la réalité, change selon les conditions historiques.

Aux époques de positivisme ou de réalisme, qui correspondent à l'existence des choses, la réalité apparaît comme multiple et rend nécessaire l'établissement de relations : causes, effets, fins… nécessité que donne à sentir l'insuffisance de chacune des choses ; puis on sent l'insuffisance des choses et de leurs relations. On en arrive ainsi à l'unité qui porte et explique cette multiplicité des choses. C'est l'unité du Dieu de la pensée découvert par la philosophie.

En ces moments de solitude, de cette solitude totale qui suit l'expérience du désenchantement des choses et de leur vide, la réalité – ou son absence – est éprouvée comme issue d'un foyer originaire, vivant. Lui seul peut rétablir la confiance et la vie.

C'est ainsi que l'homme, en touchant le fond de sa solitude et croyant en même temps qu'il est lui-même la réalité, a besoin de trouver ce foyer originaire de réalité en lui ou dans quelque chose qu'il puisse éprouver comme originaire, immédiat.

Et quand cette réalité n'est éprouvée que comme résistance, l'homme se retrouve sous l'empire du Dieu inconnu. Mais à présent à l'intérieur de lui-même.

Une telle situation est difficilement supportable. Il se trouve, en outre, que dans la vie humaine elle-même, quelque chose, un aspect, une modalité se distingue des autres comme support ou lieu de cette résistance la plus grande. C'est aujourd'hui le cas du temps.

Le temps, non pas le temps cosmique mais le temps humain, est ce qu'il y a de plus résistant, de plus implacable dans la condition humaine. Mais il y existe une ouverture qui suscite l'espoir, quelque chose comme la voie propre de l'espoir : c'est l'avenir. Et pour le dire plus précisément, le futur.

Car l'avenir est le lendemain prévisible, ce que l'on prévoit comme présent et qui est déjà présent d'une certaine façon ; il participe de l'assurance que la conscience introduit en tout ce qu'elle fait entrer en elle. Tandis que le futur est l'inconnu comme tel, le règne de l'espoir illimité, et, en tant que dimension temporelle, il touche à l'intemporel. Si l'expression pouvait avoir un sens on pourrait l'appeler le supratemporel car, tout en étant du temps, il échappe au caractère relatif de la temporalité : il a un caractère absolu.

Ce sont les espoirs humains eux-mêmes, y compris l'espoir, suprême et presque toujours occulté, que notre vie – sans cesser d'être vie, et d'être *notre* vie –, ait les caractères qui lui manquent et qui lui sont opposés : identité, réalisation totale et complète, réalité totale.

Ce qui caractérise le futur en lui-même, est de ne jamais avoir lieu ; ce qui devient réel, c'est l'avenir, en cessant d'être avenir pour se changer en présent. L'avenir ne transcende pas la caverne temporelle ; le futur donne, au moins, l'illusion de la transcender.

Car la forme spontanée sous laquelle se produit la vie humaine est toujours la caverne. Chaque époque a la sienne comme elle a son propre enfer. À chaque époque l'homme éprouve son enfermement de différentes manières ; la résistance qu'il trouve que lui oppose la réalité est sa caverne.

Platon, dans l'*Allégorie de la caverne* qui définit la situation de l'homme antique, trouve la solution dans la sortie. Sortir dehors en se détachant de la condition terrestre, de ce « dedans » irrémédiablement condamné ; il lui fallait abandonner son propre lieu pour aller vers l'espace ouvert où se tiennent – où vivent – les idées.

La connaissance était la seule voie de « salut ». Connaître, c'est identifier sa propre pensée à l'être – idée ou essence – ; c'est un processus qui, en s'accomplissant, nous transporte vers la pure objectivité, nous transforme en objectivité. Et ce qui de nous ne peut être changé – l'intérieur où nous gémissons – est abandonné. Et d'abord le temps. Connaître, c'est sortir de la caverne temporelle.

Le christianisme a, dès le début, proposé la conversion de la caverne temporelle. L'homme intérieur de saint Paul, qui par l'œuvre du Christ, naît au plus profond de l'intériorité et, en naissant, transforme l'entier du temps en éternité, la chair elle-même se voyant promettre la résurrection. Le chrétien n'a proprement rien à abandonner, car en naissant dans le Christ, en naissant par le Christ, il entraîne et transforme sa condition entière. Être chrétien, c'est entrer en soi-même, entrer dans le Christ qui se trouve au fond de chacun des hommes. S'éveiller en Lui, naître en Lui.

Saint Augustin en a donné la formule en termes philosophiques : « Ne cherche pas dehors ; rentre en toi-même, à l'intérieur de l'homme habite la vérité ». La caverne temporelle – la subjectivité, en terme de philosophie moderne – était entièrement transcendée par la révélation de Dieu en elle.

Dans la situation actuelle, l'homme, né dans le climat et dans la tradition du christianisme, ne sort pas au-dehors en quête de la vérité ; il reste en lui-même. Mais en l'absence de Dieu, il revient vivre dans la caverne temporelle. Le futur est son Dieu inconnu.

Car, ce à quoi on se sacrifie est Dieu, ou fait office de Dieu. Et il n'est de sacrifice que l'homme ne cesse d'offrir au futur. Il n'est de sacrifice qui, même en plongeant ses racines dans d'autres motifs, ne soit justifié, légitimé au nom du futur. Le renoncement même imposé par la vie est accepté au nom du futur, comme si l'on attendait l'entière compensation, et même la résurrection de tous les espoirs morts, du c'*est ainsi* sans résultat, de la vie qui n'a pas *été*, de cette vie qui est apparue possible un jour et même un instant réelle et qui est demeurée à l'état larvaire. Tous les projets manqués et obstinément poursuivis, privés d'horizon – de futur – sont jetés, comme autrefois le cœur des religions du sacrifice humain, dans cette même vie du futur.

Implacable exigence qui pèse sur chaque homme, que celle de vivre en vue du futur. Le projet historique, le régime social et politique qui se réalisera dans le futur et seulement dans le futur. Même dans la hiérarchie des âges, l'absolue préséance de l'enfant qui, à peine devenu homme, va être soumis à la même exigence, à cette confiance et à ce crédit illimités accordés au jeune qui, à sa maturité, quand il aura tenu ses promesses, sera dévalué, ignoré au profit du nouveau jeune qui connaîtra le même sort. Le futur, dieu inconnu, se comporte comme une déité qui exige implacablement et insatiablement que lui soit livré le fruit qui va mûrir, le grain gonflé ; livré cet instant de calme, de paix d'une heure, cette intensité qui peut apparaître dans la vie humaine ; ce présent qui est le temps même de la vie en paix.

Et, de ce dieu, inutile d'espérer qu'il dise « Je veux la miséricorde non le sacrifice ». Car c'est l'homme lui-même qui refuse de n'être pas sacrifié, avide de fuir la caverne temporelle.

La lutte avec le Dieu inconnu est un retour à l'âge du sacrifice. Il doit toujours y avoir sacrifice ; à certaines époques dites de maturité, le sacrifice est limité et donne un résultat. Savoir sacrifier et se sacrifier est la suprême sagesse de l'homme, qui, visiblement, ne peut se satisfaire de la miséricorde du Dieu révélé, puisqu'il se forge un dieu sans pardon, auquel il prête différents masques, comme, de nos jours, le futur et l'État. Alors la pensée doit retrouver son geste libérateur contre ces dieux insatiables. Il est difficile d'avoir une philosophie qui nous délivre de la tyrannie du futur en même temps qu'elle nous le rend accessible ; difficile, mais indispensable.

LA TRACE DU PARADIS

Nostalgie et espoir semblent être les ressorts ultimes du cœur humain. Le « cœur », qui est une métaphore de la vie dans ce qu'elle a de plus secret et incommunicable, fond intime du sentiment originaire, *a priori* non déclaré de la volonté, de la vocation, de la direction que prend la connaissance. Nostalgie et espoir sont deux directions que prend dans le temps ce sentiment originaire, de telle sorte que quand ils se différencient, ce n'est que parce que le temps, celui de la conscience, les a séparés ; sans ce temps conscient, ils seraient toujours confondus, comme ils le sont souvent. Chez tous deux se fait sentir le même fait, le fait que la vie humaine soit éprouvée par son protagoniste comme incomplète et fragmentaire. La réalité, a dit Ortega y Gasset, se présente toujours comme fragmentaire ; autrement dit, il fait allusion à quelque chose qui lui manque, jamais elle ne se présente comme un tout complet, mais plutôt comme une totalité où il manque quelque chose ; l'unité s'offre ainsi non pas à travers la présence mais à travers l'absence. Et de la « réalité » – la réalité, telle qu'elle se présente –, fait partie la vie humaine, ma vie ou mieux, moi-même, qui m'éprouve et me sais un, mais séparé de mon origine, plongé dans une espèce d'oubli dont je voudrais m'éveiller. Désir de récupération, de se voir soi-même, si par se voir on entend vivre entièrement sans dépendre du passé. Car la dépendance du passé vient, plus encore que d'un passé connu, d'un passé inconnaissable par nature.

Le passé qui fut un jour présent peut être remémoré et amené à la conscience, transformé en conscience ; ce qui veut dire liberté.

Le passé reste libre, espèce de vide qui attire la représentation et dont l'existence est sans doute la détermination première du besoin de créer des mythes. Car, avant la « puissance fabulatrice », comme dit Bergson, il doit y avoir le « besoin » de fabuler en accord avec ce principe de la « raison vitale » d'Ortega selon lequel le besoin vital est la justification et l'explication du fait de penser, et non la capacité, le fait qu'il y ait intelligence qui, à son tour, est un fait.

Le besoin de fabuler provient, sans doute, de ce passé pur, qui demeure vide, qui ne peut s'emplir d'aucun souvenir, point de départ de la nostalgie.

Et, comme rien ne peut emplir ce passé, on l'éprouve comme passé perdu. C'est ainsi que vivre humainement comporte le sentiment d'avoir perdu quelque chose et donc de se trouver « ainsi », de cette manière, sans en avoir connu d'autre.

Chaque culture, chaque religion – jusqu'à présent les cultures ont été enfermées dans le réceptacle ultime de leur religion ou de leurs religions – a inventé un récit propre à combler ce vide du passé perdu et résoudre l'essentiel désaccord que l'homme éprouve avec la réalité qui l'entoure, avec sa propre condition. Mais il y a plus encore dans ces récits : l'ébauche d'une vie où les conditions essentielles de « cette vie » que nous vivons sont changées en leur contraire ; où tout manque est annulé et où le temps lui-même comme tel n'existe pas ; une vie humaine sans précarité, à l'abri de toute contingence, comme si l'idée d'un « homme originaire » était vaguement ébauchée au fond de l'âme humaine.

Parallèlement, l'espoir tend à rétablir dans le futur la vie du passé perdu. Laquelle a la priorité ? Il semble y avoir entre ce qu'ébauche la nostalgie et ce que propose l'espoir un niveau équivalent comme dans deux vases communicants. Et entre eux, l'abîme de la décadence ou de la « chute », d'autant plus profond que l'espoir est plus haut et plus parfaite l'image de la vie perdue.

Les utopies naissent ainsi uniquement dans ces cultures où se trouve clairement ébauché un âge heureux disparu et, avec lui, une image, sinon une idée, de l'homme libéré de sa servitude actuelle. Il n'y a pas d'utopie, genre typiquement intellectuel, où l'espoir n'ait fait de la raison son alliée et même son instrument – d'utopie sans idée ; comme dans *La République* de Platon. Mais peut-être l'image, même ignorée par l'auteur de l'utopie, a-t-elle une plus grande force de séduction, une plus grande efficacité que l'idée même. Car c'est de l'image que vient toute l'audace, la détermination qui force l'esprit à édifier l'utopie.

Toutes les utopies de notre culture occidentale n'avouent pas qu'elles ont leur origine dans la nostalgie d'un paradis perdu, d'une vie parfaite qu'il faut et qu'il est possible de retrouver. Certaines, nées en marge de toute religion, et même en opposition avec elle afin de corriger « ses errements » initiaux, ne seraient historiquement pas explicables sans ce fond de nostalgie paradisiaque (et dans leur rêverie paradisiaque d'édification d'un paradis « ici et maintenant », elles peuvent facilement tomber dans le travers qu'elles critiquent dans toute religion : être un opium qui endort et inhibe la pensée).

Aux points extrêmes qui délimitent l'horizon humain, le passé perdu et le futur à créer, resplendissent la soif et le désir d'une vie divine qui ne cesserait pas d'être humaine, une vie divine que l'homme semble avoir toujours tenue comme un modèle premier qui, dans la confusion, s'est peu à peu ébauché sous forme d'images bigarrées, comme un rayon de lumière pur qui se serait coloré en traversant la trouble atmosphère des passions, de la nécessité et de la souffrance.

Dans la tradition judéo-chrétienne apparaît l'image du paradis perdu mais sans les descriptions qu'a ensuite ajoutées l'imagination poétique attisée par la nostalgie. On voit clairement que, même au Paradis, le premier homme ne menait pas une vie divine ; créé à l'image et à la ressemblance de Dieu, entre son être et l'être divin, il y a toujours eu la différence qu'il y a entre la réalité et son image, entre la lumière et son reflet ; l'être d'Adam semble ainsi avoir été la manifestation de Dieu dans une créature qui n'était pas Lui, mais qui portait sa marque véritable, en étant gloire de Dieu. La vie au Paradis devrait être gloire de Dieu, manifestation transparente de sa réalité, vie qui n'interpose pas son ombre.

Cette notion de *gloire* qui illumine tant de passages de l'Ancien testament équivaut, sans doute, au Règne de Dieu où l'on ne mène pas la même vie que Dieu, où l'on n'est, où l'on ne peut être Dieu, mais simplement son obéissante créature. Telle est la filialité parfaite correspondant à la paternité divine. Elle est totalement différente de l'idée ou de l'image d'un Âge d'Or où la vie humaine resplendissait dans la plénitude de sa force. L'Âge d'Or païen semble indiquer une conception opposée à la conception judaïque. Le royaume d'un homme qui, étant parfait, ressemblerait aux dieux ou deviendrait leur égal. Et c'est peut-être ce qui a conduit à interpréter les dieux grecs comme des dieux à l'image et à la ressemblance de l'homme.

Dans la religion des dieux de l'Olympe, établir la relation entre le divin et l'humain semble faire difficulté, comme si le divin ne pouvait être perçu. En « pensant » poétiquement leurs dieux, les Grecs les pensèrent déjà sous forme humaine, ce qui semble être en contradiction ou, au moins, en divergence avec le fait que les dieux étaient, dans l'humilité de leurs débuts, humbles, certes, mais plus purement divins que dans l'interprétation homérique.

Car, ce qu'il y avait de proprement divin chez les dieux grecs, c'était leur caractère cosmique, ce qui est différent de l'idée selon laquelle les dieux grecs avaient été des forces naturelles divinisées, pour la simple raison que lorsqu'ils étaient apparus il n'y avait pas encore de « nature », de notion d'un ordre spontané. Au contraire, je m'aventure à affirmer que ce qui était originairement propre aux dieux, c'était le divin naturel, le divin du cosmos ; l'origine divine de ce qui, par la suite, par un effort de la pensée, a été fixé dans la notion de nature. Et comme toute métaphysique est fidèle à ses origines religieuses, aussi lointaines soient-elles, le dieu d'Aristote, le Moteur immobile, cette « pensée de pensées », est le dieu de la nature, présenté comme *ultima ratio* du cosmos plus que de l'homme.

Ainsi s'explique l'état de déréliction, continuel et jamais dépassé, de l'homme à l'intérieur de la culture grecque, de sa philosophie qui ne put dépasser cette origine religieuse, lui dont la révolte se manifeste dans la tragédie. La tragédie grecque qui est l'envers du Paradis ; l'enfer du fils qui ne connaît pas son père.

Par contre, dans la tradition judéo-chrétienne[1], Dieu est conçu comme auteur et père de l'homme dont la filialité est clairement établie dès le premier instant. Le Paradis, la vie heureuse est ainsi, et ne peut être que la vie d'une parfaite filialité de la créature qui vit et respire sans discontinuer dans la gloire du Père.

Ce qui explique que l'imagination chrétienne ait été beaucoup plus audacieuse que l'imagination grecque pour ce qui est du paradis, et plus grande aussi la tentation de l'imaginer, et même de créer un paradis terrestre « ici et maintenant », et qu'à mesure de l'éloigne-

[1] *Poète* du ciel et de la terre, dit le Credo de l'Église grecque.

ment de l'homme de la foi religieuse, incarnée dans la trace du paradis, apparaisse, multiforme et constante comme une obsession, cette trace et les mirages qu'elle engendre.

L'homme qui a grandi dans une culture chrétienne, même éloignée du dogme conserve cette clarté d'un paradis perdu qu'il se figure ensuite à sa manière, selon la nostalgie prédominante de l'époque. Mais, par-delà l'image qui dépend des circonstances historiques, il y a une situation commune qui apparaît là où la nostalgie du paradis se fait la plus vive, dans l'amour et l'élan poétique, car enfer et paradis sont toujours confondus.

Le signe de cette situation dans la vie grecque se manifeste dans la légende d'Orphée, père de la musique et de la poésie, victime d'un amour auquel il ne peut renoncer. L'amour le conduit à descendre aux enfers. Et, depuis lors, ce destin qu'il n'a pu surmonter ressemble à la loi de l'amour humain ; l'amour qui est désir de paradis oblige à descendre aux enfers. Comme si dans la confusion de la condition humaine subsistait un reste de paradis, un paradis non détruit qui subsiste à son tour au cœur de l'enfer.

L'appétence à une vie paradisiaque a presque toujours été liée à l'idée que la nature ou l'état de nature était le paradis, ou que la nature est la vie parfaite. Une lassitude d'être homme la suscite et l'accompagne et, chose si manifeste dans la rêverie de Rousseau, on y voit parfois le pôle opposé à une civilisation corrompue où l'homme ne peut plus respirer. Nietzsche, dans sa rêverie du surhomme, subit aussi la fascination de « la nature », sans qu'on puisse associer cette rêverie à celles que provoque la nostalgie du paradis ; parce qu'il est fondamentalement héroïque, le surhomme, devrait vivre dans une perpétuelle tension, sans jamais trouver un instant de repos. Or, le paradis est essentiellement quiétude.

La nature apparaît ainsi à ceux qui la contemplent comme le paradis, comme la quiétude parfaite ; le lieu où l'homme trouverait l'apaisement absolu. Et comment l'homme peut-il atteindre un tel état sinon en rejetant la charge de ce qu'il a de plus humain, de ce qui le différencie des autres êtres vivants connus, la liberté et sa compagne inséparable, la responsabilité ?

Être libre, c'est être responsable ; c'est s'exposer et même réclamer d'être jugé. Juger et être jugé. Parmi les paroles les plus mystérieuses de l'Évangile figure ce « Ne jugez pas » qu'il faudrait sans doute comprendre comme le propre de la parfaite sainteté de l'âme et de la volonté, dont le signe est dans le Notre Père.

La plénitude de l'humain réalise ainsi ce que préfigure déjà la naissance : la sortie d'un espace où l'on vit au-dedans, la sortie d'un dedans à un dehors, à un espace ouvert où l'on voit et où l'on est vu, où l'on juge et où l'on est jugé. Le domaine de la vie humaine, son espace vital, c'est le jugement dont elle cherche à se libérer, dans la nostalgie du paradis.

Car la liberté qui est à la racine même du vivre humain, comme sa suprême nécessité, est liée à une vie dans un milieu hétérogène, au jeu du choix. Les jeux d'enfants doivent sans doute se souvenir du jeu tragique où il faut gagner ou payer un gage. Gage qui est une faute, une erreur où l'on peut tout perdre, et où, déjà, s'est perdue la jouissance du paradis.

Dans l'exercice de la liberté demeure le sens du jeu et même du hasard, puisque dans le choix on dépasse la connaissance, on aventure et on décide, aux moments décisifs, ce qui n'est pas encore, ce que nous ne sommes toujours pas. La nostalgie du paradis suppose la renonciation au fait de s'aventurer, de se choisir soi-même.

Car en choisissant, je me choisis ; je choisis celui que je vais être, et si c'est le cas à toute heure, il y a des instants décisifs où se réalise ce quelque chose qui va déterminer la vie entière, un choix qui va être associé au destin. De tels choix, qui sont des décisions ou des moments de pure volonté, créent de la solitude, à moins que ce ne soit en elle qu'ils apparaissent. Et cette solitude où surgit l'acte de volonté par lequel nous décidons irrévocablement de notre « être » est ce qu'il y a de moins paradisiaque ; car, en présidant à notre sort, nous sommes abandonnés à nous-mêmes. Et seul le chrétien dans sa foi peut espérer que de tels moments – s'il y a faute – puissent engendrer un ultime rachat.

Les créatures de la nature ne décident pas, elles ne sont pas libres, elles n'ont pas à choisir. Elles ont reçu leur être immuable, comme le montre très clairement la « raison vitale ». Les percevoir ainsi a sûrement joué son rôle dans le fait que la nostalgie d'une vie paradisiaque puisse se projeter sur la vie de la nature. « Et l'homme, n'aurait-il pas une « nature » perdue, n'y aurait-il pas de notre « faute » à ne pas vivre selon ses lois ? N'y aurait-il pas de l'obstination à vouloir persister dans une vie humaine où nous devons nous faire nous-mêmes ? »

Toutes les créatures naturelles obéissent sans trêve. Hölderlin, de manière paradoxale, a exprimé sa nostalgie et son remords de ne pas être comme les créatures naturelles : « les étoiles ont choisi la constance » (*Hypérion*, seconde partie, sixième lettre). Constance, fidélité, obéissance... ce qu'il se trouve que l'homme n'a pas, ce qu'il doit conquérir par un effort extrême, un effort tel qu'on le nomme « conversion ».

C'est ainsi que l'état de nature se présente comme un retour à la patrie première en quête de la source première et pure de la vie, en quête aussi de la « source de l'image originaire » – dernier vers de *Le printemps,* l'un des poèmes de la folie. Revenir à une vie naturelle équivaut à retrouver l'origine, l'être originaire qu'on est ; celui qu'on est au lieu de ce vide, de ce manque d'être, de ce non être ou non être-encore qui nous pousse à faire, à choisir et à nous choisir.

Car dans la nostalgie du paradis s'éveille une nostalgie plus originaire et originelle encore, celle d'être. Être non comme le fruit d'un effort et d'un choix, mais parce qu'on a été engendré et choisi. Être d'une manière naturelle, c'est – en termes humains – être comme fils.

Être fils, mais pas dans la solitude. Le retour au Père est récupération de l'être originel et originaire et de la communauté perdue avec toutes les créatures : la parfaite entente avec le vivant et le non vivant, le fait que les êtres naturels, bêtes, constellations, la terre-mère elle-même – si sauvage – et ses fruits ne nous apparaissent plus sous un masque ambigu, comme si tout le vivant était voilé et nous envoyait des signes en réclamant d'être reconnu ; comme si nous étions aussi des errants, inconnus à nous-mêmes, car celui que nous sommes, nous ne le voyons pas. D'où, cette image que tout homme se forge peu à peu de lui-même et qui le fait tellement souffrir quand il ne la voit pas inscrite en ceux qui le regardent. Et l'angoisse, aussi, de ne pas se sentir regardé.

Être fils, c'est – ce serait – pouvoir lire clairement ce qui nous apparaît en hiéroglyphes étoilés ; voir l'univers totalement, dans tout son sens ; habiter non pas ce petit coin d'où nous percevons l'univers au loin et sous forme d'énigme, mais nous y trouver comme chez nous, jouir de son immensité sans stupeur ni surprise, dans la familiarité de tout. C'est ainsi que la connaissance ne serait pas acquise, ni même consciente, comme parfois nous nous souvenons, ou croyons nous souvenir que c'était le cas dans l'enfance.

C'est – ce serait – l'intimité sans réclusion ; la fin de ce dedans où nous sommes prisonniers et où, parfois, nous périssons asphyxiés, et celle de ce dehors, immense et hostile ; le dehors de la menace et de l'espace qui est le nôtre, où nul ne nous répond. Un désir d'offrir notre liberté, notre propre connaissance, notre « personnalité » aussi comme individus et notre spécificité humaine en échange de l'intimité totale, qui est une vision où l'image cesse d'apparaître comme telle, puisqu'il n'y aurait plus d'apparence et de fond dissimulé, mais de simples êtres visibles dans leur individualité la plus secrète, reflétée en même temps par tous les êtres, comme l'enseigne Leibniz dans sa *Monadologie*. La pensée philosophique a été, parfois, une introduction au paradis.

Individualité et communauté. Liberté parfaite, dans la parfaite obéissance, être sans avoir à se faire. Un espace sans scission entre dehors et dedans ; un temps sans destruction.

Tous ces aspects de la vie paradisiaque, à l'image d'une nature pleine de grâce, impliquaient l'abolition de l'histoire, du travail historique que nous devons réaliser, que nous le voulions ou non[1], et de l'histoire déjà advenue où nous vivons, que nous le voulions ou non. L'histoire née de la liberté et qui se transforme en prison, comme tout ce que construit l'homme. Car telle paraît être la loi qui pèse sur la liberté humaine ; en choisissant nous faisons ou nous défaisons. Ce faire implique une action. Et l'action un résultat qui dépend des circonstances, de l'histoire qui existe ; résultat souvent si infidèle à l'espoir originaire dont il est issu et qui, presque toujours, en est la caricature. L'histoire est l'exercice de la liberté qui se transforme à chaque instant. Un rêve édifié, un espoir qui se réalise et qui se frustre lui-même dans la presque exacte mesure où il se réalise. Et ce « presque » est la fissure, l'« espace vital » parfois étroit, qui s'offre à l'espoir toujours en éveil, au nouveau rêve qui va chercher à se réaliser. C'est pourquoi l'homme se voit contraint de détruire ou de vou-

[1] Selon la « raison vitale ».

loir détruire son histoire déjà passée pour continuer à la faire. Et, à certains moments de saturation historique, il rêve à une destruction totale de l'histoire déjà passée et même de l'histoire tout court ; du fait qu'elle puisse exister. Car, s'il est certain que le travail historique est inéluctable, ne le sont pas moins la nostalgie et le rêve de se débarrasser de l'histoire, d'atteindre par une action violente ce que l'histoire semble poursuivre : que cesse l'histoire et que commence la vie.

Désir de libération définitive de l'histoire qui porte la marque de la nostalgie du paradis. Nostalgie exaspérée par la fatigue de cette vie humaine qui doit se faire elle-même[1], engendrer le futur, édifier le monde qui n'arrive jamais à nous abriter. Le monde historique créé par les hommes et qui leur est étranger, hermétique, finit par être aussi inintelligible et réclame autant d'explication que la nature ; il nous impose une nécessité de connaître – la compréhension, la raison historique –, de rendre compte et de nous rendre compte – de ce que nous avons fait, de ce que d'« autres » ont fait. Et il ne sert à rien de renoncer à toute action qui modifie l'histoire ou à y prendre une part active ; nul ne nous déchargera d'avoir à la subir.

Et si le simple fait d'être vivant nous place dans un espace où il y a un dehors et un dedans – la coexistence et la solitude –, ce faire libre et contraint qu'est l'histoire nous place au cœur d'une scission : faire ou subir ; faire et subir. Dans la vie paradisiaque d'une vie rachetée, ce ne serait pas le cas : le faire ne serait pas subi par un autre et ne serait pas accumulatif au point de créer des circonstances. Faire et subir sont les signes d'une action qui ne parvient pas à vaincre la passivité, la part passive qu'il y a dans l'homme qui l'accomplit. Ni

[1] La vie humaine se distingue de celle qui ne l'est pas, en ce qu'elle doit se faire elle-même, dit Ortega.

action ni passion, mais vie pure en acte pur. Être entièrement vivant dans une vie où tout serait en acte ; telle est, évoquée par Aristote dans le Moteur immobile, la vie qui participe au mouvement de la *physis*. La philosophie, à ses moments de plus haute perfection, aux limites d'elle-même, a pensé les conditions de cette vie parfaite de la nature.

Mais l'homme ne pouvait toujours pas y entrer. Il devait abandonner son intimité la plus chère, son être secret, non encore dévoilé, renoncer à l'espoir obscur dont il ne peut se détacher. C'est ainsi que la nostalgie du paradis réapparaît sans avoir été apaisée par la pensée d'une vie parfaite qui, pour l'homme, ne parvient pas à être parfaite, parce qu'elle n'est pas la sienne. Et tant que sa vie continuera à être ce qu'elle est, tant qu'il ne sera qu'un homme, il sera contraint d'être libre, de faire, de se faire, dans l'espoir par moments exaspéré d'être enfin entièrement. D'être entièrement, totalement, c'est-à-dire, d'être une simple créature ; un simple fils de Dieu.

LES TEMPLES DANS LA GRÈCE

IV

LES TEMPLES ET LA MORT DANS LA GRÈCE ANTIQUE

LE TEMPLE ET SES CHEMINS

1

Parce que le statut de demeure d'un dieu est si décisif, la présence du temple grec suggère autre chose qui ne peut être ni un ajout ni une superposition ultérieure ; une chose qui vient de la divinité même, dont il est abri privilégié, maison. Maison, plus que palais ; foyer, même si le feu n'y brûlait pas continuellement ; lieu, pour l'instant, d'une double fonction : celle d'être une demeure selon le rang du dieu qui détermine son emplacement, à partir duquel il agit de façon continue et, en principe, accessible à tous ; et celle de donner à voir, d'être un centre à partir duquel on regarde. Le caractère monumental qui brille encore dans certains temples ne s'impose pas, et dut encore moins s'imposer aux temps où leur splendeur était intacte ; car s'ils réclament d'être regardés, contemplés, ils réclament plus encore qu'on entre dans leur enceinte, qu'à partir de là on puisse contempler, voir depuis leurs différents points de vue. Cette invitation dut être incalculablement plus forte aux temps, multiples, divers, successifs, où leur fonction religieuse s'exerçait pleinement.

Le principe de la visibilité se fait sentir avant d'être reconnu par l'esprit. Le périmètre du temple tout entier offre à la vue quelque chose : lui-même, d'une part, inscrit dans son lieu – ce que nous les modernes appelons paysage – et, d'autre part, une essence ou substance propre à la divinité qui y habite, quelque chose qui a fini par être visible, par se manifester à travers une action humaine obéissant aux lois du divin. Mais on allait chercher aussi quelque chose de caché, quelque chose de plus que visible, quoique perceptible, tout particulièrement, cela va de soi, dans les temples consacrés aux mystères et aux oracles. Une vision, une voix, une parole, une musique. Les élus choisis pour ces révélations particulières ne pouvaient être nombreux et les voies pour les recevoir ni simples ni dépourvues de dangers. Ce que l'individu recherchait, c'était une connaissance supérieure ou un salut, au moins garanti à l'état posthume. Car, que les élus de la parole et de la vision secrète aient été nombreux ou rares, ce qui était décisif, c'est que l'individu se distinguait ainsi des autres ; il s'agissait d'une véritable distinction individuelle indépendante de toutes celles que l'exercice d'une charge publique, d'un art, ou même de la recherche même de la sagesse, pouvait conférer.

Il s'agissait d'une aptitude essentielle, d'un redressement de l'être ; un redressement et sa courbure correspondante, puisqu'ils savaient très bien, ces Grecs, dès l'origine, que la ligne et le plan rectilignes ne correspondent ni à l'être ni à la vie. Ils partirent de la sphère dans l'être de Parménide et, auparavant, de l'ondulation de l'eau, de sa souplesse sans rupture, de son caractère insaisissable, avec Thalès – dernier sage et premier philosophe ; de l'air mouvant, impondérable et du feu régulateur, respiration, vie circulaire ; de l'incalculable combinaison des quatre éléments. Et bien avant encore, du nombre qui régit toutes choses, et du rythme.

Tout acte révélateur l'est, avant tout, du principe d'occultation et de manifestation qui gouverne la vie de la terre, celle de la terre elle-même et celle de tout ce qu'elle porte. Et ce qui vient d'ailleurs – comme les dieux –, en arrivant sur terre, s'y soumet. L'occulte, c'est, avant tout, le sacré. Et le plus manifeste, le divin. « Au commencement était la Nuit », dit la Théogonie orphique qui, tout autant que celle d'Hésiode dut être connue par les constructeurs des temples. Était-il seulement possible que la révélation offerte par le temple aux plus claires divinités et, concrètement, à la plus lumineuse divinité de Delphes, fût entièrement transparente ? La transparence totale était-elle même pensable ? Pas seulement si l'on tient compte de la difficulté d'y parvenir, des moyens techniques adéquats – ce qui pouvait être tenté –, mais du point de vue primordial de la non transgression de la loi qui impose que toute manifestation réponde à l'occultation sans la détruire, que toute lumière respecte un fond, un cercle de ténèbres sans les dissiper.

C'est ainsi qu'en vertu de cette loi première, le temple devait être érigé sur le fil même du partage entre le sacré et le divin, qui variait selon la qualité et la grandeur des dieux à qui le temple était consacré. Car le divin est, fondamentalement, la révélation indiscutable, universelle, du sacré dissimulé dans un lieu, attaché à lui, et où son pouvoir s'exerce sans se montrer, sans visage et comme par à-coups, de façon imprévisible. Le royaume du sacré est la nuit, une nuit où surgit sans périodicité, sans nombre ni rythme, un éclat fulgurant, un acte imprévisible. Il est clair que tout cela se tient essentiellement dans le Dieu père et roi des dieux, Zeus, et, de façon certainement ironique, dans son fils préféré, Apollon, l'Apollon hyperboréen dont Zeus fit son fils.

Conserver ce partage entre le sacré et le divin est, nous semble-t-il, et avant l'architecture, la mission de la religion elle-même, celle des dieux de l'Olympe, celle des « nouveaux dieux ». Dieux du partage, du pacte nécessaire, qui avaient besoin d'art au plus haut point, à un point indispensable à leur existence ; et plus que du raffinement, de la précision. Car aucun de ces dieux de l'Olympe ou de ceux qui leur furent assimilés ou soumis, comme l'antique Poséidon, Père de la mer quand la mer était mère de tous les vivants, ne peut accepter l'offrande d'une parcelle supplémentaire ; et moins encore que son sanctuaire entre dans une zone qui lui était alors refusée ou qui le lui avait toujours été. Sous le règne de Zeus, tous les dieux furent comme les provinces du divin, provinces dont l'art devait marquer les limites précises. Car le mythe est multiple par nature et ses arides versions ne procèdent pas d'une source unique. Les traditions locales offraient toujours une zone sacrée que les nouveaux temples, loin de l'annexer, respectaient. Il devait en être ainsi puisqu'ils furent tous érigés sur des lieux sacrés, selon la loi qui régit toutes les religions connues. Dans le partage entre le sacré et le divin réalisé par le temple, le lieu offre déjà l'élément sacré indispensable, indestructible. Ainsi, la fonction du temple, la conquête essentielle de l'art qui s'y manifeste, est la révélation du lieu. Le lieu sacré se révèle divin et humain en même temps et conjointement. Et de la sorte il devient visible, comme s'il se déployait comme une procession – ou une progression – géométrique et géomantique. La géométrie véritable, réelle et non pas abstraite, dans laquelle se donnent conjointement la mathématique des cieux, celle de la terre, celle de l'eau, visible ou cachée, et celle du feu, secret, qui se trouvent sous cette terre et qui, peut-être, gémissaient pour accéder à la lumière. À travers cette géométrie vivante, musicale, ce qui gît sous la terre, « les enfers », se manifeste sans sortir matériellement de ses entrailles, comme c'est le cas pour le volcan, la rivière souterraine, jaillissante, les tremblements de terre, les écroulements de roche. Et quand quelques accidents de ce genre se sont produits dans l'espace sacré d'un temple – Delphes –, ils semblent annoncer l'achèvement de sa vie, de sa vie telle qu'elle était dans ce présent. L'intrusion des éléments non entièrement maîtrisés menace d'une chose sacrée qui subsiste encore, que n'avait pas touchée la bénédiction de l'art au service du divin. En sont aussi le symbole, les destructions de ces œuvres infatigablement édifiées par l'histoire. De cette histoire qui fait usage des temples, en même temps qu'elle rêve de les détruire.

La destruction du temple ne laisse pas de proposer une énigme qui renvoie aussitôt, comme toutes les énigmes, à un mystère. C'est que le temple détruit couvre de sa beauté l'action destructrice et fait même sentir la défaite de ceux qui en furent les artisans, quand il s'agit d'actions historiques ou historisantes. Et quand ce n'a été que l'œuvre du temps – d'un temps d'oubli, de mépris aussi –, le temps semble les envelopper, les transformant ainsi en temples du temps, du temps divin et humain qui use sans détruire, comme si le temps rendait ce qu'il enveloppe à un royaume indéfini, où l'essence n'a pas besoin de se concrétiser en chose pour se manifester, l'amenant ainsi à une sorte de naissance qui est une restitution. Et, parfois, à une consomption libératrice. Comme si le temple oublié, à moitié debout, à peine présent, se libérait de l'architecture qui lui fut nécessaire pour exister un jour et qu'à présent, quelques colonnes, quelque vestiges, un chapiteau dressé, suffisaient à porter la présence du divin. Du divin, simplement, sans la figure du dieu, sans son culte, sans offrandes. Afin que la géométrie révélée du lieu, dans ses trois règnes, demeure manifeste comme par elle-même, à l'abri désormais de toute destruction, de la plus dévastatrice de toutes surtout : une nouvelle construction, ou une indiscrète reconstruction, aussi archéologiquement fidèle soit-elle.

Le temple détruit – le temple grec, bien évidemment –, apparaît enveloppé par le temps, par le sien. Situés, lui, son espace et ce qui, à partir de lui, devient visible, dans un temps créateur de formes qui s'est soumis à lui, à son être, le libérant de la peine d'exister, de se dresser, d'être un lieu d'accueil privé de la présence du dieu, de l'existence à laquelle l'histoire, inlassablement, le contraint. Ne plus abriter la statue du dieu, c'est cesser d'exister comme temple particulier, perdre sa singularité. Mais le temple détruit peut avoir cessé d'être un temple particulier pour se présenter dans ses ruines comme un temple ou le temple – même s'ils sont nombreux à être ainsi à cet endroit. Chacun peut être le temple unique. Et certains, voués aux grands dieux au centre même de leur culte, peuvent être le temple libre d'histoire, le temple essentiel, le temple tout court. Ainsi, la destruction du temple libère le divin qui s'y inscrit, qui règne dans la statue du dieu, défini par l'architecture même. La définition s'en trouve ruinée, sans qu'on tombe pour autant dans l'incohérence. Et les fragments de colonnes, les colonnes entières qui demeurent, dessinent une articulation inattendue, comme un secret qui s'offre à la vue, comme une géométrie intérieure qui se déploie. C'est un tout, non un fragment. La confirmation que, dans chaque fragment disposé par le hasard du temps et les mutilations historiques, se donne à voir le type d'unité du temple, un tout qui s'ouvre indéfiniment, comme à l'état naissant. Et s'il a eu quelque chose d'un objet ou d'une chose, c'est cela qui s'est perdu. Il le dépasse, il devient intact.

Le signe en est que l'imagination se tait devant cette architecture en morceaux. Car, dans le fragmentaire, avant tout, comme on l'a toujours su et, plus encore, depuis les recherches de la *gestalt psychologie* (un structuralisme aujourd'hui oublié sous le nouveau), en percevant un fragment on reconstruit la totalité correspondante. L'inachevé réclame d'être complété. Ce qui n'est pas le cas de certaines œuvres d'art inachevées, comme les *Esclaves* de Michel Ange, et l'*Épiphanie* de Léonard. Au contraire, une vie en émane, une liberté que tant d'artistes, aujourd'hui, ont essayé, en vain, de donner à leur œuvre, en suivant la théorie de la non figuration, entre autres théories nées sans doute de ce désir de créer une chose qu'on voit se créer elle-même sous les yeux, par delà la forme reçue.

Le temple grec était un exemple de forme accomplie. Détruit plus d'une fois, il se dresse, intact, se créant lui-même, faisant déborder, se répandre son essence. Intact, vivant. Le regard ne peut rien rechercher, nul état perdu antérieur n'éveille la nostalgie dans l'âme du passant. Or, s'il en est ainsi, c'est parce que la ruine se conjugue avec le paysage et, en réalité, le révèle. Le lieu sacré originaire a trouvé sa révélation achevée. La puissance contenue dans le seul sacré se diffuse à travers tout le temple et ses contours visibles, unissant le ciel et la terre avec la mer, lesquels deviennent entièrement visibles, chacun à l'intérieur de l'unité qui le transcende, en un lieu qui se divinise en s'humanisant ou qui s'humanise parce qu'il se divinise.

À ce qu'on sait, les temples grecs ou non, ont été édifiés sur d'autres temples antérieurs de la même religion, et dans certains cas particuliers voués à la même invocation. Ainsi, en plongeant dans le sol et dans le temps, on peut arriver au lieu sacré initial – initiatique, peut-être, de façon permanente –, jusqu'à quelques simples pierres et une mince source, ou à une anfractuosité dans la terre. Or, à simplement y regarder, une source, un arbre et une fleur solitaire qui pointe des profondeurs insondables, sont comme la vie indomptée elle-même jaillissant directement du sacré irréductible qui se manifeste ainsi par lui-même. Et, enveloppant tout, la rumeur d'une chose inconnue et inextinguible qui pourrait être celle d'un filet d'eau. À cette persistance du sacré qui s'offre sous une forme à peine sensible, correspond la manifestation des formes les plus vénérées du divin. À la profondeur de quelques pas dans la grotte, et au bras de mer, plus suggéré que présent, répondent le chêne de

Zeus, qui n'a rien de gigantesque, et le laurier d'Apollon, aussi modeste que l'olivier d'Athéna. Car dans les deux zones, la religion grecque n'avait pas besoin d'être colossale pour être puissante : nul ravin n'avait besoin d'être très profond pour être un abîme, et la roche où la lumière trouve son refuge privilégié n'avait pas besoin d'être très haute pour être l'altitude même. C'est la qualité de son essence que ces lieux et ses êtres manifestent. Ainsi, la hauteur, la profondeur, le secret, l'immensité de la mer, se font sentir et connaître comme par eux-mêmes. Et une sorte d'intangibilité recouvre tout. Une intangibilité qui parle sans paroles et qui, parfois, les suggère ou les emploie, les laisse aussi libres, intangibles, au-dessus du temps, à la hauteur de la lumière.

Temple véritable que celui où cela se produit. Car c'est un véritable centre où l'homme s'éprouve librement dans son être et dans sa vie à la fois. La séparation de l'être et la vie subie par l'être humain disparaissent, en tant que promesse qu'il sera ainsi indissolublement un jour, promesse qu'il sera vraiment un être vivant. Et le temple est alors la demeure de l'homme : non seulement protectrice mais irradiante de sa vie propre.

Une demeure pour la communauté des hommes mais pas pour tous les jours. Une demeure d'exception. Les processions d'Eleusis et du Parthénon, les pèlerinages vers l'oracle de Delphes marquent les moments suprêmes de cette visite à la demeure d'exception. Marcher, déjà, d'une certaine manière, selon un rythme, en chantant les hymnes propres à la divinité. Dans la visite individuelle, entrer simplement dans le temple, spécialement à Épidaure, supposait déjà une sorte de conversion en raison de la phrase impérieuse que le visiteur trouvait gravée au fronton du temple : « Nul n'entre ici sans de saintes pensées ». Ainsi, la rencontre avec la figure de la divinité enclose dans sa *cella* n'était que le moment suprême auquel on accédait à l'issue d'une série d'actions rituelles. Une sorte de danse, même si, de danse, il n'y avait apparemment pas ; une mélodie vivante, sans chant ni musique d'aucun instrument. Et l'offrande et le repas du pèlerin lui-même qui s'y accordait. Le sacrifice exigé par le sacré se transformait ensuite en fête, en théâtre, puisque le théâtre est issu du sacrifice, et pour ne pas rester fidèle à cette origine, il doit obéir à une intention délibérée. Le temple ouvrait sa scène à tous, espace, lumière, protégés pour un temps du passage des heures. Un jeu de l'être sacré-divin qui s'humanisait. Théorie et danse, connaissance. La raison se faisait sentir en donnant la vie.

Comme on le sait, le mystère enclos dans les temples chrétiens, non seulement permettait mais diffusait sur chacun une vie totale. La lumière blanche se colorait dans la figure des saints et dans les transparents vitraux de couleurs, calme théâtre de la divine passion et des histoires sacrées. Et l'intérieur même du temple abritait les « mystères », qui étaient déjà du théâtre. L'intérieur du sanctuaire se répandait sur la vie humaine et même sur celle de quelques animaux privilégiés et consacrés, et atteignait la branche de palmier, de laurier, d'olivier, d'oranger. Car l'effet du temple est de répandre le bien qu'il renferme à l'intérieur. Réalisation de l'espoir que le monde entier se renouvelle, ici, dans le temps. L'accomplissement total devient sensible, il plane sur le temps, l'amplifie, le porte au-delà sans l'abolir.

Le temple grec établit, sur un mode encore vivant, le partage entre ciel et terre, entre espace et temps. Car son espace est proportionné au temps qui doit être mis pour le parcourir comme il se doit, pour arriver devant la figure divine ; proportionné, sans doute, à cette divinité. Un temps concédé par les dieux à celui qui les visite. La vitesse inhérente au divin s'étire dans un temps humanisé. L'invincible légèreté des dieux est abolie et leur paralysante majesté apaisée. Dans l'enceinte du temple, Achille s'accommode de ne pas être rattrapé par la tortue. L'aporie bien connue révèle ainsi son sens. Comme toutes les apories, celles de Zénon n'ont lieu que dans un temps humain qui, vu à partir de l'être de Parménide, est un temps infernal. Mais, ce temps humain étant l'effet d'un don, d'une grâce des dieux, il en devient un temps humain divin, un temps médiateur. Tandis que dans les mythes qui relatent et reflètent l'histoire des dieux parmi les mortels, la vitesse de l'action divine emporte, consume, s'impose. Seule la patiente Athéna, qui aide Ulysse, comme nous la présente Homère, descend habiter un temps humain ; elle va et vient de la maison au port, selon le cours de heures d'une journée. Elle est déguisée, puisqu'elle, la déesse, ne peut ainsi se manifester dans sa présence divine.

Le temps circule dans les temples. Et ce mode de circulation, plus parfois que les rares colonnes, marque la permanence de son action. Chronos, divinité que la Grèce honore peu par des temples particuliers, à qui n'étaient pas offerts de sacrifices mais de simples offrandes, est présent dans tous les temples ; comme si sans lui, sans Chronos « qui révèle tout » – dit Pindare – n'avait pu se réaliser effectivement l'action du temple, la vérité de son être et son accomplissement. Il se trouvait là, dans chaque temple, dès l'instant, et plus encore à l'instant de sa fondation, comme dans toute naissance. « Et à cette fête de la naissance assistaient les Parques et celui qui révèle tout, Chronos », raconte Pindare de la fondation d'Olympie. Rien d'humain ne peut trouver de fondement sans l'assistance du temps : maison, cité, temple, la vie elle-même.

La transformation du sacré en divin, spécifique du temple, ne se réaliserait pas dès le début si le temps, médiateur, n'était présent, si ce n'était lui, lui-même, qui se réalisait. L'espace, la proportion révélatrice entre rochers, vallée et mer, ne se réaliserait pas, ni la circulation de la lumière et la configuration des éléments, sans le temps médiateur, sans le temps qui humanise le divin, lequel, livré à lui-même, en se libérant du sacré, foudroie par sa vitesse sans doute supérieure à celle de la lumière. C'est ainsi que, sans la médiation du temps, l'éclat d'Apollon aveuglerait, serait l'obscurité parfaite ; les yeux étincelants d'Athéna, plus que la vision de la Méduse, aveugleraient tout regard humain. Et les flèches d'Apollon pourraient ne jamais arriver, ou arriver avant d'être décochées. Chronos, le père de Zeus, dispense le rythme, le nombre, la proportion indispensable. Car, selon un impénétrable dessein de Zeus que Chronos, peut-être, ne partage pas, la mort existe. Vaincu par son fils, Père des immortels et des mortels, Chronos, sans presque aucun temple, avec son épouse Rhéa, terre seconde, soumise au temps, apporte sa médiation, soumettant à une même mesure et les accordant les dieux et les hommes. Il est le révélateur et le fondateur, dans la relativité de l'existence que la mort lui a laissée. Ainsi Chronos soutient les ruines et se soutient dans la destruction. Il l'apporte et l'instaure également. Il permet, il est la cause de la destruction, mais jusqu'à un certain point, jusqu'à une certaine limite, et permet ainsi ce que le temple intact ne permettrait pas. Le temple intact apparaît maintenant inhumain, sans être pour autant divin. Le divin reste gelé, enclos en lui-même dans ses manifestations terrestres, sans l'empreinte de l'action du temps, du vieux et du jeune Chronos, le rénovateur qui, en même temps qu'il détruit les colonnes, les soutient. Et même la poussière et la cendre, résultats de l'action du temps, gardent l'empreinte de sa divinité. À la fin, quelque chose est resté, quelque chose qui témoigne du passage du temps. Les cendres, la poussière et même ce qu'on appelle néant, sont les temples du temps qui, finalement cesse de n'être qu'un médiateur entre les êtres et se laisse voir d'une manière plus sensible que visible ; du dedans, comme souffle inextinguible, passage, changement, qui n'arrive pas à être mort, consomption qui fait signe vers un autre royaume où le temps ne serait pas interrompu par la mort. Dans ce royaume, le temps ne consumerait rien. La matière serait unie à sa forme entièrement intacte, à l'abri de la corrosion du temps. Et le temps, lui-même, serait libéré d'avoir à dévorer, libéré de son aspect démoniaque, et ne laisserait sentir que sa pulsation, comme celle d'un cœur libre de toute menace.

2

Il semblerait, donc, que le temple, à travers le travail de destruction de l'homme et du temps, remplit sa fonction de transformer le sacré, d'élever au divin, d'ouvrir le sacré en le rendant accessible, en le répartissant et en le stabilisant. Mais quelque chose s'est, inexorablement, perdu. Le chemin descendant, la cavité d'où sortait la voix divine dans les temples d'initiation aux mystères et dans les oracles, comme à Éleusis et à Delphes. Alors que le Parthénon et le temple de Poséidon, à Sounion, se dressent sur une hauteur qui, à ce que nous savions, n'offrait aucun enfer où descendre ; il ne fallait que monter vers eux et, de là, après l'indispensable culte, le fidèle allait se trouver conduit, même sans s'en rendre compte, à regarder devant un horizon ouvert. Temples où l'horizon est toujours le don final. L'horizon, lieu entre tous de la visibilité, de la maîtrise ou qui signifie voir, tout voir en même temps : la lumière, le ciel et la cité au pied de la haute roche ; la lumière et la mer s'offrant et se refusant à la fois, s'ouvrant devant le temple du dieu qui agite les eaux, dont l'apparence est plus fragile que celle de celui de la déesse, ce dieu vaincu et jamais enseveli, le dieu qui agite les eaux du plus profond de leur sein. Non, on ne sent pas, dirait-on, ce pouvoir menaçant sur la colline, entre les colonnes qui semblent rythmiquement polies, lavées même, plus par les eaux que par le temps. Les ténèbres divines sur le lieu de ce dieu obscur ne se font pas sentir, ni ne durent se faire sentir quand il vivait.

Temples de la vision libérée du temps, de la vision pure, tels apparaissent ces temples où l'antre n'a pas d'existence, et plus encore, s'ils se trouvent sur des hauteurs comme le Parthénon et le temple de Poséidon. La terre les présente simplement, les élève sans presque se montrer, sans faire sentir sa force d'attraction comme si elle ne servait qu'à porter, laissant libre celui qui la foule et les pierres elles-mêmes qui ne semblent pas lui peser. Ainsi n'existent-ils que pour ces lieux propices au vol du regard et de l'esprit. Pour ces ailes qui sont sur le point de naître des yeux et des tempes de certains visages de la statuaire qui conserve encore la peinture qui les émaillait, telles celles de Coré du Musée de l'Acropole, héritières en cela des têtes égyptiennes de la XVIIIe dynastie.

Des ailes apparaissent, dans la sculpture tardive, sur les têtes d'Hypnos et sur celle de la Méduse, des ailes nocturnes, celles du Sommeil, comme cela va de soi. Ce qui va moins de soi, c'est qu'elles sortent de la tête sans corps de la beauté terrifiante de la descendante de Poséidon, de la tête qui flotte sans corps sur les eaux. Ailes de la Méduse et du Sommeil qui parlent d'un voyage sans limites ou d'une simple errance à travers des espaces inconnus, dans une autre lumière et même dans d'autres ténèbres. La tête seule, qu'elle se soit détachée de son corps ou qu'elle soit une simple tête, vole sur des mers d'irréalité ou d'une réalité en principe invisible et peu communicable. D'une source différente est le vol du regard de celui qui reste paisible en son centre et, plus encore, s'il est ainsi demeuré paisible parce qu'il a enfin trouvé son centre. De là, il laisse voler son regard, et des yeux naissants s'éveillent en lui. Des yeux naissants qui complètent sans le contredire ce que les yeux qui servent quotidiennement ne cessent d'offrir imperturbablement, puisque la vertu du regard est son caractère imperturbable. Des événements qui se présentent dans certains lieux, simplement offerts par la nature ou liés à quelque chose de fabriqué par la main de l'homme. Cela devrait être toujours appelé temple, car il s'agit d'un lieu où le simple acte de voir accède à la vision achevée ou sur le point de l'être. L'espace s'offre dans sa liberté et, à la fois, dans son intimité ; faisant un avec le regard qui la recueille. Le temps disparaît, au moins comme écoulement.

Et ce n'est pas l'espace, sans plus, dans son immensité illimitée qui s'ouvre comme un champ d'attraction au vol du regard, dans cette manière de regarder à partir d'un centre qui se donne dans les temples de la vision. Dans le temple de Poséidon, à Sounion, le temple même devient visible avant tout, comme le centre d'une sphère parfaite où la vision trouve enfin son accomplissement. Ciel, mer et terre s'intègrent sans se mêler ni se diluer à cette sphère de cristal vivant, limitée et illimitée à la fois, comme doit l'être l'univers dans sa perfection semi-divine. Et ce qui ne laisse pas d'étonner, c'est qu'un pareil don surgisse d'un lieu dédié au dieu qui agite les eaux.

Dieu d'un passé qui, au lieu de se dresser tel un obstacle, comme le fait souvent le passé dans son agitation, fait jaillir et s'ouvrir cette sorte d'espace qui rappelle cette claire fleur de lotus surgissant des ténèbres des eaux, blanche image de l'univers, où un Bienheureux se tient à peine, car lui-même, plus que sur elle, se trouve, comme elle, sur les eaux sans même y flotter, libéré du poids de la vie.

APOLLON À DELPHES

Ce que peuvent être les dieux, on ne l'a jamais bien su. Et il semble même douteux qu'ils puissent être ou avoir été, qu'ils aient joui de cette découverte de la pensée grecque qu'est l'être, l'être à découvrir premièrement dans les choses, l'être en tant que tel ensuite. Selon Ortega y Gasset ces dieux manquaient d'être et c'est pourquoi l'esprit humain se mit à leur recherche. Or, si les dieux, Apollon, entre autres, n'ont pas d'être, ils doivent bien avoir quelque fonction. Ils vont être – puisqu'ils doivent être quelque chose – un acte, une fonction, une épiphanie, une nouveauté, une naissance réitérées. Car, pour qu'une chose divine s'établisse, elle doit exercer avec une certaine constance une certaine fonction. Et, pour qu'elle se fasse connaître comme dieu, elle doit posséder une forme, un visage. Visage et forme qui ne soient pas le double de ceux qu'il y a dans l'homme, et plus encore, dans l'homme qui, désormais, n'est qu'homme.

La forme d'un dieu dépasse l'humain, ce qui est purement humain. Chose qui n'est pas spécifique, bien évidemment, de la religion olympique grecque. On pourrait plutôt dire qu'en Grèce, la forme du dieu inclut encore des animaux, des plantes, des événements cosmiques, un certain ciel, et un élément parmi les cinq qui existent, si l'on compte l'éther, comme on doit le compter quand on y fait référence. Tout cela est leur génie, puisque le génie est ce qui est le plus proche des dieux, de leur nature. Les mortels n'en jouissent qu'exceptionnellement et jamais comme ce qui leur est propre ; il leur est donné et peut tout aussi bien leur être retiré. Il ne s'agit donc pas pour nous aujourd'hui de vérifier d'abord ce qui se passait à Delphes, lieu d'oracle et de purification, sur lequel on sait une ou deux choses. Car le dieu de la lumière et de la voix, le dieu de la parole, devait encore jeter quelque clarté sur la part la plus secrète de sa fonction. Le temple et son lieu étaient ce qui accueillait le plus adéquatement l'office du dieu ; l'office, puisque telle était la fonction des dieux de l'Olympe : officier ; des offices divins qui dépassaient et même occultaient ceux des prêtres. Qu'on note, entre parenthèses, que la figure et la fonction du prêtre grec mériteraient d'être étudiés avec attention.

Quoiqu'en ruines, le temple nous est resté, le temple œuvre d'Apollon, si l'on entend par temple tout l'espace qu'on aperçoit à partir de là, ce que le regard embrasse encore aujourd'hui, et quelque chose que le temple adressait à ceux qui y arrivaient : des paroles, humaines celles-ci, qui y étaient gravées ; humaines mais participant sans doute du génie du dieu. La parole elle-même doit appartenir au génie d'Apollon, le dieu qui, entre tous, sait écouter. La configuration du lieu suggère avant tout celle de l'ouïe, comme si, avant tout, le dieu était venu pour écouter. Le sens de l'ouïe est celui qui s'exerce de la manière la plus intermittente ; dans l'acte d'écouter se manifeste ce qui est le plus pénétrant et le plus profond dans l'attention, l'attention volontaire que l'exercice de la vue ne requiert pas. Et une certaine réceptivité bienveillante, une offre de communication. Quand on veut encourager quelqu'un, on lui montre qu'on l'écoute ; on lui demande de parler ou de se mettre à pleurer s'il en a besoin ; qu'il balbutie ou gémisse ; qu'il éclate de rire. Voilà ce qu'on offre au déprimé et non pas la possibilité de voir. L'attention donnée par celui qui ne fait qu'écouter, sans restrictions, entraîne le délire et, en principe, ne le rejette jamais. Et comme tout se passe dans l'air, celui-ci offre également l'oubli nécessaire. Celui qui est découragé a besoin de sentir qu'une part de ce qu'il dit sera recueillie pour toujours et que tout le reste sera oublié. Ce n'est qu'ainsi qu'il retrouve peu à peu son courage perdu qui ne peut surgir instantanément, rythmiquement, comme un cours d'eau claire, mais à flots, en balayant la résistance de son mutisme. Et l'écoute qui paisiblement lui est offerte, finit par l'arracher à son labyrinthe, un labyrinthe déployé comme un fleuve, par faire taire le roulement obsédant du tambour qui bourdonne dans son mutisme, et il connaît ainsi la libération, la liberté que seule offre la parole avec son silence et son rythme propres.

Il est donc en parfaite cohérence avec cette grâce de l'écoute qui se manifeste encore de manière sensible dans le temple de Delphes ; avec le fait que le dieu venu pour écouter, écoute avant quiconque son frère Dionysos, dieu du délire et de la passion, de la souffrance divine et humaine (lui le fils d'une mortelle embrasée par le feu divin de Zeus). Le divin souffrait en Dionysos, le dieu enfant sauvé des flammes par son père, père qu'il est aussi d'Apollon, mais d'une toute autre manière. La naissance est ce qui sépare le plus ces deux frères, alors qu'Artémis, sœur d'Apollon, née de la même mère et de la même manière que lui, est comme écartée de cette fonction divine à Delphes.

Dionysos, dieu qui se traîne et qui se dresse, qui se tord entre l'humain et le divin, sauvé des flammes par son Père, grâce au lierre – flamme végétale –, habitait à Delphes une partie de l'année – une fois de plus, le temps apparaît ici comme un agent de l'ordre, de la justice. Et c'est là même que se trouvait sa tombe à côté de ce temple auprès duquel il n'était accordé à aucun mortel de mourir et de naître comme dans celui d'Épidaure, comme dans d'autres également. Apollon héberge son frère, dieu, entre tous, de la naissance et de la mort, qui périodiquement meurt et se réveille ; dieu de la passion et de la résurrection, du délire et de l'ivresse, qui monte jusqu'au masque. Alors qu'Apollon nous apparaît comme le dieu simplement nu, simplement, sans masque, sans casque même, sans autre défense que les flèches de sa lumière. Pour Apollon, héberger Dionysos jusque dans sa tombe, ne fut pas une concession mais plutôt son premier acte fondamental – fondateur – de fraternité, de cette fraternité qui sauve.

Forme et fonction du divin nous semble une meilleure formule que structure du divin, car le terme de « structure » implique actuellement l'adhésion au « structuralisme », comme si le terme de « structure » n'avait jamais été utilisé en son sens propre. Un dieu comme Apollon, tel qu'il nous apparaît aujourd'hui, serait une structure, une action à partir d'une forme, une forme agissante. Mais il ne se limiterait pas non plus à cela, puisque Apollon est un être, précisément. Privés d'être, selon l'assertion d'Ortega, les dieux grecs sont en vérité des êtres, mais des êtres qui laissent libre la sphère de l'être. D'autant plus, si nous nous souvenons de l'être de Parménide, et plus encore de « Sphaeros », cet étrange dieu d'Empédocle. Ils n'occultent pas l'être en tant que tel, ils ne l'absorbent ni ne le représentent, ils n'ont peut-être pas d'être à proprement parler, mais ils le présentent, le manifestent, le condensent de manière non humaine.

Car c'est sans doute autour de l'être que se situe la grande divergence entre les mortels et les dieux immortels. Au début, l'homme, privé d'immortalité, se sent être et découvre l'être, il en a avant tout l'intuition et il le pense ; alors que les dieux le vivent simplement, divinement. Eux, les immortels, vivent l'être ; l'homme doit le découvrir, et pour arriver à s'y loger, à le vivre, doit parcourir le long chemin qui va de l'*apéiron* d'Anaximandre, dont il nous semble avoir montré ici les caractéristiques[1], à la vie contemplative chez Aristote et Plotin, en passant par les idées platoniciennes, par l'amour et la mort, par la connaissance totale. Car, on le voit finalement clairement, ce dont les dieux étaient privés, ce n'était pas de l'être, mais de la connaissance, de la passion de la connaissance. Il n'est donc pas étonnant qu'Ortega y Gasset, finalement formé dans la pensée qui unit l'être et la connaissance et les fait dépendre l'un de l'autre, ait conclu que les dieux étaient privés d'être, qu'ils n'étaient pas. Il n'a pas vu le présupposé dont il partait ; sinon, il aurait conclu qu'ils n'étaient pas parce qu'ils ne connaissaient pas ; parce qu'ils ne faisaient que voir, sans connaître, de là-bas, de là où ils se trouvaient.

Ces remarques sont indispensables si l'on parle du dieu Apollon ; dieu de la lumière, dieu-lumière, dans son temple privilégié, à Delphes – qui ne fut pas, comme on sait, celui du lieu de sa « naissance » –, ce lieu qui l'attendait, son siège, son trône. Là, comme on le sait, outre l'énigmatique *epsilon*, était gravé ce « Connais-toi toi-même », jamais assez commenté, que Socrate, si dionysiaque, nous a légué comme un impératif qu'on pourrait appeler catégorique. Comment un dieu qui ne s'efforce pas de connaître, peut-il nous laisser ce précepte ? Les préceptes des dieux peuvent être à l'origine du philosopher, mais ne sont pas de la philosophie. Cette sentence, dit-on, nous vient de la sagesse traditionnelle, de l'un des sept sages de la Grèce. Sept, nombre symbolique des planètes et aussi, selon la sagesse védique, des sept centres de l'organisme humain. De l'un de ces sept sages est venue la sentence que Socrate comprit avec ironie. S'agissant de l'homme, la sagesse devient ironique quand elle se transmet, elle devient ironique au seuil de la philosophie et même du roman – qu'on pense à Cervantès.

[1] V. « Le débat entre philosophie et poésie sur les dieux ».

Des siècles plus tard, on a dit et on dit encore dans l'Islam : « Celui qui se connaît soi-même connaît son Seigneur ». Le fil de la grande tradition passe aussi par l'Islam. Il faut envisager cette sentence delphique à la lumière du savoir traditionnel transmise à l'entendement humain et qu'un jour quelqu'un reçoit non seulement pour lui-même, mais pour philosopher, c'est-à-dire, pour transmettre sous forme d'universel et commun à tous, pour donner à tout homme, le savoir traditionnel sous la forme accessible alors dominante. Dans tout impératif énoncé par la pensée philosophique, il faudrait chercher un savoir traditionnel transmis sous forme de connaissance humaine, accessible à tous les hommes, au-delà de toute initiation, par delà le mystère.

L'impératif gravé pour être lu par tous au fronton du temple de Delphes n'était plus un mystère. Le dieu de la lumière s'y donne à voir. Il s'avance, impérieux, donnant pour principe la fin de l'initiation comme fondement clair du présupposé de toutes les réponses nébuleuses, ambiguës, de la prophétique Pythie. Toute prophétie partait donc de ce principe et de ce présupposé : connais-toi toi-même. On voit bien que celui qui le comprenait comme Socrate l'avait compris, ne pouvait se perdre dans la vanité que cet oracle – « Socrate est le plus sage de tous les hommes » – aurait suscitée chez n'importe quel homme. Lui, Socrate, avait répondu, en dépassant l'oracle, par le fameux : « Je ne sais qu'une chose c'est que je ne sais rien ». Il était allé au-delà de la réponse de l'oracle, car c'était justement ce qu'il devait faire, « toute science dépassant [1] ».

[1] Refrain des « Couplets faits sur une extase de très haute contemplation » de Jean de la Croix : « Je suis entré où ne savais/et je suis resté ne sachant/toute science dépassant ». Voir *Nuit obscure Cantique spirituel*, présenté et traduit par Jacques Ancet, Poésie/Gallimard, p. 100-103. (N.d.T.)

Le temple de Delphes n'avait rien de semblable à un centre d'enseignement occidental. S'il ressemblait à quelque chose de chez nous, ce serait à une abbaye, lieu d'exercices spirituels et à tant d'ermitages, lieux de pèlerinage où l'on va prier le saint qui les habite ; ces ermitages, habitacles d'un saint ou de la Vierge, autour desquels le pré alentour, la source, l'arbre, le lieu, tout porte le sceau du sacré. Il n'y a plus simplement d'eau, de ciel, d'arbre, mais cette source miraculeuse, purificatrice ou curative, cet arbre dont ne sait ce qu'il est ni ce qu'il fut, à moins qu'on ne sache quelque chose de ce qui l'habite lui et son ombre. Et le pré où l'on mange, où l'on danse, où l'on chante, où beaucoup passent la nuit sous les étoiles.

Et, ce que l'on taisait le plus des événements survenus en ces lieux qui, il n'y a pas si longtemps, étaient vivants ici en Occident, c'était plus que l'enfant conçu sans attendre le sacrement, comme sous un sacrement non formulé ; plus encore que l'ivresse, c'était la résolution que quelques-uns avaient prise au retour comme on fait un vœu. Des profondeurs de l'âme, sans aucun tourment, sans analyse psychologique – dans les temples en activité, la psychologie n'avait pas de place – elle était montée, s'arrêtant, très vite, au niveau de la conscience. Puis, sur le retour, car c'est au retour de tout voyage essentiel que surgissent les résolutions, se formait dans la pensée, dans l'esprit, une sorte de vœu non pas issu de la volonté, mais accompagné par elle : une décision inébranlable.

L'action du temple dans son ensemble avait, dans de tels cas, simplement consisté en ce prodige : faire surgir de l'intérieur, du fond de l'âme, en termes religieux, une évidence *immédiate* – comme l'est l'évidence cartésienne ou n'importe quelle autre ; une pensée lumineuse qui, dans la clarté de la conscience peut à peine s'arrêter – mais pourquoi ? –, et se former au plus haut de l'esprit, triompher sans ou avec quelque violence, tout dépend de la situation du sujet, de l'être humain chez qui se produit pareil prodigieux événement. Une telle expérience, conduite par l'évidence a également eu lieu, sans nul doute, dans les salles de l'enseignement universitaire occidental, dans les cloîtres qui l'ont précédé et dans les exercices spirituels pratiqués dans des lieux de retraite. Aujourd'hui qu'on parle tant d'initiation, d'une connaissance initiatique, secrète et occulte il y a fort peu de temps encore, il est désormais possible d'affirmer sans crainte qu'il s'agit d'un savoir – pas précisément d'une connaissance – initiatique. L'initiation pourrait-elle être à l'origine d'une connaissance au sens propre du terme, c'est-à-dire au sens où l'Occident rationaliste entend l'étude de la philosophie et l'exercice de la science ? N'est-elle pas plutôt un savoir ? La connaissance est le fruit d'un effort, d'une méthode qui part (nous allions dire qui naît, mais non, car la connaissance ne naît pas) d'un point. La connaissance est le fruit d'une méthode. Le savoir est une chose qui naît d'une passion, c'est-à-dire d'une épreuve de la vérité de la vie, avant qu'elle n'apparaisse, d'une conception qui a eu lieu, comme tout ce qui se conçoit, avant qu'elle ne naisse. C'est pourquoi elle naît, justement. Qu'ensuite dans la philosophie non hellénique, se trouvent des traces de ce savoir naissant, il n'y a aucun doute. Et d'abord, avec l'*a priori* kantien et le rêve, la rêverie d'un Delphes lointain et toujours vivant, du « savoir absolu » hégelien. Savoir absolu qui est né et naîtra toujours, mais comme un absolu paradoxalement limité en extension et, plus encore, dans le temps. Puisque quand l'absolu se manifeste dans la pensée humaine, il est comme une lueur ou une étincelle qui se produit en un instant, un seul instant en vérité. Et on accède à cette lueur par le délire né d'un désir aux confins de l'espoir et de la tension de l'effort par delà toute méthode.

Le temple delphique était un espace de délire. Les bacchantes, on le sait, déliraient dans les montagnes et les bois. Même si le temple était la demeure de Dionysos, pendant qu'Apollon se retirait dans sa patrie hyperboréenne et que la tombe même de Dionysos s'y trouvait, à ce qu'on nous dit, on ne nous dit pas que dans l'enceinte sacrée éclatait un délire purement dionysiaque. Il ne l'était pas purement car la pythie mâchait le lierre et le laurier et délirait. Elle hurlait, sifflait, se tordait comme la flamme, comme le lierre, comme le serpent, et sifflait comme le feu. Le délire que Delphes accueillait donc n'était pas à proprement parler dionysiaque, elle accueillait le délire comme Épidaure accueillait la maladie, souvent délirante, sans doute. Quel pouvait être ce délire que Delphes accueillait, exigeant de ceux qui le subissaient qu'ils atteignent la connaissance, celle d'eux-mêmes ? En termes religieux – de toute religion et en particulier, de celle-là – est-il donc possible de se connaître soi-même sans connaître essentiellement le Dieu qui prend ainsi un statut de guide, d'aimant et même de seigneur ? Toute connaissance religieuse suppose une union, sinon une communion avec l'essence divine, comme toute connaissance purement rationnelle suppose qu'on s'assimile et même qu'on s'identifie à la raison. L'« entendement agent » aristotélicien crée l'intelligence dans l'esprit de celui où il se manifeste et l'homme n'est ainsi intelligent que quand l'entendement agent agit sur l'entendement passif qui lui est propre : passivité, indigence, pourrions-nous dire, nous les modernes, et même avidité existentielle.

D'où la si facile assimilation de l'entendement agent à l'Esprit Saint par les mystiques de l'Islam, et, par Averroès, à une intelligence unique, universelle, côtoyant, pourrions-nous dire, l'âme du monde de Plotin. Mais, ce qui nous intéresse ici, c'est le caractère instantané et non pas fixe, transitoire aussi bien que transcendant, l'« entendement agent », selon le plus rationaliste des philosophes grecs, le moins porté – croit-on, du moins – à s'abandonner au divin ; précisons : au divin de l'un des dieux.

Or, cette transcendance transitoire occupe un lieu, dans la construction aristotélicienne, qui loin de déjuger ou de soumettre la raison et ses fondements objectifs dans l'âme humaine, l'exigent et la supposent. La connaissance exigée à Delphes avait dû être une connaissance transcendante au plus haut degré, plus encore, en principe, que la connaissance aristotélicienne, car il s'agissait de se connaître soi-même, de la réflexion parfaite, de la parfaite transparence.

La connaissance dans la philosophie grecque obéit dès le début à cet impératif de transparence, impératif, disons-nous, pour utiliser un langage occidental. Puisque la conquête de la transparence y fut animée par la passion : par la passion sous l'empire des dieux et face à eux, par la passion de faire triompher la condition humaine et avec elle quelque chose qui n'était pas du ressort des dieux, connaître et intervenir, établir une union ferme entre ciel et terre, entre vie et mort, conquérir un monde par delà la condition mortelle, par delà les décrets du destin, également, et, bien sûr, les passions, tout en n'en respectant qu'une seule : l'amour. Il n'est rien d'aussi opaque dans la condition humaine, d'aussi résistant, sinon opposé à la transparence que le « soi-même ». Sois qui tu es, disait Pindare. Ose être qui tu es, connais-toi, exige Apollon. Il ne pouvait s'agir d'être homme, simplement, car pour en savoir quelque chose, il n'était nécessaire de visiter aucun temple, moins encore un temple spécialisé. Il devait être question de se connaître en ce qu'inexorablement l'on est et l'on doit continuer à être. De telle sorte que la connaissance, inexorablement, au lieu de s'avérer inutile, en devient nécessaire, impérative.

Un impératif pour être, ou d'être, qui venait à la rencontre de tous et de chacun. On n'allait pas là pour, simplement, rendre hommage au Dieu, mais pour l'interroger, écouter sa voix dans la voix obscure de la Pythie ; une voix issue des profondeurs de l'antre, dans la plénitude du délire. Et avant de pénétrer dans l'enceinte même du temple, il était prescrit de se purifier à la source, une eau vive au débit à la fois inépuisable et mesuré, la nymphe qui, parallèlement à Daphné – la gloire du laurier –, était le fruit de la métamorphose opérée par la chasteté qui n'accepte pas l'amour charnel même d'un dieu, et moins encore, peut-être, s'il vient d'un dieu. Car cette chasteté est offerte, comme c'est toujours le cas de la chasteté, à un dieu et même au divin libéré de toute figure humaine ou de certains de ses traits. Elle en devient ainsi un agent de métamorphose. Daphné et Castalie ne fuient pas le dieu Apollon, elles ne fuient que ses appétits trop humains – ses servitudes, plutôt –, auxquels en tant qu'appartenant au sexe féminin, elles ne pouvaient rester insensibles. Mais elles n'ont fui ni l'amour ni l'abandon au divin à travers ce dieu Apollon qui, pour sa part, sert le divin et se soumet à l'humain et s'allie même à la nature animale, puisqu'il apparaît avec le dauphin. Et s'il tue le serpent, il le recueille ensuite comme centre obscur de sa voix prophétique. La luminosité de la voix d'Apollon naît au lieu obscur de l'animal le plus proche de la terre et de son secret, cette terre qui s'élève grâce à Apollon et à Dionysos, dieu qui en a libéré le sang. C'est ainsi que la clarté de cette voix, son intelligibilité, vient du rayon de lumière pure dont Apollon est porteur, de la lumière hyperboréenne, invisible à tout homme, qui agit sur la lumière de la terre, sur son sang dans l'esprit du vin, et utilise la voix humaine, la pythonisse qui s'identifie au serpent premier, à la vie terrestre.

Quant à elles, les chastes nymphes, en fuyant leur amour, en se changeant, l'une en source et l'autre en laurier glorieux, elles devinrent ainsi les sœurs d'Apollon. Et comme sœurs, lui offrirent leur aide dans l'exercice de la purification essentielle, véritable action de leur divinité sur les hommes, et la gloire qui demeure, le laurier offert à la poésie, à la sainteté de la poésie. Elles devinrent ses sœurs. Et dans toute fraternité transcendante, il y a toujours une prophétie. La fraternité, comme la chasteté, sont prophétiques. Elles ne pouvaient être absentes du sanctuaire où s'exerçait de manière privilégiée l'action du dieu purificateur qui exige de chaque homme qu'il se connaisse lui-même, c'est-à-dire, qu'il se révèle à lui-même. Mais se révéler à soi-même, l'homme ne peut le faire seul. C'est pourquoi ce mot d'ordre n'a pas été, dans la philosophie grecque du moins, un mandement impératif. La connaissance répandue par la philosophie – en disant répandue nous pensons à Socrate, si lié à Delphes – était autre chose : une action qui allait y conduire, plus universellement. C'était l'homme en tant que tel que la philosophie conduisait à connaître. Mais cet impératif de réflexion totale, connais-toi toi-même, n'apparaît que dans la sphère religieuse. Et pas en général, mais dans la sphère de la religion du dieu révélateur entre tous, plus que Zeus lui-même. C'est pourquoi Apollon vient de loin et d'en haut. Sa naissance était nécessaire pour qu'il fasse là partie de la nature, signe que sa présence n'était pas instable. Ce mode de naissance apparaît très clairement, alors qu'il n'a même pas suffi à assurer la permanence continue d'Apollon à Delphes, et moins encore dans son lieu natal très vite abandonné, Délos, île qui, mythologiquement, selon la cohérence du mythe, était destinée à disparaître comme elle était apparue ; où les eaux, avaient obéi à Zeus pour que naissent sur terre, sur un tout petit bout de terre, Apollon et sa sœur Artémis, déesse étrange en vérité, sœur naturelle, totalement chaste. Ce qui nous montre que Daphné et Castalie furent assimilées à la sœur naturelle Artémis, en la complétant, comme si elles étaient ses déléguées. Et les trois sœurs créent une ambiance, un espace où le connais-toi toi-même est une formulation impérative. Une ambiance divine au bord de l'humain, qui se conjugue avec l'ambiance animale-terrestre-humaine, en fonction de la Pythie. Dans le divin s'était opérée, dès le début, une disjonction, une opposition, plutôt, du fait qu'Artémis était la lune et lui, Apollon, non seulement la lumière mais aussi le soleil. En s'incarnant sous forme d'astres, frère et sœur furent inéluctablement condamnés à ne pas se voir ; elle, disparaissait dans la lumière qui ne la rendait visible que quand l'astre lumineux entre tous, se cachait. Elle était son reflet dans le lointain. Étrange sort que celui de la sœur, la lune, qui luit par l'intermédiaire du soleil quand celui-ci n'apparaît pas ; qui le reflète sans le remplacer jamais, prenant visibilité, éclat, en vertu de l'absence du principe qui l'illumine. Simple lumière, sans chaleur de vie, mais qui influe sur la vie des eaux et des créatures, légères comme elle, la rapide, celle qui passe et aussi se perd un peu, vagabonde des espaces, solitaire. L'élément liquide lui appartient car elle soulève les mers, influence le courant des eaux des fleuves et le flux du sang. Maîtresse des rêves, des reflets, des ombres ; lumière de ce qui se cache et miroir de la mort. Vierge, elle veille aux côtés de la parturiente Artémis. Et révèle ainsi, dans ce mythe, que toute naissance vient des eaux, se produit dans les eaux, illuminées par la lumière, reflet du principe de la vie. Inquiétante leçon que celle de la lune, sœur distante, passive, d'Apollon.

Artémis se montre ainsi comme la passivité irréductible que rencontre la lumière du dieu, une lumière qui se perd, qui danse et se cache parmi les bois, non sans ressentiment. La biche qui fuit et la flèche qui poursuit la vierge. Iphigénie sacrifiée, exigée en sacrifice par la biche Artémis elle-même, qui s'interpose quand les navires viennent sauver Hélène, la resplendissante. Le dédoublement de la déesse vierge, comme l'eau qui surgit dans le torrent et dans le bois que nul n'a parcouru ;

maîtresse du mystère de la nuit et des eaux, que la lumière solaire laisse derrière elle, avec ses ombres et son étrange clarté. La virginité, donc, de la passivité et de l'obscurité, de l'indomptable nuit, qui ne peut épouser personne ; l'intangibilité de la contradiction première, originelle. Protectrice de ce qui naît et amie de la mort, du naître et du mourir indomptables.

Cette sœur invaincue n'avait pas de place dans le temple delphique. Mais ne devait-elle pas faire partie de la constellation propice à l'exigence formulée par le connais-toi toi-même ? Ou était-ce que l'homme, le suppliant de Delphes, devait parvenir à ne se connaître lui-même que dans la lumière qui est vie, que dans la lumière directe, sans reflets ? Maîtresse des eaux, elle devait être sans doute soutenue, tout en la soutenant, par Castalie, la source purificatrice, elle-même née de la pureté, dans les derniers contreforts des roches resplendissantes du Parnasse, couronne solaire du temple. Tandis que Daphné, l'autre nymphe, dans le laurier pérenne et son minuscule fruit, offrait, un peu d'or captif dans le fruit, un peu d'or vivant, offert à la poésie, à la parole humaine, à la minuscule création humaine par la parole. Aussi nous demandons-nous si le connais-toi toi-même aurait pu se réaliser sans ce qui, alors, était indispensable à la poésie et même à tout discours, à tout « logos » tendu vers la profération qui non seulement énonce, mais qui pénètre et persuade : l'inspiration. Voici les Muses, cortège, danse qui ordonne la pensée humaine et l'assiste. Peuvent-elles être étrangères à la réalisation du se connaître soi-même ?

Les Muses dansent selon un ordre et offrent parole, musique, mémoire. Aucune d'entre elles n'apparaît douée du don de la prophétie. Elles étaient un véritable présent, la manifestation de quelque chose de caché, d'un balbutiement qui, finalement, devient parole, d'une danse naissante qui, finalement, se déchaîne ; d'un personnage qui apparaît sans lieu et trouve enfin une scène, pour avoir atteint la forme à laquelle il aspirait. Et la mémoire, qui éclaire l'histoire et la crée, la sauvant de ses méandres pour la rendre fameuse, glorieuse. Toutes étaient glorieuses et, donc, prophétie réalisée. Poésie et poème, acte poétique achevé. Ce que les Muses donnent à ceux qu'elles assistent, n'est certainement pas une méthode, ni un chemin pour la pensée et le savoir que l'homme pourrait parcourir seul par son entendement. On n'obtient leur inspiration, quand on en est privé, que par une invocation, par un appel. Aucune connaissance sur l'existence ne nous est venue de prescriptions qui la conditionneraient, mais de la purification dans la fontaine de Castalie. S'est-elle perdue, à moins qu'elle ne se soit confondue avec la purification totale qu'exerçait la présence d'Apollon dans son temple, ou qu'Apollon lui-même dispensait à celui qui les invoquait loin de son temple, là-bas, dans l'atmosphère légère, loin de sa lumière ?

Les Muses ne suffisaient pas à l'accomplissement de l'action bénéfique d'Apollon. Elles devaient clore le cycle de cette action de la lumière qui allège l'esprit, l'emporte vers le haut, libre des passions qui d'ordinaire l'enchaînent et le déchirent à la fois. Le dieu écoutait et répondait. La configuration du lieu sacré suggère encore le dieu, et le temple – une écoute. Étrange configuration pour l'espace du dieu de la lumière qui doit être avant tout celui de la vision. Là était aussi le centre du monde, l'ombilic du monde, cavité minuscule laissée par la coupure inévitable du cordon qui unit certains êtres vivants à la mère. Le lieu, donc, avait une mère. Et, étant le centre du monde, cette anfractuosité devait être terrestre, cosmique. (Nous oublions délibérément toutes les recherches sur le sujet pour n'avoir présent à l'esprit que ce qui est resté là, la présence du lieu même, comme si nous ne savions rien de lui. Telle est la méthode oubliée du savoir, afin de seulement sentir et voir). Une anfractuosité à l'origine ; le centre ombilical du monde qui, vu uniquement de la sorte, est un abîme attirant. Toute anfractuosité offerte par la terre, invite à la descente dans ses entrailles, à s'enfoncer à nouveau dans la mère : la terre, la mort.

Or, dans le symbole sculpté, ce centre, ombilic du monde, apparaît comme enserré dans un filet végétal. Le filet formé par l'entrecroisement, en principe indéfini, de deux lignes qui forment, en venant de directions contraires, la croix en X, appelée dans le christianisme croix de saint André – André, l'homme. La croix qui en faisant signe contient : la croix sur laquelle Saint André dans son martyre est cloué ; la croix de la réalité qui, ce n'est pas un hasard, apparaît à l'ère pré-chrétienne, comme un ornement de la pierre sacrée, signalant Delphes comme centre du monde. Le centre qui se dresse au lieu où il y eut un jour communication entre terre et ciel ; mémoire, et volonté que la rupture soit transformée en union. Et, pour qu'il en soit effectivement ainsi, cette dernière doit être non pas l'ombre de ce qui était, non pas la faible mémoire, mais une réunion qui puisse surpasser l'union première. La réunion qui transcende la rupture. Une œuvre de connaissance et de volonté, une création, donc, par la médiation de l'homme, qui unit en connaissant ce qui a été séparé, le ciel et la terre, d'abord, l'unité initiale du cosmos où l'homme n'avait pas encore sa place. Chronos libéra ses frères, car leur mère, Gaïa, ne pouvait les mettre au monde. Le temps fut le premier libérateur, mais ensuite il se mit lui-même à dévorer ses propres enfants nés de Rhéa, une terre qui appartenait déjà au temps. Seul son fils, Zeus, put les lui arracher avec la pierre ; puis la pierre en vint à signaler le royaume de la stabilité divine. Désormais, un dieu du type d'Apollon pouvait naître. Mais, sans les hommes, à quoi bon venir naître, depuis sa lumière éternelle, pour leur signaler la restauration du centre du monde. Car les dieux n'en ont pas besoin. Ou peut-être, eux aussi, en ont-ils besoin ?

Apollon était celui qui écoute. L'ouïe divine au centre du monde. Il écoutait la question et, au-delà, le délire, cet appel au divin qu'est tout délire. Le délire contenu dans la question et le délire qui suit l'action coupable, suggérée par la réponse ambiguë de la voix de la pythonisse, comme c'est le cas avec Oreste. La tragique contradiction d'en venir au crime pour suivre l'injonction du dieu purificateur par excellence. L'aliénation pour avoir suivi la voix du dieu hors de lui-même, de son âme même. Oreste aurait-il commis le crime le plus grand, s'il n'avait fait qu'écouter la voix de son âme, s'il n'avait fait que s'écouter lui-même ? Et s'écouter soi-même, peut-être n'est-ce pas indispensable pour se connaître soi-même ?

Selon Platon, dans le *Protagoras*, la sentence « connais-toi toi-même » fut consacrée à Apollon par les Sept Sages avec une autre, non moins célèbre, « rien de trop ». Une offrande de la sagesse lointaine, de la tradition du savoir d'où, aussitôt – Thalès de Milet –, surgit la philosophie et son interrogation. Une interrogation non plus adressée aux dieux mais à l'esprit humain. Attitude nouvelle que celle de connaître toutes les choses et l'être des choses, de la part de l'homme dans une solitude nouvelle. Car les moments essentiels de l'histoire surgissent, dirait-on, d'une solitude nouvelle ou d'un aspect inédit de cette dernière. La naissance de la philosophie chez un des sages s'allie à l'offrande à Apollon de leur part à tous. Il n'y eut aucune rupture avec ce dieu qui écoute et répond du centre de l'univers. Un trésor de sagesse, un don incomparable, univoque, universel.

Cette sentence impérative – les deux n'en forment qu'une –, fut proprement un écrit de la sagesse orale dans le temple de la voix divine et terrestre. De la blessure de la terre, dans la fumée du sacrifice, gémissante, la voix de la pythonisse exhalait la voix exigée par Apollon, par sa lumière efficiente. Le serpent terrestre, humain, gémissait ; il sifflait en s'ouvrant une issue, de manière tonale, dans le temple du dieu de la musique. Il ne manquait que la voix proprement humaine, celle de l'homme seul.

La voix de l'homme faisait défaut. C'étaient les voix des pèlerins qui se déchaînaient dans leur délire. Avec solennité, également, en entonnant les hymnes. Mais lui, l'homme, à ce que nous sachions, n'avait rien dit, il n'avait rien demandé sur son être et sa nature, sa place dans l'univers ; chacun posait des questions sur son cas particulier, sur ce qui l'affligeait et le persécutait. Car tout délire est, au fond, persécution. Et celui qu'il enflamme, même sans s'en rendre compte, va chercher refuge au lieu d'où est partie la flèche, toujours lumineuse, car elle déchaîne le fond caché sous la surface de l'âme, occupée par la conscience. Mais, fréquemment, aussi, la flèche était empoisonnée. Apollon, le purificateur, devait garder, lumineuse, la flèche qui déchaîne le délire humain, et devait la purifier de tout poison. Telle devait être la loi du dieu, celui de la poésie. Puisque changer le délire en raison sans abolir le délire, voilà ce que réussit la poésie.

Ne pas abolir semble avoir été la loi prévalant à Delphes, suivie par les Sept Sages et même par l'acte de philosopher de l'un d'entre eux. Ne pas abolir, sauver en acte ou prophétiquement. Une fois gravées sur le temple delphique, les sentences de la sagesse prirent voix, devinrent impersonnelles. Nul homme ne les proférait. Dans tout acte de prophétie, le prophète court un risque et souvent s'interpose. La prophétie se prononce ou se prononçait à voix haute. Et la voix, dans son sens originaire, doit être impersonnelle. D'où la nécessité du masque – personne – de la tragédie. Au théâtre, la voix s'enferme dans la personne ; masque qu'objective l'acteur en le faisant coïncider avec le personnage, en le dépersonnalisant de sa propre existence et, en même temps, en personnifiant la voix, en la fixant, comme c'était le cas avec le masque sacerdotal dans les religions des dieux sacrificiels. Le masque est signe de sacrifice. Et à Delphes, il n'y avait pas de sacrifice à grande échelle : un animal, simplement, un agneau à peine, quand on allait consulter l'oracle, pour la raison qu'il faut offrir quelque aliment à la terre et à la pythonisse. Et pour quelque chose de plus indéfinissable, quelque chose qui doit venir du fond des Âges.

Étrangement, dans ce lieu de l'écoute et de la voix divines, l'animal qui confond son nom avec lui et qui accompagne le dieu, est une créature du royaume muet des eaux. La mer elle-même pénètre, ondoyante, dans le ravin qui descend des roches splendides, cette couronne formée par le Parnasse. Le dauphin n'est pas un simple poisson, il est l'ami de l'homme ; il va à sa recherche comme s'il gardait le souvenir d'une époque antérieure où l'homme n'avait pas dominé les autres créatures. Le lumineux dauphin sort des eaux de la mer, signe, comme tout ce qui en émerge, de l'origine première. Les créatures de l'eau ne semblent pas avoir de généalogie, elles témoignent d'un avant insaisissable et, plus que l'animal terrestre et celui des airs, semblent être dans leur milieu, dans leur royaume. Un royaume immense et clos sur lui-même, autonome. Du point de vue de la conscience humaine éveillée, un rêve énigmatique. Y tomber, c'est s'enfoncer pour aboutir à quelque chose d'absolu ; mais également, si l'on en revient intact, être baptisé par les eaux premières, sauvé par elles et avec leur accord, être désormais sain et sauf. Il semblerait que nul ne puisse être sauvé s'il ne l'est et par les eaux, s'il n'a pas été porté par elles. D'où, sans doute, le saut rituel que, d'un blanc promontoire au-dessus des eaux, accomplit en vérité Sapho, au lieu de son légendaire suicide. La Basilique néo-pythagoricienne de Rome présente sur son abside le saut de Sapho, selon Carcopino, poussée légèrement par Phaéton – son non moins légendaire amant –, les naïades déployant leurs voiles sur la mer et Apollon lui-même ouvrant ses bras, l'appelant, l'encourageant. C'était l'Apollon purificateur, celui qui libérait l'âme des passions ; le dieu de ces eaux salvatrices qui pouvaient ne pas rendre à la terre celui qui sautait – Sapho, vivante, flotta et vécut encore –, mais qui sauvaient toujours.

Le dauphin ne serait-il pas le poisson qui, d'une certaine façon, s'associe à Apollon, annonçant peut-être cet être sauvé des eaux ou libre, en leur sein, du délire de la passion, du mal d'amour, ce poison mêlé à la lumière et à la vie ? Le poisson ami de l'homme aidera-t-il le dieu de la lumière et de la voix, silencieux, aspirant à la parole, au bord de la voix, au bord d'offrir aussi un visage, émissaire du royaume des eaux, lieu de l'ultime purification ?

Ainsi nous apparaît le dauphin, comme un émissaire du secret rédempteur, purificateur au moins des eaux amères et des abîmes qu'elles recèlent. Émissaire de ce royaume incommensurable et ignoré, comme Apollon l'est de la lumière qui brille pure au-delà, de la lumière non visible. Ils forment ainsi une sorte de « syzyguia » [1], la créature divine la plus lumineuse et celle qui émerge de l'abîme menaçant des eaux primordiales étant attelées au même joug. Lumineuse, divine aussi cette créature, parce qu'elle écoute et donne la parole ; et son dauphin, illuminé par son attirance indubitable pour la voix, avide de la parole humaine du fond du royaume du silence. Et comme pareille association ne put se réaliser sans l'agrément de Poséidon, vieux et destitué, autant qu'il

[1] Union, attelage (N.d.T.)

était possible, dieu-roi des toutes les eaux, quelque chose d'inaperçu vient à l'esprit, l'existence d'un Delphes fils de Poséidon. Un fils du dieu père vaincu par Zeus son frère, jeté dans l'ombre aussi par la victoire de sa fille Pallas Athéna. L'Apollon delphique suggère, donc, le règne du fils. D'un fils qui à la différence de Zeus, le père, fils de Chronos, de Chronos fils d'Uranos, n'arrive jamais à régner ni à être le père. Un dieu qui fait advenir sans proclamation explicite le règne du fils ou le moment du fils dans la hiérarchie des dieux de la Grèce. Et c'est le poisson qui rend présent le secret de la conjonction de la lumière et des eaux.

Enfin, c'est lui qui permit que la parole humaine fût gravée sur son temple. Un dieu frère. Gravées là les sentences des Sages et, tout spécialement, celle qui annonce « connais-toi toi-même », poussaient à l'identification avec la figure du dieu qui illumine le ciel, la terre blessée, la mer. Terre et mer comme les enfers d'un ciel de lumière salvateur. Connais-toi toi-même ne pouvait qu'être un appel à s'identifier, à se reconnaître, à s'offrir comme homme, en tant qu'homme éveillé. Et donc, « rien de trop ».

ÉLEUSIS

À Éleusis resplendit le secret de la germination terrestre. Les colonnes gonflées, gigantesques ; les chapiteaux et les métopes gisent comme retenus par la terre même, comme s'ils étaient ses fruits, des épis eux aussi. Les visages de femmes qui restent du temple – mais aucun de la déesse mère, Déméter – sont et ne sont pas humains, malgré la vérité de leurs traits ; ce sont des visages de la terre même qui triomphe, des visages de la victoire, plus encore que celui d'Athéna. La compréhension n'est pas beaucoup aidée par ce que l'on sait des Mystères qui, pendant de longs siècles, ne furent pas seulement réservés à quelques élus. Selon des auteurs sérieux, certaines années trois mille personnes en vinrent à être initiées. Tous, femmes et hommes, élus ou simples membres de la communauté hellénique, surent garder le silence, ce qui ne laisse pas de surprendre pour des gens aussi enclins à user et abuser de la parole, selon la réputation qu'avaient ces Grecs – les Romains vinrent en leur temps – et, d'une façon générale, tous les peuples méditerranéens. Il est certain que le mutisme, le silence impénétrable que continuent à garder ces méditerranéens en général, et tant d'individus en particulier, n'est habituellement pas remarqué, pas plus que la couleur obstinément noire des vêtements de femmes et d'hommes et le voile noir couvrant la tête des femmes mariées qui, il n'y a encore pas si longtemps, frappaient le regard des visiteurs d'autres pays moins lumineux et plus portés sur l'usage des couleurs.

L'usage des couleurs dans les vêtements était un signe de vie citadine, déracinée. Le noir avait une valeur presque liturgique, c'était une manière d'apparaître à la lumière et aux yeux de tous les autres. Et puis, le silence, la quiétude, la capacité pour l'homme de demeurer assis à la porte de sa maison sans parler avec personne pendant des heures et des jours, tandis que la femme, au fond de la maison ouverte sur le minuscule jardin, suivait silencieusement la procession de la vie quotidienne. Tout cela repose sur des présupposés moraux et métaphysiques, par exemple : l'identification de la sagesse au fait de parler peu, de la pudeur et de la beauté au fait de ne se donner à voir que ce qui est nécessaire et comme il le faut, sans artifice. Et aussi dans le fait que l'être et la vérité de chaque vie se fassent connaître, voir et sentir, sans que se révèle le secret ; dans le fait de vivre selon un ordre sous-tendu par un secret qui ne se dévoile que par ses résultats, par l'ordre qu'il produit. Et par la fête décrétée. Alors, oui, se montre dans toute sa splendeur l'image divine, divine quelle que soit l'humanité de ses traits, avec sa divine vertu d'unification de l'humain – image transcendante. Car telles sont les images sacrées, des images transcendantes autant qu'une idée puisse l'être, mais douée d'un plus vaste pouvoir, du double pouvoir de transformer le troupeau en peuple et de pénétrer jusqu'au plus profond secret de l'intimité de l'individu qui se sent regardé par elle de l'intérieur de lui-même et d'au-delà en même temps. Alors, en s'oubliant, libéré de son propre fardeau, il existe vraiment.

Tel devait être, nous semble-t-il, le pouvoir des mystères célébrés à Éleusis. L'initié, celui qui « avait vu », « l'accompli, celui qui avait atteint sa fin » – ses confins, pourrions-nous dire –, devait se sentir en communion avec l'humain immédiat, concret, social et, tout uniment, avec la nature. Alors devait commencer en lui la germination, le mystère de la germination de son être individuel, dans la paix. Dans cette paix toujours symbolisée par l'épi de blé mûr. Le grain qui, après s'être défait dans l'obscurité de la terre, comme un mort, traverse victorieusement la terre même qui le laisse jaillir joyeusement, pour s'offrir multiplié dans sa forme, dans la forme parfaite, apte à être consommée par tous comme un aliment de vie.

Les Mystères d'Éleusis n'auraient pas été si grands et si secrets s'ils n'avaient fait que révéler la germination du blé, si en même temps et inséparablement, ne s'était pas produit, pour un être humain, l'événement le plus caché, le plus décisif, celui où il se sent désormais exister, libéré de tout poids, de toute angoisse. Exister, être maintenant apte à continuer à croître à partir de lui-même, indéfiniment, en traversant toutes les couches de la réalité qui le limitent, pour être toujours victorieusement vivant, une fois pacifiées la nature et l'histoire, pour lui tout au moins. Une fois dénoué le nœud de la tragédie qui emprisonne tout être humain, par le simple fait qu'il en est un.

L'épi serait-il apparu sans que Perséphone n'eût mangé sous terre le grain de l'épi mûr, fruit des enfers où régnait son obscur époux ? S'il n'avait pas été dérobé par ce dieu d'en bas, l'épi d'or aurait-il poussé ? Car n'était-ce donc pas cela qu'on célébrait ? « La déesse entièrement blonde » – soleil elle-même –, Déméter, la grande mère, était venue sceller son union, par l'intermédiaire de sa fille, puisqu'elle ne pouvait atteindre ce roi du centre de la terre. Mais, n'était-elle pas elle aussi la terre ? La terre lumineuse quand le soleil a trouvé le moyen de s'arrêter en elle, et qui est noire à l'intérieur. Ainsi Déméter, la Noire, lorsqu'elle prend le deuil de sa fille, révèle, en elle-même et dans son rapport au soleil, le statut même de la terre. Et son statut même de mère qui ne conçoit que dans l'obscurité le fruit qu'elle mettra au monde. Tandis que Perséphone, la jeune fille, qui se penche pour couper la fleur, fleur elle-même, subit, en étant dévorée par la terre, la passion de la fille.[1] Cette passion de la fille vierge, que la tragédie nous a offerte dans la figure d'Antigone, par-dessus tout. Elle fut aussi enterrée vivante, mais dans une tombe fabriquée par les hommes en vertu d'un décret historique ; Antigone, fille du Père, de la lignée, donc, de la déesse Athéna. Mais Perséphone est fille de la Mère, et toutes deux, mère et fille, jumelées comme si elles étaient les deux faces du même astre, sont les « Déesses d'Éleusis », les seules à régner là-bas. Et toutes deux – en bas, le dieu Pluton reste enchaîné à sa condition – offrent le fruit mûr de l'épi solaire « personnifié » par Triptolème le tout jeune garçon.

La médiation de Perséphone apparaît comme une disjonction ou au moins un dédoublement de Déméter, la Mère, qui à travers elle, par elle, connaît la douleur et le noir, tout en restant elle-même intacte ; sans avoir aucun contact avec le roi des enfers, sans que diminue son pouvoir de paralyser le cours entier de la nature ; victorieuse, enfin, à moitié. Mais ce cycle de la visite à son époux et du retour à la terre réalisé par le biais de Perséphone, n'était-il pas aussi une victoire de Déméter, la Mère, qui ne pouvait ainsi qu'arracher le grain rouge du fruit terrestre, le feu, le sang même des entrailles de la terre, pour créer l'épi tout entier d'or vivant, aliment entièrement pur, substance ?

Les mythes sont toujours plurivalents ou, du moins, ambivalents. C'est ainsi que Perséphone descendit aux enfers en séduisant, comme savent le faire les jeunes filles, quelqu'un dont elles croient ne pas être vues, mais

[1] La descente aux « enfers » se présente comme une fonction propre à la fille, dans la religion grecque. Pallas Athéna ne descend pas mais s'y efforce, y travaille. La fonction du fils qui descend, apparaîtra clairement dans le christianisme.

dont elles sentent la présence, dans le pré fleuri, allant et venant de fleur en fleur et se baissant pour en cueillir une, celle qu'elle est elle-même. La jeune fille, selon cette interchangeabilité présente dans les mythes et dans les fables, subit le sort de la fleur qu'elle allait arracher de la terre, et en même temps le contraire, comme cela se passe aussi dans les rêves. Ainsi, la descente de Déméter se produisit par la médiation de sa fille qui allait accomplir ce dont elle était incapable, car même si elle n'était pas une mère vierge, elle devait demeurer toujours intacte sur la terre. Elle se réfugia, comme on sait dans la grotte obscure, mais la grotte ne s'ouvrit pas pour la laisser passer, si c'était ce qu'elle cherchait, ou pour la dévorer. Elle ne pouvait être enlevée. Et la chaîne descendante se poursuit dans la fleur qui allait sortir d'une fissure aussi mince fût-elle ; la fleur qui a ses racines dans la terre, intermédiaire indispensable pour que la jeune fille s'arrête dans ses allées et venues et commette une certaine transgression indispensable contre les racines et la terre qui la retiennent.

Le mystère révélé par le mythe se présente à nous comme celui de l'unité dans la nature et, par conséquent, dans les deux déesses, mères toutes les deux. La mère et la fille après les noces, irréalisables pour la mère originaire. Comment toutes deux, sans nul concours d'un mâle, pouvaient-elles concevoir et donner le jour à l'épi de blé ? Ou serait-ce que la conception avait déjà eu lieu en Perséphone, symbolisée par le grain rouge du fruit grenu des enfers ? Mais elles devaient bien accomplir quelque chose, toutes deux, dans les Mystères, quelque chose comme purifier la substance infernale, en extraire l'essence agissante pour que dans une substance plus pure elle donne l'or du blé, l'or qui vivifie. Mais là seulement ? La terre couverte par la mer d'or des blés, ne devait-elle pas apparaître à l'initié comme la transmutation réalisée de l'opaque planète en un astre où la lumière solaire a accepté de l'épouser, dépassant le mythe, raconté par Hésiode, des noces premières entre Ouranos et Gaïa condamnée à garder en son sein les fruits qu'elle a conçus ; condamnée à une conception qui ne mettrait rien au jour ; tragiquement inutile.

Était-il bien nécessaire que le blé prenne une forme humaine en la personne de Triptolème, le jeune garçon ? Jeune garçon puisqu'il n'est plus un enfant et n'est pas encore un adolescent : âge difficile où l'on est le plus livré à soi-même, quand « soi-même » on ne l'est, à proprement parler, pas encore et qu'on a déjà cessé de l'être. L'enfance est l'âge de l'identification. La première chose que l'enfant cherche à savoir c'est qu'il existe, et qu'il est cet être-là ; il apprend son corps, son prénom, son nom, il se renferme parfois et s'échappe à lui-même pour se connaître. Et quand il grandit, il ne sait plus trop qui il est, il grandit chaque jour, son savoir hésite à l'intérieur de limites qui s'élargissent, et son propre nom reste pour lui en arrière, car il sait maintenant qu'il a un nom qui lui est propre et que les autres lui viennent de ses parents, auxquels, sans le vouloir, il échappe. Il appartient à l'air, à l'horizon, à l'incertain, plus qu'à la maison qui l'abrite. Il est à ce moment où il peut aller voler, nager ou marcher, il est disponible. Une certaine invulnérabilité pointe dans cette figure énigmatique de Triptolème. Et le fait même d'apparaître nu accentue son caractère de révélation, d'être, lui, la révélation atteinte par les deux déesses de la révélation.

Fils, Triptolème l'était, mais de qui, de quelles noces divines, humano-divines ou divino-infernales ? Les trois royaumes, le divin, l'humain et l'infernal se conjuguent à Éleusis dans le mythe et dans ses images, correspondant aux trois plans de la constitution du cosmos : le plan céleste, le plan terrestre visible et le plan des enfers invisibles. Et ce qui nous semble être la particularité du temple et de ses mystères, à Éleusis, c'est la révélation du royaume d'en bas, des enfers où il y a aussi quelque chose de divin et, donc, un trésor indispensable à connaître pour que s'accomplisse la germination terrestre et humaine. Mais les enfers sont le lieu des morts dont on ne revient pas vivant. Et c'est dans la vie végétale, et avec une évidence archétypique dans le blé, que la mort révèle avoir sa vie, que la semence fermente, se décompose, pourrit mais n'entre pas dans le règne de l'inertie. Elle a seulement été sacrifiée pour s'offrir, multipliée, dans une forme, une, parfaitement vivante.

La révélation, œuvre des deux déesses après le sacrifice de la fille passée par les enfers, allait être une forme entière, parfaitement vivante dans l'épi ; et dans l'ordre humain, l'apparition d'une créature sur le point d'atteindre sa forme nue parfaitement vivante, avec Triptolème. Triptolème n'est pas ainsi un fils, il n'est le fils d'aucune noce de celles qui pouvaient avoir lieu dans ce mythe révélateur des trois royaumes du cosmos, où la mort circule, ne fait que circuler sans repos. Elle, la fille, avait été la médiatrice qui accomplit le sacrifice, sans ramener aucun fils de ces noces souterraines, mais seulement un pouvoir libérateur et une connaissance – puisque sans connaissance la liberté ne peut être atteinte. Si Triptolème avait été l'enfant d'une union particulière, ç'aurait été quelque chose comme la création de l'homme ou comme la révélation d'un homme différent, car il n'est ni un dieu ni un demi-dieu, mais un homme, simplement, en âge d'achever de se construire. N'étant pas proprement né, mais extrait, pour ainsi dire, de sa propre substance, il a été purifié, renouvelé, réduit à ce qu'il est. C'est pourquoi il est nu. Il doit achever de se construire, lui à présent, découvert face à la lumière, sortant de l'obscurité non de la matrice obscure de la première naissance, mais des ténèbres qu'il porte en lui ; arraché à son labyrinthe initial, à son occultation dans son être propre, uniquement né dans la vie et sous l'empire de la mort. La mort, à présent, l'affecte d'une autre manière : il devra mourir, mais comme le grain meurt – dirait-on –, et, avec sa seule forme humaine, il va vers l'unité parfaitement vive, l'identité désirée et désormais accessible.

Il faut remarquer que Triptolème n'apparaît que dans les Mystères d'Éleusis ; on ne connaît de lui aucune vie propre subséquente à son apparition qui, pour cela seulement, ne serait pas une naissance humaine, ni humano-divine, comme celle de Dionysos ou d'Asclepios, par exemple. Il n'a pas d'histoire. Il n'apparaît que là, entre les deux déesses. Il est la révélation d'un être, de l'être humain.

On a eu et on a toujours coutume d'identifier Triptolème à l'épi de blé, selon cette *forma mentis*, car tant d'abîmes interdisent de voir dans certaines figures humaines mythologiques ou fabuleuses une personnification, c'est-à-dire une sorte d'allégorie. Comme si, de la sorte, l'histoire n'était pas encore plus inintelligible et, surtout, comme si la personnification humaine ne couvrait pas cela même qu'on veut révéler. Cette conception, en outre, détruit dans ce cas et, en particulier, dans celui de Dionysos – « personnification divine de la vie » – le nœud intime entre la nature, l'homme et le divin. Et c'est justement ce nœud, cette communion, qui étaient révélés à Éleusis. Non pas une simple analogie entre la vie humaine et la vie de la nature, un parallélisme, mais une unité, à l'intérieur de l'ordre total déployé dans les trois royaumes. Ainsi, le divin apparaît sacrifié à travers la médiation de la fille intangible, et ce n'est qu'à travers la mère douloureuse et toujours puissante, qu'il est affecté par la douleur : la jeune fille sacrifiée qui sauve le trésor, la mère divine qui l'utilise pour que l'ordre soit. Et, dans ce mythe, l'homme n'a pas un sort différent de celui qu'il connaît dans la philosophie grecque où il apparaît comme un être naturel. Car c'est elle, la nature, qui contient tout ; elle est divine, transcendante, elle se transcende elle-même. Si elle ne connaît aucun au-delà, elle est à elle-même son propre au-delà, plénitude de vie qui s'engendre elle-même, qui « repose en se transformant. »

Et c'est là, dans la nature que vont ainsi se manifester différentes formes de naissance, spécialement chez l'homme, cet être qui y montre sa condition exceptionnelle, non seulement à travers la philosophie – l'acte de philosopher –, mais aussi dans ces Mystères éleusiens. Un être qui doit achever de se construire ou d'être. Une espèce de parthénogenèse lui est proposée. Ce qu'on voit clairement dans le *Banquet* de Platon et, sans doute, dans le *Phédon*. Et, comme on le sait, Platon ne fut pas si éloigné de ces Mystères, pas plus que son énigmatique maître.

LE MASQUE D'AGAMEMNON

Dans le musée National d'Athènes, étrange, presque intrus, resplendit le masque dit d'Agamemnon, trouvé à Mycènes dans le groupe de ceux qui, selon la science archéologique, datent du XVIe siècle avant notre ère. C'était donc le temps, les temps où, en Égypte, on pratiquait l'art de transformer en forme invulnérable le corps abandonné par la vie. Pour leur part, les Grecs de Mycènes se contentèrent d'enterrer leurs princes, revêtus d'un seul masque d'or, confiant à cette seule forme et son métal solaire la volonté de l'impérissable. Un masque funèbre, une forme pure, faite pour être vue d'un seul regard, une vision. C'est ainsi que le masque nous communique, avant tout, en enveloppant l'image qu'il propose, ce renvoi à l'unité, à une unité à laquelle l'être vivant s'identifie dans sa forme mortelle, comme si celle-ci montrait finalement la vérité totale de la vie de celui que nous ne pouvons faire autrement que d'appeler un être. Un être humain complet dans son unité achevée, dans cet instant unique où la mort a immobilisé le mouvement du visage vivant, le mouvement de la vie dans l'invulnérabilité de la mort. C'est un miroir, une image directe, non pas une protection – ou non pas avant tout une protection. Un miroir de la vérité.

La momie égyptienne enfermée dans un triple sarcophage avec ses écritures sacrées, entourée de ses objets familiers, placée – celles des pharaons – dans une chambre hermétiquement close, véritable temple, exprime d'abord le silence, la séparation totale par rapport au monde des vivants. Ces momies de rois et d'initiés entreprennent, ou sont désormais sur le point d'entreprendre le voyage définitif, le voyage de retour selon leur filiation. Le masque d'or mycénien ne parle d'aucun voyage, mais d'un être qui repose maintenant entièrement visible, préparé pour être vu comme on ne peut pas l'être quand on est en vie, alors que personne ne peut plus le voir. Le voilà, objectivement visible, comme une offrande à la lumière ou comme un corps engendré par elle dans la matière qui par elle-même en porte l'empreinte. Sur sa figure ronde, la barbe en collier réduit le menton, arrondit le visage entier en montant vers les oreilles qui se trouvent ainsi sur le même plan que le visage et que toute la tête. Une forme ronde déposée dans une des tombes en cercle. Chacun de ces masques dorés peut être l'image du soleil, et le cercle qu'ils forment tous, un soleil sur la terre. Mais aussi une ronde, une danse figée pour toujours autour du soleil. Une danse de soleils ou, simplement, un seul soleil en mouvement.

Les masques n'étaient pas les seuls objets d'or, il y avait de nombreux objets, bijoux de ce précieux métal, vaisselle, épées à la lame incrustée d'or, et au milieu d'autres d'argent et de bronze, découverts par Schliemann. Ce n'était pas des temps où les morts, et surtout s'ils étaient des princes, descendaient seuls sous terre, privés des objets qui leur avaient appartenu, ce qui, semble-t-il, aurait signifié une dépossession. Les choses qui étaient à eux le demeuraient. Elles appartenaient non seulement à leur vie mais à leur être. Ce qui pourrait être facilement interprété aujourd'hui comme marque ou signe d'un sens absolu de la propriété. Mais, de tout cela – en Égypte, en Crête, à Mycène – se dégage un sens qui dépasse notre idée de propriété ; un sens qui faisait de ces objets des attributs du sujet, pour utiliser des termes de notre grammaire ; qui faisait qu'ils étaient siens au sens d'être, d'être inséparablement. Le concept de fonction ne s'était pas dégagé de l'être qui l'exerçait. L'être absorbait tout. La vie entière était ainsi la proie de l'être. L'homme était ceci ou cela. La tâche des philologues et des linguistes est d'étudier le langage – quand il a été déchiffré ou, mieux encore, quand il est en train d'être déchiffré. Mais, dans le masque, réside la signification plénière de l'être, de cet homme dont l'ultime expression, simplifiée mais non pas abstraite, s'offre au royaume de la visibilité. Un soleil et une lumière – et ce n'est pas le seul cas – déposés sur la terre, pour lui en faire aussi l'hommage, à elle, à cette déesse première, comme si elle devait enfermer en son sein la chose la plus précieuse, le masque d'or, forme achevée, conjonction de vie, de mort et de lumière.

Deux siècles plus tard, est édifiée la tombe monumentale d'Atrée et, avec une même et explicable légèreté, on attribue à l'homme le plus illustre, aux hommes les plus illustres de cette civilisation, cette découverte merveilleuse. Faut-il penser que ceux qui ont disposé les tombes en cercle, sans autre signe extérieur qu'une stèle, n'ont élevé aucune construction parce qu'ils manquaient de la technique adéquate, parce qu'ils avaient attendu de pouvoir réaliser leurs constructions cyclopéennes comme si nulle autre forme d'édifice n'était possible ? Bien au contraire, puisqu'au cours du long chemin parcouru par la culture grecque, on remarque l'absence de constructions propres à abriter les morts. La vocation architecturale des Grecs s'exerça dans les temples et dans les modestes maisons qu'ils habitaient. Ils n'élevèrent ni pyramides ni obélisques. À l'époque classique et préclassique de la ville par antonomase, Athènes, tout tendait à être temple ; seules les *Stoas* ouvraient leurs ailes aux citoyens. Sans leurs dieux, c'est à peine si les Grecs auraient construit. Pas plus les morts que la commémoration du passé n'éveillèrent leur art architectural, rempli de sagesse, d'enthousiasme mesuré.

Une telle constance ne peut être due qu'à une conception de la mort qui leur fut propre dès le début, même si ce début avait été très loin des formes sociales et des formes de « construction » par la parole, la poésie, l'histoire, la philosophie, non encore nées ni, à ce que nous sachions, annoncées. De même, ce trésor de tombes de Mycènes semble être un signe révélateur de la continuité de la culture grecque et aussi de sa discontinuité, dans sa manière de traiter les morts et la mort. Tandis qu'il donne également à connaître quelque chose qui ne s'est pas répété, ces masques d'or, ce masque qui, au musée d'Athènes, brille étrangement comme un écu de la lumière à sa frontière ; une offrande et rien de plus, une limite.

Une limite comme le sont les miroirs qui produisent, plus encore dans les espaces cachés ou confinés, le mirage du sans limite. En réalité, oui, ils offrent à la vision quelque chose de précieux, un milieu de visibilité différent et, surtout, un milieu approprié comme nul autre à la réflexion. Et une constatation. Les figures allégées, dans le miroir, sans poids – des images –, apparaissent comme douées d'être. Et si le miroir est métallique, s'il est d'un métal qui semble renfermer une lumière propre – alors que l'argent semble la recevoir comme d'une source, lune et eau, quelque peu tremblante –, s'il est en or, la figure a un caractère d'apparition sans égale, sacrée. Empreinte et trace perdurable d'une lumière qui dépasse la lumière solaire finalement changeante, sujette à se cacher, à s'ennuager à tout moment, à s'altérer et, pour tout dire, fragile. La lumière irradiée par l'or est une lumière dure, inexorable, inaltérable, perdurable.

Une présence de la lumière protégée de ses variations, une lumière qui n'apparaît ni ne disparaît, une lumière qui est et, par conséquent, réside soit dans la mort, dans l'inexorabilité de la mort, soit au-delà. Et si c'est au-delà, elle parle d'une vie de l'être qui apparaît dans cette lumière et le garde, le veille. Elle est plus encore, elle est d'ici, mais se laisse toujours voir. À ce point usé, l'or cesse d'être un attribut, même s'il a été travaillé dans cette intention, pour apparaître comme sujet, substance sans pareille. Il ne sert pas, il règne. Si bien ciselé qu'il soit, il se fond difficilement dans la forme qu'on lui a donnée. Or, dans ce masque d'Agamemnon, la forme et la matière se fondent, deviennent une. C'est la forme d'un être qui a trouvé sa forme, d'une matière qui disparaît dans la forme par cette mystérieuse adéquation. C'est la perfection même et c'est aussi pourquoi elle resplendit seule. Seule et privée de tout mouvement caché, de l'inimaginable mouvement qui lui serait propre, et auquel on l'a arrachée. Elle a entretemps été arrachée à ce cercle dont elle faisait partie, un cercle d'unités. Lequel, on le sait, suggère une danse et un chœur. Inimaginable, en l'occurrence, car le masque ne peut aucunement suggérer un mouvement de translation, comme celui des astres sur leur orbite. L'imagination ne peut aller plus avant en quête de l'idée de cette rotation, ni la pensée en spéculer ; mais, vient à la mémoire la poésie de Dante au terme de son voyage de « translation » à travers l'enfer, le purgatoire et le paradis : « Ma già volgeva il mio disio e il velle – si come ruota igualmente mossa – l'amor che muove il sol e l'âltre estelle »[1]. Un voyage initiatique, sans doute que seul le poète peut raconter, dont le terme, passés les cieux planétaires, fixe son être dans le mouvement de la roue de l'univers, mue tout entière par le divin.

Pour l'ethnologie, le masque d'or s'avère plus précieux que la possession d'un crâne complet ; le visage tel qu'il

[1] "Mais il tournait mon désir et vouloir
tout comme roue également poussée,
l'amour qui meut le soleil et les astres" (N.d.T.).

fut en vie, avec sa coiffure, avec son expression nette non pas schématisée, mais conservée. Et plus encore, ce singulier visage humain devrait intéresser les anthropologues et les historiens. Bref, il semble qu'il devrait être précieux pour ce qu'on appelle aujourd'hui les sciences humaines. Quels étaient ces rois, quelle était leur manière de comprendre et de vivre la royauté ? Mais, si l'on traverse les frontières des sciences, surgissent parfois, au-delà de toute prétention scientifique, certaines évidences auxquelles il n'est pas facile et auxquelles il n'y a pas, non plus, de raison de renoncer. L'être que nous propose le masque d'or est le même que celui que nous voyons, vivant, sur la photographie d'un chef indien Hopi. S'aventurer à réfléchir sur la race de chacun de ces deux visages du *même* homme, l'un vivant, l'autre image au miroir de la mort, ce serait obscurcir cette évidence. Avoir recours à la croyance en la transmigration des âmes ne nous apporterait aucun éclaircissement. Pourquoi l'âme imprimée sur le masque d'Agamemnon serait-elle venue se réincarner là, dans cette tribu Hopi à l'abri de tout contact ; là et non pas dans une autre race ou un autre individu dont la parenté historique serait plus grande ? La question demeure entière assortie d'un recours facile à une identité individuelle qui opérerait sa transmigration dans différents corps qu'elle informerait. Voilà un être qui vit aujourd'hui et qui semble avoir déjà vécu à une époque reculée de l'histoire. C'est de cela qu'il s'agit avant tout et non de la manière dont la chose s'est produite.

On pourrait plutôt penser à une radicale analogie entre la culture Hopi et la culture mycénienne de cette période qui nous a laissé le masque royal. Par analogie radicale, autant dire qu'il s'agit d'une même culture qui aurait existé en des lieux séparés par le temps et l'espace, sans qu'il soit besoin de postuler à aucun moment une colonisation ou une transmigration culturelle. Cette analogie suggère – et elle n'est pas la seule – l'existence d'un type de zones culturelles où l'être humain a eu et a vécu les mêmes conceptions du temps, de l'espace, de lui-même et de l'univers. Une même manière de concevoir, en somme, son être propre – de concevoir et non pas seulement de comprendre, de se connaître, en s'adonnant à la vie. Et, pour utiliser l'heureuse expression du bien oublié Max Scheler, le fait que « leur place dans le cosmos » a été la même. Quoi qu'il en soit on voit bien – pour ce qu'on sait de la culture des indiens Hopi – que « la place de l'homme dans le cosmos » est effectivement vécue, maintenue de manière si immuable qu'elle suscite dans l'esprit le sentiment et l'image d'un mode d'existence humaine calqué, dans la mesure du possible, sur celui des astres. Tel, donc, le masque d'Agamemnon, miroir d'une des manières dont s'exerce la condition humaine.

LA STÈLE

Un équilibre unique se dresse sans se faire ostensible entre la vie et la mort, entre les vivants et ceux qui ne sont plus là. L'image qui s'offre dans la stèle funéraire se distingue de l'image d'un corps vivant, par une légèreté supérieure, suffisamment érigée pour être visible dans l'air, et qui suggère un air autre, plus blanc et sans obstacles ; un milieu sans la résistance qui, pour un corps de chair, s'oppose à ses mouvements et même au simple fait d'exister. Et c'est le maître, l'ami ou le serviteur du royaume des vivants, qui assiste d'une certaine façon le défunt assis comme un dieu ou comme un roi, en s'inclinant devant lui. Et qui le maintient ainsi relié à la vie ; un geste léger, une sollicitude sans passion suffisent pour que l'image du disparu ne flotte pas seule – parfois, à des époques tardives ou à l'époque romaine, il se trouve plus fréquemment que l'adolescent ou la jeune fille flottent, solitaires, comme les habitants d'un autre royaume. Il n'est rien qui pèse sur le corps mort, qui le maintienne enfermé sous le morceau de terre qui lui revient, ou réduit aux seules cendres de celui qui a disparu.

La balance symbolique qui se dresse, barrant le passage de l'âme, et lui indique son destin ultime, ne figure pas, n'est pas visible, parmi les symboles grecs. Or, ici, dans le traitement donné à la mort et aux morts, la balance, de manière invisible, propose l'équilibre parfait, l'équivalence entre être comme vivant et être comme mort – être à la manière du vivant et être à la manière du mort. Et s'il en est ainsi, c'est en vertu de quelque chose qui s'échange entre les deux états contraires. Les contraires vie-mort ne parviennent pas à être contradictoires. Une équidistance par rapport au regard qui contemple, dénué de passion, comme si celui qui regarde avec des yeux mortels, ou comme si dans le regard mortel lui aussi, quelque chose d'au-delà de la vie et de la mort les contemplait toutes deux de plus haut, d'un invulnérable lointain et, en les comprenant, les faisait fraterniser. Car c'est comme deux sœurs qu'elles apparaissent. Ainsi, celui qui, encore vivant, regarde d'ici-bas l'image du royaume de la mort, fraternise avec elle, grâce à cette image, et la supporte, sans s'y assimiler, sans s'y confondre. Mais comme elle, suspendu dans la fixité de l'instant, une intersection temporelle dans un interstice offert par le temps aux purs instants de la contemplation ; dans la paix de la vision qui peut n'avoir que peu de chose comme contenu, rien, à peine ; une légère image sans relief presque, moins même, une ombre indécise, qui assure la possibilité de la vision, d'une vision totale ; une *aléthéia* sans effort, qui n'est pas plus le fruit de la pensée discursive que d'une grâce reçue, mais le simple acte de voir qui s'ouvre dans un interstice du temps, comme l'actualisation d'une possibilité de voir vraiment, totalement. Une manière de commencer à voir ou d'être sur le point de voir qui produit la quiétude, une entrée en soi-même du sujet regardant que n'entraîne ni le vertige de l'abîme de la mort, ni l'emportement d'aucun enthousiasme ; une quiétude maintenue entre l'abîme d'en bas et l'abîme d'en haut, suspendue entre ciel et terre.

IN MEMORIAM – LE VASE D'ATHÈNES

Dans un *Leucytos*[1] conservé au Musée National d'Athènes, apparaît à celui qui contemple les stèles et les vases funéraires de l'Attique, dans une forme pure, simple, une scène familiale. Le temps, en outre, a réduit à l'essentiel la décoration de ce vase qui est resté, dans sa blancheur, lisse sur plus de la moitié de sa surface, pour laisser entièrement libre la scène où une femme à la beauté indéfinissable se dispose à suivre Hermès qui, le caducée tourné vers le bas, imperturbable, vient la chercher. On sent qu'à cet instant vient d'être suspendue son absolue célérité ; il s'agit d'un instant qui, plus qu'à un seul mot, équivaut à un silence unique, l'instant du silencieux accomplissement. De l'autre côté d'Hermès, et sans qu'il semble en tenir compte le moins du monde, des parents – ce doit en être – qui sont là, qui pour l'instant sont restés là, muets et immobiles, privés de vie plus que la jeune fille, laquelle, avec la souplesse d'une douce plante, penche la tête et tend sa main vers le bras d'Hermès, en un geste d'un insondable abandon.

Nulle autre figure n'accompagne la scène, qui se présente en termes essentiels comme un théorème, un axiome, ou plutôt une dernière scolie, un énoncé mathématique qui dans ce cas met en scène, par la présence même du dieu Psychopompe et de son hôtesse docile,

[1] Il semblerait que María Zambrano contracte en espagnol les deux termes grecs « leukon kytos » qui signifient « vase blanc ». On conserve donc cette contraction en français. (N.d.T.)

une annonciation. Si elle était parole, cette scène n'aurait qu'un verbe. Une scène dans laquelle nombre et verbe se font sentir par leur absence dans le visible, puisqu'ils se sont retirés ; et celui qui la contemple se sent comme les figures paisibles, absolument silencieuses des parents, de ce côté-ci de la vie, séparés du mystère auquel ils ne participent pas. Tout leur a été enlevé, ce sont eux qui apparaissent privés de la vie, dans l'impossible situation de continuer à la vivre, cette vie, sans Celle qui, sans les regarder, s'abandonne entièrement. Et, derrière eux, s'ils tournaient leurs yeux de l'autre côté, leur regard ne recevrait que la seule blancheur lisse, la simple blancheur sans éclat ni modulation. Le lieu, d'un côté, et Elle, séparée par le silence de l'instant absolu, de l'autre. Il n'y a de temps ni d'un côté ni de l'autre. Nul écoulement de ce temps qu'on sent présent, dans les autres scènes de la céramique grecque ; qu'on sent baigner la statuaire, pour rituelle et « archaïque » qu'elle soit, mais qui n'apparaît pas sur les vases et les stèles funéraires.

Les figures des dieux traversent le temps, l'avivent et, parfois, le rassemblent comme un trésor concédé à leur immortalité. C'est le même temps que celui dont disposent de façon limitée les mortels et qui pour eux, joint à l'espace, se déploie sans limites. Jamais l'art grec ne manifeste l'intention de situer les figures divines en un lieu hors du temps sensible ni hors de l'extension visible. Dans l'art funéraire seul, se produit la suspension ou la disparition de l'écoulement temporel. Et, dans cette légèreté confiée au travail des mains d'artistes et d'artisans, se révèle la différence entre les images des vivants – de ceux qui voient et sont visibles, de ceux qui écoutent et possèdent la parole – et de ceux-là qui sont descendus aux espaces incertains de l'ombre, du silence, de la privation de temps. Les Grecs ne conçurent pas une théologie de la mort ; ils renoncèrent très tôt à toute idée de conservation du corps. Les masques de la période mycénienne nous ont laissé le visage supposé d'Agamemnon, roi victorieux, dévoré par la rancœur de son épouse, la ténébreuse mère condamnée par la lumière d'Apollon. Le silence, le recueillement absolu qui émanent du masque d'or, manifestent quelque chose d'invulnérable, quelque chose comme l'impénétrabilité de l'être, séparé, absolu, qui s'est retiré de la vie et qui n'a plus rien de commun avec elle. Une forme invulnérable répandue dans le métal solaire, un soleil qui peut à peine être vu sans rien laisser voir, une frontière de la lumière invisible. Nul culte voué au corps du défunt qui, rendu à la terre, n'offrira aucune résistance à la destruction de la substance et de la forme et qui, une fois jeté au feu, comme dans un acte de foi, s'y consumera, dans cet élément divin d'une nature plus active, plus virile, pour ainsi dire. De même que la théologie d'Héraclite – ou la foi qui la précède – invitera à la réalisation de cet abandon total du corps avec le temps qui lui restait encore, déposé dans la patience de la terre maternelle. Mais, de cette destruction, demeure une image. L'image de l'être encore vivant, à l'énigmatique instant du passage ; il va monter, s'élever, dans une véritable ascension. Il ne reste plus rien, seule la mémoire qui est allée au-delà du souvenir, quelques paroles commémoratives, une pensée.

Celle, qui énigmatiquement s'abandonne, apparaît, dans le *leucytos,* encore dans le temps mais flottant déjà sur son cours comme un corps qui, du fond de l'écoulement de la vie, affleure à sa surface et se laisse voir. Dans le fleuve de la vie, de la simple vie, l'être est à moitié immergé et ce n'est qu'à certains instants fugaces que se produit sa vision éblouissante. À présent, Elle est là, entièrement visible et, sans éblouir, elle s'offre au regard ; forme de ce qui fut et qui à peine a cessé d'être. Une forme qui ne coule pas vers le futur, qui n'y aspire pas, en s'altérant à la manière de la forme instable de la présence vivante, simplement vivante qui s'échappe à elle-même, qui se nie elle-même ; appelée sans trêve d'un au-delà qui n'est pas un au-delà de la simple vie. À présent, c'est en Elle, en elle-même que l'appel se trouve contenu, enfermé pour toujours, comme si sa vie s'était arrêtée pour désormais tout contenir. Elle ne va plus vers rien, elle n'accueille rien. Le néant lui-même semble ne pas l'affecter. En Elle, la vie s'est refermée sur elle-même, s'est tournée vers l'intérieur, enfouie dans l'être. Le temps l'enveloppe sans être une menace, parce qu'Elle a maintenant emporté son temps, tout son temps avec elle, et qu'elle abandonne le temps – sa vie ne consommera plus de temps. Le temps et la vie ne se menacent plus mutuellement. Chez Elle, la vie n'enlève plus rien à la forme, à cette forme semi vivante, souple, qu'elle semble avoir atteinte, être à présent sur le point d'atteindre, dans l'instant même, si totalement soumise en son énigmatique abandon. L'instant même d'une vie qu'on entrevoit et dont la raison seule peut juger qu'elle serait périssable. La raison ordinaire se tait devant les événements de l'être et de la vie, plus encore s'ils se présentent dans l'absolu de la mort ; ces événements sont proposés à la vue, même s'ils ne se laissent pas voir mais seulement tout au plus entrevoir, car cette vue serait communion. Une communion promise aux vivants restés ici par la présence même, invulnérable, de celle qui est encore ici, non pas dans la vie à proprement parler, mais au-dessus d'elle, s'élevant sur elle, portée, semble-t-il, par sa seule et absolue soumission. Une forme absolue, qui n'a pas encore quitté le temps. Un instant absolu montant des profondeurs du temps, du plus secret de l'être vivant. La raison ne peut s'exercer. Pas de discours. C'est ainsi que la raison se perd dans cet instant. Seule la communion pourrait la retrouver.

Du versant où les vivants restent dans le temps qui, inexorablement, va commencer à couler pour eux, les séparant de la forme parfaite de l'être qui a disparu, on sent que cette vie qui est la sienne, naissante et évidente, pourrait être le reflet d'une vie, qu'elle pourrait la tenir d'un foyer inaccessible qui l'attirerait à lui. Et elle abandonnerait sa forme parfaite, alors confiée à la seule mémoire, à la mémoire que marquerait de façon indélébile la vision unique, configurée par l'instant absolu. « Et nunc manent in te », je demeurerai en toi, dit-elle, en toi, dans celui qui ne la reverra plus, dans le seul être chez qui cela aura lieu.

Elle est redevenue maintenant une simple créature. Maintenant, puisque pour celui qui accueille la présence de cet énigmatique abandon, les moments de la temporalité, passé, présent, futur ont été parcourus comme les stations d'une passion ; parcourus et vécus aussi à la fois, synchroniquement, sans que pour autant ils se fondent en unité. Elle est, donc, redevenue une créature, comme à sa naissance. La forme qui, un jour, a reçu l'appel de la vie ne peut plus la contenir, en même temps qu'elle en regorge. Puisque la vie déborde des formes qui la contiennent, il faut qu'elle s'en aille. La vie réclame indéfiniment des formes à combler et abandonner ensuite, pour continuer à passer, selon son essence – une eau qui coule sans cesse. Et la forme s'ouvre puis se consume, selon la loi du vivant : se lever avec la vie et s'y embraser comme une flamme. L'humidité du lierre, qui finit en amadou. C'est ainsi que la créature vivante demeure dans l'espace différentiel qui va de l'eau au feu, à un feu qui lui est propre et à celui de la lumière d'en haut, fille d'un soleil qui l'illumine, qui la blesse à mesure qu'elle atteint la vision – voir serait-il toujours une blessure de la lumière ? Une vision qui finira par se voir elle-même et qui, une fois atteinte par la créature, se présente alors comme entièrement créée. Mais à présent, la créature, au terme de sa naissance visible, ne peut résister au débordement du courant de la vie, ni se défendre de la lumière. Un certain feu brûle encore dans la forme parfaite, abandonnée. Forme pure à la beauté inexorable au bord même de la transparence. La respiration qui lui manque se manifeste comme l'annonciation d'un autre milieu ambiant où la vie ne consume plus rien, ni ne se consume.

Hermès psychopompe est le plus rapide, le plus léger des dieux, le messager aux pieds ailés – et selon certaines versions du mythe également boiteux. Sa légèreté de messager de la mort, doit être en proportion de l'« impénétrable dessein de Zeus ». La vitesse de la lumière doit être moindre que celle de ses pieds ailés qui s'approchent de l'élu choisi par la mort, foudroyé par le dessein divin, afin de recueillir son dernier soupir, l'ultime fluidité de la vie. C'est ainsi que la légèreté de cet insondable abandon de la pure jeune fille – de l'âme pure ou purifiée – doit excéder celle de la lumière. La lumière étant la mesure de toute vitesse connue, Hermès, le messager de l'impénétrable dessein divin, doit la surpasser et l'abandon doit ainsi se produire dans un instant absolu, hors de toute possible mesure dans le temps. Dans ce temps mesuré par la vitesse de la lumière ; le temps d'outre terre du *Fiat lux* auquel obéit la lumière, plus rapide que tout, plus qu'aucune autre créature, pour avoir été créée la première.

Il n'y a dans la mythologie grecque, on le sait, nul récit se rapportant au *Fiat* créateur, créateur de tout l'univers et, auparavant, de la lumière qui, à ce qu'il faut croire, en provient. La physique contemporaine vérifie, pour la lumière, ce statut de créature première – rapide parce qu'obéissante. Et, avec la lumière, la vie, en dessous. Si la vie avait surgi simultanément avec la lumière, la mort n'aurait pas lieu. Mais la vie est venue ensuite, avec la création des espèces animales, après la séparation des eaux, après la scission opérée par le *Fiat* et par sa lumière. Les pieds ailés d'Hermès devaient donc être plus rapides que les flèches d'Apollon lui-même. Hermès, comme messager de la mort, vient de l'obscurité divine et de la lumière invisible aux mortels. Puisque ici ne nous arrive que le dernier degré de cette lumière première, née de la parole, cette lumière qui est verbe en même temps, le Verbe.

C'est ainsi qu'il faut sans cesse allumer la flamme, la clignotante, la périssable lumière mortelle dont nous disposons. La torche d'Hécate qui éclaire la montée d'Eurydice depuis les enfers, est une lumière mortelle. Et si Orphée tourna irrépressiblement la tête, ce ne put être qu'à cause de cette lumière sans vie. Perséphone, comme on le voit sur un vase du Musée de Berlin, continue comme si elle ne voyait pas cette lumière des torches d'Hécate, qui ne la sauve qu'à moitié.

Une paix au-delà de l'équilibre révélé par la proportion, par la désolation de l'énigmatique scène du *Leucytos* aujourd'hui blanc – le fut-il au début, ne portait-il pas les couleurs de la mort ? – une lumière transcendante, unique et homogène qui circule et oblige donc à circuler, qui s'offre dans la roche blanche de l'Acropole. La circulation de la lumière y devient non seulement évidente mais visible, sensible. Les sens assoupis s'éveillent, appelés par cette lumière de la roche sur laquelle se dressent quelques temples réduits et élevés à leur condition essentielle de signes. Ce n'est pas l'architecture créée par les hommes, mais ce que le divin en a permis et a conservé. Ce signe qui transcende toute pure offrande aux dieux. Rien sur l'Acropole, nous dit-on, ne fut consacré à la mort ni au mourir. Elle fut tout entière un autel, un simple autel, mais elle ne peut ni n'a jamais pu se dresser sans une danse circulaire tout autour, sans ce parcours, ombre et lumière, vie et mort, occultation et manifestation ; jusqu'à ce que tout, avec l'aide du temps, Chronos, qui restitue enfin tout ce qu'il a dévoré, se mette en place. Un autel de lumière car c'est elle maintenant qui circule. La lumière installée, fixée sans cesser d'être vivante. La visibilité dans laquelle, si nous ne voyons rien avec ces yeux mortels, tout pourrait être vu. Voilà ce qu'on éprouve. Un autel sur lequel la lumière du firmament descend comme sur son lieu le plus propice, une lumière qui identifie passion et connaissance, agonie et être dans l'identité, *Ara coeli*.

Une lumière provisoire, sans doute, une station de la lumière, relative et absolue à la fois. Une référence, comme toute lumière visible. Un minuscule déploiement, une légère apparition de la lumière originelle toujours vierge, intacte à tous les stades de son passage sur terre, qui crée son propre milieu là où elle devient un tant soit peu visible, où on la sent plus qu'on la voit. Un présage, une annonce de cette lumière première. Ainsi, la jeune fille, sans âge, de la scène du *Leucytos*, son énigmatique abandon, semblent être attirés vers cette lumière. Il ne semble pas qu'elle doive descendre aux enfers pour en revenir éclairée par les torches d'Hécate. Et même s'il fallait nécessairement accomplir ce voyage, elle irait ensuite se réfugier dans cette lumière qui l'accueillerait, la gardant, l'enveloppant dans le temps, un autre temps désormais, temps plus encore, le temps d'une nouvelle conception. Une manière, pour l'être nouveau, de se faire en même temps qu'il passe. Un passage au-delà de la mort, qui traverse la mort. Comme ce fut le cas pour ces sept hommes qui entrèrent dans la caverne après avoir bu et mangé une eau et un fruit purs. Et qui s'y endormirent dans l'attente de la résurrection.

V

DANS LA TRADITION JUDÉO-CHRÉTIENNE

LE LIVRE DE JOB ET L'OISEAU

Y a-t-il jamais eu de représentation du *Livre de Job* dans un lieu sacré ? Tel que nous le connaissons, il a la forme d'un « Auto Sacramental »[1]. Le théâtre a un pouvoir de convocation : venez tous voir et entendre... Un livre sacré n'a jamais dû être un livre ésotérique. Et dans le cas où il aurait été une voie d'initiation – parmi les nombreux qui ont dû exister avec une véritable efficacité – il aurait eu un usage très semblable à celui du théâtre, se serait-il révélé par une simple lecture à voix haute. Il est fait pour être lu à haute voix ; sur différents tons ; avec la voix propre de chaque lecteur. Il pourrait être aussi un rêve, une « Passion » vécue en rêves, chose très appréciée en Orient et plus encore des Arabes – il semble que Job le fût. Et, par là même, qu'il fût propre à servir de passage, pour une initiation, s'il se trouvait que l'initié passât par où Job était passé : par une dépossession complète qui ne lui avait laissé que vie et conscience pour contempler ses maux. Rejeté par tous, « pour tous, dit-il, je suis devenu étranger », il n'était que le reflet de l'étrangeté la plus grande de toutes, qui les rendait toutes possibles. Job se retrouva étranger à son Dieu, non à Dieu, comme dirait un homme moderne, non à Dieu, comme un moderne appelle cette plus que réelle idée de Dieu. Car ce que proclame l'homme

[1] Composition dramatique allégorique à thème biblique qui atteint son apogée en Espagne, au XVIIe siècle, avec Calderón. (N.d.T.)

moderne, c'est simplement qu'il a perdu l'idée de Dieu ou qu'il la refuse. Rien d'autre.

Job est la figure d'une tradition où Dieu, proprement, n'existe pas. Ce qui existe, c'est *mon* – ou notre – *Dieu*. Et plus précisément encore : mon Seigneur, qu'il est possible de voir et d'entendre ou de voir et d'entendre par l'intermédiaire de l'un de ses messagers, à ce point possible même, que le plus surprenant c'est que la chose ne se produise pas. Pour chaque figure exemplaire il avait son nom, pour chaque miroir, son image. Un et unique, il apparaissait sous de multiples noms qui, plus que des acceptions diverses, étaient des voies pour l'appeler et le convoquer. Le nom divin qui apparaît le plus fréquemment dans *Le Livre de Job* est celui d'Omnipotent ou celui de Créateur. Le secret que Job découvre comme insondable est celui qui dans la théologie et même en dehors, dans la pensée occidentale, s'appelle volonté. Or, Job n'abstrait pas, puisqu'il n'y aura jamais d'abstraction tant qu'aura lieu le rapport direct, intime, personnel de l'homme avec son Seigneur. La scission de l'être, qui advient par et à travers elle, ne s'est pas encore produite sous un certain nom particulier qui lui montre la voie, en est le pont – toute parole substantielle et substantive, parce qu'elle est un centre qui s'ouvre, étant un pont et une voie. Il est toujours celui qui est, inépuisablement secret en chaque nom qui le révèle, pont et voie vers son inaccessibilité ; voie qui s'ouvre, pont qui s'avance et qui peut être, nous être retiré. Le rapport personnel à Dieu, non son existence, voilà ce qui est en jeu.

Et ce qui est en jeu dans ce livre est encore quelque chose de plus que la lumière et l'ombre de Dieu, c'est sa voix et son silence, même si Job, du plus profond de son abîme, dit vouloir voir son visage, aller à sa recherche, comme il va vers le septentrion, vers l'orient, vers le midi et vers le couchant sans le rencontrer jamais.

Il est le Seigneur de la voix et du silence, et il est le tourbillon qui l'annonce. Il se promène à travers les nuages, il voit tout, sans aucun doute, comme le répètent dans cette étrange polémique aussi bien Job que ses trois amis ou le quatrième personnage, le jeune homme. Il observe tout et rien ne lui est caché. Son apparition est comme une voix qui avant d'articuler un mot, a fait taire cette dramaturgie de voix, en la dénonçant comme un jeu ou un rêve de voix. Job et ses voix, qui pourraient être aussi les siennes propres, les voix de son raisonnement discursif. Job lui-même qui, étant devenu étranger se parle comme à un autre, en réfléchissant sur le sujet. Humiliation qu'il n'est pas rare de voir se produire sur le terrain de la disgrâce.

La structure de cette œuvre doit avoir servi de modèle à toutes les formes de tragédie chrétienne et même de tragédie occidentale plus qu'à la tragédie grecque. La tragédie de Job, si elle n'avait pas trouvé son complet dénouement avec le retour de la grâce divine, serait le noyau de toute tragédie et, donc, de la forme même de ce genre qui, comme tel, contiendrait toute tragédie possible : l'homme enfermé dans son existence, seul, sans rien d'autre. Seul avec sa conscience – avec cette « science » que le Créateur a placée dans son cœur – et sans rien d'autre que d'avoir à supporter bonheur et malheur, supporter aussi bien l'un que l'autre. À partir d'une exigence qui l'ouvre à la loi. L'homme essentiellement déterminé par sa naissance, du fait de n'être né qu'homme, un au-delà de la bête et de la plante, qu'il comprend et dépasse par l'inexorable conscience que sa connaissance de la loi lui impose. L'homme et son fardeau, son fardeau d'avoir à supporter sa propre transcendance. Il en sera ainsi de tout temps, quand l'homme se retrouve seul.

De tout temps, lorsque l'homme se retrouve seul, il ploie sous ce fardeau, autant dire sous lui-même : « Aujourd'hui j'allais sous les eaux – sans qu'il y ait de miracle comparable. Aujourd'hui j'allais sous la mort – et je ne reconnaissais pas ses fondements. J'allais à la dérive sous mon corps – confondant mes doigts avec mes yeux. Aujourd'hui j'allais sous moi-même sans pouvoir me supporter », dit le poète contemporain José Ángel Valente. L'homme sous lui-même, sous les eaux de sa propre vie et les eaux de la création confondues, quand il se libère.

La structure de ce *Livre de Job* paraît simple et limpide, propre à renfermer une double révélation : celle du Dieu omnipotent et créateur, Seigneur de l'homme, et celle de l'homme. Reste la troisième dans laquelle se conjuguent les deux autres : la révélation du Seigneur de la parole qui se présente si parfaitement comme auteur, qu'aux oreilles des hommes à qui il est impensable qu'arrive pareille révélation directe, celle-ci leur semble frôler la justification.

C'est que la structure de toute l'œuvre est déterminée, véritablement *donnée,* par la proximité de l'être divin. Et plus que par la proximité, terme qui marque une distance, par la fusion. Il est, Lui, non seulement partout mais parmi tous les êtres et, comme on le voit déjà dans le Prologue, au cœur de tous les événements, au cœur de ce qui arrive à Job : se retrouver sans son Dieu. Il n'est, Lui, jamais seul. On dirait qu'il n'a d'autre retraite que l'insondable mystère de sa « volonté ». Mais, comme ensuite, s'il ne l'explique pas, il la déclare, il se retrouve non seulement présent, mais plus que jamais intérieur à toute chose.

C'est ainsi que la solitude de Job, cette solitude dont l'homme occidental boira le calice jusqu'à la lie, Job la connaît par moments. Ses discours sont rarement des monologues. Ils sont à trois thèmes : il en appelle à son Seigneur, il se lamente et argumente seul, il répond à ses interlocuteurs – et, par leur intermédiaire, semble-t-il, à tous ceux qui le jugent. Son esprit se meut comme un pendule. Quand il arrive aux limites de la plainte qu'il lance vers son Seigneur, espoir et désespoir se confondent et se renforcent. Et comme Job résiste, ils ne s'effacent pas ; il recule, il tombe plutôt dans la solitude et s'enfonce alors dans sa mémoire : il reste seul avec sa mémoire, il invoque la mort, s'y abandonne de brefs instants dans la plus complète passivité. Il va et vient ainsi entre deux points extrêmes : le cri et la plainte, l'invocation – espoir-désespoir – et la passivité qui anticipe la mort définitive. Mais ses amis sont là et ne cessent de lui parler, ou mieux, à travers eux, la raison alors en usage, la légalité, plutôt. L'attention de Job, pendule qui va d'un extrême à l'autre, doit forcément s'arrêter sur cette raison qui s'offre à lui comme le fléau de la balance, comme le repos du pendule : un point statique, un syllogisme, un enfermement : car le Seigneur ne condamne que l'inique ; « reconnais ton iniquité », sors de la situation à laquelle tu es arrivé et tu retrouveras sa faveur. Ils lui offrent l'évidence à partir de laquelle sa vie va retrouver son ancien cours. Mais le mouvement de l'esprit de Job ne peut s'arrêter ni à pareil équilibre, ni à aucun autre – en vérité, celui-ci serait le seul. Il perdrait la seule chose non plus qu'il possède, mais qu'il est. Il perdrait son être qui se révèle à lui et s'affirme – qu'il est – entre ces deux pôles : son abandon à la mort, son élan, espoir et désespoir unis, vers son Dieu, pour pénétrer en lui. S'il avait pu se cacher en lui, Job, même submergé de douleur, se serait apaisé. Plus que pour ce qu'on lui avait enlevé, il criait pour ce qu'on lui avait laissé : le fait de s'être retrouvé là, intact, là, au plus profond de lui-même, comme le crie tout être en véritable disgrâce.

Il ne voulait pas remettre des vêtements, posséder à nouveau, revenir à cette vie heureuse qui était la sienne et dont il découvrait à présent la substance précaire. Job n'aspirait pas à ce qu'on lui restitue cette vie : naissance impure, jours comptés, bonheur fuyant. Ce qui, plus que les plaies et que ses fils perdus, le faisait souffrir, c'était de rester ainsi comme au moment de tout perdre ; il se révélait à lui-même, se découvrant à présent comme une larve ; comme une créature à peine née, sans achèvement possible. Il ne demandait qu'une chose à son Seigneur, son Seigneur de toujours : être annihilé, revenir à avant sa naissance. Puisqu'Il ne l'avait pas fait venir pour lui et qu'il ne s'était pas ouvert à lui comme un refuge.

Job n'aspirait pas non plus, tout au fond du secret de sa volonté, dans l'abîme de son être, à avoir une place sur la terre. Il ne voyait ni ne voulait voir la place de l'homme. Il n'était pas un philosophe, Job. Et ses amis, sans être non plus aucunement philosophes, lui proposaient une place pour l'homme. Les raisons qu'ils avancent sont, pour une bonne part, les mêmes que profère le cri de Job. Ces raisons ne divergent qu'en un point, en un seul point qui rend impossible la compréhension entre Job et ses amis qui le conseillent, le point qui marque la place de l'homme par rapport à son Seigneur, le point décisif de toute existence. « Qui se connaît soi-même connaît son Seigneur » énonce le savoir islamique – qui, soit dit en passant, n'est pas secret au point qu'un non initié ne puisse en connaître quelques-unes des sentences. Il ne s'agit pas, on le comprend, de deux connaissances qui se suivraient, mais d'une seule, d'un point, atteint par quelques privilégiés, où vivre c'est connaître et connaître c'est vivre, sans distinction. Et donc, sans méthode, sans nécessité ni possibilité d'aucune voie. Quelque chose comme la respiration quand on respire vraiment.

Il s'ensuit que la conversation de Job et de ceux qui le conseillent n'avance pas d'un pouce. Il s'agit d'un déploiement répété de raisons, raisonnantes pour les uns, intimes pour Job. Et tout ne cesse de tourner littéralement autour du point inaccessible. Chaque série de raisons tourne autour de son point. Et les deux cercles, comme dans une danse rituelle, se coupent, s'entrecroisent, se séparent, mais ne coïncident jamais, parce que le point autour duquel ils tournent n'est pas le même pour eux. Ainsi, dans cette ronde de raisons, les contradicteurs et le protagoniste de cette tragédie auraient pu continuer indéfiniment tout au long de leur vie, tout au long de l'histoire. Et c'est ce qui se produit, justement, ce qui continue à se produire, les contradicteurs ne s'adresseraient-ils à l'homme que pour qu'il s'enfonce dans sa solitude et même pour qu'il coupe, s'il en reste encore quelque fibre, le cordon ombilical – et peu importe si les entrailles viennent avec. Et même si Job lui-même ne le reconnaît pas – ne se reconnaît pas « au-dessous de lui-même », issu de ses entrailles, confondant vision et toucher, pris entre ce qu'il voit et ce qu'il touche. Une persistante erreur a conduit l'homme occidental, dans la tradition de Job tout autant que dans celle d'Œdipe, à croire que se grandir exige qu'on se déracine, qu'on s'arrache à ses propres entrailles. Seul le cœur, leur symbole et leur manifestation, a joui de quelque fortune, mais on oublie chaque jour un peu plus que le cœur a fonction de symbole, qu'il est dépositaire des gémissements des entrailles travailleuses, prolétaires. Elles travaillent à toute heure, à toute heure elles supportent, elles offrent, elles produisent. Et cet excès qui est le leur se répand, vivifiant, si on leur laisse le cœur ouvert pour qu'elles y entrent. Et l'esprit ouvert au cœur pour qu'il y chante et parle. Le cœur qui, de sa musique secrète, sauve le craquement des entrailles qui se dessèchent, quand pas même une larme ne vient aux yeux, des yeux qui ne savent plus que voir et ne pleurent plus ; pur cristal, pure rétine. Les yeux ne servent qu'à voir, uniquement à voir, a-t-on cru – croit-on encore. Et c'est ainsi que les yeux qui ne pleurent pas se trompent.

Les raisons de Job, avec les mêmes mots, différaient de celles de ses contradicteurs. L'argument était différent parce que ces raisons, les siennes, montaient de ses entrailles à sa gorge. Job pleurait, il pleure ; il invoque, crie au bord du délire, amadou avide de s'embraser dans le buisson ardent, sarment tordu. Ce qui, à l'issu de son bonheur terrestre, est resté de Dionysos qui s'enfonce dans la terre cherchant la mort dans ses entrailles. Job ne supporte ni d'être au-dessus ni en dehors. Ou à l'intérieur de son dieu comme une racine, ou là-bas, tout au fond, sans nom, dans les entrailles de la mort terrestre. Alors que les amis qui le conseillent, dressés, sûrs d'eux-mêmes, sûrs d'occuper la juste place – celle du juste qui ne peut jamais être abattu –, raisonnent. Et leurs raisons vont réapparaître tout au long de l'histoire de la raison triomphante, de la raison de ceux qui se dressent, de ceux qui ont capitalisé le travail et la souffrance de leurs entrailles ; et qui ne les entendent pas, avec la surdité de celui qui change en pierre la clarté qui suinte du sang et qui mure ses espaces intimes afin que n'y descende pas le « logos ». Prophètes, précurseurs au moins, de la raison qui se sépare de ses entrailles et devient ainsi indéchiffrable. Au lieu du rayon où l'abeille – l'âme –, dépose son or assimilable, le labyrinthe clos, symbole des entrailles pétrifiées, au centre duquel le brame de la vie engendre le crime.

Parce que la vie est un souffle qui embrase, elle s'annonce par le brame du taureau de feu et de la vache paisible qui pâture. C'est ainsi que passent les contradicteurs de Job, qu'ils ne rafraîchissent pas de leur haleine sa fièvre, lui qui brûle de ne pas brûler. Et ils sont là, ils ne pleurent pas, ils ne font que voir et, ne faisant que voir, ils jugent. Ainsi, jusqu'à ce que du tourbillon du vent et de la nuée de feu, Il surgisse, Lui, le Seigneur.

Et non seulement il descend de là haut, Lui, le Seigneur, mais il se présente comme une voix qui articule la plainte du vent, le brame des cieux, ceux-là mêmes qui s'étaient acharnés, poussant Job le miséricordieux, à rebours de la miséricorde. On ne sent pas que le sort de Job souffrant de maux aussi irrémédiables va changer. C'est impossible. Que lui soient rendus ses bien perdus les plus chers, réduirait à l'état de rêve toute la situation : rêve que d'avoir perdu fils, position, crédit, et rêve également la voix du Seigneur, sa parole. Un seul rêve, émanation de l'effroi souterrain de tout avoir, de l'avidité qui toujours craint de perdre sa proie. Et Job en serait réduit à être la figure de celui qui a réussi à tout posséder jusqu'au comble de son désir et qui en rêvant découvre son indigence originaire : une révélation, sans doute. Une révélation qui n'a pu se produire qu'à un autre stade de l'histoire humaine, de la véritable, celle qui succède aux fluctuations du rapport de l'homme avec son Dieu. Elle s'est déjà produite, et elle ne doit pas être loin de son lieu le plus approprié : les rêves d'un auteur qui devait connaître de très loin et de l'intérieur Job et le Livre : Kafka. Un Hébreu chez qui la fidélité à la tradition se manifeste comme il convient à un événement d'aujourd'hui, sous la forme négative de l'homme seul, de ce Josef K. du *Procès*, à qui, au comble de cette médiocrité dans laquelle il s'enfonce, d'étranges bureaucrates viennent annoncer qu'il est soumis à un procès où, pressent-on, se joue sa vie. Or, il ne doit jouer que sa vie qui s'écoule, mais ni sa liberté, ni son être, ni rien, car il ne s'étonne pas. Il ne pose ni ne posera aucune question tout au long de la patiente procédure ; il ne proteste pas auprès de ces bureaucrates gris comme lui, qui se sont glissés dans sa chambre, dans l'intimité de son réveil au jour, comme le fait Job auprès de son Seigneur qui est le Créateur même de toutes les choses et son propre auteur.

Le Seigneur de la Parole qui descend pour la donner à Job, à lui seul. Voilà ce qui s'impose à nous, bien au-delà de l'espoir que le pauvre Job récupère biens, fortune, crédit ; ce qui s'impose au point d'effacer, en apparaissant, les contingences qui motivent cet espoir. Il est là et Il parle. L'homme de douleurs reçoit à présent la parole. Tout est passé désormais, tout est devenu passé, la parole du Seigneur instaure le présent. Il n'y a pas d'espoir. Il n'y a pas de lieu pour l'espoir. Tout s'est arrêté. L'histoire de Job, les raisonnements historiques ou historisants de ses amis, l'événement même est resté en suspens, et Job gisant et son affliction. Car on assiste à une double révélation ou, plutôt, à une révélation complète : la révélation de la parole, la révélation qu'est elle-même la parole divine, et la révélation qui l'accompagne. Ce sont l'univers et son auteur qui se révèlent à la misère humaine endurée par Job qui, maintenant, on le voit clairement, révèle l'homme lui-même, invulnérable dans sa misère, dans l'infinité de son immense souffrance.

Dans le présent que crée la présence de l'Omnipotent, toutes choses s'effacent ; elles n'existent que par sa parole. Le créateur évoque devant Job, pour Job, la création comme dans un rite liturgique mené à bien non par l'entremise du prêtre, mais par l'auteur lui-même, par Lui. L'univers d'abord dans sa totalité, les animaux ensuite, surgissent comme des astres, comme de resplendissantes énigmes, venus de l'origine, devant la misère humaine, plus présents que s'ils étaient sous ses yeux, dans la plénitude de la présence que leur confère la parole divine. Devant la misère humaine portée par Job, apparaît la splendeur de la création récitée comme un poème par le « poète du ciel et de la terre » – le « Poète », dit le Credo de l'Église grecque. Tout était réellement là, mais tout l'est maintenant véritablement, depuis l'origine glorieuse, sans que s'évanouisse le mystère de son existence. C'est le poème accompli, la parole de l'auteur qui nomme et décrit aussi son acte, qui le présente à cette créature sienne tombée dans la déréliction.

La conjonction humano-divine se réalise comme une mutuelle comparution. Face à face, l'homme et son auteur, co-présents tous les deux dans et par la parole. Tous deux portent la parole ; ils sont, dans ce tableau de la création, les seuls à en jouir. Dans le Prologue, apparaissent les créatures angéliques et, parmi elles, le Délateur, lui aussi à l'intérieur du cercle de la parole. Mais le Seigneur n'est pas descendu entouré de ses anges, des créatures de cette partie de son royaume où sa présence se manifeste constamment. Là où Job réside, il s'est caché, ne laissant que ses créatures. Lui seul descend avec sa parole, pour donner sa parole. Et c'est le poème de son œuvre, de son travail, comme on dirait aujourd'hui. Il a travaillé. Et ce n'est qu'en cela que l'homme lui ressemble. Et plus que lui ressembler, l'homme s'apparente à lui quand il lui parle de faire. En cela, ils sont seuls, face à face. Au faire de l'auteur qui, en tant qu'auteur, connaît tous les secrets de ses créatures, le refuge d'où sort l'aurore, les mesures qui régissent la terre, la séparation des eaux et de la terre ferme et féconde, ce qu'il y a dans la forme muette des animaux, à ce faire qui est voir et savoir sans penser, correspond le travail de l'homme qui, sans savoir et en ne voyant que de l'extérieur, doit dompter la bête énigmatique, gardienne de son secret de créature, aller sur la terre dont il ignore les mesures, se pencher sur elle pour qu'elle donne son fruit, sans connaître le secret qu'elle renferme. Le Seigneur a donné à l'homme quelque chose qui lui appartient en propre, le pouvoir de faire, l'avoir à faire. Mais à partir de l'acceptation de tout ce qui constitue l'univers et de l'univers lui-même. Créature inachevée, tel est l'homme qui doit se débrouiller seul sous l'occultation et l'ombre du « Dieu du travail. »

La révélation de l'homme a lieu, dans cette histoire de Job, mêlée à la révélation divine. Quand son Seigneur – le créateur de toutes choses – se manifeste en une théophanie sans pareille, Job est dépossédé de tout et rongé par la souffrance. Tout son être souffre. Il ne consiste plus qu'en une pure, une absolue douleur : il souffre dans sa chair, dans son âme, et sa conscience lui met en lumière son humaine condition qu'il n'énonce pas à la manière des philosophes, mais que la philosophie ne peut que répéter, les plaintes en moins. Trois évidences et non une seule déclenchent la plainte de Job : naissance impure, mort certaine et, entre les deux, les injustices à subir. Et si la pure philosophie ne tient pas compte de l'aspect religieux de la naissance – pureté-impureté –, elle la remplace, comme chez les stoïciens et en particulier Sénèque, par l'évidence d'une naissance qui porte en elle la mort. Dans ces évidences, aussi bien chez Job que chez le philosophe, l'épreuve du temps, s'aggrave en s'actualisant en pensée quand la destruction change en passé ce qui a été vécu comme un présent indéfini. Puisque l'heureuse plénitude suspend le sentiment du passage du temps. Et tout était désormais passé pour Job qui est comme une cruche vide sur le point de se briser quand le créateur du monde s'approche de lui.

Job souffrait de toutes ces évidences qu'il proclame. Mais comme il les proclame en criant, il souffrait de quelque chose de plus, de quelque chose qui lui arrachait son cri, qui ouvrait ses entrailles en en faisant sortir les raisons, ces mêmes raisons qu'énonce l'acte de penser de la philosophie sans plainte aucune, car il n'y a personne à qui l'adresser. Le dieu de la philosophie n'est pas un qui ? mais un quoi ? – ce qui n'a laissé d'être une merveille, une humaine merveille – mais il n'est pas le dieu, seigneur ami et adversaire, celui qui abandonne. Comme être pensant – à la manière traditionnelle de l'Occident – l'homme n'a pas de dieu auprès de qui protester, un dieu de ses entrailles. Les entrailles furent dès le début soumises, condamnées au silence dans l'histoire de la philosophie. Seul Empédocle les désigne comme réceptacles du « logos » – « divisant bien le logos, le répartissant bien dans les entrailles ». Et il doit bien y avoir là quelque rapport avec la découverte des quatre éléments, « racines de l'être », comme il les appelle. Car les entrailles ne sont-elles pas les racines de l'être vivant dont participent, en outre, les quatre éléments ? On y trouve du feu et de l'eau – le sang – de l'air et de la terre, elles les transforment, en font une alchimie. Racines ultimes, parce qu'enfouies, parce que lieu où se forge le sentir, ce sentir originel et originaire qui propose et exige de la pensée qu'elle leur soit arrachée, conduite à la lumière, à l'ordre du visible. Génératrices d'ordre, son embryon.

Il n'est donc pas possible que la pensée philosophique ait rompu totalement avec elles car, sinon, elle se serait développée librement, avec la liberté rêvée – libre de toute rêverie sauf de celle-là. Sinon, la philosophie n'aurait pas, comme elle l'a fait, suscité l'espoir et même l'avidité – cette aviditté spécifique et noble de connaissance qui est nourriture, participation. On ne peut affirmer, par exemple, que la théorie des idées platoniciennes ne prétend pas recueillir et conduire cette faim congénitale des entrailles humaines et ce rêve qui ne cesse d'en jaillir du fond, de trouver une nourriture pure, totalement apaisante. Pourtant, la philosophie ne réclame pas cette nourriture, même chez Empédocle, mais part à sa recherche dans la solitude. La philosophie voyage seule.

Or, Job ne connaît pas un seul instant la solitude, c'est la seule chose dont il ne souffre pas. Il souffre de l'abandon. De l'abandon, plus que de la solitude spécifique du philosophe ; où se révèle la transcendance de l'être humain dans ce qu'elle a d'invincible.

À travers l'abandon dont le philosophe en tant que tel ne peut souffrir, Job assume seul la totalité de la souffrance à partir de l'éveil de sa seule transcendance, pleinement actualisée. Car le terme lui a été retiré, un terme si proche qui la remplissait. Il n'y avait pas eu de vide dans la vie ni dans l'être de Job. Sa vie avait été comblée jusqu'au débordement et son être était plein parce qu'il savait et sentait qu'une telle plénitude lui venait de l'amitié de son seigneur. Il n'avait pas vu son être propre, il ne le connaissait pas. Il croyait être celui qui suit les préceptes de la justice et répand la miséricorde.

Et la vie était belle. Une liturgie domestique, selon l'harmonie. Ses sept fils chaque jour et chacun à leur tour célébraient une fête chez lui, à laquelle assistaient ses trois filles ; trois vierges qui visitaient la maison des sept frères qui étaient sept comme les planètes, comme les jours de la semaine, comme les Pléiades – constellation des peuples du sud. Et elles trois, à quelle constellation correspondaient-elles ou à quelles herbes paradisiaques ? Ordre humain et ordre cosmique était ce cycle, miroir de l'ordre d'un terrestre paradis. Et la ville où Job allait prier dans le temple, accomplir ce qui est juste, répandre sa miséricorde, centre humano-divin où baignait comme dans un fleuve du paradis la vie de Job. Tout cela avait passé sans raison. Le paradis ne s'était pas refermé pour lui comme pour Adam, mais il avait été détruit devant ses yeux, le laissant dans la poussière et son vide. C'était le vide qui habitait la ville de sa souffrance, le vide du paradis pulvérisé. C'était donc le paradis qu'avait perdu Job, pour autant qu'un lieu – une situation – puisse être le paradis ici sur cette Terre. Il l'était par ce cycle harmonieux selon lequel se déroulait sa vie, et parce que le Seigneur lui était proche d'une certaine manière.

Car, semble-t-il, la condition paradisiaque était déterminée en substance par la présence du Seigneur, du

Créateur, par une présence familière qui était, sinon constante, du moins accessible. Le Créateur ne s'était pas caché, il n'était pas derrière son œuvre, inaccessible. La loi n'était pas là nécessaire. Toute la vie était réglée. Une seule interdiction qui, aujourd'hui, de si loin nous semble être comme la limite. L'Arbre, bien qu'on nous dise qu'il se trouvait aussi « au milieu », se présente à nous comme le centre d'un monde, d'une vie mortelle. Les deux Arbres étaient au milieu, à la manière de deux centres. Sur celui qui était offert sans restriction se trouvait la vie, le présent parfait. Sur celui qui était interdit se trouvait, comme ce fut le cas, une promesse, un futur.

La chute s'est donc produite dans le futur, avec cette conséquence que le passé s'est ouvert en même temps. Un passé double : le passé lointain du paradis, ce présent dont l'homme même élevé dans d'autres traditions a gardé le souvenir et la nostalgie ; et le passé de ce futur dans lequel Adam était entré : un temps formé d'un fugitif présent, d'un passé lointain qui dissimule son bonheur sous la faute, et d'un futur qui se présente aussi à lui de manière double : le futur lointain, le futur proprement dit dont se dégage un avenir immédiat, le lendemain, tous les jours enchaînés en un même devenir, dépendants les uns des autres et, surtout, de quelques actes décisifs que l'homme accomplit ou qu'il omet. Tout cela pourrait déjà s'appeler histoire : le futur où est tombé Adam se présente à nous comme l'histoire humaine.

L'histoire, la vie dans le temps successif, dans une succession pareille à un discours, pure relativité qui confine au temps absolu – celui du présent paradisiaque – et avec un futur toujours ouvert et, aujourd'hui, bien plus obsédant à cause de la certitude de la mort. Confins à franchir, ombre d'un centre.

La chute dans le futur a été irrémédiable. Le plein de l'histoire n'a pas rempli, au cours des siècles que nous connaissons et dans les différentes traditions qui nous sont arrivées, l'espace du futur. Si pleine qu'ait été l'histoire humaine, collective et individuelle, le futur, comme un oiseau inconnu, s'ouvre au-delà et même au-dessus d'elle. Le temps successif, discours enchaîné, n'efface pas de son cours la présence du futur.

Les grandes religions traditionnelles, et même les cultures qui comme des îles surgissent chaque jour, grâce aux recherches passionnées et passionnantes de cet ensemble de sciences qu'on peut appeler anthropologie, se présentent à nous comme les figures d'un ordre qui chercherait à restaurer le plus possible la situation originaire de l'homme, de l'homme dans sa vie première et dans son environnement premier : le rapport perdu entre l'être humain et son milieu ou « espace naturel ». Le véritable « état de nature », donc.

Job, grâce à la faveur divine et à la constante mise en pratique de la Loi également divine, grâce à la justice et à la miséricorde ou à la grâce, vivait dans un état de nature quasi paradisiaque. Car la Loi divine en se réalisant annulera la chute, qui est la situation initiale dans laquelle se trouve l'homme historique. Le signe de cette situation quasi paradisiaque est le rythme qui préside à la vie. Le rythme qui articule les heures, les jours de la semaine, les périodes de l'année. Toute culture a poursuivi ce rythme, l'articulation de ces rythmes pluriels – on l'a oublié, semble-t-il. Un rythme sans doute un et multiple qui préside et même crée le mouvement ordonné, tous les mouvements de la créature humaine, du ciel et de la terre. Job était sorti de ce rythme paradisiaque plus malheureux qu'Adam sans savoir pourquoi. Car lui, Job, suivait ce qui lui était ordonné sans pour autant ignorer la faveur dont il était redevable à son Seigneur. Lui seul devait avoir fait sa part. La vérité était que tout s'était inversé, que tout s'était défait.

C'est ainsi que le Créateur s'approche de Job avec sa création, comme si, en vérité, il l'avait oublié. À présent, c'est la sienne, sa création. Les animaux qu'il énumère sont comme des emblèmes divins, des mystères pour le misérable Job. Comme des mystères à l'avant-garde du Créateur. Une barrière, semble-t-il, qui le sépare de son Seigneur, un seuil infranchissable, tout proche. Si Job connaissait le secret de ces énigmes vivantes qu'il doit forcément fréquenter, il serait plus près de son créateur. Il devrait, pour pénétrer ce secret qui est le sien, connaître ensuite toutes les autres énigmes qu'il formule : il devrait posséder la science des astres, des mesures de la Terre, les nombres de l'univers. L'ignorance se présente à Job comme une barrière impossible à franchir. S'il parvenait à connaître tout cela... Mais Job n'y pense pas. Il n'y a pas le plus petit indice qu'une telle idée traverse son esprit. Serait-ce une tentation que le Seigneur lui proposait en passant en revue son œuvre ? On ne nous en dit rien car, d'un côté, Job n'est pas pris par la soif de connaître pour être comme son Dieu. Et on ne nous donne même pas le plus petit indice, on ne nous dit rien des intentions divines qui demeurent entièrement impénétrables sans laisser entrevoir une quelconque solution. Solution qui semble être la suivante : la connaissance de Job, son consentement à son « être » propre, un être créé comme les autres, l'animal, la plante, les astres, en ce lieu qu'est maintenant la terre inconnue. Le fait d'« être ainsi » entre la naissance et la mort, dans l'incertitude de son sort au milieu d'un univers de mystères.

À Job, le fils de l'homme, il n'en est pas dit plus sur son être. Le protagoniste de l'histoire, qui était-il ou qu'était-il vraiment ? Vraiment, avait-il ou était-il quelque chose ? Ce qui revient à se demander : quel était son rapport spécifique à son Seigneur, créateur du ciel et de la terre, de toute chose et de Job ? Et comme rien à ce propos n'est révélé par la parole créatrice, Job, en fait, n'a pas de place particulière dans le poème de la création.

Job obéit simplement, et c'est tout, à la présence et aux paroles de Dieu. Et il ne crie pas, maintenant que celui-ci est présent, maintenant qu'il lui a offert parole et présence ; il ne se plaint pas, maintenant qu'il peut se plaindre devant Lui, devant Lui-même, certain d'être entendu. Ses amis raisonneurs, c'est comme s'ils avaient été effacés avec leurs raisons. Job est le seul à continuer à exister, le seul à rester maintenant, à s'affirmer. Mais ses raisons intimes l'ont abandonné ; elles se sont tues, de même que les raisons de ses amis se sont dissipées dans le vent qui a annoncé la présence divine.

Non, Job ne pouvait pas céder à la tentation d'aller connaître par lui-même les secrets de chaque créature, de se disposer à dévoiler le mystère. Ses raisons étaient, à chaque moment, intimes. Son rapport à son Seigneur était du dedans et la communication perdue avec êtres et choses ne pouvait lui être donnée séparément : ne pouvait lui être donnée de l'extérieur, par une raison calculatrice, par une science du nombre et de la mesure. Ainsi il serait devenu le maître des choses et des êtres, le rival de son Seigneur, ou un néant. Un néant si Lui, simplement – ce qui peut bien se produire un jour – le livrait à son total libre arbitre, enfermé dans sa connaissance, dans sa maîtrise.

Il aurait seulement pu arriver à Job d'aller vers ces êtres qui formaient l'avant-garde de son Seigneur, si intimement proches de lui, pour voir, pour voir si à travers eux, emblèmes de la vie divine, il entrait dans l'intimité de son Seigneur. Toutes les raisons, donc, avaient disparu. En présence de son Créateur et devant son poème, Job n'était qu'une intériorité.

Impossible pour Job de se diminuer encore. Son être était resté dans l'invulnérable. Le néant ne s'était produit ni en lui, ni autour de lui. Le néant, d'où l'acte divin avait tiré toutes les choses, ne s'était pas manifesté. Au contraire, l'abîme était si rempli par la présence du Créateur et de son œuvre, qu'on ne sentait pas son existence. En cela, au moins, la situation demeurait la même que celle qui avait été perdue dans la disgrâce. Job avait toujours vécu dans la plénitude, initialement dans le bonheur de ce Paradis, conservé par le respect de la loi. Le paradis de la loi, pouvons-nous penser, car son respect avait, de la part de Job, une valeur d'offrande. Ce n'était pas la rigueur de la Loi, mais le chemin de la loi. Plutôt le dialogue entre Job et son Seigneur. Chaque acte accompli était comme une parole. La supplication ni l'invocation n'étaient nécessaires. Il n'existait entre eux deux aucun abîme, aucune inaccessibilité, mais une pure comparution comme une liturgie, comme un jeu où tout est réglé. Il n'y avait aucun sacrifice presque pas de mouvement ni de la part du Seigneur ni de la part de l'homme. Le *Livre de Job* est l'un de ces rares textes religieux où n'apparaît pas le sacrifice, pas plus qu'on ne l'entrevoyait au Paradis.

Et Job éprouve ensuite, sans transition, la plénitude de la souffrance. Dépossédé de tout, sauf de ce qu'il éprouve. La connaissance l'envahit sous forme de révélation. Sa conscience même se révèle à lui. Car, semble-t-il, la conscience de soi et même la conscience comme telle, est quelque chose qui est toujours venu à l'homme à travers une certaine forme de révélation. Une révélation issue d'une privation de communication avec l'être dont tout dépend. Et, chez les philosophes, à travers l'ignorance ou le doute total. Avec la douleur, Job a reçu la révélation de soi. Stade plénier où l'être humain se manifeste comme celui qui subit sa propre transcendance. Il souffre d'être, il souffre de se connaître. Mais l'annihilation ne vient pas, ni le vide. Pas plus que ne l'accueille le limon de la terre où il devait avoir été formé. Job est maintenant une histoire, une plainte qui ne cesse de venir d'un être inextinguible. Il est une blessure, une seule blessure, une parole réitérée. Il est un et unique dans une incessante naissance. Job est en train de naître. Entre la vie et la mort réunies, il est un souffle. Il est un simple souffle dans lequel il est resté.

Et le souffle, semble-t-il, ne peut disparaître, essence palpitante de la vie – la vie palpite –, de quelque chose qui n'est presque rien, qui, d'être abandonné par le souffle, demeure tout au plus dans une forme réduite à un signe. Un signe schématique, un hiéroglyphe impossible à déchiffrer par qui ne saurait pas que c'est le reste d'un vivant qui, si puissant et complexe soit-il, n'a fait que perdre le souffle et rien d'autre.

Job avait même perdu la parole, après avoir prononcé les très brèves paroles qui concluent comme un Amen le long poème de son Seigneur. Il n'avait plus rien à dire, ni à faire, ni à vivre. Respirer, simplement. Les animaux désignés par le Seigneur se dressaient muets avec leur énigme au-dessus de Job. Ils étaient des signes directs, des réceptacles de la volonté toute-puissante, et quelque chose comme son cortège ou, peut-être, les gardiens de son insondable science. Ils n'apparaissent pas à Job pleins de savoir, bien entendu, mais ils sont eux-mêmes savoir, ils contiennent la sagesse conquise et vivante. Job contenait-il quelque chose ? Était-il contenu par quelque chose ? Où se trouvait-il, quel était le lieu de Job, ce fils d'homme ? Comment pouvait-il réclamer quelque chose ? À ce stade, l'homme était une blessure qui s'endure elle-même. Une blessure qui « est pour elle-même ». Un souffle qui ne se vide dans l'expiration ni ne s'emplit dans l'inspiration. Moins que cela, aucun vivant ne pourrait arriver à l'être, si ce n'est par cette réflexion, par ce retour sur soi de sa propre transcendance. Réflexion de l'être manifestée par le souffle qui entretient la souffrance et par l'acte de se voir. Un souffle qui se voit en voyant son Seigneur, un souffle révélé et révélateur. Un minuscule miroir palpitant. Un point à peine au milieu de la création. Car son Seigneur avait été entraîné par l'homme Job à descendre et à lui rappeler sa création, mais sans lui révéler le secret de l'épreuve à laquelle il l'avait soumis. Pas plus qu'il ne venait recueillir son souffle, le lui reprendre, ce qui était sans doute ce que Job désirait, son unique raison d'espérer.

Le souffle de Job ne fut pas repris par son Seigneur. L'Épilogue nous raconte de quelle manière Job retrouva tout : fils, filles, biens, crédit augmenté. Mais à ce point, quand Job n'était rien d'autre que le noyau inentamable de l'homme recevant la révélation de son être, quand il n'était qu'une blessure que le souffle faisait palpiter, il ne savait rien de son bonheur, il ne l'espérait pas. Il n'agissait pas en fonction de lui, il ne faisait qu'aller vers son Seigneur. Et s'il avait connu le bonheur qui l'attendait, il lui aurait paru quelque peu extérieur car il ne participait pas de son intimité, de son être qui lui avait été dévoilé par la dépossession.

L'intimité entre les deux êtres – divin et humain – n'avait pas eu lieu. Bien loin de là : Job était encore plus étranger à son Dieu quand il n'était qu'entrailles et pur regard. Lui avait déployé sa création. Tout était plénitude. Les animaux, étaient chacun une énigme. Et parmi eux tous, cet étrange, ce mystérieux oiseau qui laisse ses œufs à couver sous le sol sans nulle garde, tandis que tout là haut, impassible et rêveur, il semble ne se rendre aucun compte de cette couvaison qui pointe à peine.

Les traducteurs du *Livre de Job*, spécialement dans les traditions grecques et orientales, se sont arrêtés sur cet oiseau pour tenter d'en identifier l'espèce. Espèce qui a semblé à ce point incertaine, que d'érudites études ont été consacrées à ce sujet qui apparaît au chapitre 39, verset 13 à 18.

Entre le paradis perdu et retrouvé s'ouvre, pour celui qui parcourt cette histoire, comme un abîme, l'état d'abandon. La présence divine et la divine parole énumératrice ne modifient pas, pour Job, cette façon d'exister sous l'être, couvert de dons qui ne sont pas son être mais qui l'enveloppent et le revêtent. C'était lui, Job, lui-même, avec ses enfants, sa maison, sa fortune, sa réputation d'homme juste, pieux, ami fidèle de son Seigneur. Privé de tout, il n'est plus qu'une entraille gémissante ; vie qui n'a pas de terme, souffle qui ne s'éteint pas, plaie. Et il semble que nul espace propice à son développement n'ait été donné à cet être qui seul lui appartient. Un espace pour que son cri devienne une parole qui ordonne. Lui qui était un juste, il n'a aucune possibilité de germer. Et le Juste, dit-on dans un autre texte sacré, « germera comme un lys et fleurira dans l'éternité devant le Seigneur. »

Une seule trace de cette promesse faite au juste figure dans ce *Livre de Job*. Une trace sous forme de cet étrange oiseau qui apparaît au chapitre 39, versets 13 à 18 de la Vulgate, quelle que soit l'identité que lui ont trouvée les traducteurs. Bien qu'une identification exacte – il est l'autruche dans la Vulgate – puisse éclairer ou préciser le symbole, si on le considère comme tel. Cet oiseau insouciant, pris d'on ne sait quelle certitude, « se moque du cavalier et du cheval ». Et s'il se moque, c'est parce qu'il est sûr que ces créatures à peine naissantes qu'il a laissées là, abandonnées sous le sable, ne peuvent être détruites : « Durator ad filios suos, quasi non sint sui » (vers.16)[1]. Comme s'ils n'étaient pas ses petits, c'est ainsi qu'il les considère et les regarde. Ensuite, « Cum tempus fuerit, in alto alas erigit – deridet equum et ascensorem ejus.[2] »

Ces petits de l'oiseau ne sont pas des êtres déjà formés, mais, comme tous les petits des oiseaux, des embryons. Car seule une partie du monde animal accouche de

[1] « Il est dur pour ses fils, comme s'ils n'étaient pas les siens. » (N.d.T.)

[2] « Le temps venu, là haut il lève ses ailes – il se rit du cheval et de son cavalier. » (N.d.T.)

petits déjà formés. Reptiles, oiseaux et poissons mettent au jour des embryons doués de vie, promis à la vie et à l'accomplissement de leur forme, si cachée pendant qu'ils s'agitent. Et plus encore, ceux de cet oiseau si étrange, enterrés, privés du souffle du père et de la chaleur de la mère. Seuls dans la vie, sans autre vie que celle qu'ils portent en eux, indécise comme une aube, comme s'ils étaient les premiers et même les seuls êtres vivants. Les justes abandonnés, se verraient-ils dans un futur au-dessus d'eux-mêmes, au-delà d'eux-mêmes, sur un arbre gigantesque, un arbre de vie, sans doute, comme si là seulement, sur cet arbre, les attendait leur forme, leur faible forme promise ? Un arbre qui devrait être, si le symbole est valable, l'arbre invulnérable d'un royaume au-delà du paradis et sans issue possible, sans finitude.

L'abandon dans lequel Job fut jeté a été un moment privilégié. Le moment qui l'a détourné de posséder et d'être possédé. Car il est fatal que celui qui possède soit possédé à son tour. Mais, comme Job était un juste il n'était possédé que par l'inertie, lui l'habitant du paradis de la Loi et de la faveur divines. Il ne pouvait s'éprouver lui-même, moins encore se voir. Comblé, il passait ses journées, privé de la révélation de sa misère originaire et de son originaire infinité. Le Seigneur lui rappela qu'il a placé le savoir au plus profond de l'homme, dans ses entrailles. Mais pour Job, l'homme abandonné, ce savoir ne servait à rien. C'est ainsi qu'il donne pour toute réponse le fait qu'il a parlé une fois et qu'il ne reparlera plus. L'abandon nous apparaît, donc, comme plus chargé de transcendance que la parole humaine.

Car, semble-t-il, cette humaine transcendance se révèle dans la dépossession totale et l'abandon est le moment privilégié où s'annulent les forces qui vous poussent à posséder et qui vous possèdent. Job était tombé au plus profond de l'abandon. Sur sa couche, il était l'image de la putréfaction. Mais peu à peu il pourrissait sans mourir. Et peut-être cela était-il la révélation. Quelle sorte de vie se révélait à lui, lui qui était au-delà de la mort, faisant plus que jamais dans la vie l'épreuve de ce qu'apporte la mort ? Écorcé et décharné, il s'éveillait en son centre invulnérable.

On aurait dit que le courant de la vie passait à travers Job sur son pourrissoir, et le traversait. Un courant circulaire dont le centre n'était plus le sien, celui de Job. La circulation de la vie entière et sans fin passait par son être de larve, d'embryon. Une larve, un effort pour être, mais un germe, un embryon qui, dans cette larve, s'était éveillé. « Penetrabo omnes inferiores partes terrae – et inspiciam omnes dormientes, – et iluminabo omnes sperantes in Domino »[1], lit-on dans l'*Ecclésiaste*, 24, 45.

Un influx vivifiant s'est répandu, inaperçu, insensible même, sur Job en son lieu d'abandon, abandonné comme si, d'une telle profondeur, il était tombé dans les eaux premières de la vie. Comme en passant, un influx, un esprit vivifiant et prophétique avait fait de Job l'une de ses paraboles.

Demeuré sans parole, plongé dans le silence, Job serait-il arrivé à faire l'expérience de lui-même dans cet oiseau, avec cet oiseau, sous cet oiseau invulnérable qui laisse grandir ses petits comme s'ils n'étaient pas les siens, tout en sachant qu'ils lèveront leurs ailes ? – Et que soulèveront leurs ailes ? *Cum tempus fuerit*.

[1] Je pénétrerai dans toutes les parties inférieures de la terre – et je regarderai tous ceux qui dorment, – et j'illuminerai tous ceux qui croient en le Seigneur. » (N.d.T.)

TABLE

ACHEVÉ D'IMPRIMER
EN OCTOBRE 2006
PAR L'IMPRIMERIE
DE LA MANUTENTION
A MAYENNE
FRANCE
N° 257-06

Dépôt légal : 4e trimestre 2006